The Swan Book

天鹅书

〔澳大利亚〕亚历克西斯·赖特 著
李尧 李平 译

Alexis Wright

上海译文出版社

致托利

迁徙中的黑天鹅
大雨过后，聚集
在舒尔茨渡口旁
托德河的沙漠潟湖。
2010 年 1 月 14 日，
三十只黑天鹅
沿着艾利斯斯普林斯的拉品塔街
向北飞去……

目 录

译者前言

澳大利亚原住民作家亚历克西斯·赖特来自澳大利亚卡彭塔利亚湾瓦安伊部落，曾外祖父是华人。她长期从事虚构和非虚构写作，并把写作当成为澳大利亚原住民争取权益的重要手段。赖特的非虚构作品具有很大的影响力:《格罗格酒之战》(1997)探讨在北领地禁酒的问题，一经出版就引起了很大反响；其编辑出版的集体回忆录《特拉克》(2017)再现了原住民领袖、思想家特拉克·迪尔莫斯的一生，获得二〇一八年度的斯特拉奖。她的小说更是为人称道，第一部小说《希望的平原》(1997)获得了英联邦文学提名奖和新南威尔士州总理小说奖。第二部小说《卡彭塔利亚湾》(2006)堪称澳大利亚原住民文学的里程碑，获得二〇〇七年迈尔斯·富兰克林文学奖，赖特因此成为第一个独自获此殊荣的原住民作家。《天鹅书》是她的第三部小说，二〇一三年出版，二〇一四年获得澳大利亚文学协会金奖。

赖特自幼聆听外祖母讲述原住民部落的故事，她把外祖母比作“故事图书馆”，这些故事深深地融入了她的血液。长大后她在墨尔本大学学习创意写作，继承了西方文学传统，吸收了拉美作家的魔幻现实主义元素，并且结合原住民讲故事的叙事方式，形成了自己独特的写作风格。有人称她的风格为“原住民魔幻现实主义”。她的小说主题大多涉及土地以及归属感、讲故事以及身份认同，还有原住民与澳大利亚其他社群之间的关系等。

与堪称民族史诗的《卡彭塔利亚湾》相比，《天鹅书》结构更为复杂，语言也更具挑战性。小说情节扑朔迷离，集诗歌、散文、民间故事、政论文等多种体裁于一身；对大自然的描写出神入化，对天鹅的刻画美妙绝伦。《天鹅书》的故事发生在一百年之后的澳大利亚北领地。小说中的哑女幼年遭到三个吸食汽油的少年轮奸，之后跌入桉树根下的洞里沉睡，十年后被气候难民、白人老妇人贝拉·唐娜救起。女孩不会说话，不被族人接受，于是贝拉把她养大，每天给她讲天鹅故事。善良的贝拉喂养湖畔的天鹅，贝拉死后，哑女与天鹅相依为命，被称为天鹅女。与天鹅女订下娃娃亲的澳洲鹤部落的沃伦·芬奇多年后成为澳大利亚历史上第一位原住民总统，他到天鹅湖迎娶哑女，把她带到城里软禁，还派人炸掉挤满原住民、气候难民和天鹅的天鹅湖。后来芬奇被杀，洪水来临，城里一片汪洋。天鹅冒死救走哑女，带她返回故乡。

《天鹅书》也是一部元小说，其故事情节有不同的解读方式。哑女的历险、流浪、回归是一种可能的情节线；而另外一种可能性则是，女孩被困在树洞里，始终未曾离开半步，上述故事只不过是用手指书以古老的文字写就的一个梦。芬奇如何被害也是个谜，书中并没有详细交代，也许是哑女所为，也许不是；结局同样扑朔迷离，女孩在天鹅的带领之下，也许回到了天鹅湖，也许根本没有。不确定性是一种后现代写作技巧，也是澳大利亚原住民讲故事的方式之一。小说的故事线多处存在不确定性，挑战读者的想象，令人回味。

小说中有很多澳大利亚原住民民间故事中的常见元素，如一些角色被赋予魔力（“穿墙术”）。男主人公芬奇就具有这种魔力。

在女孩被轮奸跌入树洞之后，年幼的芬奇随着神灵去树洞中探望她，试图把她拉出来，却没有成功。二十年后当芬奇现身天鹅湖女孩栖身的破船上时，两人是第一次见面，但是哑女对他却有似曾相识的感觉。芬奇遇刺后，灵魂又回家寻找哑女的踪影……原住民精神的代表“港长”老人也具有这样的魔力。他陪同女孩坐在汽车上，车里其他人却浑然不觉他的存在；他还能从飞速行驶的车上离开，连车门都不需要开，等等。赖特随手拈来，为小说增添了不少魔幻色彩，也表现出她丰富的想象力。

赖特不仅是作家，还是为原住民争取权利的活动家。对她来说，文学创作是与澳大利亚原住民的厄运进行抗争的重要手段。她在演讲中不止一次提到“文学是一个很好的工具，可以用来大声说出生活在这个国度的原住民的痛苦”；“写作的时候必须牢记写作的目的……我们的文字也是我们的武器……”《天鹅书》直接针对着北领地的干涉政策。二〇〇七年六月的某天，赖特的生命中发生了两件大事：上午，小说《卡彭塔利亚湾》获得了迈尔斯·富兰克林文学奖；晚上，北领地紧急措施开始实施。前者代表原住民的伟大胜利，而后者却被视为他们自一九七五年以来遭受的最大挫败。二〇〇七年的北领地紧急措施是对《儿童是神圣的》这一报告的回应。该报告中涉及北领地原住民儿童遭受性虐待等问题，政府在未征求原住民意见的情况下立即向相关地区派驻军队。这项措施引发原住民的强烈不满和广泛批评，被称为干涉政策。世界上许多学者和有关机构也都认为该项措施违反了原住民的权利。对于赖特来说，干涉政策剥夺了原住民对土地的所有权和思想的独立性，势必导致新的“被偷走的一代”出现。

《天鹅书》中的哑女形象具有象征意义。作为一个无辜的弱小者，她遭受暴力之后不再说话，也渐渐失去了说话的能力，这与澳大利亚原住民几百年来的遭遇如出一辙。之所以选取哑女作为沦为牺牲品的原住民的象征，是因为赖特相信，他们根本无法发声。白人老妇人给哑女取名为“遗忘·乙烯”。所谓“遗忘”，指原住民在这片土地上生生不息的历史被遗忘了，他们对土地的所有权也被殖民者有意识地遗忘了。“乙烯”则象征着外来文化的影响和强加，这与暴力密不可分。三个男孩就是在吸食了汽油（主要成分是乙烯）之后向哑女施暴，给她带来永远的伤痛。同时，“乙烯”也是造成白色污染的塑料的原料，是强加在大自然之上的暴力。哑女与人类社会隔膜，却和天鹅相依为命，象征着原住民与大自然的紧密联系。据说天鹅素日喑哑，只在临死前才会发出哀鸣，那是它唯一一次发声。这部小说所发出的就是哑女的天鹅绝唱，也是人类社会在末日来临之前的哀鸣。

《天鹅书》中的题记对理解整部小说起着关键作用：“一只黑色的野天鹅关在笼中 / 令整个天庭震怒”，诗句选自澳大利亚著名诗人罗伯特·亚当森的诗《追随威廉·布莱克》。在赖特眼中，关在笼中的黑天鹅就是干涉政策下澳大利亚原住民的写照。小说一针见血地指出，天鹅湖好比原住民的集中营，“饥饿和死亡司空见惯”。赖特直截了当地控诉干涉政策：

> ……在人们看来，军事干涉本身取得巨大的成功，牢牢地控制了原住民世界。这就蒙蔽了人们的眼睛，无法看到事实的真相：这种策略根本不可能让任何一个沼泽地居民的生

活得到改善。这种掩耳盗铃的独裁统治被沿用了几十年，配合远在堪培拉的灰色政治的方方面面，只需稍微进行一点这样那样的细微得难以觉察的调整，军队便会对沼泽地居民的生活，以及像他们一样被送进类似这片沼泽地“集中营”居住至死的其他原住民的生活干涉到底。他们通过拘押收容，把沼泽地居民完全排除在《联合国普遍人权宣言》之外。……

然而，这种对黑天鹅也即原住民的残暴行为必将招来天谴，表现为大地母亲发怒，“洪水、火灾、干旱和冰雹成为四季”，也就是气候和生态的变化。资源缺乏必然引起战争，到时受苦受难的不仅仅是原住民，还包括白人在内的全世界所有人。气候变化使人失去了安身之所，动物也在劫难逃。天鹅湖这样的内陆深处之地本不适合天鹅栖居，是气候变化才把它们驱赶到此。而后天鹅湖也将不复存在，天鹅被迫继续流浪。小说中预示末日来临的正是一只黑天鹅，它是风暴精灵，带给人类的不是拯救的希望，而是无边的灾难。

赖特珍视人与土地的关系。城市化、全球化带来的人口迁移，人与故乡关系疏离的“无根”现象都令她焦虑难安。《天鹅书》描写哑女背井离乡的苦痛，是对北领地干涉政策的抨击，也是对原住民几百年来受到殖民迫害的控诉。白人抵达澳大利亚之前，原住民在天地间自由生活，用歌唱传承对土地的了解，教导后辈如何在土地上生存。同时，土地也离不开人，没有人的歌唱，土地就会荒芜。人与土地密不可分的共生关系是澳大利亚原住民生生不息的根本。然而，自殖民时代开始，他们就遭到驱赶，离开了世代居住的土地，被迫放弃原有的生活方式，在天鹅湖这样军队控制下的“集中营”中苟且偷生。以哑女为代表的原住民流离失所，失去了和原有的土地之间的紧密联系，内心遭受摧残和折磨。

不仅如此，《天鹅书》还把由气候、生态变化带来的全球性人口大迁移导致的问题同原住民问题相等同。难民纷纷涌入天鹅湖，使原住民的生活越发难以为继。随着更多难民的涌入，“天鹅湖”成为一个垃圾场，最终被炸掉，原住民和难民只得一同被重新安置。如此一来，由于生态变化，一个弱小民族就和全世界受苦难者的命运紧密相连。作者旨在说明在生态灾难面前，人类必须面对自己制造的困境。

《天鹅书》所蕴含的思想眼光远不止于传统原住民小说的视野，它汲取了世界文学经典的各方面精华，与各个民族的文学形成对话。其突破口就是天鹅的意象。在一次访谈中，赖特提及了自己的“天鹅情结”：写一部天鹅之书是她多年的夙愿，为此，她到访世界各地的天鹅湖，查阅大量关于天鹅生活习性的资料，收集了全世界有关天鹅的文艺作品。赖特指出，天鹅代表着美丽平静的理想生活，与澳大利亚原住民残酷的生活现实截然不同。天鹅给她启迪，让她从现实生活中暂且抽身进行反思。赖特选择天鹅作为小说的主题意象，也缘于天鹅迁徙的习性给予她的启示：离开故土，带走这片土地的故事，把故事传播到原本它所不属于的地方。

《天鹅书》堪称有关天鹅的文学作品之大全。天鹅——未来世界的先知（柏拉图的《斐多篇》）、垂死天鹅之哀鸣（英国诗人丁尼生的《垂死的天鹅》）、丑陋城市里天鹅对雨水和故乡的渴望（波德莱尔的《天鹅诗——献给维克多·雨果》）……这些有关天鹅的意象和观念都在《天鹅书》中得到再现。爱尔兰诗人 W.B. 叶芝在其名作《丽达与天鹅》中讲述丽达被化作天鹅的宙斯所强奸，天鹅幻化为天鹅座，而强暴生下来的女孩海伦成为特洛伊战争的导火索，导致古代世界毁灭。这个故事赋予了《天鹅书》中原住民女孩被强暴的故事原型以意义。《天鹅书》中还化用了大量有关天鹅的童话和民间故事，比如安徒生的童话《野天鹅》、E.B. 怀特的儿童成长寓言故事《吹小号的天鹅》、爱尔兰民间故事、亚洲民间故事和古诗等等。另外，小说还指涉瓦格纳的浪漫歌剧《罗恩格林》、柴可夫斯基的舞剧《天鹅湖》等。世界各国诗歌和文艺作品中对天鹅精彩的描述，如天鹅的绝唱、天鹅的痴情、天鹅舍身救人等等，在赖特的书中都与原住民的生活描写绝妙地融合在一起。

对天鹅的绝妙描写，使得赖特的这部小说与世界文学经典形成了对话。一直以来，西方世界以为天鹅都是白色的，直到十七世纪末在澳大利亚发现了两只黑天鹅，随船带回欧洲，方知黑天鹅的存在。自此，天鹅象征着人类世界，有黑有白，二者共存，但是也意味着人间事物的对立和纠葛。《天鹅书》出版时的封面就是一只黑天鹅，是原住民的象征，与象征着欧洲移民的白天鹅形成对照。黑天鹅的存在，是对西方中心主义的颠覆，为西方世界提供了一个他者。西方长期以来以人为世界的中心，将人视为自然的征服者和控制者，其结果是气候变化导致生态灾难。而澳大利亚原住民世代与自然和谐相处，为当代西方思想提供了一个反思的范本。凭借与自然的息息相通，澳大利亚原住民也许会成为整个世界的拯救力量。赖特给《卡彭塔利亚湾》设定的结局是，风暴把所有白人文明的痕迹一扫而光，原住民诺姆带着孙子回到卡彭塔利亚湾，凭借世代传承的自然知识，他们准备一切从头开始。而《天鹅书》的基调与之相反，对这种希望提出质疑，对未来报以绝望态度，认为所有的希望都会变成绝望。

《天鹅书》中环境问题和原住民问题相互纠缠，二者之间相辅相成。澳大利亚原住民在地球上繁衍生息了数万年，其文明被称为世界上最悠久的未曾断裂的文明。其中，生态知识是他们安身立命的关键，是他们对世界最大的贡献之一。然而，自从白人踏上这片大陆后，原住民的遗产也被忽略。白人对他者的态度也被运用到了大地母亲身上，对大自然的掠夺导致了严重的生态问题，便有了小说开头的世界末日景象。对人类命运的关切和思考造就了赖特对世界的非凡洞察力，她以《天鹅书》为全世界范围内生态变化的可怕未来敲响了警钟。毕竟，压迫原住民和压榨大地母亲背后的逻辑和心态没有任何差别。这部小说是对后殖民时代澳大利亚原住民继续遭受不公正待遇的有力控诉，也是一部关于全球生态变化导致整个人类蒙受环境灾难的末日预言。

一只黑色的野天鹅关在笼中

令整个天庭震怒

——罗伯特·亚当森《追随威廉·布莱克》

序曲：鬼火

这种疯狂的病毒在我大脑的楼上生活，住在自己的玩偶之家。在宛如月球崎岖不平表面的花园之上，小星星在凉爽的天空不停地闪烁。疯狂的病毒坐在长沙发上，靠一种古老的口令防止入侵者从窗户进来。门上贴满了驱逐令，它全然不管。这个病毒认为自己是这片土地唯一尚存的纯种。其他所有的病毒都是“混血儿”，一文不值！连业主都算不上。该死的，可不是嘛！它心想，连在附近游荡的成群结队的乡下人都不如呢。简直无法相信大脑会沦落到这种程度，居然把糟糕的历史呕吐在太阳炙烤之下的美丽平原上。

在玩偶之家，病毒制造出危险透顶的主意当作武器。假若看到一面白旗展开，它就会用火箭筒透过窗户，发射导弹到平地、空间或者田野，发射到任何你称之为生命的存在之中。至于导弹发射台，真正让人担心的是，什么东西能最终保留下来呢？还有，我头脑中萦绕着一些事实，关于一只叼着骨头的天鹅，这些事如水花飞溅，有哪些会在这片土地长存呢？

就这样，我的脑袋里塞得满满当当，就像你看见的、扔在丛林里那台破旧的康懋达电脑。我努力应对，在碎石中蹒跚而行。看见了吧！我向那边走去——在炎热的柏油路上像蛇一样，蜿蜒而行，穿过车水马龙。我在这里——低头寻找掩护，不让直升机撞上。直升机呼啸而过，环绕巨大的火羽风暴飞翔。这时，远处传来一个嗡嗡嗡的声音，那声音越来越近，我听出来是谁了。

“奥布利维亚！”老天鹅妇人鬼魂的声音恰好从我前面的土地里冒出来。虽然她已经死去多年，白人女人还是大声呼喊着那个名字！“我找到的那个原住民女孩呢?”没有名字的。马杜妮？大名叫做奥布利雯·埃塞尔。她问道：“你干什么呢，女孩儿？我可从来没有教你这样乱跑。”她恶狠狠地上下打量着我。瘦骨嶙峋。我的头发被人用剃刀紧贴头皮剃下。我晒得像大地一般焦黑。她看着烤得焦黑的土地说：“我从来没有想到你会回到这里。”鬼魂说，她还认得出女孩，她是自己从老桉树的树洞里拉出来的，那棵树看上去足足活了一千年。但是这里容不下外来的鬼魂，而病毒不停地咆哮，像一条看门狗，大叫着“汪，汪，汪”。病毒的大笑在烤焦了的大地上传播开来，令人毛骨悚然。老妇人的鬼魂惊恐万分，像一只猫，仓皇而逃。她吓得六神无主，可还是撂下一句话：“我知道你是谁。”然后忙不迭地顺着山势退下，从地平线上消失。

要是你想从自己的脑袋中提取这样一种病毒——你来到他老式的牧场小屋门前，可不能怀揣各种过时的想法。因为这个“小国王”不会听到敲门声就来开门，不会走出房门盯着阳光，不会公平地谈论任何问题，不会像某个“摇摆舞之王”那样迈着舞步来讨好你。他也不会尽地主之谊，全然不管是否是炎热的夏天，不管你怎么敲门，高喊“不给礼物就捣乱”，带着伴手礼，或是对大门紧闭发脾气。

我可以证明我有这种病毒。我兜里揣着一小块皱皱巴巴的纸。那是由医学界最好的医生完成的、正儿八经的体检报告。他们说我的大脑很了不起。丛林医生们——世界上最好的医生——说这种病毒并非奇迹，只不过是那些可怜的、早已失踪并且被吸收了的鬼魂之一。这些鬼魂考虑到的事情发端于这个星球上的其他地方，结果却困在我的大脑里了。正如格罗格酒、装在大肚酒壶里的酒或者其他任何一种卡姆卡姆酒被吸收那样，丛林医生没有办法治疗。

他们说这种病毒怀念外来的事物，用法语里的说法是“怀念泥土”，得病的原因是把所有的精力都投入到想象的、理想化的世界里。那个世界洋溢着各种团结之歌，就像那首《我们将克服重重困难》一样。我的病毒唱着歌，声音很特别，音调拖长、有气无力，像个患上“闭门综合征”的澳大利亚人——只是在那儿不假思索地为板球、足球开怀大唱。比方哈利·贝拉方特[①]的《香蕉船之歌》。歌中唱道：“白日啊！白日啊！太阳出来了，我想回故乡。”诸如此类的歌曲。好吧！这也没什么错儿。它可以向病毒界大唱特唱，抒发自己的思乡之情。各种病毒住在沼泽地受到污染的微型城镇里。那片沼泽荒凉偏远，铭刻在我的脑海里。

这个失败透顶的病毒对把自己困在我的大脑里十分不满。它表现得宛如一辆崭新的法拉利开进了沙漠中最大的贫民窟。那片肮脏的沙漠是世界上最荒凉之所在，而它在那里不得不把高雅文化塞到陋室之中。医生们在给一个又一个原教旨主义者检查完毕

① 哈利·贝拉方特（1927— ）：美国著名黑人歌手。

之后说，这是一件了不起的事情，简直是个奇迹！谁都没有像我这样，最终得到了这样一个迷失在我的脑海里的奇怪的病毒。他们声称体格检查是在浪费公款，为了证明这一点，还喝了点受到污染的沼泽水。

在学会如何逃离有关这个地方的现实之后，我创造出想象中的古老故乡，来蚕食并且毁坏被病毒盘踞的广阔土地。如今，牧场小屋被多山的外国环绕。这些国家把平原笼罩在自己的阴影中。而山间有许多沙漠，无数口渴的人曾经从那里走向海岸线。海边翻着巨浪，就像怪兽在门前咆哮。没有遇到任何抵抗，我变成了一个吉卜赛人，迷上了走向幻想中的遥远故乡的旅途，想诱使藏在自己塞得满满的宇宙中的病毒来开门。就我而言，这就是开头。这是为了重新获得对自己大脑的所有权而踏上的征程。

于是我在寄给病毒的宣传册中撒谎，说我必须来看看。说想象之中我的故乡遍布各个大洲，每一个故乡都有我的亲人。我愿意为他们而死。我还有一个家谱，那棵家族之树生长在遥远地方的梦里。我说，事实上，我的故乡变得越来越大，需要不停地向前跋涉，这简直成了一场噩梦。我像个圣诞老人，驰骋在天空，仅仅一个夜晚就要到达无数家庭。可是为了什么呢？只是把我自己的货物送过去，不管收件人是否想要。病毒对我属于全世界的想法很感兴趣，问我为什么要踏上漫漫旅途，去充塞它的小小世界。我说，我从脚下的土地起步，在泛滥成灾的翻滚着黄水的河流中航行。那些河流会变成内陆湖泊的交汇处，流向绿草如茵的富饶的冲积平原和平原上鲜花盛开的花园。那里的人们说，他们不认识我，还问我是怎么来的。我总是继续前行。

于是我继续向前走，驱使我前进的动力是为了弄清楚拥有故乡到底意味着什么。走得更远些，走向陌生的未知所在。那些地方被神圣的尘土和果园覆盖。果园里结着小小的被阳光烤熟的珍贵的果子。有时被战争毁掉了一半，有时因为饥荒而被糟蹋得不成样子。然而，即使我带着礼物走过漫漫长途，走到他们门前，门那边的主人无论多么饥饿和困乏，都会鼓起勇气拒绝一个来自天堂的人。仅仅因为我不是他们中的一员。

我告诉病毒，一只野生的啸声天鹅飞翔在跨越大洲的迁徙之路上。它掠过白雪皑皑的山峰，轻盈的翅膀扇来清凉的风，吹到我的脸上，让我觉得神清气爽。而待在一望无际的美得令人难以置信的地方却不能给我任何快感。我必须继续前进，到达那个位于极其干燥的光晕之中的地方。那是我曾经拥有归属感的最后的港湾。

病毒觉得我想要的正是它想要的东西——藏在糖果粉色小床一个阴暗的角落里。那是它做梦的地方，在我不正常的头脑里。

周而复始的沙尘

我听见它们的领头者在哀鸣。

呼唤着那只飞在队末，渐渐远去的掉队的同伴……

当世界发生改变的时候，人也换了个样儿。小镇关门，城市用栅栏围起来，居民远走他乡，政府土崩瓦解。他们离开家园，称之为无用的垃圾堆，似乎没有半点灵魂的愧疚，连头也不回。对于你我来说，这可做不到。

大地母亲？哼！谁知道她能伤透多少人的心。她乐此不疲。谁知道你究竟去哪才能找回你的心？路上的人称她为灾难之母，洪水、火灾、大旱和暴风雪是她随心所欲地抛向世界的四个季节。

森林里每一个角落，人们都慢慢走着，想象灾难预言者说的那些话，谈论着灭顶之灾。

他们相互交流。有人说，豪雨过后大沙尘暴久久不散，自己勉强活下来。有人说，他们一生中的黄金岁月在齐腰的洪水中度过。也有人说，自己经历了海啸，没完没了地处理海滩和田地里的核污染问题。地球另外一些地方，人们根本不交流，他们在暴风雪中蹒跚而行，避免被雪活埋。你可以用自己的性命担保——他们几乎不说话。而与此同时，全世界的政府相继垮台，速度之快不亚于当初前一届政府灭绝之后，新一届又如雨后春笋般冒出来。你自己判断吧。信不信由你。

鬼火＝愚蠢之火。那就是你，奥布利雯！你就像童话时代的老瑞普·凡·温克尔①那样。他们常常唤他：“沉睡的人，醒来吧。”那人睡得像木头，连条老狗都不如。沉睡了那么多年，等他醒来回家，他的房子不见了——杂草丛生，没有一个人认得出他是谁。他们不停地用手捅他嶙峋的肋骨，想要弄清楚，“你觉得自己是谁啊？”想知道他叫什么名字，他为什么老是说他的房子不见了，如此等等。丢掉房子哪有那么容易啊。谁想丢掉房子呢？这活儿干得漂亮啊。活该。你应该随时知道去什么地方找自己的家。

“它就在这里啊！它就在这里啊！”瑞普·凡·温克尔反复念叨着这句话。他就像你，编造那样的故事，奥布利雯。也没见有谁喜欢他。

有人说旱灾之前出事了。一个小姑娘不见了。她掉到一棵巨大的桉树底下的洞穴里。在那个寂静无声的世界，小姑娘在盘根错节的巨大的树洞里沉睡了很长时间。每个人都忘记了她的存在——虽然，这显然花不了多久。

锁在沉睡的世界里，小姑娘只有手指在不停地动，画着圈儿，如音乐的声波周而复始。但凡能够碰着的地方，她都在上面用古

① 瑞普·凡·温克尔：19世纪美国作家华盛顿·欧文的短篇经典之作《瑞普·凡·温克尔》的主人公。故事中瑞普在山上喝下仙酒，醒来发现时间已过二十年。

老的符号写诗——在自己的手掌上，在尘土覆盖的树根上。她正在写的无论是什么，都取自这块古老土地原始记忆的深处，是最古老的语言出于本能或者因为某种奇怪的机缘巧合而获得的新生。这个无意识的孩子的手指所写成的文字活像鸟儿啁啾谈论日光之声。但是，只有河边古老的橡胶树能够记得似鸟鸣或者笑声的那种古老鬼魂的语言。小姑娘对此压根儿不懂。

她的手指跟随着那种古老的鬼魂的语言的轨迹，记下散布在沼泽地中死树的故事。那里像山一样古老的橡胶树鬼魂曾经生长在深不见底的湖边。水由一个古老的泉之精灵的亲戚供给，直到它们都慢慢死去。这件事情发生在大规模的沙尘暴席卷之时。从海边来的陌生人到达之后，沙尘暴诅咒了这片土地。半夜里，人们听见诅咒声在浪尖滚过。一条条盐雾带沿着古老连廊自海上缓缓而来。所有喧闹之声都停留在上面——同沙蝇和跌跌撞撞的蝙蝠一起漂过几公里长的水湾，蜿蜒而行之后倾倒在这个地方。而在这里，只要开挖，便能挖出生活在湖边的祖先内心深处古老的故事。

湖面上密密麻麻布满甲虫。它们顷刻间摇动夜色，搅碎湖水，仿佛把一块古老而珍贵的彩色玻璃砸碎在人行道上。海面传来刺耳的咆哮声震惊了从湖水底下冒出来的鬼魂——它们是听到了人们的喊声才起来的——“十二点半，两点半”，从几丛芦苇的空心中发出回声。

湖边小屋里，睡眼蒙眬的孩子们听到从大片茂密的睡莲中传来的声音。他们感觉到一声声呼喊在追赶他们，像绳子绊着脚，只要想跑，就被拉回去。谁敢回头看湖面上的回声究竟从哪里来，就会听见宛如狗叫的声音。那是掠过湖面的鱼发出来的，它们在追赶一群群蚊子——“约莫四点钟了。”

那海上的回声源自武装部队的士兵。他们在大范围内清理海洋中带咸味的垃圾。这些垃圾漂浮着，滚动着，在地平线上横七竖八地荡来荡去。

那些军人嘲弄经常在这里出没的鬼魂和不法之徒，责令他们黎明前投降。他们高呼：“牢牢抓住你的解放！自由！人称你为鬼魂，你到底是谁?”对于那些被抛弃的钢铁、木板、黄铜灯架和各种家具来说，这真是可悲的要求。因为它们的鬼魂水手无法对军人们的叫骂作出回应。但是令人吃惊的是，空荡荡的残骸却束手就擒。一艘又一艘船从波浪下缓缓升起，在翩翩起舞的月光和星光下闪闪发亮。

一排拖船满载收集来的废物在一波又一波浪涛的拍击下朝陆地行进。随着此起彼伏的命令，船队开始从深水海道开往看守人居住的大湖边。这些湖泊的守护人是负责这片土地的原住民。部队的人在把垃圾送到湖里的那天晚上，相互间说的话都被人遗忘了。因为在这里，陌生人的话没有任何意义。

直到此刻，湖区的人们都像隐身人一样，过着与世隔绝的隐士生活。他们更感兴趣的是向古老的鬼魂歌唱。歌唱他们与鳗鲡、贻贝、乌龟和其他水生物共同栖居的四季。此时此刻，他们真的被那宛如动物争食物的吼声吓坏了。

这太奇怪了。但是他们被吓坏的原因只有一个：源自本能。因为他们的隐蔽性暴露在一个简单的事实面前——夜空被照得如同白昼，部队高性能探照灯射出的光柱在拖船上晃来晃去，沿着海岸线寻找目击证人。

“隐形”的本能让所有人逃出家门溜进丛林。但是在大家为了寻找安全地带而丢尽颜面、四处奔逃的时候，还是有一名所谓新记者抓住了更具轰动效应的一幕。

有人亲眼看到，在拖船螺旋推进器的搅动下，湖水先是冒泡，然后喷洒开来，所有死去的古物腐烂、浮起，像永恒的气味一样弥漫开来。难怪当地人，世世代代拥有这块土地的人，吓得再也不敢回到湖边。他们听说过一些事情，发生在胆敢再回来的人身上的可怕的事情。

奥布利雯的手指一直在写歪歪扭扭的字，写在那棵树见证了一生的尘土之上。写当地人继续讲述的故事，绵延不断的斗争——无数个十年白白浪费了，没有取得任何胜利，没能夺回原本属于他们的东西。后来，这些古老的家族不愿意再在别人的土地上漂泊。他们说，厌倦了年复一年过那种无家可归的流浪生活，日子过得连吉卜赛人都不如。直到终于回到理所当然属于他们的、祖先的土地。

更糟糕的是，一踏上这块土地，他们就听说在经历了两个世纪非法占有之后，澳大利亚人承认了《原住民地权法》。然而，遗憾的是，在他们离开自己土地的那一天，他们的“原住民地权”就无可挽回地丧失了，就从这个星球上消失得无影无踪。

抵达不再属于他们的湖区，首先映入眼帘的就是横七竖八漂浮着的垃圾。就连拖船也被丢弃在那里任其腐烂，无拘无束，没有拴住。原本的主人没有被吓坏。他们对眼底之物视而不见，装作湖仍然是“自从开天辟地以来”那个平静之所在，与湖区人被吓得远遁之前没有什么两样。

他们又开始自己的生活，满眼都是睡莲之间锈迹斑斑难看的景象。时光荏苒，每个人都觉得自己似乎从未离开过这里。但是，景色对人们如何思考问题产生的影响真是令人称奇。垃圾带着自己的秘密慢慢腐烂，本地人也渐渐变得神秘兮兮。他们不知道自己看到的究竟是什么，也不知道那些垃圾为什么总是回望自己。

他们期盼、渴望那些让人情感上觉得恶心的东西能够永远离他们而去。沉没在湖水之中的是外来的历史，决不能腐烂到大地的神圣之中。良知斩钉截铁地拒绝那些人把垃圾埋葬在祖先的神灵之中。

他们真的很固执，牢牢地守在祖先留下的土地上不肯离开。尽管他们清楚地知道，喝了被污染的湖水肚子会疼，但还是不得不眼巴巴地看着从湖里舀上来的每一杯水，喝了下去。

如今，别无选择，没有办法挑拣什么纯洁、质朴的东西了。总想着被污染的水会导致他们的文化永远畸形有什么好处呢？

在传说中的幸运和不幸面前，这些人铁了心。他们看到许多孩子生下来并没有被污染的印记。在湖区人能够记得的历史中，无论军队怎样干扰父母的生活，所有的孩子都被家人深爱着，直到这个女孩出现。她和来到这个世界的别的孩子都不一样。于是，大家都寻思，奥布利维亚为什么要出生呢？这个小哑巴被老贝拉·唐娜从桉树洞里拉出来的时候，已经十岁。她不认她的同胞，仿佛与人类历史无关，而是直接从祖先之树中出生的。谁能对这一切做出评判？只有时间能分辨真伪。

湖中的垃圾被用作空军常规训练的靶子。战斗机瞄准，投弹。

一年到头都会有鹰隼般的战斗机神不知鬼不觉地冒出来，从水面上低低掠过。起初，这块土地的主人大吃一惊，不解其意，但很快就意识到，他们的故土实际上已经沦为空军常规训练的机密场所。那是怎样的轰炸呢？不少东西被炸飞了，飞到天上又落下来，落在这个国家与世隔绝的北部。

只有天知道，芸芸众生把猪、鲜花或者刚刚收获的谷物奉献给他们的神。更有甚者，有的人向神献祭自己的人民。而今，这一天已经来临——现代人变成神的新面孔，干脆奉献了整个地球。居住在沼泽地的人和这个换了一副面孔的神没有交恶。在现代战争的阴霾下生活，就像狗在自己安静的时间漩涡里与血统进步抗争。好啦！就算是对湖区人做的总结吧，他们永远坐在同一个地方，面对时代的变迁。

对湖区人来说，有些时候不太平。老旧的、叫人心烦的排水口和退化的土地总是遭到一连串厄运的打击。倒霉事儿一再出现。这里的人一次、两次，甚至一百次地受到打击，惊骇不已。似乎这个地方就是被选中，成为打击目标的。

沙尘暴继续向湖区猛扑过来，把它变成一片沼泽。在这种诡异的天气里，沙尘四处乱飞，最终堆成了一座带有尖顶的高耸入云的大山。大山堵塞了从海洋到沼泽的水道。

后来，一个上了岁数的人来到这里。他是来为土地治病的，来检查受灾程度，他管这个地方叫“彻头彻尾、行将灭绝的丑陋的母狗”。他像个可怕的怪物那样来到这里，说自己心里沉甸甸的，十分悲痛。像一架飞机，不知道从哪里来。但他想上哪儿就飞到哪儿。这位老人是个有亚洲血统的原住民。也就是人们都喜欢称之为“混血儿”的人。黄种家伙，或者说是混血的城里原住民。“混血儿”。想想吧！想想吧！混合而成。被混在一起。不单是这个，也不单是那个。是提取出来合二而一的。没有纯度。不值得完全信赖。的确如此！管他呢！他也喜欢用很多不同的名字称呼别人，但管自己叫“港长”[①]。他喜欢用自己在世上获得的证明来称呼自己：一个瘦骨嶙峋的老人，皮肤被太阳晒成褐色，戴着太阳镜，胡子刮得不干净，脸上老是有胡茬——有点像米克·贾格尔[②]的模样。他是个有神功的人，专门治疗疑难杂症，哪里需要就上哪儿去，只需要通过思想进入病人的脑海就行了。他治病的神力就像燃料，可以像任何东西一样运行。起初，他像一个“不受欢迎的人”那样生活，坐在高高的沙丘之上，犹如一个一动不动的流放者。日本那种。似乎集“贤人、上师、专家”于一身。他变得简单，像一个以蜗牛为食的沙丘隐士。搞不清他到底还靠什么填饱肚皮，此外这里也没有自来水。他像国王，居高临下，俯瞰芸芸众生。是的，也许他真有点国王的派头吧。

第一次见到天鹅的时候，奥布利维亚脑海里曾经闪过这样一

---

① 港长：原文是Harbour Master。作者的解释是，所谓“港长”其实没有实际意义。在这本小说里，他是执行原住民律法的长者，是传统土地的精神领袖，负责疏通从湖泊到大海的河道。从某种意义上讲，他履行“港长”的职责，即贯彻执行管理某个港口的规章制度，确保海港的安全和航行顺畅。

② 米克·贾格尔（1943—　）：生于英国，摇滚乐手，滚石乐队创始成员之一，1969年开始担任乐队主唱。

个念头：沙尘能够改变人的命运。吃午饭的时候，一个红色的幽灵正在天空中翻滚，一只孤零零的、灰黑色的天鹅突然出现在栖息于北方世界水边的白嘴鸦上方。居住在沼泽地的人们懒洋洋地无所事事，正把刚煎好的鱼片送进嘴里。这时，他们听见天鹅奇特的歌声。四周一片寂静，没有人说话。大伙儿都停下来不吃了。叉子从餐盘往上举到一半就停在那里。午餐变凉了，人们都目不转睛地看这片土地上出现的第一只天鹅。他们脑子里乱糟糟的，纳闷为什么这只奇怪的鸟儿会冒着中午的暑热歌唱。天鹅不是不会唱歌吗？当地人问咆哮着的无所不能的红色沙尘精灵亲戚："这个老兄是谁？"

万籁俱寂，夏天的太阳温暖着沙尘精灵的心。看来天鹅是不祥之兆，并非预示着拯救世界的奇迹到来。奥布利维亚瘦得像根棍子，她的心情要多平静就有多平静。看到这只巨大的鸟儿就这样从沙尘弥漫的天空飞过，她心里激起波澜。人们看到，一根天鹅的羽毛从天空飘落下来，正好落到她的头上。奥布利维亚的皮肤马上变成了暗红褐色。她那乱蓬蓬的头发呢？哦，那倒没什么变化。一向如此，仿佛受了惊吓似的呈爆炸状。乱糟糟的！总像被扔掉的乱稻草似的，得用绳子捆上才好。她有点不对劲了。傻傻的。现在显得更傻了。那是人们能够注意到的最大的变化。她的所作所为都在预料之中。她像一把干草叉穿过炽热的沙尘暴，进入一种无法忍受的状态，陷入多得无法计数的、危险的回忆之中。她脑海里所有的东西都弄脏了。这就是一个流放者不断积累的经验带来的伤害，给任何一个相信自己大半生都在桉树树洞里睡过去的人所能带来的伤害。是啊，乌托邦梦幻要么太多，要么太少，但是她至少意识到，那只天鹅也是个流放者。

突然，天鹅从天而降，从沼泽表面飞过，几乎碰到了水面。它的速度非常慢，这样可以更加仔细地端详这个女孩。天鹅没有表情的眼睛里射出的光芒直勾勾地盯着她的眼睛，让女孩觉得自己像是被剥光了衣服，被搜寻，终于被找到。而所有其他停下来不再吃鱼的人都看到了这一幕。看到这个巨大的黑色的东西直勾勾地盯着这个从来没有谁要仔细看看的人。她屏住呼吸，心烦意乱："他们现在会怎么看我啊！这只天鹅为什么单单看我，对别人却视而不见？这会是什么兆头呢？"心怦怦怦地跳着想事儿对于她可真是少见。她觉得自己仿佛成了旁观者目光吞噬的盛宴。哦，不必考虑别人如何看待自己该有多好呀。

如此近距离地打量这个奇特而陌生的东西之后，女孩确信，这只天鹅绝不是一只普通的天鹅，不是从它的必经之路被什么人拦截下来的。她知道，事实上，这只天鹅是被赶出来的，离开它本应该歌唱自己故事的地方，到她身上来寻找它的灵魂。

黑天鹅继续低飞，然后往上飞去，长长的脖颈拉得很直，仿佛被蜘蛛网一样纤细的无形的绳索拴在喙上拉着往前走。她看见，在世界那头，一群脸挂寒霜的猴子骑着一群驯鹿驰骋。它们抓紧绳索，冲破辽远天空中的冰霜，拨动紧绷的"绳索"，那是被称作 *Hansdhwani* 的天鹅音乐之弦。老吉卜赛女人贝拉·唐娜用天鹅骨做成的笛子吹奏这支曲子，你可以透过这位白人老妇半透明的皮肤，看见她的血液和着音乐的节拍而流动。那曲子诉说迁徙旅程的艰辛，时而婉转，时而激越，飞过白雪皑皑的最高峰，沿着男神和女神们的河流，穿过茫茫大海，按照心跳的节奏，张开双翼扇动着。

正在这时，女孩意识到她听见从远处飞来的天鹅扇动翅膀的声音。它们彼此呢喃，犹如天使在空中低语。她不知道它们从哪里来，为何来到这块土地，进入她的梦幻世界。这是她第一次见到天鹅。她不可能知道，这些巨大的黑色鸟儿从如此遥远的地方飞到这里要花多长时间。而这个地方没有可以带它们返回故里的情节。

这些天鹅变成吉卜赛人，在沙漠中寻找一片片宽广的、由暴风雨形成的水面。雨水把几个世纪以来干涸的湖泊浸透，而此刻，它们自己的栖息地因为持续的干旱早已干涸。它们变成游牧民族，像北方世界的白天鹅那样迁徙，沿着固定的路线南来北往。而与白天鹅不同的是，黑天鹅跟着飓风带来的雨水，越来越深入到大陆内部。

一群群天鹅穿过人造水库和牧场上的围堰，飞落到矿山的尾矿坝上和内陆小镇的污水塘中。在那里，一个又一个故事在沙尘升起之前被重新放进泥土之中。而天鹅继续飞翔，挺进到先前这些来自南方的鸟儿并不知道的疆界。不过对于它们很早以前的祖先来说，这些地方并不陌生。那时候，鸟群带着它们自然法则相关的故事飞过这个大洲的许多地方。当地人心想，“它们一定是变成了那个老吉卜赛女人的天鹅！”

看来是真的。老女人以前总是说她能够召唤天鹅，但她心仪的是一只白天鹅，而不是这些黑天鹅。在黑天鹅飞舞的沼泽中央伫立着一条锈迹斑斑的旧船。船上住着贝拉·唐娜和她寻找多年，最终从一棵古树树洞里拉出来之后收养的女孩。女孩还记得，老女人总是喋喋不休地说，要不是一只天鹅，她早就没命了。她对奥布利维亚说，她多么想再次看到从她那个世界飞来的天鹅啊。她做的是一个外国人的“美梦”。

“她在沙尘时代开始的时候来到这里。”一些满身尘土的老人说。他们回忆那场旱灾，记起在这里居住了上万年的海龟爬到丛林里等待自己的末日。他们仔细打量她，薄如蝉翼、几近透明的皮肤下面，骨头看得一清二楚。大伙儿说，这是因为她在大海漂泊时吃了太多的鱼。还说贝拉·唐娜就是个很好的例子——别的地方的人压根儿就不把自然法则当回事儿。这些人很老，还记得世界上别的地方的事情，而大多数年轻一点的人自顾不暇，对沼泽地之外的任何事情都不关心。所有这些自认为尊重自然法则的人以为全世界不同部落的人都在做同样的事情，跟他们自己差不多，也会告诉你侵犯别人的领土破坏自然法则会带来什么样的后果。他们把有关大自然的法则故事看成是头等大事。

在真正看到天鹅之前，女孩满脑子都是老女人讲的天鹅的故事，而且即使她双唇之间连一句话也说不出来，脑海里却在模仿贝拉·唐娜苍老的欧洲乡音：“我一生都在看天鹅。我在许多不同的国家看到它们。有些长着巨大的翅膀，像北美洲的黑嘴天鹅。它们在漫无边际的沙尘暴中飞行，不断调整方向，在空中飞得更高。在高空，它们像啸声天鹅那样一边滑翔一边互相喃喃私语，然后更加用力地扑打着翅膀飞走。我知道这些，因为我是讲述天鹅故事的人。

“暴风雪席卷了我的故乡，成群的麋鹿被冻僵，如同黄色的冰雕。喑哑的天鹅栖息在冰雪覆盖的芦苇中。富人坐着飞机，像迁徙的候鸟一般成群结队离开故土。而我这样的穷人只能像牲口那样徒步前进。在试图穿过异国他乡的领土和领海时从一处边境被赶到另一处边境。

“你知道吗，女孩！我今天还活着，多亏了一只天鹅。但是，总的来说，我的幸运故事只是被抛在路边落满灰尘、已然死去的优美故事的一部分。时候一到，埋在尘土中成千上万个低声讲述的故事还会被人们听见……我只给你讲我的关于天鹅的故事。”

一只古老的手能为这些负责吗？备受炙烤的大地，像纸一样干燥。整个大陆的天气系统像古老的卷轴一样从头和尾两边同时卷起，接下来，嘭的一声，在南回归线会合。天气一下子翻了个个儿，南方的天气跟北方的天气互换位置。这种独一无二的、将天气的“卷轴”上下颠倒打开的情况使得整个大陆沙尘滚滚。若干年后，当天气的格局平衡之后，这个国家两端平常的天气仿佛是从澳大利亚先前干燥的中心生成的。随着国家的心脏地带长期被暴风雨所困，又热又潮，一度属于南方的凉爽天气与北方的潮湿交汇在一起，直到整个国家都笼罩在一连数天的沙尘之中。或者一直笼罩在气旋带来的豪雨之中。

黑天鹅经过漫长的飞行，来到这个地方。饥饿的澳洲野狗、狐狸和野狗紧张地挖着洞穴。挖好之后，便躺在泥土下面过分拥挤的地洞里躲避沙尘。草丛中，屋顶上，林中的枯树枝头，所有那些曾经生活在湿地故事里的美丽而珍奇的鸟类，迁徙的燕子和在草原上跳舞的澳洲鹤，都忙着把过去的岁月束之高阁，放到镶着蛛网花边的迷宫之中。那迷宫是由泥饼制作而成的坚固的巢穴，里面摆满各色小饰品。风中狂舞的旧塑料绳，带着褪了色的银白色玻璃纸舞伴，把过度使用的沼泽地的两岸弄得杂乱不堪。

奥布利维亚突然想起，看到天鹅盯着她看之后，人们都开始关注她。“想怎么样就怎么样吧。”她不高兴地嘟囔着说。

喧闹的人声打断天鹅的乡愁。它受了惊吓，焦急地扇动着翅膀，但是仍然继续飞过尘土覆盖的大地。这个孩子！居高临下的天鹅无法把眼睛从站在红色土地上的小女孩身上挪开。音乐戛然而止，像绳索断了一般。有几个瞬间，天鹅顺着气流往地面跌落。也许正是这几个瞬间的工夫，天鹅让自己置身于这片土地的故事之中。之后，它会按节奏扇动翅膀，继续飞翔。

天鹅消失之后，奥布利维亚没有老想着它，只是觉得它正朝正确的方向飞去——向水飞去，向海边飞去。她从听到的那些关于北边地平线之外的故事中知道有那么个地方。她认为人们都在说她的坏话，于是很不客气地朝他们居住的小窝棚怒目而视。那些小窝棚挤得密密麻麻，像一条正在沉睡的蛇环绕着整个沼泽地。炽热的阳光照耀下，沼泽地五颜六色，拥挤不堪，使用过度，混杂着爱、幸福、悲伤和愤怒。这一小群人过着被征服者的生活。四周鸟儿聒噪，它们在屋顶上空你追我赶，争夺空间，这里的生活成本太高，只为看一眼死寂的湖。

“这些人老是盯着我，”女孩的嘴一张一合，“看我的口形。”

她凑到贝拉·唐娜面前。自从打定主意不再说话以后（因为没有什么可说的），她便发不出声音。自打说了最后一句话之后，她宁愿一言不发。那时，她吓得魂飞魄散。就在那天，她的尖叫突然停顿，到处尘土飞扬，整个森林地带都回荡着“啊啊——啊啊——”的尖叫。就在那一刻，她跌进树洞。

奥布利维亚滚烫的呼吸碰到她脸上，贝拉·唐娜觉得受到了侵犯。刹那间，她的隐私感缩小，宛如她自己在这块贫瘠土地上获得的战利品被踩扁。虽然她知道女孩试图和别人沟通的时候非常笨拙——事实上，那孩子被强奸之后一直没有恢复过来——她还是进行了还击，毕竟知道是知道，感觉是感觉。像世界上任何宿怨一样，一个侵犯行为招致了另一个侵犯行为。“别忘了是谁仅凭两只手把你救出来的。你看见过别的什么人要把你从那棵树里挖出来吗？酷热难当。大中午，阳光暴晒在我的头顶。你听到有什么人大喊大叫，找人来帮我把你拉出来，不让你死在那里吗？一个也没有！没一个人向一个老太太伸把手。没有别的任何人花几年的工夫来寻找你。只有我，在森林中走啊，走啊。一边走，一边喊着你，姑娘——你记住！连你的父母都忘记了你的存在。死了！他们以为你死了。只有我在找你。”

贝拉·唐娜努力为这个说不出话的孩子矫正发音。她知道这个女孩儿只能发出几个几乎称不上是元音的声音来。她说过的最后一个字仿佛还“余韵绕梁”，只是模糊不清，难以分辨。从女孩口中传来的声音音调极低，老妇人需要竖起耳朵使劲听。那声音一般都在丛林嗡嗡声的范围之内。就像树叶被一阵微风刮起，三齿稃叶子相互摩擦，枝头小鸟单调地唱歌，远处森林大火狂怒地噼噼啪啪。老妇人从奥布利维亚愤怒的口中听到的就是这些声音。

女孩根本不在乎这位来自月季之乡的老吉卜赛女人是否在听自己说话，也不在乎老妇人喋喋不休。她说，她负责照顾女孩，直到躺在坟墓里的她身上落满灰尘。她甚至会从坟墓中爬出来，做饭、洗衣，无所不包，因为她是一个勇于承担责任的圣徒。"我跟你说，这些人老盯着我看。"

"为什么呢，丫头？我的老天啊，他们只能看到他们想要看的东西。他们眼瞎，但是不笨。他们看见了，但是他们瞎了眼。"苍老的声音似乎不是在回答女孩的话——从来都弄不明白这个哑巴是什么意思。她一边说，一边顺口瞎编。

"奥布利维亚！"破解了风暴或者阵风的语言密码之后，受到惊吓的老妇人相信自己懂得女孩所说和所想的一切。她拿腔拿调地说着，暗示自己在这个贫穷的群体中有很高的威望。她给女孩起了一个漂亮的名字，还做了许多别的事情。奥布利维亚，是"遗忘·乙烯"——奥布利雯·埃塞尔的昵称。她是无意中受到启发起的这个名字，代表她对女孩的看法。她也许当初死了更好，而不是像一阵臭气从坟墓中回到这个世界。她听到自己又一次叫这个名字，骄傲地继续说道："奥布利维亚！你怎么小小年纪就变得这么愤世嫉俗。"

老妇人努力让这个受过苦难的孩子得到补偿。她活着的目的似乎就是要让这个女孩表现得像个正常人：规规矩矩、端端正正地坐在餐桌前，正确地使用刀叉，学会用餐的规矩，优雅地说话，走起路来像翩翩起舞的蝴蝶，像正常人那样穿衣打扮，每天都学点有用的东西，表现得达观一些。奥布利维亚在脑海里一次又一次地念叨："不！零零星星，没完没了。全是有用的东西。"还有："待人大大方方。"

和老妇人一起生活了那么多年，奥布利维亚除了像她一样骨瘦如柴，整天佝偻着腰之外，似乎什么也没学到。但是甚至连她也无法阻挡大自然的力量。她无法永远以一种与那些显而易见的东西作斗争的姿态生活，无法永远把自己想象成树洞中蜷缩在一起的一堆烂苹果皮。骨骼变直了，她长高了。原先像树的心材那种难以名状的琥珀色皮肤变得黝黑，变得像古老的金子那样耀眼夺目——颜色变深，宛如褪色的红黄色赭石矿在雨后的阳光下闪烁。

在这个沼泽的世界里，人们听觉敏锐，能够听到水面上漂过来漂过去的每一个字。反之亦然，听得见老妇人船上传出来的每一句话。你几乎伸手就能从水里捞到每一个字。他们在聆听被认为是老妇人扔厨余垃圾的声音。女孩重复那些声音好听的词，但是更喜欢按当地方言的节奏，像本地人那样讲。舌头在紧闭的双唇周围轻轻敲打，无声无息地重复她家庭生活中的说教："坚强起来。走出去。敢于标新立异。不要像周围别的人那样。祝你今天愉快。"

大家都觉得老妇人的话听起来挺悦耳，但是在当地的原住民看来，"是漂亮的英语不假，她能够因为改良澳大利亚的语言水平而名扬四海，但是在这里派不上用场。"这是自然而然的事情！远在沼泽地，人们的生活飘忽不定。大家都认为她的语言太过柔软，像猫叫一般。没法适应周围粗粝而险恶的环境。从跨文化的角度看非常自然，英语似乎只是为了政治而被运用。她说英语时显得很体面。那“呢喃细语”更适合在它遥远的故乡用来闲谈。兴许绅士淑女们在修建得格外雅致的英国公园悠闲自得地散步时说那种语言比较合适。事实上，上流社会的男男女女每天都是这样度过的。观赏刚刚绽放的玫瑰时心旷神怡，看见一只松鼠嘴里叼着肥硕的秋天的橡果从小路上跑过时大惊小怪。

沼泽地区的人对白人并非一无所知。毕竟，他们不是昨天才出现在这里的。打了这么多年的交道，他们声称至少有十代以上的了解，白人对他们的好处牢牢记在心里。他们是按季节种庄稼的人，是收获土豆、卷心菜、豆荚、黄梨的人。他们生产大麦酿造威士忌，种植葡萄酿造葡萄酒，饲养奶牛或者猪，培植菌类和橄榄。他们家族之间相互仇杀，陷入牢狱之灾，侵占别人的土地，加大贫富差距，发动战争，制造奴隶与恐怖。所有这些“丰功伟绩”使得他们的祖先在那块遥远的土地名扬四海。既然这样，为什么还那么在意老妇人那些动静呢？——“废话！瞎说！”或者跳起脚来——“叮！叮！当！当！咣！什么？”——那只不过是罗盘上的指针从她在地球上流浪的任何一个地方指向北方而已。歌剧！仅仅是歌剧而已。在沼泽周围居住的、拥挤不堪的当地人就是这样描述她说话的样子。

老妇人一边对女孩大声说话，一边给聚集在船边成群结队的黑天鹅喂食。她受够了。她这辈子和各地的人相处都不错，“不仅仅是在这个沼泽地带”。谁知道临了却遭到一个孩子粗暴的对待。“可不是嘛，”她说，“我利用各种机会对全世界的人造成影响。你必须发出声音，必须开口说话。”女孩觉得，如果语言只不过是一种因地域不同而不同的工具，可以“移植”到地球上任何地方的话，她就应该保持沉默。倘若这样，会有这种可能吗？她的声音会被想象中的人们听到吗？

白女人是在气候变化、战火纷飞中被打败的诸多民族中的一员。他们是世界上的新吉卜赛人。沼泽地居民们说，在他们看来，她虽然是个白人，但不如他们幸运。因为他们至少有个家。对啊，可不是嘛。黑人知道他们自己有个家园，而在别的地方，在成千上万的海上吉卜赛人中，也许有许多白人正在流浪，想找个栖身之所。

“王者”贝拉·唐娜老大妈说，她是听霍夫迈斯特[①]F 调四重奏的人的后裔。她夸口说，整个世界都推崇这支曲子。可是这里没人赏识。没错儿！沼泽地居民从来没有听过这样的音乐。她说，另一方面，现在她在澳大利亚原住民中生活得很幸福，但她仍然把许多别的国家当作故乡，觉得自己“既不完全属于这里，也不完全属于那里”。你要是像她那样，一生中到过那么多地方，你的声音当然也会被地球上其他地方的人听到——倘若你把自己的话语留在那里。她常常告诉女孩儿，人类的过去和现在都存储在她的头脑里。“头脑不就是干这个的吗——储存你随时想调用的关于世界的知识。”

“对呀！好像就是这样啊！”

所有故事都由“从前”开始。老妇人也是这样开始她的故事

① 霍夫迈斯特（Franz Anton Hoffmeister，1754—1812）：德国作曲家和音乐发行人。

的。她一边讲故事一边摆弄水晶球。水晶球飘浮在空中，曾经发生过的故事似乎都是从那晶莹剔透的物件里起源的。当她雪白的头发充电了一般在风中飘舞的时候，一切皆有可能发生。头发在她高挑瘦削的身子周围萦绕盘桓，旧连衣裙上褪了色的红芙蓉花上下翻飞，仿佛被飓风卷起。她百岁高龄的脸上足有一百多个皱纹。一个球的众多裂纹被一道道白色的雾填满，另一只球布满红色的沙尘。

老妇人的眼睛与海洋一个颜色。她继续茫然若失地盯着水晶球。也许这是她在海面上长时间漂流而形成的习惯使然。她给人留下这样一个印象：她不是在说话，而是从这催眠的玻璃中释放出词句。那玻璃被太阳光打成金色，这着实叫人害怕。这些物件儿的力量让人痴迷，以至于谁都没有想到她兴许在拨动他们的心弦，或者是在用海外的魔法诅咒他们。她的把戏让人们紧紧地盯着每一个旋转着的水晶球。这些球奇迹般地悬在半空中，每次缓慢上升之前，先到达中心点。与此同时，她的故事中任何一个情节，但凡他们想要记住的，都会毫无来由地涌入脑海之中。

沼泽地居民都知道，她也许是爱尔兰的太阳女神艾娜。一个受尽凌辱的老妇人，先是遭受困窘，从湖泊中被人匆匆忙忙挖掘出来，然后不得不饱受侮辱，坐在一条又一条臭气熏天的船上，让人拉着满世界跑。沼泽地成了住在周围各色人等的再生之所。当然，她很了不起，诱惑人们，骗他们做梦，在他们脑海里的任何一个角落变出各种戏法。这是一个自己从海洋里“脱颖而出”，然后变成普通老妇人的女神。

贝拉·唐娜说过，在她自己的国家，现代世界的人们曾经快乐地生活。他们几乎什么都不用做，只需每天照顾自己，为人生的故事提供素材。但是“如今完蛋了”。她常常回想起一片洁白的天鹅羽毛落在她儿时住的那幢房子窗户外面的蜘蛛网上。那所房子毗邻鹿群栖居的森林。她会朗诵一个匈牙利诗人的诗句：“雪，雾，窗玻璃上的指纹生出天鹅羽毛……那只是孩提时代的回忆。”故事讲到这里，她常常突然停下，似乎她最宝贵的忧郁的思想和这片土地不相匹配。

她说有一天，某个魔鬼，不是人，来和她的人民作战。“老妇人，那是什么样的魔鬼？”是啊，沼泽地居民想搞清楚，也有权搞清楚到底怎么回事。她愣了一下，仿佛有人要求她去描述那些很难说清楚的事情：气候变化引起的风暴，连年干旱到了极点。一些国家被高温和强风所害，而另一些国家则是被没完没了的严冬冻到了极限。和平，她说，号召人民为土地而战的各国政府都称之为和平。她看见的则是诸如此类的战争在祖国温暖的土地上肆虐，所到之处，横扫一切，给幸存者们留下的只能是可怕的故事。

听我说：城市、小镇、家园、土地，还有动物和庄稼都被踏平，真是万劫不复。造就这些狂热分子的是坏天气。在开列敌人的名单时，她声嘶力竭，舌头仿佛着了火：独裁者！土匪！抢劫犯！她可以花上一整天的时间开列这个名单，历数这个世界毁掉同胞土地的“坏人”的罪恶。那是些想要把世界推到毁灭边缘和充满核辐射的微尘之中的人！她大声叫喊着，仿佛沼泽地居民都是聋子，对外面的世界一无所知。“每个人都觊觎邻居的田产。一个掠夺土地的国家与另一个掠夺土地的国家开战。战争没完没了，除了必须保留的，多余的人一律被杀死，或者把他们扔进大海自生自灭。”她的声音落入对淑女般美丽花园的追忆之中，和她被海浪挟缠一生的回忆一起跳荡。这个世界发生着剧烈的变化，回到从前已经不可能了。“故土完全被毁灭了，饱受辐射，谁还能回去呢？到哪个千年才能回去呢，是这个千年，还是下一个千年？那时候，她的人民会是什么样子？”她的话尖刻而吓人，把沼泽地的居民全都镇住了。他们在心里努力想象，这个没有人去过的鬼国家到底是什么样子呢？

“于是，就没有了故乡，能想象得出来吗？”想象一下！无法想象。因为故乡永远不会离开它的子民。沼泽地居民就是这样说的。从她身上，他们看到了某种类型的故乡，这种故乡是通过听她说话而从她身上“提炼”出来的，就像从垃圾桶中清理垃圾一样：废弃物撒在地上到处都是，很难想象到底都是从哪里来的。她让他们想象她的同胞踏上那条充满痛苦的小路时的情形。那条羊肠小道是他们的前辈用脚丈量出来的。

“他们当时是什么样子呢？”那些人除了身上穿的和肩上扛的一无所有。随身携带的物件，比如电视、电脑、手机呢？嗖！啪！砰！你整天都能听到这样的声音，人们忙于找水和食物，科技产品都被扔到山那边去了。她的同胞的故事，她声称，就像梦魇之书中的章节。接下来会发生什么事情呢？沼泽地居民对那些故事略知一二。故事是有价值的，能够买来信任。能够买很多东西，甚至是沉默。故事是在对彼此充满怀疑的人们之中流通的新货币。

猝不及防的逃离。撤离的人们变成难民，像离开冬季草场不知道该往何处去的鹿群一样胡乱往前闯。饥饿如影随形。装扮成人形的耗子精把一队又一队逃难的人赶进陷阱里。无缘无故、没完没了、徒劳无益地杀人。这就是贝拉·唐娜的同胞被赶出家园时，她所经历的生活。最终，一切土崩瓦解。在有上千年历史、神灵遨游其间的花楸浆果林下的群山里，他们陷入另一个绝望的顶点。他们不知所措，俯瞰环抱群山的云海，在迷雾中努力寻找通往下面沼泽地的地道，想看清如此残暴的人会不会守在森林中的某个地方。河水从那里流过，宿营的火堆上升腾起一团团烟雾。但是最终，就连苟活到那时的人们也把自己托付给全军覆灭的命运了。

就那样吧！最终，他们意识到造物主的门就在眼前。那一刻，既感到痛苦，又充满奇特的快乐。贝拉·唐娜说，站在山巅准备赴死的人们此刻把脆弱的凝视转向天堂。如若有比大地更宽广的世界，他们就承认这世界有一只更有力的手。这只手因他们堕落而惩罚他们，尽管他们一度觉得自己的生活再正常不过了。于是，当他们跪在冰冷的土地上，静静地为末日如此迅速到来而祈祷时，极不寻常的事情发生了。

他们听到上帝来到雾中。音乐响起，如此甜美，似乎大自然在歌唱，似乎听见大提琴轻轻地拉响《镜中镜》[①]。一只白色的天鹅飞过，翅膀和着音乐扇动。“我们头顶上，翅膀像钟一样拍击着。”老妇人轻轻地念道。这是一位爱尔兰诗人用墨水写在纸上的、为世界带来甜美的诗句。他们看到一只疣鼻天鹅——世界上

① 《镜中镜》：1935年生于爱沙尼亚的阿沃·帕特流传最广的作品。

已知的八种天鹅中最大的一种。它在天空中盘旋，然后飞下来落在它们当中。它用低低的声音表达着问候和美好的祝愿。它温暖的呼吸在寒冷的空气中形成一片小小的云。

仔细聆听："我们的想法并不大胆。这只肥硕的鸟儿，响应我们对上苍最后的祈祷，像天使一般出现在我们面前。多少天来仅见的一只鸟儿，应该被吃掉吗？天使们能被吃掉吗，哪怕只是一个天使，能被如此多的、饥饿的人分而食之吗？"

这只天鹅羽毛肮脏，沾满灰烬。它在云层之下穿行，经过低地国家被烧毁的平原上空时，被染黑的雪把灰烬粘在羽毛上。它没有长时间逗留，拖着笨重的身子跑着，用有蹼的掌承载着过去、现在和将来，沿着长满苔藓的高山沼泽，拍打着翅膀，涉水、腾空，身后波澜不惊。

但是，与野生的飞禽走兽不同，这只天鹅又回来了。它向聚集在山上的人群俯冲、盘旋，逼迫跪在冰冷土地上的人们起身、离开。严寒刺骨，比刀割一般的风更加难耐，转眼之间就能把他们变成冰雕。两三千人开始在凄风苦雨中转圈。天鹅落在一个圣徒脚上的故事在人群中流传，鼓起他们的勇气。那天，人们陷入无数有关天鹅的回忆，真是一件了不起的事情。想想以前的事儿，再往以前想……甚至更远的、从前的事儿。想想这只大鸟是如何从天鹅骑士传承下来的。这当然会让他们相信自己与这只天鹅也是"一脉相承"。有人对着头上盘旋的天鹅喊罗恩格林[1]的名字。他们想起瓦格纳的歌剧，便以合唱的形式作为回应："骑士罗恩格

① 罗恩格林：德国神话中圣杯骑士的名字，他由天鹅带领远征。

林，乘着天鹅拉的船到来。”历史！天鹅的历史！再快些！再快些！再快些！回想一下这个，回想一下那个。想起来了。这些处于绝境、相依为命、想要在冰冷的苔藓上偎依取暖、激动万分的人们想起了历史上故事中所有被爱过和恨过的天鹅。他们抓住想象中一万亿只天鹅，把它们从脑海中被压抑的、未开垦的土地中强拉回来。“既然这样！上帝救救我们吧。”贝拉·唐娜说。他们齐唱：“活下去，让我们活下去！”这群人为生命歌唱，歌声为他们取暖，然后他们决定沿原路返回，下山。

他们跟随天鹅，行动迅速，虽然连气都喘不过来，但是又变得强壮起来，仅仅因为相信世上还有仁慈。因为记起了上帝、文字以及诗句：“在石头间流淌的水上，有五十九只天鹅。”老妇人似乎回到许多年前那一天的山上，在布满石头的路上跌跌撞撞地穿行，一边走一边吟诵着歌词，越来越快：“在它们发出响声的翅膀上，一个个巨大的有缺口的圆圈，旋转着分散开来。”

天鹅让他们重新获得信心，按部就班地生活，仿佛看每周播放一集的最喜爱的电视连续剧。虽然毫无来由，但他们都知道，天鹅总会出现在大地之上，总是会回来，而且总会被人记住。他们生活在黑暗时代的祖先们一度追随天鹅，沿着想象中的道路上下求索，一心一意想要拯救自己。他们和老祖宗没有两样——把自己从什么样的危难之中拯救出来呢？类似的不幸吗？天鹅沿着喷涌而出的蓝白色洪流向山下飞去。“我们追随着生的念头，”她说，“相信天鹅是向导，它来自我们的过去，向我们伸出援助之手。”

天鹅继续飞啊，飞啊。每个男人、女人和孩子都跟着它，跳进小溪，沿着布满石头的斜坡和光滑的苔藓狂奔，直到夜幕降临之前，大白鸟顶着狂风飞到灰色大海的岸边，给贝拉·唐娜的人民指出一条逃离战争、走向安全地带的路。

人们仿佛鬼迷心窍，深信在后面追逐他们的无论是什么灾难，都能获救。他们跌跌撞撞，跟在天鹅后面，风抽打着脸，不让他们靠近大海。但是，尽管备受恐惧煎熬，害怕没有别的地方可去，白天鹅创造的奇迹仍然在一定程度上继续激励他们前行。他们在黑暗中沿着一条被厚厚的冰覆盖的河流奔跑，一直跑到海岸。港湾里，因为无法适应在大海里航行而被人遗弃的渔船在海面上漂荡。他们继续奔跑，冲进冰冷的水中，朝着那些船奔去。

他们扬帆启航，沿着天鹅的漫漫迁徙之路，走出国门，朝栖息在地平线上的月亮驶去。贝拉·唐娜对着沼泽地的居民们哀叹。天鹅消失在大海之上，就像神话中不听父亲的警告双翼融化、坠海而亡的伊卡洛斯[①]。但是，锁在图书馆里的那些古书叙述的故事，逃亡的人们并不总是记得那样真切。恰恰相反！“让我们启航吧。”她叹了口气，点点头，仿佛又回到同一片风大浪急的海面，跌跌撞撞扑到海滩，重新经历他们无序撤离时的混乱。她声称，那天夜里是一个长着天鹅翅膀的天使推着他们出海的。天使的双手牢牢握着船的桅杆，保护着风帆。若不是他，船帆早就被风刮得稀烂。

“王者”贝拉·唐娜老大妈蜷缩在月光下，安全漂流在海面上，

① 伊卡洛斯：希腊神话中代达罗斯之子，以其父制作的蜡翼飞离克里特岛，不听他父亲的警告，他因飞得太高阳光融化了他的蜡翼，坠海而亡。

感到一丝欣慰。她说："我们想要放弃自己的土地，放弃关于它的记忆和故事。稍事回忆，在远离土地的海面上感到一阵轻松之后，我们说，希望历史证明我们无罪。"很快，事实上，在第二天早晨以及后来他们穿越海洋越走越远的每一天，获得"船民"这一新身份的他们，留在记忆之中的只剩下头一天发生的微不足道的小事。他们相信自己变成了神秘的"划桨一族"，手中镀金的双桨和着激越的鼓点，向层层波浪划去，波浪随着一名吟唱者挥动着的指挥棒翻滚。他那长长的马鬃一样的头发在海风中飘舞。"我们设想自己坐在制作精美的天鹅船上航行。天鹅羽毛闪闪发光，像金子和珍宝在阳光下闪烁。脖子上挂着的珍珠，硕大无朋，在月光下闪烁。"于是她声称："我们把自己叫作能召唤天鹅的人。"

"王者"贝拉·唐娜老大妈在海上航行，跟世界上被流放的任何人一样可怜。但是，幸运的是，她能够在一个富裕之邦最穷苦的人们当中度过余生。那是一个隐蔽的场所，另一个伊甸园。对于生活在这块土地上的老人们来说，饥饿和死亡司空见惯。拥有这块土地的人们知道，他们是在一块很大的墓地上搞社会科学实验。这个小地方，有时候由沼泽地为数不多的几个吸毒上瘾、头脑受到损伤的年轻人治理，结果搞得一塌糊涂。父母唯一的希望是能有片刻的安宁。而在这个地方，安宁被看成上苍的馈赠。人们打牌赌博，像鬼魂一样嬉戏。他们拿弥赛亚[①]赌博。打赌看谁最幸运。好呀！歌里唱的都是真话！弥赛亚来来去去，常常以大

① 弥赛亚：犹太人所期待的救世主，救星，解放者。

学里研究者，或者被选中的黑人和昙花一现的政坛精英的面目出现。他们假装为原住民说话，花光了政府拨下来的那点款项。他们是唯一对你的祈祷做出回应的弥赛亚。你一定要练习一下如何布道。向上帝祈祷，不要浪费这个机会。

作为“无敌舰队”最后一个活着的人，她在海上日渐憔悴，从一条鬼船换到另一条鬼船上，那种痛苦无法想象。最终，她只说了一句，够了够了，老妇人入侵了澳大利亚。她看到澳大利亚海滩上矗立着一排排露兜树，闻见丛林大火的烟火味，感受到了微风中的尘土，鼻翼间弥漫着熟透了的芒果和红木的气味。她不再听从大浪的摆布，大浪拍打着这个禁止进入的国度的海滩。她把旧天鹅笛子、一堆关于天鹅的书和那些水晶球装进袋子里，然后径直穿过澳大利亚海岸线走向树丛。

“有人吗？”她喊道。

军队在沼泽地周围竖起一道护栏网，入口处有一只瘦小的牛蛙蹲在泥泞中。它回答说：也许有吧。她问能不能进去看看，牛蛙很高兴地同意保护她一路前行。

她走到一个原住民家的门前，孩子们全都大叫起来：海盗！海盗！一个穿得破破烂烂的老海盗！

她浑身上下沾满泥土、乱草，看上去全然忘记如何走路、如何梳头，俨然是从灌木丛中“游”过来的。两条法律都说她是“入侵者”。一条在脑海中，另一条写在纸上，在沼泽地一文不值。但是，你能怎么办呢？可怜的“王者”贝拉·唐娜老大妈！她那惨状会让你哭出声来。她像一位块头很大的天使，自称“全世界被遗弃者”的女庇护人。她可不是来自卡姆维[①]或者堪培拉的叛徒。这里就是被遗弃者之乡。在这片沼泽地，人们心目中最热门儿的话题莫过于被遗弃。于是，为了证明自己没有被澳大利亚生活方式同化，他们遵照古老的法律，礼貌周全地欢迎陌生人——请进来吧！住下来！试试看！我们不介意。

老妇人吓坏了，生怕他们把她送回到海滩，扔进大海。她迫不及待地讲述自己的经历，诉说她遭受了多么漫长、多么不同寻常的折磨。帆布包里的水晶球、天鹅书和天鹅骨做的笛子是她拥有的全部财产。她把这些东西塞到几位长者手中，试图用它们给自己换一条生路。可是没有人敢碰那些东西。大家都往后退，生怕被她故事中的那些神秘之物污染。毫无疑问，那些东西都很神圣。她一口气说出各种秘密——那是有关她如何得救的重要信息。如果不曾得救，自然无法来这里向大家讲述自己的经历。

她接受盘问。盘问她的老年人拥有古老的智慧。他们问她的秘密是否和他们的国家利益有关，他们指的只不过是大沼泽这个“国家”，跟别人没有半点儿关系。哦，怎么说呢！她让几个水晶球浮在空中，眼里充满恐惧。这些球给人一种错觉，仿佛她的世界像这些水晶球一样，腾地一下子就能在空中飘浮。看到这些，他们的心几乎从胸膛里跳了出来。

所有这一切都是横空出世。她提供的信息似乎不是堪培拉政府曾经让沼泽地居民等候的有关弥赛亚的信息。但是，没有人能

① 卡姆维：澳大利亚城市，位于北领地和昆士兰州的交界处。

够否认，她的到来是对祈祷的某种回应，尽管她看上去更像覆盖在树根上的本地的泥土。她回答他们的盘问，说她的故事对于整个世界都具有重要意义。哦，可能是吧！他们心想。怎么没有呢？我们的地盘儿不大，边境线有限。这块土地挺不错，平平展展，四季如春。人们告诉她，他们最感欣慰的是，这里跟澳大利亚其他部分没有任何关系。他们认为不妨暂且放下古老的责任，歇息歇息。并且告诉她：那就留下来。老人家请坐，讲故事吧。

这个地球上最疯狂的人没完没了地讲她浪迹天涯的故事。但是有谁听呢？沼泽地居民并不热衷于听其他民族的故事，更不会被那些故事折服。“王者”贝拉·唐娜老大妈经历过这样的时候。没人爱听她自个儿叨叨的那些不合逻辑的故事：饥饿的人听到收音机里传出来的嗡嗡声，肚子就饱了，而且会长胖。他们像金丝雀，听到什么就跟着重复。她多么渴望有一大群听众啊，可坐在她面前的只有那个女孩。而且奥布利维亚凝视着远方，并没有听她在讲什么。那只不过是音乐而已。一波又一波，在沼泽上泛起层层涟漪。那是一首长长的协奏曲，听不清楚，按照沼泽地从来没有人听见过的语言和封存起来的古老原则谱写而成。

起初，人们都吓了一跳。在这个宁静的、敬奉神明的地方，听到贝拉·唐娜没完没了地东拉西扯，“地狱之民”不由得跳了起来。她津津乐道什么“幸存”“干涉”“缩小差距”“进步”，这样才能重新获得权利、学会“生活方式”——在让人赏心悦目的房子和花园里生活的“生活方式”。沼泽地居民听了迷惑不解，觉得她原来是个不折不扣的、土生土长的乡下人。老人们问她：“难道你不是一位了不起的演说家，尚且记得这个星球上乘船外逃的难民经历过的每一个划时代的事件和精神剧变吗？”于是，她开始从头到尾讲发生过的那些事情。人们的头脑和沙漠一样荒凉的大海上熊熊燃烧的火焰以及萦绕在海面上小提琴的琴声一起旋转。她诉说了一切：宴会和饥荒。让人迷惑的笛声。海水淹没的大提琴。情人们的喃喃私语。婴儿出生的啼哭。咆哮的风暴：因丧失而号哭、抛弃、沉寂。拒绝。轰炸。祈祷。偷窃。恳求。战争。迷惑。饿死。凝视死亡。全世界的管风琴都在沼泽地响起。窃贼。海盗。强盗。匪帮。谋杀者。更多有关幸存的故事。迁徙的天鹅布满天空，让人叹为观止。

她的诗写的是磨难，对不被称道的勇敢行为枯燥无味的回忆，给死在海中的人做的记录。男人、女人和孩子们被零度地理[①]的幽灵之网擒获，永远无法逃脱。她漂浮在平静的沼泽盐水上，像一只翠鸟为大海上语言各异的不同民族吟唱风和波浪的神话。那是属于被谴责的人类的漂浮的未知国度，耕耘着海洋不毛之地的二十一世纪的被驱逐者。然而那是很久以前的事了，她说。难民们等待了一年又一年，希望有哪个国家会收留他们，大小不论，只要能够让他们入境就行。等啊，等啊，直到那个漂流世界里的难民们青丝变白发，壮实变虚弱，心也老去。直到几万垂垂老矣、

① 零度地理：在地理学中，纬度在赤道是0度，即所谓零度地理。然后由赤道向两极数字递增。

被世界拒绝的人纷纷逝去，只剩下她一个人。

沼泽地居民说她全是撒谎。他们把铁的事实摆在桌面上，指出像她故事里的地方发生的事情都不值一提。阳光冒着热气直射下来，炙烤锡制的屋顶。他们不需要更多的英雄。他们自己国家的拯救者已然坐在沙山顶上，努力寻找对付的办法。而且他们熟知在热浪和沙土中备受煎熬的滋味。他们彬彬有礼地对这个病恹恹的白女人说："上别处去谈论雪、霜和寒冷吧。"这三者中任何一样，他们都没有见过。"到中国去讲吧！或者非洲！班达伯格[1]！伊斯坦布尔！不要来这里讲这样的故事。仿佛在预言世界末日。我们需要用实际行动来捍卫自己的文化。这不是明摆着的事吗？一个小时要翻来覆去讲七次故事，枯燥得要命，给我们的心理健康带来危险。"不要担心。要是赶上一切都晦暗不明、时间紧迫的时代该怎么办呢？"在一个肮脏的世界里，我们死于水中。"她一边大声说话，一边向当地人摆弄着手指。别说疯话了，别再慷慨激昂了。"我们不会把富饶的故乡拱手送给世界上任何人，要像朋友那样团结在一起，绝不！"当地的播音员答以一首忧郁的歌作答，像柳树一般呜咽。

一通大道理刚讲完，又开始一通。"奥布利维亚！你一定要牢牢记住，到处都有耳目。"老妇人还在唠叨，心在别处，话音随着

① 班达伯格：澳大利亚的一个港口城市，在昆士兰州。

思绪跑。思绪中听到铃声响起，像是天鹅飞走的声音。奥布利维亚在厨房的一个角落听贝拉·唐娜说话。她常常坐在地板上，一言不发。想象之中，没有人能看见她。老妇人讲了足足有一百万遍，讲自己如何数年如一日坐在茫茫大海中的一个划艇上，只有一只幽灵天鹅坐在旁边陪伴她，划艇从凸出在水面之上的旧房子和死树旁经过。“我大声喊，有人吗，”她说，“但是回答我的只有海鸥——它们在大笑。是的！想想看吧！在笑我。还用脚把老鼠在水面上踢来踢去取乐。”

每隔一阵子，其实是每天，“港长”都会从沙山上下来，划船穿过沼泽去看正在照顾他称之为“人鼠”的女孩儿的老妇人。一路上，他经过正在腐烂的船，经过他称之为“野生动物”的天鹅。这些天鹅如今都住在沼泽地。他还与别的什么擦肩而过：正在降解分化的塑料、没人要的衣服、腐烂的蔬菜、泛起的淤泥、水面荡漾的油污。那个蠢货让他烦躁不安。他认为她是懒得说话，而且总是坐在一个角落，像条狗。她似乎觉得待在那儿就没人能看见她。这样的一个玩意儿怎么会到了她的脚边儿呢！这是个大问题。仅此一点就让他想把她杀死。他觉得她应该规规矩矩地坐在椅子上——如果她很幸运，拥有一把椅子的话。他知道很多人都渴望有一把椅子坐。不知怎的，他想起自己，想起自己连一把椅子都没有。要是白女人坐椅子的话，这个女孩儿也应该有把椅子坐，而不是像白女人的一条黑狗，坐在地板上。老妇人满脸堆笑：“噢！你看，奥布利维亚在这儿呢。”登门拜访的时候，一看到奥布利维亚，他就想发火。而且越是看她，越想她那副装模作样、一声不吭的样子，越看那个白人老太太倾尽全力教她学说话的样子，他就越相信自己是被这个小东西给骗了。“从地板上站起来，像我们这些人一样挺起脊梁骨。”只要有机会，能背着贝拉·唐娜，他就咬牙切齿，从嘴角挤出这样一通责骂的话来。还要重重地加上一句，“你让我恶心”。通常奥布利维亚不理他，或者做出她其中一个令人厌恶的表情——闭目合眼，或怒目而视，眉头紧皱，或面无表情，黑着一张脸。更多的时候是向他俩之间的地板上吐唾沫，用唾沫为他们彼此的厌恶划定地界，坦率地讲，正是一点唾沫“定乾坤”。

奥布利维亚看着“港长”，觉得他应该为治理沙山多下点功夫——比方说，为沼泽地排除障碍——他花的时间够长了，但他应该像一个真正的医治者[①]那样更专心地修理和治疗，而不是昏了头，像个傻哈巴狗似的围着贝拉·唐娜转。他牢骚满腹，把抱怨和盘托出，放在老妇人的餐桌上让她看世界都成了什么样子。现如今，在一个被军队控制的地方，比方说沼泽地，“治疗”点儿什么有多么难。难道他是超人吗？他怎么能把军人从父母手中偷走的原住民孩子对他们的爱再还给父母呢？更有甚者，他觉得贝拉·唐娜与其把时间浪费在这个没用的女孩身上，不如安慰他，跟他说些顺耳的、加油打气的陈词滥调，鼓励他坚信最终一切都会好起来。

“港长”情不自禁——即使他真的相信贝拉·唐娜是为军队工作的间谍——告诉她们一些关于沼泽地居民的谎言。他为什么会相信这一点呢？他对自己说，他具备在一英里开外辨别出间谍的

① 医治者（healer）：治病术士，尤指用宗教迷信方式给人治病的人。

能力，这能力他真有。他能够在任何地方找出间谍。他们无处不在，有的甚至小到只有蚂蚁那么大，到处跑着管别人的闲事。或者是贝拉·唐娜这样本来就引人注目的白人，尽管他已经完完全全被她折服。

“好像是！好像是！”奥布利维亚听到他低声说。她的肠子不停地呻吟，胃里的肌肉努力蠕动，想把一堆宛如狗的呕吐物似的话推上她的气管。尽管常常恰在此时，到达嘴里的任何一声尖叫都会在紧咬的牙齿后面像石头砸在珐琅上一样碎裂开来。于是，保持沉默，一句话也不说。肠子里，仇恨和厌恶在沸腾，她用顺着脊梁骨而下的颤栗提醒自己，她宁愿死也不愿意浪费气力跟一个白痴说话。

“港长”无视小哑巴奥布利维亚通过唾沫星子进行较量的尝试，继续他来这里要做的事情——他完全为幸运的贝拉·唐娜陶醉，说她就是圣徒，即使她是间谍，是原住民的叛徒。她在他心中的分量太重了，于是他不停地告诫自己，不要赶她走。让她留在这儿。她和他情投意合。她让他心跳加速。为什么要忽视一个能让他焕发活力的人呢？他对贝拉·唐娜的任务饶有兴趣：径直跑到军队里去告密，报告黑人起义、黑人暴动、黑人占领等等，从而扼杀原住民世界任何源于民众的力量和领导者，好把他的人民控制得服服帖帖。但同时，又不遗余力地抚养一个病恹恹的、被毁掉的、在任何人看来都发了疯似的、无可救药的原住民孩子。无论这个白人老妪满怀同情之心，花多大力气，做多少善事，极力扮演救世主的角色，都无法改变女孩的态度。完全是浪费时间。他想，他能起什么作用呢？就像风扇皮带似的直打转，干涉贝拉·唐娜，同她理论，指责她既替军队监视原住民，又为原住民弱者扮演母亲的角色，难道这不就是种族主义的全部含义吗？哦，不对！“港长”心想。你是谁啊？居然以为自己能够干涉一个白人女性出于种族主义的狂热考虑问题的特权！像他这样的普通人只能提供简单的想法。他不是什么反种族主义的全能的上帝。而且，当她逐一列出她的同情之举时，似乎是在忏悔。因为她也曾经犯下罪过，因为她是生命中可怕的乘船之旅的幸存者。她发出来的元音悦耳动听，他听了两个嘴角几乎都在流口水。无论她说什么，他都愿意听，哪怕一整天也觉得没听够——如果他不必老是忙着治沙的话。

“港长”想念他的猴子朋友，它住在国外。据他说是个研究世界政治的天才。他常常觉得对不起猴子，把它留在那里吃葡萄藤，或者待在狼群出没的森林里。那森林里有栗子树、松柏树，还有像贝拉·唐娜常说的花楸那样的落叶松，足有一千年的树龄。他懊悔自己没有待在世界政治舞台上，不会说猴子的语言。他还常常抱怨：“我应该承担起所有的责任而不是陷在这里，防范风沙。”

黎明时分，他器宇轩昂地划着船来到这里，其中的快乐在于滑行于被废弃的军用舰船之中。这些船曾经被突击队、好战分子、军队、海盗、人贩子、邪教徒、难民等等使用。被军队倾倒在这里的一切，也是间谍藏身的好去处。

他爬上锈迹斑斑的钢铁台阶，登上这条早已废弃的、黑黢黢的大船。这儿就是老妇人和女孩的栖身之所。他是她们唯一的访客。因为他和老妇人有对过去的类似记忆。那时候，世界上的国家跟现在不同。而且，一旦把奥布利维亚惹得往地板上吐唾沫，他便不再理睬那个女孩儿，而是继续他的工作，与贝拉·唐娜一起回忆世界地理，分析装在他们脑海里的旧地图。他们记忆中的一些国家甚至已经消失。他们聊得很投机，一起哀叹着："噢！我多想知道那个国家出了什么事情啊！不知道啊。那个小国消失了吗？没有人再住在那里，就是不存在啦。你的意思真的是说，那个老地方不复存在了？不可能吧，但是我想它消失的原因可能是海面上升或者战争。总得发生了点什么。"诸如此类的谈话。而能这样谈话，一定是脑子铅中毒了。对于被收拾得服服帖帖的沼泽地居民来说，这种谈话没有任何意义。那些认为自己天生就是征服者的人，一再告诉他们，要忘记过去。他们已经领教了什么叫做失去自己的土地。尽管如此，当你被囚禁的时候，为这个世界烦心是不值得的。他们已经是这样一群人了。过分拥挤，住在世界上最不知名的集中营里，而这集中营恰恰设在仍然喜欢自称为第一世界的澳大利亚。这片土地原本的那些主人被永远地关押，钥匙被扔掉了。他们觉得烦得要命，这俩人还在这里没完没了——"我去过!"还有，"我也去过那儿。"以及，"你应该在整个地方变得一无所有之前去那里看看。"

"为什么见不到白天鹅降落在这片沼泽地？"老妇人常常问大名鼎鼎的"港长"这个问题，对已经栖息在这片沼泽里的大群大群的黑天鹅视而不见。而他也常常唱着他那只天才的猴子曾经唱过的滚石乐队的歌曲，并且谈论这些歌曲。是的，当然啦，他想念那只被他叫做里戈莱托①的猴子。那只猴子总是惹人心烦，预

① 里戈莱托是由朱塞佩·威尔第作曲的著名三幕歌剧《弄臣》中的人物，貌丑背驼，在曼图亚公爵的宫廷中当一名弄臣。

言大战即将开始，把人们吓得魂不附体。那之后，他就把它抛弃了，真遗憾。他觉得猴子发疯了，真遗憾。“这种天鹅在你的梦里是什么样子呢?”他似乎也在等待这只天鹅的到来。没有啊！她从来没有梦见过这种天鹅。他们俩去过世界上那么多的地方，其中一人肯定在某个地方见过它，站在流放的船上远眺陆地的时候。他们四处寻找她丢失的白天鹅，到沟渠的深坑和把这个世界弄皱的峡谷之中，踏过有磨坊的池塘，听疣鼻天鹅在萨默塞特郡的护城河里成功觅食，沿着克莱尔郡多菖蒲的海岸行走，在水里找芦苇吃的利菲河天鹅中挨个寻找。那好比一个规模宏大的降神会，云集了从欧洲到中亚至少五十万只天鹅。

贝拉·唐娜说自己曾经和大天鹅一道，在冰岛的米湖①通往雷克雅未克的被石头覆盖的海岸漫步。在瑞典树木环抱、冰封雪冻的湖上滑冰。大树枝头挂满冰柱，天鹅从她身边展翅飞起。她曾经在俄罗斯群山之中和迁徙的天鹅一同生活。那些天鹅想从皑皑白雪中匆匆飞走。她面对在日本厚岸湖②过冬的大天鹅诉说衷肠。它们是伟大的鸿鹄群落的后代。这个群落来自八世纪“日本书纪”那个古老的年代，如今在屈斜路湖③迷雾笼罩的冰上安睡。她曾经在爱沙尼亚曼特萨鲁湾酣睡中的比尤伊克天鹅④中间滑冰。那些天鹅当时仍然像是雕像，在漫长的迁徙旅途上逃避狼群的猎

① 米湖：冰岛北部浅水湖。

② 厚岸湖：北海道厚岸郡厚岸町自然公园，湖名。

③ 屈斜路湖：位于日本北海道的湖。

④ 比尤伊克天鹅：小天鹅的一个亚种，体型更小，主要分布在俄罗斯北部的北极冻原地区和沼泽地区，夜晚休息白天活动，往往以植物的根和叶为食。越冬迁徙时会组成很大的群体，并与其他的天鹅种群混杂在一起。

杀。想象之中，她曾经在成千上万只黑喙啸声天鹅中飞行。那些天鹅升到阿拉斯加的天空中，飞到华盛顿州的萨米什沼泽。在那遥远的地方，她曾经听见几个世纪以来君王拥有的皇家天鹅的号声。它们沿着泰晤士河滑翔。她到中国搜寻过她的天鹅吗？她曾经在中国一轮明月下静悄悄地坐在一叶扁舟之上，那里少昊①部落的冬之神鸟生活在烟墩角湾随风飘荡的海藻之间。山高水长，形影相吊！而它们全都行动迟缓，只因为心中有太多的希望、期盼，以及返乡的渴望。

两位老人的故事在肆虐的冰雪之中飞翔。那里的空气冻成冰花绕着天鹅飞舞，吃力地飞越喜马拉雅山脉之巅。他们在蒙古高原上的东方王国每一个废弃的、破烂不堪的、被压扁了的巢里寻找。之后，徒步穿越草原，浑身湿漉漉的，惨不忍睹。而恰在那时，一队迁徙的白色大天鹅飞过呼伦湖，要到丞山围的天鹅湖去。寂寞的路上，可爱的天鹅在达里诺尔湖冰面上从她身边跑开。老妇人抢夺了它们筑巢的材料。

老人和老妇人做着关于地球上每一种天鹅形象的白日梦，他们又一同出发了。他们去那儿了——啦，啦，啦，野姑娘奥布利维亚不出声地抱怨自己受到排斥，不能进入他们的知识世界。如此说来，靠谈话旅行还是挺公平的。他们赤足涉水，走进覆盖着风滚草②的古老的沙漠池塘，陷入一堆蛇的混战中。只是为了寻找一只把脑袋蜷缩在翅膀下，在睡梦中冻死的黑喙啸声天鹅。可

① 少昊：黄帝长子，上古时期东夷族的祖先和首领，部族内有20多支以鸟为名的部落。

② 风滚草：生长于北美沙漠地区的植物。

是最终结局都一样，没有找到，不是她期盼的那一只。他们一辆接一辆地租车，直到把车开成一堆又一堆废铁，于是变得一文不名。最终，旅行在一条河边戛然而止。那里有一个诗人双手抱着一只黑脖子天鹅，天鹅虚弱得几乎无法呼吸。“是的，真的是一首献给丢失的天鹅的颂歌。”于是老妇人和“港长”各自爬回到他们自己脑海中深深的、互不相干的、安静而干燥的洞穴中去了。那是一个安静的场所。他们有各自的天鹅，在花岗岩般的灰色的脑子里雕刻着花和果实，求神赐福自己的天鹅。

“他的直觉最灵验不过了。”老妇人说。贝拉·唐娜常常满脑子都是她对地理知识的卖弄和沾沾自喜。她提醒女孩，说她和“港长”非常相似。像极了！两个人都逃离了故土。一模一样。他也常常知道什么时候该离开，很神奇，就像天鹅。“这也说明，原住民只要用心，就能够追踪到任何一个地方。”她对他简直赞不绝口。甚至在睡梦中，她仍然为“港长”高兴，大声赞扬像他那样的人。赞扬他们对迁徙路线、移民周期以及诸如此类的事情的直觉。正因为如此，她在这个偏僻的沼泽地找到一个可以畅所欲言的朋友。“这就是他非常有名的原因。他肚子里有货，知道吧。”如此等等。

噢！尽管老妇人坚信，横亘于她和旧世界之间辽阔的海洋上的某个地方，漫天飞翔的鸟中最壮美的一只白天鹅正向她振翅飞来，可是没有什么从天而降。这种漫漫无期的迟到意味着什么呢？她无法理解。或者说，她不明白，自己只有这一个愿望，为何偏偏不能得到满足呢？那是她剩下的唯一的遗产。难道她连召唤亡故了的祖国的天鹅的能力也丧失了吗？贝拉·唐娜提供了唯一可能的解释：因为它也死了。“港长”不得不同意她的说法：死在路上了。从空中坠落而死。

像讲英文的正常孩子一样，喑哑的奥布利维亚学会了在餐桌前端正地坐着吃鱼。与此同时，脑子里琢磨着成人的世界。他们居然用讲故事的方式愚蠢地交谈。她心里想：“这两个人脑子生锈了吧，只能满嘴跑火车。连车也报废了。死脑子。芦苇丛中在生锈的车里筑巢的黑天鹅还少吗？而他们俩一起用嘴巴‘开车’：突！突！”

对奥布利维亚来说，想象天鹅从天上坠落不费吹灰之力。她甚至能看见天鹅的尸体漂浮在地平线之外的任何一片海洋上——尽管她本人从来没有见过大海。她怦然心动。只要想到遥远的地方，她就怦然心动。每次不得不听他们高谈阔论，夸耀自己如何漂洋过海去见天鹅，她的心就几乎停止了跳动。对近一点的地方，她感觉舒服些，就在地平线以内，最远处是沙山的顶部，或者深入到“港长”胸怀中那片海洋。她笑眯眯地看着这个怪里怪气的老头儿，看见一小片白色的绒羽从他的嘴角伸出来。

贝拉·唐娜被漫漫旅途弄得精疲力竭，旅行范围不断缩小，最终只能容纳下她最后失去的那只白天鹅。这只天鹅在她的心里变得越来越大，越来越大……除了它什么也装不下。她不愿意相信它死了。这个圣灵不同凡响，在赤道两边南北半球的神话中被人们广为歌颂，怎么会死去呢？她赋予这只天鹅“永生”。她想起汉斯·克里斯蒂安·安徒生。他不是写过这样的故事吗？在幼鸟窝中栖息着一只天鹅，最终这窝鸟都飞走了，到全世界繁衍，用它们自己的美激励全世界的人为它们写诗。如今，她的天鹅就是那只丹麦天鹅。她想要知道的是，为什么它还没有来到沼泽地开启诗歌创作。“是呀！为什么没有来呢？”一只长着强有力的双翼的天鹅，能够飞越半个世界，死而复生，怎么可能迷路呢？也许在到达目的地的时候被射杀了？跌落在沉积物中。它的诗歌也随之夭折。尽量躲着她，不让她看见自己溅落在水面上的鲜血。

奥布利维亚想着那只隐形的天鹅，她的各种故事占据了船上的每一寸土地。是真的吗？当然啦！在沼泽地带，降临至关重要。甚至，在沼泽地带想起白天鹅这样的鸟的故事是否正当，还是个未知数。

有一天，贝拉·唐娜用她那苍老的、讲故事的语调告诉女孩：“一只黑色的天鹅慢慢飞过这个国家，嘴上叼着一小块弯弯的骨头。”但是她迟疑了一下，也许意识到跑题了，说的不是那只让她魂牵梦绕的白天鹅。她的声音越来越弱，变成了耳语，甚至连女孩都理解不了，虽然她如今已经活脱脱成了老妇人的复制品。老大妈仿佛已经太老了，无法继续东拉西扯地讲一个空穴来风的故事。那个故事既不是从开头开始，也不是从结尾倒叙，而是从中间开始讲的。这是怎么回事呢？是她无法理解事物循序渐进？还是对白天鹅的航行能力表示怀疑？或者，也许她讲故事的方式就像天鹅在飞翔吧。

奥布利维亚乖乖地听着，对老妇人的故事越来越感兴趣，尽管她觉得老妇人只是再次遇见了风暴，而这使得她讲话困难。这次风暴是在哪里呢？她想知道对于白人老妇人来说，这是否是常有的事情。所有的开头，无论从哪里开头，都忘记了，是吗？也许，甚至是这样的，老妇人既不是一个生命，也不是梦想或者故事。只不过是空气而已。女孩挪开视线，对着那条船钢铁制成的“墙壁”说：“她什么也不是。”也许本来就是这样！“一大连串的迷失。”女孩对“墙壁”说，老妇人是个牺牲品，“你像难民那样做梦——梦见自己永远不能回家。永远迷失。你只考虑这个问题。老是想着那个”。女孩变成他人良心的检验者。但是你指望什么呢？她对老贝拉·唐娜了如指掌，用不着焦急不安就能明白她心之所想。在与“墙壁”进行了无数次交谈之后，她对问题的关键进行了解释：“老妇人被自己的计算能力害惨了。”她迷失在混乱之中。永远在努力计算，一只天鹅从如此遥远的地方飞来，经过如此漫长的飞行之后，它的体重究竟是多少呢？到达目的地需要多长时间呢？有无限的、无穷无尽的可能性，知道吧。当女孩更为宽容地考虑这个问题的时候，她对不知在何处翱翔的老妇人的印象变得模糊了一点。“也许和她的天鹅在一起，在一个最妙不可言的地方。”

看得出，老妇人仿佛总是在做白日梦。她常常努力向女孩强调一件重要的事情：“天鹅也可能有爱情故事呢！嘴上叼着骨头的天鹅看上去生不如死。那可能是人骨，也可能是另一只天鹅的骨头。兴许是它的伴侣的骨头。”

深夜，老妇人用可怕的低语哄得沼泽地居民进入梦乡，把他们像茧子似的包裹起来。那声音宛如咔哒咔哒、渐行渐远的机器声、蜜蜂的嗡嗡声和远处海鸥一连几个小时不停的尖叫声，或者老鹰在炎热中持续不断的尖叫声。但是对于鸟儿来说却有很大的不同。海鸥和老鹰绕着沼泽飞，忙着自己的营生，以和平而井井有条的方式谋求生存。北半球外来者的独白像船的发动机那样嗡嗡作响，在雾中努力把自己与故土的联系传播得更远，而鸟儿们对此置若罔闻。

女孩耳语的时候，老妇人解释——她猜到了女孩想知道什么——并且代她发问：“为什么我看不见那只叼着骨头的天鹅，而你却能够看见？”有东西掉进了水里。扑通！这是从她假设的爱情故事中掉出来的一个事实吗？女孩觉得自己听得见鬼魂的音乐。在沼泽表面，水泡咕嘟咕嘟，一串音符响起。连老妇人都注意到了音乐，但是她不管不顾，继续开开心心地讲故事：“我成了专家，精通用老骨头制作成乐器。那可能是来自天鹅的骨头，也可能是溺水身亡的人的骨头，或者因干旱致死的家畜的骨头，模仿莫扎特的手指在象牙上穿梭，创造出美妙的音乐。”

“这个国家最伟大的爱情故事从附近某个地方开始。”老妇人说，一边回头嗅嗅冒泡的水，一边喃喃自语，或者对着女孩背后某个遥远的地方说话。“港长”大概正坐在沙山顶上听着吧。

一大群黑天鹅正在它们卧室里交头接耳，那卧室其实就是遍布沼泽的小轿车的车身，锈迹斑斑。突然刮起一阵大风，卷起巨浪，天鹅们鸣叫着开始滑翔，跌跌撞撞地从大浪上掠过。而老妇人继续唱：“我得把你们翻个个儿，翻个个儿，弯弯的骨头。”

夜已深沉，沼泽音乐透过女孩的梦继续讲述老妇人的爱情故事。在梦中，在水中的倒影里，她看上去像一只小天鹅。小天鹅幻化作两个人，在冒泡的沼泽里，在层层巨浪中（那是老妇人想象中的从黑天鹅之喙中掉下来的东西激起的波浪），时而相拥，时而分开。

第一只天鹅不期而至，耽误了沼泽地居民吃晚饭。从那时起，黑天鹅源源不断地来到这里，不知它们来自何方。

黑天鹅来到沼泽之后，又有一件事情发生……夜里，一道柔和的黄色光束落在受到污染的沼泽上。那是军队探照灯的亮光，如同马文·盖伊[①]的鬼魂在天空滑行，观察这里发生的一切。“是的！好的！告诉我们这里正在发生什么！”堪培拉政府派来从父母手中拯救他们的孩子的武装部队说，他们此刻正守候小孩子们酣睡。

沼泽被激怒了，仿佛炸开了锅。

这就是沼泽的历史，自从保守主义思想浪潮开始像野火般传播，横扫二十一世纪，并且以此为发端，形成林林总总关于如何保护世界环境、关爱人民的政治理论和观点。军队被这个国家用来干涉、控制原住民的意志、思想和灵魂，这就是沼泽地带的历史的写照。在人们看来，军事干涉本身取得巨大的成功，牢牢地控制了原住民世界。这就蒙蔽了人们的眼睛，无法看到事实的真相：这种策略根本不可能让任何一个沼泽地居民的生活得到改善。这种掩耳盗铃的独裁统治被沿用了几十年，配合远在堪培拉的灰

① 马文·盖伊（1939—1984）：黑人流行音乐史上一个最受人敬重及喜爱的超级巨星，美国摩城唱片著名歌手、曲作者，有“摩城王子”之称，对许多灵歌歌手都有巨大影响。

色政治的方方面面，只需稍微进行一点这样那样的细微得难以觉察的调整，军队便会对沼泽地居民的生活，以及像他们一样被送进类似这片沼泽地“集中营”居住至死的其他原住民的生活干涉到底。他们通过拘押收容，把沼泽地居民完全排除在《联合国普遍人权宣言》之外。而这种控制弥漫开来，影响深远，直至完全束缚了人们的思想，使他们无法重新赢得自己的灵魂，无法独立地、在不需要别人为他们做决定的情况下定义人之为人。

此时，女孩的梦中响起沼泽地居民的声音，那声音告诉她：“你的树不存在。”那声音在尖叫：“**告诉她**。这里怎么可能有那么大的树。”女孩惊慌失措，要被吓醒，因为她已经不记得，自己怎么会跑到树中酣睡。别人相信的事情，她也开始相信了：“她在说谎”。

探照灯的光柱迅速从水面掠过，先后两次自建筑物上空扫过，穿过足球场，沿着街道照下去，然后旋转开来。驻扎在边界的军人走出来，锁好大门，回转身，灯光渐渐远去。

女孩注视着别的孩子们。他们在玩游戏，假装来自另外一个世界——来自“太空纪元”，住在火星或者别的某个星球上，跑向转瞬即逝的光柱寻求拯救。

在老妇人不经意的时候，奥布利维亚仔细研究反射在沼泽表面快速移动的光柱。光柱惊动了一只黑天鹅，它抬起身，尾巴拍打着水面，形成了意想不到的装饰。探照灯光射到一群群白色的美冠鹦鹉身上，导致它们栖息在屋顶上尖叫：“美好的上帝啊！”

这时，有骨头在相互敲击，就像零钱叮当作响。一道光柱再次穿过水面，问道："出什么事了？"

一座又一座原住民临时搭建的小棚屋！沼泽沿岸冒出几百个、上千个，似乎没有人管。是吧！这个国家的主流媒体和西部政治集团对原住民毫不在意。他们只是说："有什么关系呢？"你只要派部队来管理沼泽地，把它变成澳大利亚政府用来集中关押原住民的"培育中心"，事情就成这个样子了。只不过是用越来越多的政策（美其名曰"缩小差距"）踢原住民的脑袋取乐罢了。但是，那又能怎样呢？这个地方活脱脱像是关在牲畜栏里乞讨食物的狗，遭到全国上下唾弃。

是的！无论来自这个地方的哪个角落，原住民的生命被再次分类并且重新分配。黑人和白人的历史周而复始，这不过是再次重复发生在原住民身上的一个瞬间罢了。果真如此，又能怎样呢？如今所有人在政治上都取得了胜利，关心自己文化的黑人除外。于是，原住民根据可否为他们做点什么被分成三六九等，这对澳大利亚人来说，没有什么好激动的。上等——如果他们真的能被教育好的话；下等——只需找个地方让他们等死。许多原住民开始在亲属关系或者地缘上遭到拆散。在很多与这个沼泽地带类似的"培育中心"里，成千上万的原住民变成普通货物，被装在一辆辆客车里送到这里。后来他们找到更为方便的运输方式，一卡车接一卡车地运来。如今改名叫做"天鹅湖"的沼泽地没有什么特别之处。和那几十个砌上围墙、大门紧闭的原住民集中营没有什么两样。

从大卡车和部队巴士上下来的都是快要饿死的瘦骨嶙峋的人。他们领着眼窝深陷的孩子，不肯说话，风尘仆仆，衣服被汗湿透，又被风吹干，变得硬邦邦的。这些陌生人起初四处张望，似乎努力不让突然降临、带来坏运气的幽灵坐到他们背上。当地人怀着敌意对待他们。一只小小的深蓝色的蝴蝶飞进一辆巴士，上下翻飞、左右打量，最后落到一个小男孩的头上。这个可怜的小男孩要自杀的。谁都知道。越来越多的男孩女孩会这样死去。

沼泽地居民，一流的抗议者。三个世纪以来遭受不公正的待遇，让他们愤怒到了极点。兴许再过两个世纪还会有同样的感受——这个悲剧会引起什么样的反响？谁会考虑呢？如今他们大喊大叫："有史以来，我们难道不就是这块土地的所有者吗？"难道这不是事实吗？说真的！是的！他们说得没错。那么！"行啊。"政府派来负责处理此事的一位将军说，对于这块给不受欢迎的人用的便利垃圾场，他们的确是传统主人。

谁是不受欢迎的人呢？噢！他们都是小人物，无法对抗负责管理原住民孩子的军队那样的庞然大物。原住民的孩子被说成小宠物，归"政府妈妈"所有，与他们自己的"非人"家庭相比，"政府妈妈"更爱他们。"可耻的勾当？"这样说来，种族之间不宽容的澳大利亚仍然冥顽不化。贝拉·唐娜大妈如今老得像山一样。她说她觉得自己像个贼，甚至是个绑票的。而且她像疯子似的来回转，努力抹去任何含沙射影的话。她认为那都是空穴来风："我告诉过你，我是在……在一棵树中找到她的。"她是否真的救了女孩——这重要吗？被人救了究竟是怎么回事，女孩本人就能把事情说清楚。只要她考虑一下，从自己头脑中某个地方找出几个字，说出来就行。她可能会说，她不知道自己是谁。或者她被过分摧残，以至于不能开口说话。她中了邪，对痛苦或者欢乐、黑夜或者白天，都没有任何感觉。她觉得，如果生命不再属于自己，被人救了又有什么意义呢？

“我想，军队来到这里就是那个女孩造成的。”我的老天爷，沼泽地居民怎么能忘记，军队早就来了！但是这块沼泽地正遭受复仇之神的折磨，那么多可怕的想法喷涌而出，谁也没有办法去阻止。

“她原来在哪儿，你就应该让她继续待在那儿。”

杜鹃和美冠鹦鹉听到了这一切，紧张地缩着身子，用喙敲打木头，兴许是在仿效孩子们心中的不安。

夜漫漫，来自空中的火炬之光肆无忌惮。那是军队在来回旋转探照灯。这有什么好玩的吗？管控不住的思想从人们的头脑向空气中扩散开来，他们的头脑藏在合拢着的翅膀里（也许是那些死在沼泽地里的黑天鹅的翅膀）。是的，那些体型硕大的古老的鸟儿们高高地飞翔，飞入生命的伟大之中，不需要为此付出哪怕一澳元代价，它们不是天使又是什么呢？

沼泽黑乎乎的水面上漂浮着一些羽毛，看上去像是黑色的天使来过。它们在梦中来回飞翔，那是大家彼此之间存有好感的美梦。“噢！当初你什么都不是，也不在这里，你根本不觉得自己是个天使。”贝拉·唐娜说，似乎猜透了别人的想法。但她只是在总结女孩的所思所想，根本不知道女孩对那些被糟蹋了的灰黑色羽毛作何感想。

啊！这些羽毛只不过是华丽的装饰。羽毛在褪色的梦中漂浮。女孩曾经待过的那个树洞本来就很难找到，现在，变得越发模糊不清。想象之中，她无声地滑行，旧丝线在被砍伐过的树根之间穿梭编织。梦中奔跑的时候，脚步踏碎了那些听腻了的故事里典雅的、十字交叉的图案，深入到神圣的文本当中——最初的文本。宣称："我们就是我们。"这样奇异的话在女孩的脑海中翻转、漂浮，仿佛阻止她逃回到树洞中的羽毛一样。

一包又一包垃圾，用沾满泥土的黄色长筒袜捆扎着。人类的巢穴太多了，把整个沼泽围了起来。沙坝已经长得像山一样高，把发黑的水和大海隔开。而来自远方的，规模迅速膨胀的原住民正在安顿下来，沿沼泽地居住，过着被拘禁一般的生活。

一卡车又一卡车的人陆续抵达。看上去不如说是一批又一批牲畜被送到此地，被隔离，被关在"培育中心"里。如今"培育中心"被称为"全国原住民重置政策"的重要成果。那是一些"脑死亡"的政客们用的词。他们哗众取宠，说自己在对付老鼠。想想看，来得艰难，去得容易，历来就属于他们的沼泽地再次被抢走。这块土地真正的所有者，藏在人群中，不知道他们的土地有多少次被人从脚下生生剥夺。

沼泽地被当成弃儿们的绿洲，成千上万的人被政府从澳大利亚其他"更显眼"的地区赶到此处栖身。这里成了一个有名的畜栏，可以合法拘留任何一个需要发配到遥远边塞的人，把他关在高高的、带刺的围墙后面，与主流社会中的"体面人"分隔开来。

“这只是现代绘画——表现的是田园风光。”老妇人早就这样猜测，眼睛扫视着越来越拥挤的沼泽两岸。

“简直是发疯了。”她告诉“港长”，这里都住满了人。“说真的，的确今非昔比。”他回答道，声音中的魔力荡然无存。他都快忘记唱米克·贾格尔的歌了。女孩越发陷入了沉思：“既然这样！我又在乎什么呢？我的故事呢？我！来点别的吧，求你了！”

海岸线布满了过分拥挤的贫民窟。就在贝拉·唐娜这样喋喋不休的时候，每天都有人从星罗棋布的包装箱、国外捐赠的小房屋以及垃圾堆里冒出来。“这样穷困潦倒的艰辛生活多么难以想象啊。”贝拉·唐娜大声说，用一小块报纸擦去眼泪。她背诵约翰·肖·尼尔森①的诗句来安慰自己：“我夜里涉水去天鹅之巢，听见它们在歌唱……”

“港长”待在山上，吓得不敢离开。他只是跟别人一样坐着，听各种各样徒劳无益的抗议。少数土地所有者用高音喇叭喊话，想把抗议之声传递给保护沼泽地的武装部队，而这些武装部队的官兵却充耳不闻。“我们想要什么？我们想要你们这些白人杂种滚出去。”白费力气。他们反反复复念叨的话总是由十几个字组成，意思差不多：“没人问我们是否同意，傻子。”每天都有固定的抗议时间，体育馆传出地震般的怒吼，不绝于耳，而体育馆就是沼泽本身。

“大妈，您能告诉我这些原住民为什么非得安置在这儿吗——他们来自全国各地，对吧？”女孩有时候想象自己在说话，彬彬有

① 约翰·肖·尼尔森（1872—1942）：澳大利亚著名诗人。

礼，声音很好听，而实际上她只不过是做着口形，根本没有发出声音。

“天知道，这里只不过是一个沼泽，风暴形成的，也能被风暴轻而易举地夺走。”

低压气候系统难以预料，没有人知道它会带来蓝天还是更多的干雷暴①，雷霆万钧再一整年。尽管如此，要想把沙土冲回大海，需要一场无比巨大的洪水。人们举行仪式，没完没了地吟诵，恳请威武的祖宗神灵突然显灵，用他们的气息刺激气压，靠他们自己的力量把天空变得乌黑，好制造一场大洪水为沼泽清淤，把沙土带回大海。但是吟诵的多应验的少。祖宗神灵中的沙神像沙漠风暴一样逃离，沿沙山躲到更高的地方去了。沼泽地淤泥堆积，包围了不断增加的人口居住的窝棚。随着沼泽地规模缩小，淤泥向内陆蔓延。干旱留下来的海盐晶体形成了一卷卷错综复杂的蕾丝花边，仿佛是书卷。写在书卷上的就是这个新故事。

沼泽地的抗议之声常常与表达悲伤的仪式混杂在一起。吟唱声萦绕在水面之上，像一面不停敲打的鼓，在水面上起伏。拍板打出的节奏指挥着人们的思想。与此同时，迪吉里杜管②发出低沉的嗡嗡声，把所有的声音融合其中，构成背景音乐超现实的经历，而这种音乐变成常态。听！音乐听起来就该那样！老妇人有一次向女孩解释说，史诗故事的音乐听上去通常都是这样。

---

① 干雷暴：干燥的热带风暴。

② 迪吉里杜管：澳大利亚原住民的一种乐器。

这就是世界本身，把它的各种想法分解开来。

女孩心想，这只不过是“沼泽梦”在她称之为“没有特殊之处的地方”举行的新仪式罢了。她想，这音乐挺适合这片死去了的沼泽地，适合它狂风肆虐的环境。在这里，孩子们自由自在地玩耍，其实他们所做的也只不过是伫立在风中，让沙尘把祖宗传给他们的杯子装满。

沙尘覆盖了道路，再也没有人知道他们身处何方。而老妇人说，连沥青公路都要消失了。很快就没有人知道如何才能抵达世界的这个角落。

倘若离开这里，你知道会发生什么。一看见你的肤色，人们就会停下来盯着你打量。他们会说：她是从北边来的野蛮的原住民，恐怖分子。他们会说你是联邦政府散发的《嫌疑犯手册》中的一张面孔。

贝拉·唐娜说，虽然她本人从未见过这本手册，但是她听说过。手册封面上印着澳大利亚政府的浮雕饰章，放在邮局里供人查阅。“什么是邮局？”原来女孩在听她讲话。

就是在那儿，他们保存着军队情报机构从互联网采集来的头像。这些人整天盯着电脑，寻找黄黑色皮肤的犯罪分子、不可同化者、非法移民、恐怖分子——所有他们不想要的人；诸如此类的人。

永远不要离开沼泽地，她说，还加上一句，她自己的肤色不要紧，但是女孩的肤色是所谓恐怖分子的肤色，而恐怖主义就是犯法。

贝拉·唐娜的家掩映在横七竖八的、废弃的船只中央。她称这支船队为“大观”。这条船耸立在沼泽中，犹如一座用灰颜色的钢材制成的战争纪念碑。它拥有悠久的海洋航行战争记录，了无生趣、锈迹斑斑，看上去仿佛是一个被关押在远离大海的蛮荒之地的叛徒。但是，在这个堆满了所谓“失踪”军队财产的饱受污染的垃圾场里，它并非形单影孤。它的邻居是各种各样、已经风烛残年的货船、拖捞渔船、拖船、战船和摇摇摆摆的旧渔船。这些形同鬼魅的船只要么在衔接处开裂，经历了几十年水上的颠簸最终被人遗忘，要么变成了年久失修的残骸。

这条船巨大的船身在缓慢地向黄泥中下陷。与此同时，外国老妇人在船上的厨房里切胡萝卜。她一边切，一边念叨着：“这条船正在埋葬自己，为自己办丧事呢。”这是一个简单的理论——如果算得上是理论的话。伴随着菜刀一下下切在木头上的声音，形形色色的“阴谋论”从她苍老的嘴唇间喷涌而出。她在切菜，准备再做一次炖肉。“这会不会成为世界上最漫长的自杀行为呢？”最长的停顿！你都能够感觉到船身以每天几微米的速度一点点地往泥里滑动、下陷、没入其中。

白人老大妈在国外就学会许多本事，她能看透别人还没有识破的某种征兆。尚不明显的什么现象，她也能说个八九不离十。是呀！为什么不听听她的意见呢？这位常驻此地的制造业和造船工业的“女王”统治有方。她知道你对航海生活、造船用的钢铁和木板需要有什么样的切身体会。她甚至能感觉到，船身如何朝东海岸喧嚣的城市调整方向。只要注意到路过此地的神灵在厨房周围徘徊，她都会问它：“除此而外，这条船怎样才能重获被夺走的辉煌呢?”

各种声音扰乱了女孩的回忆，她只想重新回到树中生活。她觉得自己仿佛被锁在一口行李箱中，被老妇人沿着布满沙砾的小路，鬼鬼祟祟地往前拖，沙砾发出刺耳的声音。“人生之路就是这样啊。”老妇人大声说。住在被剥夺了喧嚣之声的战斗英雄的钢铁之躯中，靠炫耀某种仪式或者某个盛况维持生活，除了蒙羞，还能有什么样的感受呢？抗议者曾经用白油漆在船的一侧刷上“欢迎船民”几个大字。使用这种显然具有背叛意味的字眼，不是在搞阴谋破坏，又是在搞什么呢?

老妇人多次解释这几个字的含义。经年累月泡在沼泽中，那字几乎消退殆尽，就像抗议者中的大多数人，一旦“洗心革面”，重新回归保守的澳大利亚教养，对于昔日美好事业的记忆也就消退殆尽了。老妇人说，她常常听见这条船在呻吟，在大喊大叫，似乎它灰心丧气了，不再指望通过最后的致敬达到完美。让死亡来临吧！女孩踱着步子，这条船无尽的悲恸刺穿了她的心。“我能干点什么呢?”她想知道。对于辉煌，她无能为力。

“所以说，运气不好。”老大妈说。谁都梦想自己像沙山那边的一条鱼。在那里，变幻莫测的风正在把往外扩散的潮汐赶回大海。

沼泽地居民对船队发自内心地恐惧。对这些逐渐腐烂的船只，有些人甚至连看都不看一眼。他们说，在这个纯净质朴的沼泽里，哪里有过被当成垃圾堆放的船只呢？“只有你想看见的东西你才能看见，如此而已。”他们并不四处寻找传统知识“圣地”之外的任何东西。他们说，破旧没用的船只应该扔到刚果河，真正的沼泽地，让它们与大蟒蛇为伍。噢！你之所以知道许多这样的事情，是因为那种老电影看得太多。

即便是在贝拉·唐娜还活着的时候，让具有分裂主义思想的沼泽地居民相信她真是个鬼魂也不难。他们甚至觉得，那个“管她长了张什么脸的女孩”也不例外——谁都以为她早死了。那么多年之后居然又冒了出来。好哇！好哇！一切都是过眼云烟。周围好多人都说，他们宁可死也不愿意闻鬼魂们煎鱼时锅里吱吱响的油的味道。“可不是嘛！白人的鬼魂，灰耗子的鬼魂，季节性闹灾。还有别的害虫，有毒的鬼魂，比方说一群群蟑螂、毛蚊和大黄蜂。”

神灵世界里充斥着太多的外国佬。按照这个思路，漂浮的垃圾常常可以忽略，因为那本来就是——别人没用的东西。当然啰，看到这么多废品没有好好利用，沼泽世界所有的目击者都很恼火。毕竟，谁都明白，如果你发现那些外国人居然能以一种“无伤大雅”的、狡猾的方式偷走整整一个国家，杀死你的人民，而且不曾为几个世纪的占有交租金的话，那么他们的鬼魂也不会特别有害。不过所有那些住在拥挤不堪的集中营里坍塌的小窝棚、破旧的柳条箱和纸板箱里的男女老少与死去的陌生人关系淡薄。倘若别人的鬼魂来闹腾而你根本不觉得恐惧的话，还不如腿肚子抽筋更让你难受呢！

老妇人决定成为激进分子，堂而皇之地生活在船队一条生锈的船中，并且声称要抚养这个女孩时，她便带着女孩住到了水上。

她说那条船是澳大利亚生活方式的一部分。她在帮助澳大利亚成为一个伟大的国家。“我可不想分裂澳大利亚。”她大声说。

如今，集中营里安顿下来自四面八方的人们。他们都是这块土地真正的所有者和传承人。大家就家园的意义议论纷纷。“他们为什么这样做呢？他们也可以住在海军丢弃的废船之上，寻求庇护，找到一个永久的澳大利亚住所啊！”老妇人大声说。言外之意是，她的船是“一块不受传统的土地权限制的澳大利亚土地”。她愿意成为澳大利亚芸芸众生的一员，希望拥有自己的家园。只要适合，就能有一种归属感。“你觉得他们想要抓住机会，成为一个真正的澳大利亚人。抓住像别人一样生活的机会。”

滴血的心、铁锈染黄的水怪诞而又随处可见。你要是紧盯着船队看，看的时间足够长，就能看见交战的人们。看见阅兵仪式。死人在甲板上来回迈着正步走。而在睡梦中，炮弹如雨点般落下，人们尖叫，四散逃命。女孩对此没有多说什么。睡梦中，鬼魂们在他们永远未曾离开的战场不停地尖叫，对此她也没有提及。

破损报废的船看上去碍眼。“老女王”对污染严重的平静的水面啧啧称奇——水面上漂浮着有毒的废弃物，形成一幅奇特的全景画。层层涟漪之上，正在氧化的物质泛着蓝色和紫色的光芒。冬天的沼泽长达一千四百至一千六百小时地被炙烤，倘若你长时间观看太阳，被污染的光滑的水面会变得更加耀眼——随着天鹅游过，水上升起一道又一道的彩虹。

沼泽地居民认为这种奇特的景观有邪气，是魔鬼制造出来的。

如今，这种事情还不是轻而易举就能办到吗？于是，天鹅来到沼泽地，没有为自己带来任何故事，只能引起诸多议论。有人怀疑它们遭受到从一些船上泄漏出来的放射性物质的污染。当然啦，这种想法被沼泽地居民选民团提及、考虑甚至研究。现在这些人已经永远被沼泽地裂开的“伤口”吞没，快淹死了。他们满腔悲愤，问一些永远不会有人回答的问题，例如，“这就是无声的杀手，军队最后的大规模杀伤性武器？”

别再问啦！对于沼泽地居民来说，把没有答案的问题推到别人身上要简单得多。“就这样吧！扔给他，推卸责任”，最终把污染怪罪到老“港长”头上。他们抱怨说，不但没有看见他搬走一粒沙子，而且每况愈下。他们还气呼呼地说：“还指望他拯救这片土地呢！他来这儿的目的不就是这个吗？要是不干实事儿，托个梦把山炸掉就行了。就像删除一封电子邮件。照我们的要求，把活儿干完不就行了嘛。只要把沙山去掉即可，我们所有的要求都在这上面。他本可以在任何地方做成，而不需要亲自跑来。我们不可能永远供着他啊。行啦！麻利点。我们一直在等呢……他应该马上把工作做完，而不是花若干年去做一件事。”

“港长”居住的沙山看上去越发高耸入云，一天的大部分时间里，它的影子都映照在沼泽地的水面上。谁都难免这样想：“港长”实际上是往天上铲沙子呢，所以沙山越堆越高。伴随沙山倒影散开的是它的不确定性。什么时候才是个头呢？这简直变成供一些沼泽地居民享用的精神大餐。黎明时分，专职哲学家、预言家和算命先生就像洞穴里爬出来的虫子，从硬纸板之类的材料做成的窝棚里钻出来，打量沙山顶端，仅凭肉眼就能发现它在夜里又增高了两厘米。

沼泽地带所有声名显赫、高尚而睿智的人都会来到海岸边站成一圈，隔着水面看那条船。与此同时，彼此之间窃窃私语，从他们酸溜溜的表情你能看出，对于发生在这块土地上的事情，他们很不满意。女孩觉得他们是在批评老妇人，说她打搅了“港长”，所以才造成今天的后果。就在此刻，奥布利维亚开始明白，根本没有人注意船上还有她的存在。这一点，从当地人的所作所为看得一清二楚。对于他们来说，她从来都不存在，无法想象，无法辨认，无法命名。

“叛徒！”贝拉·唐娜洪钟般嘹亮的声音掠过水面，传到聚集在沼泽岸边注视她的人们的耳朵里。她指责那些人，说他们不热爱澳大利亚国旗。她训练有素，擅长与一大群人交流。沼泽地居民恼羞成怒，把彼此的怨恨当作早餐。他们冲她大喊大叫：“对啊！那是你的一面之词。爱国主义！哈！我们会让你看看该死的爱国主义到底意味着什么。”鲜艳的原住民旗帜迎风招展，有些完好无损，有些卷了角，有的只不过是一小块一小块褪了色的布，甚至还有纸做的，颜色各异，有黑色、黄色或者红色。他们把这些东西举到她眼前，仿佛她脸上有不少棍子，可以临时当旗杆用。

“船民！没用的东西！恐怖分子！”

老妇人仿佛对全世界的一切都了如指掌。她说，点缀在湖面上绝大多数的破船以前属于一支部队。那支部队由合法的恐怖分子组建而成，侵略过别国的领土。她曾经为恐怖分子切过胡萝卜。她还说：在全世界所有的海洋里，我都大名鼎鼎。她朝水面上不停颠簸或者在污泥中无力挣扎的大船的残骸挥舞手杖，用哲人般的权威，指出哪一条船上载着她的相识，哪一条船从遥远的国家逃脱战火，哪一条船逃离了危险的海洋，竭尽全力才抵达这个并不欢迎他们的地方。她认识成千上万的人，冲着四周大喊：“我认识所有那些甚至没能上船的人。他们被留在原地承受命运的折磨。几百万难民还在某个地方，还在梦想着到你们的天堂呢！”她大声叫喊着。

水涨水落，冬天里许多破船陷进淤泥。

“他们的主人出什么事了？”女孩做着口形，提出这样一个问题。贝拉·唐娜帮她说出这句话，想教会奥布利维亚，让她问更多有关她在海上漂流的故事。

“大地掩埋了死者。恋人埋葬了恋人。尘归尘，土归土。他们的家人恨我们所有的人。”贝拉·唐娜回答说，每次给出的都是同样的答案。

远在沼泽地对面的窝棚后面，在阻塞了沼泽与大海之间的通道的沙丘之上，老“港长”越发深居简出。军队接管了海口的管理工作。他觉得怪怪的，觉得自己没用了，再也无法控制正在发生的一切。他几乎不再沿着沙鬼的身体爬下来，满足心中的渴望，去享受一下拜访“王者”贝拉·唐娜的快乐。他的船划过 江死水，与午夜守候破船的天鹅和在淤泥中大喊大叫的老水手的魂灵擦肩而过。

随着沙山的高度增加，他的忧虑也与日俱增。他知道沙山最终会被自己的重量压垮。他为这最终的崩溃而心烦。他能做什么呢？他几乎不敢冒险离开沙山，原因就在于此。然而他得去见老妇人，告诉她自己做的梦。

他时常做这样的梦：干旱转移到别的地方，他便离开沼泽地，附着在一个鬼魂身上。那鬼魂仿佛用沙子做的齐柏林飞艇在空中飞翔。如今对他而言，文化成了令人敬畏的东西。如何才能抓住这些东西，不得而知。他一直担心沙会把他从故乡带走。这件事情他得告诉她，从而得到她的安慰。只有她知道如何盯着他的眼睛，告诉他什么地方做错了。她微笑的时候，似乎看出音乐——一支令人开心的曲子——是从他嘴里发出来的。

他也许一直在吹日本的尺八[①]，或者像亚洲歌唱家那样吹口哨，或者用竹笛来诱惑这个世界。无论听到的是什么，都得通过她脑海里已然根深蒂固的外国乐谱的过滤。而那些乐谱的曲调与旋律了无生气。她怎么能听到他的内心世界？她仍然留恋西方世界的图书馆和档案馆，仿佛从未离开过那里。

“抱歉！真的抱歉！因为沙！我俩会一起走的。”他一边转身一边发出警告，又说了一千遍道歉的话，费力地把小舟从挤在那条船边的一大群天鹅身边划过。天鹅饥肠辘辘。最后，他跑回去，爬上沙山等待，提心吊胆，生怕错过鬼魂随风而去的那一刻。

女孩感觉到那种对于改变的期待向沼泽地蔓延开来。当一条条沙带吹起献给故乡的歌——一支深情的行板[②]时，她看到了那位老人。

---

① 尺八：日本一种五孔竹笛。

② 行板：音乐速度术语，每分钟66拍。速度稍缓而含有优雅的情绪,属中慢板。

"他就是沙，每一粒都是神圣的。""港长"不顾一切通知大家做好离开这里的准备，踏上艰难的旅途。他号召当地人，号召坐着卡车从城里来的那些没人理睬、被人污蔑的人赶快离开此地。他甚至号召那些爬到山顶问他为什么独自生活在这里的人也远走高飞。那些人说，沼泽地成了一个不断壮大的城市，他干吗要自我隔离、不与人交往，在这个偏僻的地方形单影只，苦度残生？

"噢！这样做还真有点奇怪。"甚至连老妇人都这么想，尽管她也离群索居。不同的是，人人都关心"港长"，可从来没有谁来她这条船上，问问她的职责究竟是什么。

你应该离开这儿，沙子兴许会跟着你走呢，她提过这样的建议。他听了哈哈大笑起来。

她告诉他，人们在对流星许愿，希望来一批推土机把沙山摧毁。

"他们说，制造这些麻烦的是外国人，因为他们在一个纯净质朴的环境中思考，如此等等！沙本身没有脑子。没法子。"

被人家说成是不懂得自己文化的外国人，"港长"觉得受到侮辱。他在沙山上重重地跺脚。沙在空中翻转，在飞走之前戏弄整个沼泽。对于这样的侮辱，他无法释怀。

老大妈视而不见。在这样的时候，她只是用天鹅骨制成的笛子为天鹅吹霍大迈斯特 D 大调中提琴协奏曲一类的音乐。

蟒蛇、蜥蜴、沼泽里最肥的鲇鱼、蝙蝠和有袋动物，宛如花瓣被扔上沙山当祭品。此刻，它们全都纷纷落到山上。毒蛇闪着微光，蜷缩着身体，头从地面抬起，在死鲇鱼中舞蹈。

“别指望我把它赶走。”被撤职的“港长”对聚集在山下的人喊道。人们居然以为他，一个老人能有那么大的力气，能像某种无法辨认的、把毒蛇在沙里乱扔的野兽那样咆哮着仅仅用双手就搬走一座山。但是！他说，欢迎沙继续待着，尽管有各种各样的不方便。“想离开的时候就会离开。”噢！说出这样的话，岂不意味着谁都可以是研究干旱的天才科学家吗？

贝拉·唐娜生闷气。“港长”百事缠身，却没有一件跟她有关。他一门心思地跟人辩论，因为人们都怀疑他根本不具备为国家疗伤的能力。这些天，她甚至开始冷落奥布利维亚。女孩有点生气，又发誓永远不再开口说话。她在跟谁开玩笑呢？事实上，奥布利维亚忘记如何说话已经好久了，而且不知道自己还能不能开口说话，更没有开口说话的信心。“港长”再也不到这条船上来了，这让她非常高兴。听到他跟每一个认为他是个“假货”的人争执，她都非常开心。因为在她看来，他很可能就是假的。她之所以这样认为，是因为她知道，“港长”只会夸海口，根本不可能把沙山搬走。不会的。老妇人有许多珍贵的书，书里都有大人物，“港长”并未跻身其中。贝拉·唐娜长篇大论地讲述自己如何历尽千辛万苦来到沼泽地，并且把在这里的生活作为她一生中最后的、辉煌的篇章。她的叙述具有自我道德教育意义。她压根儿就没有提到他，那是自然而然的事。

让奥布利维亚更恼火的是，贝拉·唐娜对那位面貌丑陋、半人半鬼的“港长”仍然不死心。而且老妇人再也不讲故事了。特别是那个被人称作上帝礼物的“小男孩”的晦涩难懂的故事。那可是她最爱听的故事。老妇人说，她见过男孩许多次，一直在留意他，不知道什么时候才能再见到他。他的家就是这个世界，因为他是上帝送来的特殊礼物。她听说过这个小男孩，人们一直在等待着他，想让他在这个星球的另一侧帮忙照顾他们的鹿群。人们看见他的光环在阳光下闪烁。阳光照亮了漆黑一片的、雾蒙蒙的森林。森林毗邻冰雪覆盖的群山。群山之上居住着上帝。她讲了很多故事，说人们认为男孩子住在古老的城市里，那里的无花果树从墙上的裂缝和屋顶上长出来。而且，只有在很少的情况下，你才能穿过守护他的一群猴子更仔细地打量他。似乎她在全世界，或者任何一个你能找到上帝的地方，都见到过这个男孩。

老妇人常常看见他沿着沼泽拜访家人。“他常常拜访，”她宣称，“哦！哪天你应该见见他。他真是个好男孩。一个全世界都会喜欢的男孩。”女孩打量着围绕在沼泽岸边的所有的小窝棚，希望能在贫民窟的喧嚣和闹哄哄的电视声中，找到有猴子居住、有无花果树从屋顶长出来的那些屋子。

老妇人大声说，她刚刚看见他沿着沼泽跑，带着他的宠物猴子们，甚至还抱着一只狐狸。上帝就在那儿。“看见他了吧？”她以为任何人都会注意到那样一个重要人物——来自上帝的礼物。贝拉·唐娜叹息着承认自己失败了，知道给这个孩子讲故事纯属浪费时间。这个小女孩没有想象力：从来没有见过世面。

“小心！满地都是扭来扭去的毒蛇。”

“王者”贝拉·唐娜老大妈根本不可能像普通人那样行事。普通人不会大声呼唤，让上天把形形色色的东西送到他们面前。而她仰望苍天，呼唤天鹅到来。她“来呀！来呀！”地叫着，同时嘲弄沼泽地的人，声音里充满鄙夷，“为什么要像他们那样，召唤数不清的苍蝇、蜻蜓、白蛉、毛蚊、绿头苍蝇来他们的茶杯里游泳呢？”

信不信由你，每个人都觉得白人老太太是气候变化的“发明者”之一，而且她真的把天鹅带到了北方，好让它们在沼泽地居住。她的声音随着一股股黄尘传送，沙土飘浮在微风中，在天空下波浪般起伏，沿着电报线循环往复，穿过数公里的管线，踏上国家公路的沥青路面，直至到达干旱肆虐的南方。一大群一大群的天鹅通常就住在那里。她的声音就这样传到老黑天鹅的耳中。一群又一群被干旱所困的天鹅开始长途飞行，沿着同样的道路来到沼泽地，而此时沼泽地带已经停止降雨，湿地干涸龟裂。没有人在乎来到“沼泽集中营”的天鹅。没有人知道这意味着什么。看到天鹅跟“王者”贝拉·唐娜一起住在原本属于澳洲鹤的沼泽里，大伙儿毫无疑问地联想起他们所说的“另一种疯狂”。

水面漂浮着黄色泡沫和羽毛，上面笼罩着一层层雾霾。只要老太太出现在她的筏子上，天鹅就会带着小天鹅来到她面前。小天鹅的颜色是斑驳的棕色和灰色。它们沿着天鹅召唤者的“表演台”滑行，发出轻柔的哨声。贝拉·唐娜的筏子是用白千层纸皮树树干做成的，找了些电线和绳子胡乱缠在一起。那玩意儿居然能浮起来，全靠好运气。她看上去十分笨拙——撑着长竹竿在水面上移动这个“表演台”。人们仿佛看见一只身披鲜艳的羽毛、长着长腿的水鸟从满是泥泞的水里走过。沼泽岸边，沿路都有沼泽地居民透过一层永不消散的虫子形成的雾，观看发生在这块土地上的一切。古老的、人们十分喜欢的、宛如嘤嘤啜泣的清泉如今成为一潭死水。悲哀的老睡莲丛生，到处都是蜿蜒行进的长长的蛇。

黑天鹅会从沼泽地的各个角落漂浮到老妇人面前。它们在水面上游动，颀长的脖子挺得直直的，优雅的、长满黑色羽毛的头向一边略微偏着，倾听她讲那个她熟知的世界的故事。聆听她的故事，会有一滴滴水从天鹅红色的喙上滴下来。它们的喙不停地震颤，上面有一道触目的白印。喙轻轻地啄着水面，测试水位，感受到湿气向空中蒸腾。突然，一只天鹅引颈哀鸣，向天空诉说它对那个故事的回应。旋即，连绵几公里能听到的都是天鹅曲项向天求雨的祈祷声。

在天鹅优雅滑翔的日子里，它们柔情万种，在蓝天下转着圈盘旋。沼泽四周宁静、安谧。天鹅一年四季都待在这里，甚至一直待到沼泽几乎干涸。因为古老的爱之泉断流了。有时候，所有天鹅在深夜突然离开，沼泽地显得空荡荡，一片死寂——似乎它们从未来过这里——然后，出人意料地，它们回来了。回到老妇人这里。它们回家了。也许那是她的故事吧。或者说，她真的有召唤天鹅的能力。

奇迹一个接一个地发生。虽然这里已经拥挤不堪，人们还在用魔法召唤、祈祷更多的天鹅到来。结果天鹅成群结队降临沼泽，而雨却迟迟没有来。天鹅虽然从来没有来过这个地方，沼泽地人却认为，这些美丽的大鸟是在它们一直就知道的故事的指引下，回到古老的家园。天鹅也有律法。现在的问题是，北方没有人知道最古老的律法经文中有与这些巨大的湿地鸟类有关的故事。

南方的天鹅在天上形成一条绵延不断的丝带，不停地从天而降。有人说，那是因为它们注意到，天空下面它们的亲人被拘役、被封锁。它们追随自己人穿越大洲的迁徙之旅已经持续了数月。几千只天鹅聚集成一群。一群群天鹅挤在沼泽地，黑压压，宛如层层乌云。老妇人用竹竿撑着筏子从它们中间穿过，给它们喂食。

人们成群结队，聚在沼泽岸边撒网，想抓一两条小鱼——他们注视着贝拉·唐娜。这给了他们谈资。他们大笑。沼泽上波澜不惊，天鹅自由自在地游来游去。贝拉·唐娜的木筏突然从波浪起伏的水面掠过，看起来多有意思啊。但是说老实话，以前从来没有人希望或者祈祷天鹅闯入他们的生活。他们为什么要这样做呢？天鹅蛋。小天鹅。都是好东西。但是这儿的人可不吃这些东西！它们是遵从天律，应运而生的鸟，有权住在这里，不需要人监管它们。谁也不会倒霉到需要打搅它们的地步。

人们认为，看到天鹅四处漂游是好兆头，至少能和缓一下这个被污染得乱七八糟的地方给你留下的视觉印象。不至于放眼望去都是持续不断的干旱造成的凄凉，或者军队的炮弹突然落到你的面前带来的恐慌，或者精神上的先祖被矿工们挖出来给你造成的伤害，或者军队派来监督者“保护”你的孩子，似乎他们才是亲生父母。任何事物都会产生影响。而最要命的是，为了消除居住在窝棚里的处于劣势的人的差别，他们采取了各种措施。现在，在这个乱糟糟的地方居然出现了一个天鹅湖。对于当地人来说，岂不是一桩适合讲述的故事：“这难道不是挺幸运的吗？”

然而，沼泽地带关于天鹅的真正的说法是什么呢？尽管沼泽地人对天鹅的出现闭口不谈，实际上，他们对任何迁徙到当地的古老的鸟儿都感到恐惧。对此大家达成共识。睿智的老人言辞激烈，他们说：我们有自己本地的鸟儿，用不着睁大眼睛也能看见。各种各样的鸟。他们当然有本地鸟类。数不清的澳洲喜鹊。聒噪的食蜜鸟飞来飞去。四周伫立着成千上万的澳洲鹤，仙风道骨，与众不同，自古以来伴着沼泽地居民快乐地生活，谢谢你们！它们满身灰色的羽毛和长长的、像棍子一样的腿，是当地郊区的标志。澳洲鹤！澳洲鹤！极度梦幻之鸟。它们脖子细长，面颊红润，灰色羽毛覆盖着巨大的身躯。

这些鸟也挤在湖里。它们是守护天使，栖息在简陋窝棚的屋顶上，守护着一个个家庭——住在里面的都是它们的亲人。这些本乡本土的澳洲鹤随便走进屋子，一点都不害怕，轻轻地拍着张开的双翼在地上腾跃，还偷食物。轻轻松松一跃，就从餐桌上把食物叼走。对于澳洲鹤的所作所为，人们像对待其他属于这里的生物一样，觉得它们有权吃点东西——不管怎么说，谁会去伤害一只澳洲鹤呢？

女孩给天鹅喂食。她跟着羽翼渐丰的小天鹅在水里跑。她开始相信，通过帮助它们，让它们在被污染的沼泽地里活下来，自己或许能向它们学习到点什么，有朝一日能够逃离这个地方，就像它们那样自由飞翔。她满心幻想着能有一双坚硬的翅膀附着在自己的双臂上，上面兴许还能长出羽毛，好让她飞起来逃走。她心里装满了这样的词汇——“消失”，以及“隐形”。她从不认为，逃离“王者”贝拉·唐娜、不再与她一起生活是不可能的。她常常想象自己像天鹅那样飞翔。她几近痴迷地盯着老妇人，决心学会如何和天鹅对话。是的，她也要流利地掌握天鹅的语言。每次天鹅离开水面向天上飞去的时候，她都能够感受到飞离这里的奇迹，感受到天鹅在空中振翅高飞的快乐。看着它们飞翔，直至消失在灰蒙蒙的薄雾里，只剩下她在那里幻想老妇人谈论过的、所有那些不曾见过的地方，那些沼泽地之外的地方。

她看着天鹅变得越来越肥，越来越重，每一只都像一艘小战舰，却仍然能够快速跑过水面起飞，再飞回到水里抢抛到空中的食物。它们挤在一起，足有一千只，等着老妇人给它们投喂食物。别人的食物！用塑料袋和水桶装着，在她漂浮在水面上的“表演台”上堆成一堆，宛若供奉神灵的祭品。老贝拉·唐娜甚至硬着头皮，到一个一个小棚屋里，跟那些贪婪的人商量，允许她把剩饭剩菜收集起来喂天鹅。如果不是她这样苦口婆心，这些剩饭剩菜早就被那些人自己吃掉了。她什么都要：发黄的卷心菜、蛋壳、放久了的面包、打蔫儿的莴苣叶、土豆皮、鱼刺、橘子皮、干巴巴的苹果核。她把这些东西倒在水里，看着天鹅和澳洲鹤一窝蜂抢食，片刻之间吃得一点不剩。然后天鹅渐渐离开，继续没完没了地从水中筛取藻花、水面上的浮渣以及被黏土覆盖的水草。

随着时间的流逝，沼泽地居民变得比在热带苦熬的任何普通人都要瘦削，而天鹅吃着他们的食物变得越来越肥。老妇人如今年事已高，脑子里没有一点负罪感。没有月亮的晚上，她四处巡游，直接从孩子们的臂弯里偷走食物。西瓜节，负责保护此地的部队把水果送给孩子们珍藏。小家伙们抱了整整一天累坏了，终于安然入睡。这样炎热的夏夜，人们太容易对整个世界毫无感觉了。门吱呀一声，流浪猫跳出来，门铃在微风中叮当作响，或者一千样东西挪动位置，发出窸窸窣窣的声音。但是这些声响他们全都听不见，而就在此时，幽灵般的老妇人带着偷嘴的家鹤径直走进来，从他们细小的手指间偷走食物。

女孩跟着老妇人在天鹅之间涉水而行。天鹅靠肥胖的肚子浮在水上。它们倚在老恩人身边，用红色的喙整理自己的羽毛。老妇人鲜艳的花裙子在水中随着浪花上下翻动。女孩像个影子一样，默默地听她轻声讲给天鹅的故事和秘密。她记住的几乎都是写给天鹅的诗歌。

沼泽地居民说天鹅要把他们吓坏了。他们指责天鹅直接窥探他们的灵魂，偷窃他们的传统文化。贝拉·唐娜说她不明白天鹅为什么想要窥探某个人空虚的灵魂。每一分钟就抛出一个侮辱。她本人已经窥视过他们的灵魂，结果一无所获。“只有几株瘦弱不堪的杂草在你们的肚子下面艰难地求生。”没准儿沼泽地居民的灵魂是空虚的，但是他们的确有自尊心。他们气得直跳脚，对她说，够了够了，别再这么说啦。她不管这一套，回击道：“天鹅能看见什么呢？除了在你的灵魂深处看见一块铁皮上躺着几株杂草。”

估计没有人反驳她。

红眼圈、黑眼睛的天鹅在女孩旁边游动。它们用喙点水，颇像晃动茶根儿的算命先生，直勾勾地盯着她的眼睛，叫人浮想联翩。而女孩呢，她想，也许可以凭借一种语言来洞悉它们的命运。天鹅卷曲的尾羽呈现黑灰色，尖尖地镶嵌在背部。它们的未来就用大自然的语言书写在上面。天鹅选择配偶的时候就是通过美丽的尾羽彼此传递信息。女孩下定决心要解开这个谜：它们为什么会离开世界上最美丽的湖泊——那是老妇人讲述的故事在她脑海里创造出的幻景。她生活的中心似乎就是要弄懂它们沿哪条道路迁徙，如何飞过内陆，最终抵达北方一个被污染的沼泽。“那是些爱情故事。”老妇人自顾自吃吃地笑起来。她觉得女孩沉溺于密闭的洞穴很好笑。在泥泞的水中，老妇人继续给一群群小天鹅投喂一本又一本爱情故事。那些故事缠绵悱恻、情节曲折，讲的是什么惟有神灵知道。小天鹅们把它们当成一片片湿漉漉的面包全都囫囵吞了下去。

人该怎样生活？所有的孩子都想找到关于这个常见问题的答案。女孩心想，或许让自己卷入老妇人对着天鹅唱歌的疯狂之举，就可以找出这些问题的答案。就像她相信有一条秘密通道，可以让她回到树中一样，她相信一定有一条秘密通道，把天鹅送到这个国家的最北方。她的脑海里许多条小路纠结在一起，错综复杂，让人无法逃离。但是一定有另外一条路，一条隐藏起来的通道。不断奔跑。她不得不变成懂得如何召唤天鹅的“王者”贝拉·唐娜大妈，但是时间不等人。奥布利维亚仍然无法适应在老妇人的阴影下生活，又不喜欢在阳光之下度日。老妇人慢慢地吟诵着她的故事，速度越来越慢。

“故事要从大洋彼岸一个遥远的、被人遗忘的国家讲起。在那个地方，人们眼看自己的土地变得如此不堪，常常讲起关于他们自己的故事。那些故事从来都不涉及历史，或者科学，或者科技。

他们谈论的都是无用的土地，那里寸草不生。反正他们中的大多数人什么都看不见，因为他们是盲人。这些人没完没了地比较从前的好时光，可是谁也说不清个所以然。能说清楚的只有一点：当全能的上帝对眼前的景象表示异议时，我们已经迟了。”

天鹅往日居住的、覆盖着冰层的湖泊干涸了。长着雪白的羽毛、黄色的喙的美丽的生灵飞越半个地球，抵达遥远的、非同寻常的目的地时，已经累得半死不活。

在这个地方，海边一团团枯草翻滚着，被干燥的风吹走，带着上路，穿过大洲，满世界转，又回到原地。树木不再对寒来暑往作出任何反应，而是慢慢地在干裂的泥土里死去。大地深处几公里都干透了，一丝水分都没有。燕雀最先钻入涌动的云层，拼命逃出它们所在的半球。冬季或者夏季，只有相貌平平的鸟儿在地上乱刨，想找到很久很久以前留下的水分。

你看得见老渔民们凝视着流淌在记忆中的条条大河，倾听它们奔流不息的浪涛声，仿佛在聆听金丝雀歌唱。歌声萦绕在他们的心田，干旱化作甘霖……

吸气，大妈。女孩不停地打断她，把手放在老妇人的手臂上。人生苦短。老妇人越说越快，喘不上气来。女孩非常想知道老妇人究竟想要说什么。她不停地对她点头，问贝拉·唐娜，到底是什么让世界周而复始地旋转呢？奥布利维亚得尽快听她对这个问题做出解释，而不想听她讲什么瞎眼渔民的故事。你是如何独自飞行的？逃离这个世界应该走哪一条路？天鹅们到哪里去了？别的任何一个人都不会教她如何洗牌。既然如此，相信一个疯子有什么害处呢？老妇人最终弯下腰，对着女孩的耳朵轻轻地说，她在这个世界最美妙的一次旅行是跟一只天鹅一起坐着舢板乘风破浪，穿洋过海。女孩让自己相信，当疯狂即是真实，真实本身就是疯狂的时候，世界上能讲真话的惟有疯子。接下来，老妇人开始讲一个新故事：百川归海。这时，她停止了呼吸，“王者”贝拉·唐娜大妈死了。她本该是个天使。

沙尘结束

“王者”贝拉·唐娜去世的那天晚上，布布克[①]对着她正在消逝的灵魂鸣叫。而当一阵疾风掠过远处的桉树林时，她渐渐远去。桉树果互相敲击，发出咔哒咔哒的响声。整整一夜，伯劳鸟盘旋，歌声响彻沼泽。这个教区就是这样，非常传统。甚至称得上是一流教区。这片土地结束了这个死去的女人为天鹅断断续续咏唱的小夜曲。与此同时，湿气在整个沼泽地洒下一层浓雾，把它包裹得严严实实，也接住了从树上掉下来的所有叶子。

沼泽地周围，空气仿佛充了电的电动猫，搅动得让人压抑，喘不过气来。奥布利维亚梦见老妇人在厨房里讲述她的一生。她的声音在不同的故事之间跳来跳去。那些故事讲的是不同的时间、不同的地点发生的事情，发生在那个不复存在的世界。“都死了，像我现在一样。灭绝了。无法居住了。”她激动得连气都喘不上来。似乎老妇人仍然想要把生命的气息吹送到故事中。那是关于她一生中遇到的所有那些人的故事。她曾经目睹那些人逃离了他们不复拥有的家园，被一只天鹅带到大海。

但是后来呢，她在沼泽地的生活怎么样？“说说我们在这里的

① 布布克：分布于澳大利亚、新西兰和邻近岛屿的一种小鹰鸮，体近褐色，背部及翅膀上有白斑，眼后有深色大斑块。

生活吧。”女孩在梦中说出声来。而对她的回答不知道是从哪里传来的。“活着而已！”远处传来回声，老贝拉·唐娜只说了这样几个字——这个女人太入世，太投入，无处不在。她对女孩大声喊道，“我不知道有什么事情会发生在我身上。”

老妇人永远消失了，只有女孩能感觉到这样的痛苦。老妇人离得越来越远，她的声音听上去不再让人觉得那样备受煎熬，“噢！你能相信吗？”老贝拉·唐娜刚刚去过中国城的白天鹅“云之居”①。中国城里有许多星星，像古时的灯笼一样闪闪发光。在那里，天鹅用喙叼着鹅毛笔写自己的过去，写那首怀念家乡的诗，它一连写了好几个世纪。

“我现在觉得如此轻盈。”那种感觉就像阳光穿过乌云，拥抱巨大的花岗岩雕成的天鹅。这样的天鹅石雕在印度尼西亚石雕工匠的村子里随处可见。她旋即离开，但是很快又回来，诉说自己如何穿过尘埃飞舞的阳光坠落下来，一缕缕阳光在一个古老寺庙的屋顶汇成光的海洋。就在那里，一条印度女神的天鹅之舟在成千上万皈依者的祈祷声激起的大浪上掠过。

最终，老妇人的故乡出现在眼前，那片土地一度布满杉树，野鹿角上戴着铃铛，像蛇一样在大雾弥漫、白雪皑皑的林地奔跑。

白天鹅在河中啄食杂草。

一弯新月在沼泽上空慢慢地挪动，倒影映在波光粼粼的水面

① 云之居：位于墨尔本菲茨罗伊区的一幢私人住宅，其临街门面是简洁而优雅的爱德华风格，尊重并延续着当地的历史文化。作者在此处借用这一称谓。

上，宛如白天鹅巨大的翅膀。看上去像是来自其他地方的天鹅，可以称之为鸿，或者雁，或者鹄。月光淡淡地洒在贫民窟的小屋上。睡莲的叶子在月光中摇曳。成百上千只黑天鹅围在那条船边取暖，脖子藏进翅膀里，银色的脊背沐浴着皎洁的月光，梦里听见不同地区的人们对它们不同的称谓。一个个念出来，把这个国家所有的天鹅都包括在里面。随后，睡莲的叶子被风吹到水面上，成群的昆虫四散而去。

天鹅一边在天空盘旋，一边通过隐形的洞穴不停地钻到其他世界里去。它们还在寻找老太太，常常看见她的灵魂，不让她离开。一群群天鹅仿佛都无法停止对她的哀悼。在沼泽地的任何一个地方，都有天鹅反常的表现——用喙撩拨水面，似乎在努力寻找一种办法，与埋葬在下面的老妇人的灵魂会面。

后来有一天，它们的行为发生了改变。这些天鹅都从通常筑巢的芦苇荡中起飞，加入到从远处游来的天鹅群中，组成一支庞大的“舰队”，绕漂浮的垃圾场围成一圈。天鹅挤得密密麻麻，卷曲的翅膀上羽毛竖起，呈进攻状，宛如一支拥有成百上千只雄狮的舰队围绕着沼泽慢慢漂浮，目标对准只有它们的眼睛才能看见的威胁。

突然，天鹅挺直脖颈，昂起头，黑色的、鱼鳍一般的羽毛齐刷刷竖起来，向天空伸展。红色的喙宛如海浪，发出嘶嘶的声响，对准来自沼泽上空的威胁。总攻开始。黑影从水面掠过，如同掷出一支长矛。天鹅舰队穷追不舍。经久不衰的天鹅之舞终于停歇下来，它们喙朝下，脑袋偎依在脖子下面。在追击过程中，舰队常常更换方向，如此庞大的部队却丝毫不乱。它们整齐划一地转换方向，仿佛共用一根神经。像风突然变换方向一般，整个群体会同时后退，再迅速集结，转身穿过水面进行另一次攻击。无论什么东西对沼泽构成威胁，天鹅舰队都会用同一只眼睛观察，判断这个不速之客下一步会有什么举动。然后针锋相对，或减速，或加速，或急转弯，对在天空盘旋的翅膀作出反应。这当儿，一阵阵风在沼泽地的水面上推开层层涟漪。

奥布利维亚睡得太熟，错过了清晨壮观的一幕：沙尘变得狂暴，令整个沼泽窒息，然后快速转移，飞离此地。“港长”四处走动，向众人告别，说他要去东北方，骑着沙之云，也许先从某个地方出海，飞到风肆虐的地方。就是这么说的。后来，如他所说，所有沙山之母都消失了。

当地原住民政府的官员来了，把那条船翻了个底朝天。一堆堆书籍、报纸扔得满地板都是。他们好像不愿意让魔鬼弄脏双手。女孩蜷缩在一个角落里。他们在找那些水晶球，那玩意儿兴许值点钱——谁说得准呢？

“水晶球都被沙尘暴卷走了。”她紧盯着沙山飞走的方向说。

官员们觉得女孩在撒谎——对此他们确信不疑，但是跟她争吵有什么用呢？于是，他们把老妇人的尸体带走，去下葬。奥布利维亚烦躁不安，心里一直在想：“他们要是再回来怎么办呢？”老妇人不在了，她觉得自己无人保护，倍感孤单。她等待着能有点别的事情发生，某种坏事，等待更多的人随时闯入这条船。夜幕降临，奥布利维亚觉得自己的身体消失了，消失在大船瓦灰色的墙壁里。她快淹死了，在水面下大口喘气。后来，她听见贝拉·唐娜在船里四处走动，朗诵诗歌。诗中写的是瓦灰色的湖面被一群天鹅带来的闪电照亮。奥布利维亚觉得她的生命随着那些诗句消失了，似乎老妇人在哄她离开。要是那样的话就再简单不过了。但是，突然之间，暴风从黑暗中旋转而来。奥布利维亚被风暴裹挟着迅速离开。她好像被什么人抓起来头朝下从船上扔了出去，划着水离开那条船。她逃到沼泽尽头的荒原，去找那棵树。如今她怀疑那棵树从来都不存在。

沼泽地居民看见她在枯死的芦苇荡里寻找她的家园。"谁在那儿呢？"他们简直无法相信。"别看了。这样疯狂的行为什么时候才能停下来呢？""我想看看。"她用手指挖着泥土，寻找能够证明那棵树存在过的某种迹象。她需要证实留在脑海里的印象，证明自己曾经生活在那个阴暗的树洞之中。她像一条疯狗不停地挖洞。"别看啦。""我想看看。"她发疯似的刨着，但是除了泥土之外什么都没有。尖叫声在她的脑海里不停地回响。"我想知道答案"，她好像在恳求大地去问问那些人。她知道此刻那些人正在看自己，但是没有一个人走到公园里去告诉女孩那些树究竟去哪儿了，是被砍了当柴烧呢，还是被锯了当木料。

没有人说："看吧，孩子，那些树的木材用来建了那边的那个房子。"没有人说："看看这个尖尖的挖掘用的棍棒，就是用曾经生长在这里的那些树的最后一块木料削成的。"就人们所知，那棵树要么从来就不存在，要么只是传说中的一棵圣树。从古到今，记得那个故事的惟有那些赢得了拥有故事之权利的人。谁会为老祖宗说话呢？谁会为一个孤零零四处漂泊的孩子说话呢？问题到底出在哪里？

有一个关于圣树的故事，沼泽地所有的故事都储存其中，就像老祖宗留下来的律法条文。那是一个圣洁之地的律法，无法想象有人会违犯。老人们说，那棵树就像世界上所有最神圣的地方一样，为了我们而集万种风情于一身，“难怪她会直奔那棵树而去”。真是蹊跷得很。那棵树静观万物之变，当它看见有人违背了律法，就向她召唤。他们必定遭到报应。这个祖先是我们仍然活着的最老的亲戚，负责看管各种记忆，所以它必须接纳她。但是，女孩被找到之后，树就被军队毁掉了。他们之所以这样做，是因为他们认为必须破除这种危险的信仰，才能缩短原住民和白人之间的差距。那些故事随风飘散，至于飘到哪里，不得而知。但是我们因此而变得强大，不再把希望寄托在那棵树上。从史前时代开始，那棵树的亲人们就相信这些。真的，现在这个故事剩下的惟有长者和他们的家人。他们的祖先活着的时候曾经世世代代照顾那棵干枯的、被森林大火烧毁的巨大的桉树的老根。损失如此之大，他们无法用语言来形容。这让他们感到灵魂与肉体分离，无依无靠，不堪一击，游离于永恒之外。他们被割裂，自称为被诅咒的人。觉得是徘徊在自己国土上的陌生人。和祖先之间的责任感历来是他们力量的源泉。就是这种责任感把一代一代人联系起来。如今我们受够了。受够了那个女孩。她勾起我们对往事的回忆，让我们不快。奥布利维亚那天在光溜溜的土地上挖来挖去，让人们又想起他们眼巴巴看着那棵树被炸掉，却无力拯救它的痛苦。什么也做不了。一切都无法挽回。女孩的寻觅让我们不停地回想起让人痛心疾首的往事。要是她甚至连这一点都认识不到的话，那她的脑子一定有问题。而他们只能看着，不能走过去向她解释，失去那棵祖宗之树究竟意味着什么。

那有什么关系！没有人会忘记过去。你这个小家伙，老妇人曾经解释说，从一个隐形高地的悬崖峭壁跌了下去。那个地方发生过许多大事，像你这样的一个小姑娘丢失的事算不了什么。此刻，女孩在黑色的甲虫和蚂蚁居住的黏土层下面寻找。那里布满裂缝，她想在树根找到一窝大嚼大咬的白蚁。蚂蚁和小蜥蜴纷纷逃走。过了一会儿，她悻悻离开，想不明白，那样一棵大树存在的证据怎么会让区区白蚁吞噬得干干净净呢？

最终，女孩又回到那条船上。在那里，仍然能听见老妇人的鬼魂自言自语。在她的鬼魂面前，沼泽地人从来都无法保持长时间的沉默。他们的声音喜忧参半，回旋在沼泽地上空，而且他们谈论的并不仅仅局限于短促生命的每一个瞬间。不是！他们像老妇人那样谈话。她的声音战胜了死亡。她居然像女巫一样在别人的声音中归来，让人毛骨悚然。但是，她究竟是什么意思呢？为什么要用某种外国的古老的语言不停地念咒语呢？从前海洋探险者们第一次看见黑天鹅时用的就是这种语言："在地球上有一种类似黑天鹅的鸟类。"①

沼泽地周围的人都在向彼此重复这个咒语。女孩静静地听着。她每天夜里都听到同样的话在吟诵，因为有人会在梦魇中喊出这些拉丁词语来。后来，突然发生了一件非常奇怪的事情。这里的人说话时都夹杂一些拉丁词语。老妇人死了之后，阴魂不散，没

① 原文为拉丁文。

过多久，沼泽地人就宣称自己是拉丁裔原住民。

看起来这个老女鬼用拉丁律法对沼泽地人的心灵进行了彻底的殖民，使得他们完全丧失了语言能力，不能再好好说英语，也不能教他们的孩子好好说英语，似乎这样一来便可以填平横亘在原住民和澳大利亚之间的鸿沟。把自己完全整合到老女鬼的世界中，可以说很愚蠢，很幼稚，但也合乎逻辑。在那个世界里，各色人等都认为，讲拉丁语让他们觉得神圣。沼泽地人、鳗鲡、蛾子和蝴蝶，都想去罗马同教皇住在一起。有人甚至宣称，沼泽地即是罗马。

在一些人眼中，沼泽周围所有的建筑都变成了“世界上最伟大的城市的遗迹”。老沼泽居民正在变成有史以来最伟大的罗马人，甚至比罗马人更伟大。沼泽变成了一个罗马圆形大剧场。

把不同的梦幻糅合在一起简直胆大包天。这个地方的两种律法针锋相对。她下定决心，不去理睬整夜坐在那条船的厨房里说拉丁语的老女鬼。她只想记住这一点：“王者”贝拉·唐娜大妈活着的时候说过，她没有从纯粹主义者那里继承什么神话传说，也不相信黑天鹅来自她的某位祖先夜里所做的梦。“事实，女孩儿，事实摆在这里。那是在一六九七年主显节的宴会上，威廉·德·弗兰明[①]的船员们宣称：原以为是迷信的东西变成了鲜活的生命。他们看到两只黑天鹅，活蹦乱跳，美丽的一对儿，在

① 威廉·德·弗兰明（1640—1698）：荷兰航海家，17世纪后期发现澳大利亚西部海岸，并绘制西部海岸的海图。

西澳大利亚的海面上浮游。他们称之为‘黑天鹅显灵’。这是一次科学的庆典，是剥离了神话的事实。”

天鹅四散开来，水手们随手捕捉到四只。得手之后，把它们带到正在航行的船上。带到茫茫大海之后，天鹅变得郁闷。历经磨难，它们坚强地活了下来。但是这些落在科学家手中的梦魇之鸟最终被制成标本，在印度尼西亚的老巴达维亚[①]展览。谁都可以用手触摸天鹅的羽毛，好向他们的偏见挑战。

女孩住在地狱的边境[②]。那里的地图上，山川河流宛如孔雀尾巴一样向四面八方展开。是谁创造的呢？噢！这几个男孩也在那儿，他们曾经对一个小女孩穷追不舍。在她的荒野里，他们一直瞎转悠。哪个小女孩？哪个可怜的小女孩？流言就是流言，不费吹灰之力就能制造出一大堆。如今，奥布利维亚不管走到哪儿，都能听见：“你肯定记得，老大妈。她是那种得了婴儿酒精中毒综合征（FASD）的孩子，个子长不大。你不应该相信那些传言。你弄不清真假。老大妈，那是真的，就像我正站在你眼前一样，真真切切。这就是白人政府的‘社会工程干预政策’把黑人生活搞得一团糟的真实情况。她是一个为了‘缩小差距’而生的小孩儿。我们？把寻找她的责任推到我们头上？”奥布利维亚每时每刻都能听到这些各不相同的声音。她常常想，故事是如何编造出来的呢？在形形色色描述她的文字之中，哪些会在几个世纪之后继

① 老巴达维亚：印度尼西亚首都雅加达的旧称。

② 地狱的边境（limbo）：宗教术语，据传是耶稣降生前未受洗的儿童和好人的灵魂所居之处。

续流传下去，又将代表什么呢？天鹅！仿佛是一只属于魔鬼的天鹅！老妇人常常说，要是她去找，就知道怎样找到一些不同凡响的东西。找到女孩全凭运气。而且老妇人解释说：“你这个孩子，真的很特别。”她曾经对奥布利维亚说，和她合伙的是“不可做之事”。她说，她被轮奸的的确确是事实。她在身体上、情感上、心理上、统计意义上都遭到了轮奸。轮奸没有事先规划，在历史上的确发生了。理智和疯狂在她身上并存纯属偶然，但是这完全是事实：“你的时间停滞不前。”

“轮奸”。女孩不明白那两个字是什么意思。她坐在大船的地板上想自己的事情（她向来都是这样打发时间的），努力回忆她身上发生的事情，或者，发生在人人都谈论的某个小姑娘身上的事情。也许那个小姑娘根本不是她，压根儿就不是她自己，而是所有的女孩。她思来想去，头痛欲裂。她极力想搞清楚，自己是否像故事里的那个小姑娘一样，理智尚存还是已经发疯了呢？人们压低嗓门儿没完没了地嘀咕强奸的事儿。而那些事情发生的速度太快，男孩子们对传说中的女孩儿到底做了什么，她都记不起来。要想把所有细节都保留在脑海之中太难了！可怜的小姑娘！是哪一位小姑娘呢？她不得而知，希望自己从未降生到这个世界。“这不是你的错。”关于这件事情，老妇人最后说的就是这句话。之前，她解释了这段令人发指的历史的原因和结果。那段历史如何导致了宿命，她泛泛而谈，总是尽量避免涉及与女孩的生活经历如此密切相关的奇耻大辱。对她而言，不得不对女孩说起这些事情本身就是耻辱。她难以启齿，说她曾经遭到一群男孩子轮奸，而肇事者就是这个男孩，还有那个——正在那边走路的那个家伙。

尽管这是事实的真相，简简单单，没有添油加醋。她无法提及孩提时代发生在女孩身上的事情。实际上，奥布利维亚对那些事情还有点记忆。这就是她为什么总是做噩梦的原因。为什么害怕黑暗、尖叫着醒来的原因。她似乎希望自己永远沉湎于被强奸之前的岁月，牢牢抓住那一段时光不放，死死守护大祸临头之前的那个小女孩。或者甚至不能解释，为什么会在树中找到她。

女孩听见人们压低嗓门儿继续说“轮奸”这个词。频率很高，那是从爱饶舌的沼泽地的缝隙里逃逸而出的声音。说者无心，讲起一个早已被人遗忘、也不得不遗忘的故事。那个故事被人们塞到某个角落隐藏起来，现在却又旧事重提。有些话总能被人听见，不论离得远还是近，不论用多么小的声音说，真是一件怪事。就像一些刺眼的字眼儿，跃然纸上，吸引了人们的注意力，勾起人们的回忆，让他们想起，从前有个小女孩从地球表面消失了很长时间。

一群男孩儿自认为已经成年，被汽油、胶水或者是他们玩弄的随便什么东西产生的气体熏得发了狂。这些东西的供应源源不断，他们对那个女孩穷追不舍。他们聚集在屋顶上，把T恤衫拉过头顶盖住脑袋，从可口可乐瓶子中吸汽油[①]。一位青年工作者引领这些男孩子翻开了生活新的一页。他哄他们从屋顶走下来，把

---

① 吸汽油：在澳大利亚偏远的原住民居住地，有些贫穷的原住民小孩以吸汽油为乐。久而久之“吸毒成瘾”，大脑受到严重破坏。吸汽油之后常常神志不清，精神狂乱，无法控制自己的行为。如果搞不到汽油，他们就用胶水、甲基、木精、乙醇等代替。吸食后对神经系统亦造成严重损坏。据说，吸食汽油等物质后，可以解饿，所以饱受饥饿之苦的孩子们乐此不疲。

他们带到一个娱乐中心。这些男孩儿在那里可以练习斯诺克，打扑克牌。之后还得到更多帮助，好填补堪培拉政府的政策造成的鸿沟。这些政策旨在谋求原住民发展，却毫无例外地以失败而告终。

军队建成一个体育馆，椭圆形，雄伟壮观，设备一流，建设速度之快堪称奇迹。这一建筑史上的杰作气势恢宏，令贫民窟以及被风刮来的任何别的东西黯然失色。贫民窟是些小窝棚，住在里面的孩子们因吸食汽油而毁坏了大脑，最终只能在地板上爬行。他们号召人们增强臂力和腕力，锻炼肌肉和骨骼，呼吸热空气，对着空气挥拳，等等。这些宣传散发着豪迈之气，热情洋溢，无懈可击。生活在继续。钱花的是地方。足球狂欢节的那些日子里，群情激昂。家家户户都在为他们的男孩子喝彩。观众熙熙攘攘，泛光灯把金色的光洒在他们身上。

除了足球，沼泽地人不需要谈论任何话题。真的。而且他们谈论足球时用的是拉丁语，别人都听不懂。沼泽地变成“罗马”已经有一阵子了。军队说：“罗马非一日建成。让政府来进行所有的谈话、所有的计划、所有的思考和所有的控制吧。”并且告诉“原住民们”在罗马应该做什么。

人们老是在讲故事。讲的时候信口开河。任何故事都可能被演绎，被歪曲。比方，沼泽地的人们常常说，那条船上的女孩是个弃儿，不是走丢的那个——丛林中走丢的那个。没错！他们说，她跑得太远了，太远了。他们还说，根本就找不到。大伙儿只能干着急。谁也不会想到她藏在那棵千年古桉树底部的空洞里。千真万确！没人想到。

他们认识的那个小女孩失踪之后，警察和军队一连搜寻了许多天。大家情绪激动，排查了每一个居住地——翻开所有的东西看了一遍，然后扩大搜寻范围，在方圆五公里干枯的林子里寻找，在沼泽地每天二十四小时不间断地工作，累得精疲力竭。

搜寻者们靠讲故事打发时间。故事讲了一个又一个，大同小异，都是小孩儿走失的事。那些悲伤的故事重见天日，丢失的孩子却没能找到。他们找到的都是再重新提起那些曾经发生、应该和过去一起埋葬的事情时发现的新线索。旧故事的新版本与这片土地不符合。因为你知道，旧的律法留下了烙印。一种很糟糕的感觉在搜寻者之间弥漫。没多久，他们便很坦率地说："为什么不能就这样算了？丢就丢了呗，花那么大气力找啊找啊，"他们宣称，"而找到的仅仅是耻辱。"于是大家决定，别再自找麻烦了。搜寻叫停。女孩的父亲心都碎了，耻辱让他虚弱。想到别人会把他当作疯子，连自己的孩子都看不好，愈发痛苦。他请求警察，就此罢手，不要再找了。

这时，有人却拿定主意要让自己成为一个讨人嫌的人——那个本来就让人烦的"王者"贝拉·唐娜大妈决定插手此事，用她的双眼"丈量"这块土地，尽管对女孩家族历史的细节——他们的土地——一无所知。她继续寻找丢失的女孩，完全没有了时间的概念，压根儿不管她如何招来人们的敌意和憎恶。那些人看到了他们所不愿意看的事情——居然有人在大海捞针。"嘿！老人家。什么？什么？你在说什么？你得停止你正做的事情。"她两个白皙的老耳朵上布满了红色的血管网络，什么都听得清清楚楚，所以只能对人们的嘲笑、谩骂装聋作哑，充耳不闻。“她为什么不能面对现实呢？丢就丢了呗。”她继续搜寻，对那些说她应该少管闲事的人置若罔闻。

她明摆着在夸耀自己嘛，不仅仅是在那条船周围，不仅仅是对着那些天鹅，而是期待整个沼泽地都永远感谢她。因为她找到了失踪的女孩。“眼力好才能成功呗。”谁能想到要去树洞里瞧瞧呢？还用问吗，谁也没有想到啊！

实际上，找到女孩之后好几个月，老妇人才想到应该通知失踪孩子的父母：她已经找到孩子了。她的小孤儿。她之所以上了岸，是因为听了“港长”的建议：“你得去告诉她的亲人，她的爸爸妈妈。你没听说过被偷走的一代吗？我现在亲口问你。”于是，她到那对父母居住的地方，在街上冲他们大喊：“我找到你们的孩子了。”

如今，女孩的父母年事已高，患上痴呆症，脑子一团糨糊，迷惑不解。尤其迟暮之年，对神秘事物不感兴趣，对社会安全人员（比方说军人）心有余悸。害怕那些人会以他们“无法让婴儿健康成长”为借口来找碴儿，破门而入，对他们家族的历史说三道四，找出各种证据说明女孩的脑子因烈酒受到损伤。仿佛他们早就知道，在被剥夺土地、饱受压迫的人的后代身上，什么事情都会发生。那些人说的什么狗屁话，事情的真相根本不是那样。对他们来说，问题在于一成不变的现实：他们从上一代人那里继承来的是被打垮的心态。他们从自己的小窝棚里走出来，心里充满恐惧，害怕别人指责他们，说他们是酒鬼。实际上，他们从未碰过什么烈酒。他们悄悄告诉贝拉·唐娜，什么都不要再说了。不要。在接受了一个似是而非的调查报告之后，他们早就不再悲伤了。从来没有指望还能再见到失踪的女儿。“你不知道吗？你不记得吗？”那是一个在这一带引起巨大悲伤的故事。传言贝拉·唐娜纯粹是给老夫妻俩制造麻烦。因为谁都不信她能在一棵树里找到一个女孩。再说谁家也没有丢过孩子呀。人们似乎已经就此达成共识。他们说：“告诉她，要是她想要，就把那个女孩留下吧。那是她的事情。与我们无关。”

“我为什么幸运？”女孩算是幸运的。因为，老妇人找到的不是一具残骸。女孩是幸运的。她还记得老妇人告诉她，沼泽地周围大多数失踪的女人和女孩永远没有了踪迹。尽管最终，她们当中有的人可能会打通那个唯一的付费公用电话，对接电话的人匆匆忙忙说几句话：她们是谁，打电话找谁，让家人知道她们过得还好，住在别的地方。“我们是逃走的，你要知道。”有些人却从来都懒得与家人联系。所以大家都认为，那些踪影全无的女人和女孩究竟是死是活只有天知道。谁也想象不出，她们的尸首是不是仍然裹着逃离时穿的最好的裙子，躺在丛林里的某个地方，埋在沙里，或者靠着一棵枯树站立着。或者她们仍然在期待通往天堂的路，或者回家的路，或者只是在等有人发现她们。谁也不知道。有时候你兴许能在那里看到其中的一些人。至于真相是什么，不得而知。有很多人家在等待公用电话响起，带来她们的消息。另外一些人家却不愿听到任何消息。当然也不乏这样的人家，当那个唯一的付费公用电话在夜里响起的时候，大喊大叫，让家里人出去用一把斧子把电话砍个稀巴烂，往上面撒泡尿也行，或者扔个东西把它打翻在地，甚至拿把枪对准话筒扫射。幸运的是，会有家人极力劝阻，一切重归寂静。幸运的是，奥布利维亚不知道为什么她是幸运的。幸运的是，她从来没有告诉过老妇人自己多么幸运。

究竟发生了哪些事情让“王者”贝拉·唐娜大妈找到在树洞里睡觉的自己呢？女孩有几种不同的说法。老妇人常常说，她发现得简直太及时了：“孩子！只不过几分钟的事情！要不然！要不然灾难就降临到你头上了——你可能早死了。”

奥布利维亚常常做梦，梦见一个长得像她一样的孩子往树根一个空洞跑去——小女孩出现在许多不同的森林、木料场、古树的树桩旁边，以至于现在很难记清楚那些地方的先后顺序。在有些梦境中，女孩穿过枝繁叶茂的栗树林逃走。有时，她逃过飘着树脂味的树林。有时是胡桃树林、橄榄树林、山竹子林和樱花树林。她曾经和被狼群追逐的鹿群一起奔跑在落叶松覆盖的高山山谷。现在还能感觉到冷风扑打在脸上。地理位置老是在变。有时候她从巨大的海龟身边跑过。那是洪水过后，海龟被困在热带树木高高的树枝上。

奥布利维亚常常想起，女孩在一场森林大火中往某个地方奔跑。就在那儿，有人曾经故意在一棵桉树的根部点火并且让它慢慢闷燃了两三个月，直至形成一个巨大的烧焦了的空洞。那个洞仿佛就是特意创造出来，好让一个女孩最终掉进去的。女孩的双肩常常扛着细长的、被烧坏的树枝，像翅膀一样。到达树洞之前停下脚步，把树枝扯下来。

然而，无论女孩怎样努力想要在抵达树洞之前停下来，她还是被推过去、挤进树洞。无论那个树洞在她脑海里变得多么小，它还是折断了她的翅膀。一旦进了洞，她就穿过阴冷的湿气下坠，一头扎进黑暗之中，似乎被树洞活活吞了下去。

这个熏黑了的“胃”在女孩眼中有很多个不同的“版本”。藤蔓似的灰色树根沿着洞壁一直向下延伸，上面写满了她之前来客姓名的首字母。

梦中的女孩看上去不过八岁，或者十岁，也许更小，只有五六岁，跟老妇人的说法很不一样。她一口咬定她找到的那个女孩年纪要大得多。也许酣睡中生命停滞不前，就像瑞普·凡·温克尔那样。最终，从树洞里出来的女孩丧失了对沼泽地的记忆。不认识沼泽，对过去没有任何记忆。她的记忆是由老妇人有选择地告诉她的那些东西创造出来的。“人们只听见天鹅在叫，没有人听见你跑开。”

“哦！是的！我照顾了你很长一段时间，直到你从昏迷中醒来，累得我精疲力竭。”

有很多女孩失踪了。在老妇人的故事里，女孩拥有各种各样不同的童年。从前，有个女孩在花楸林中走失。那个女孩在仙女们的森林小路上跑了好几天。天鹅恋人绕着天鹅诗人的湖盘旋，一只紧跟着另外一只。还有一个小姑娘沿着古老的小路穿过沼泽地去打猎的时候走丢了。那里有天鹅在地下河边筑巢。“你想选哪一个，随便。”老妇人说过。

奥布利维亚很难相信老妇人有能力照顾一个不省人事的孩子，用比食物还多的故事来喂养她。她像个孩子一样，不停地想象那些故事。甚至能看见、感觉到有一张陌生的成年人的脸在沼泽地宁静的水面上看她。她记得老妇人曾经说过，女孩很可能像青蛙和沼泽乌龟那样在干旱的地下冬眠，但是贝拉·唐娜和“港长”讨论时态度却非常坚定。她说人不可能像冷血的青蛙一样停止身体任何一个器官的活动。他虽然不甘心，但还是不得不同意她的看法。她不可能像青蛙，或者像沼泽乌龟那样在沉睡中度过干旱的岁月，靠偶然的心跳节省能量度过冬眠期，无论需要多长时间。他们俩争论时，贝拉·唐娜对着坐在地板上的奥布利维亚微笑，而“港长”瞪着灯泡似的眼睛对女孩怒目而视，眼里满是厌恶的表情：“你的情况不同。你是昏迷不醒。”

老贝拉·唐娜的声音透过那条船的墙壁传来，遮掩不住走失的女孩们那个喧嚣的世界。她死后大概把嗓门儿留下了。好吧！最好不要跟钢铁做成的墙壁争论，奥布利维亚心想。天鹅还在绕着那条船转来转去，还在等着听老妇人的故事。她有好多事情要考虑。天鹅比任何时候都更饥饿难耐。

这年冬天，天鹅只生了一枚蛋。这枚珍贵的蛋是它们献给沼泽的颂歌。天鹅静静地卧在匠心别具的窝上。那个窝是用数千根精挑细选的小棍、干枯的海藻和树叶精心做成的。下蛋之前，两只天鹅把一连数周的时间都花在建这个窝上。这让其他天鹅十分妒忌。它们斜着眼睛朝那个精美的窝窥视，整天不干别的，只是琢磨这只蛋，想象它未来的各种可能性。天鹅恋人经常把蛋扒出来，再盖上，藏到柔软的树叶里。曾经有蛇贪图温暖，睡在这里。时间一天天过去，孵蛋的这一对天鹅看上去似乎要永远待在那儿，保护那只尚无生命气息的蛋，希望能够把小天鹅孵出来。后来有一天，一群神气活现的天鹅涌到窝边，逼着它们离开自己精美的家园。它们用草棍、塑料匆匆忙忙建起更多的窝，一个个歪歪扭扭，乱七八糟，更糟糕的是因为雨量不确定，无法预知水位会达到什么样的高度，留下许多隐患。无论最初建窝的动机中对于繁殖的念头多么模糊，这些窝最终被抛弃，则是出于另外一种迷恋——那就是对北方天空的爱。

天鹅们哀悼的时候，长长的颈项跟着脑袋垂下来，几乎碰到地面。天鹅似乎被胶粘在沼泽的岸边，直挺挺地站在那里一动不动，十分悲伤地望着那条船，等待老妇人故事里的世界出现，等待酷热难当的海市蜃楼变得凉爽。

天鹅无法抵挡沼泽地人养的狗的袭击。它们如泥塑木雕一般，继续盯着自己银色的、不成形状的倒影。那倒影在水面上闪闪烁烁，像是静观自己的自杀行为——为自己做证，见证天鹅不愿游走。黑色的羽毛散落在地上，被风吹过水面。海鸥从数公里外的海岸飞到沼泽，加入每天夜里的攻击。天鹅们的精神彻底崩溃。狗和海鸥身上沾满了血。滴血的天鹅与红色的朝霞融合在一起，仍然卧在地上，头插在翅膀底下。

天鹅继续以这种可怕的方式死去，奥布利维亚从死天鹅身边爬过去，把它们埋葬在一堆堆折断的芦苇下面。沼泽地居民看着这一幕。“看看那边那个女孩吧？为什么呀？她在干什么？她在埋葬天鹅。”停了一下，“为什么呀？因为它们傻得要命？”如此等等。

旋即升起白色的轻烟。女孩点燃了为天鹅送葬的火堆。篝火在沼泽上空形成一层薄雾。女孩把筏子推到水里，用长竿插入下面的淤泥，小心翼翼地把筏子划回那条船，好离大妈关于天鹅书中的故事更近一些。

她阅读老妇人所有关于天鹅的藏书，想找到把天鹅引回沼泽地剩下的水面的办法。

“天鹅以天鹅的方式浮游着，准确无误而且十分安详。”有一个声音在她脑海中呼喊，“好消息！”那群天鹅浑身是泥，一起摇摆。摇摆的方向永远是从南向北，它们在泥淖里拖着缓缓的步子，喙在泥水中寻找食物。可那里哪有食物呢？

女孩读着天鹅的故事。它们环绕王子们薄雾笼罩的神秘宫殿飞来飞去。那些王子也会变成白天鹅。黑天鹅卷曲的翅膀上的羽毛变成武士头上黑色的鬈发。他们打猎的场面无比壮观。在狩猎的地方，最伟大的英雄踏着无畏的步伐，沿着一条墨黑的河的两岸围捕。他们想杀死一个天鹅王子。故事往往以猎手的死亡告终，或者天鹅变成了王子，或者死去的王子们在流水里静卧，水中夹杂着灰绿色的水草。

雨下了一场又一场，都是大雨。乌云经久不散，树上不停地往下滴水，直到最后，水源源不断地淌过草地，流过深沟，抵达沼泽，旧时的湖泊重新出现。如今天鹅不再受到狗的威胁，转危为安。雨水浇了几个月，把它们的翅膀冲刷得干干净净。窝里满是半大的小天鹅。这样的景象再次出现：一群群小天鹅相互簇拥着穿过水面，风掀起层层波浪，和这片土地的心脏一起跳动。太阳消失在天空密布的云层后面。重新出现时，空气像被充了电一般。太阳宛如炽热的珍珠，衔在由云朵形成的怪物口中，而那怪物看上去活像一只巨大无比的天鹅。

来自大海的消息

同一个原住民民族的另一分支和沼泽地人一样住在遥远的地方，住在属于别人的一条宽广的河流的源头。那里有一个小男孩，一个就要长成大人的小伙子。他名叫沃伦·芬奇。他也在凝视未来。刚刚跨越这个国家为原住民设置的障碍，能够用英语阅读之后，男孩便读完当地人出版的报纸上的一篇文章。打那以后，他无论走到哪儿都把这张报纸带在身边。

他唯一的财产便是报纸上这篇文章。他已经读了无数遍，字字刻入脑海。很久以前，他从家里偷出这份报纸。他们把它藏起来，生怕被他看见。事实真相是这样的：他请求他们给他读这个故事，然后从他们手中把报纸抢了过来。他把报纸叠得整整齐齐，放在一个锈渍斑斑的小木屋牌烟草罐中。他相信自己应该拥有这个故事。故事讲的是在一个原住民社区，有个小女孩被一帮吸食汽油的男孩子轮奸。

长辈、老爷爷们，告诉男孩，一个对他而言非常重要的女孩被男孩子们强奸了。这个女孩是许配给他们部族的。是许配给他的。他们说，这件事情对于他们部族糟糕透顶。事情发生在他们称之为天鹅湖的地方。“不是什么好地方，那里受到污染。”是被陆续从海上运过去的垃圾污染的。好端端的、清澈见底的水弄得生了铁锈。那件可怕的事情发生之后，他们一路风尘赶到那里，作为部族的头面人物去处理问题。他们是这样描述那次旅行的：

为了到达这个故事，他们一路上穿越了所有的故事，穿过一条又一条祖先的河流。从古老的沉睡者山脉对面走出去很远，又穿过所有那些肥沃的豪猪三齿稃平地区、无脉相思树神灵区、小相思树区、黑土地神圣区，往前走了很远的路才终于到达目的地。那个地方糟透了，令他们气愤得捶胸顿足。那是故乡山山水水中唯一一片“阴霾”笼罩的地方。“港长”就在那里照料沙山。沙山位于原住民民族疆土的另一边。他们的土地绵延几百平方公里，包括所有他们古老的歌谣故事区——母亲区、父亲区、祖父母区，等等。通过家庭亲密关系和感情与他们土地上所有的事物紧紧联系在一起。他们指出，小姑娘出事之前很久，“那个地方”的人就一直为他们应该承担责任的事情付着代价。他们说，感觉到“那个地方”的空气中有放射性物质在传播，还亲眼看见部族所有事务都在军队掌管之下——他们控制着关在一个大棚栏里的所有人。胡说他们在照顾那些孩子。实际上，把所有的毒素都灌输到他们的头脑里。“从很久以前就开始了，而且仍然在继续。”那些老人甚至不得不严防死守，不让危险思想进入自己的头脑，唯恐划一道口子就会让毒素进入并且偷偷夺走对大脑的控制权，指使他们对彼此干坏事。“男孩不应该对小女孩动粗。”他们压低嗓门儿说，“对于整个国家来说也不是好事。到时候你会明白我们的意思。”后来他们对他说，从今往后永远不要再提此事，“再也别提了”。

发生在树洞里找到的那个女孩身上的故事，在部族里尽人皆知。故事越传越邪乎。至于究竟发生了什么，人们各执己见。有人说，女孩是被那棵树从她家里拐跑的，目的是要惩罚他们。还有的人说，她就是那棵树，千真万确。她幻化成了那棵树。或者说，律法[1]把她和那棵树联系到一起，那棵树把她从同胞身边带走了。

这些老人都是老练的演说家，有着几个世纪阅读澳大利亚种族政治的经历。他们深知电台里一天到晚播送的新闻尽是造假。至于如何给猫剥皮，或者杀死一只瘸腿鸭子，他们也不是外行。他们几乎打定主意，对于早已成为部族骄傲的这个男孩子沃伦·芬奇，应该以他们的方式——旧的方式——来抚养。要远离澳大利亚内部和外部种族政治的喧嚣。因为他们认为那不过是让人闹心的暴政，就像虱子在心里爬来爬去。

在沃伦·芬奇的世界里，谁都打心眼儿里喜欢这个孩子，因他而产生的自豪感也溢于言表。在他们眼里，这个英俊的男孩子仿佛冉冉升起的太阳，光芒四射。他小小年纪就无所畏惧，勇气堪比他们最伟大的祖宗神灵。他们早就期盼，男孩沃伦·芬奇最终会成为这个星球上最棒的人。他的教育应该单独进行，在远离任何人的丛林深处进行。从树洞里找到那个女孩的故事骇人听闻，只能让人们对沼泽地人产生憎恶之感。他们怎么能不管不顾，听任这样的事情发生呢？他们明明知道这个女孩的命运属于别处，属于群山那边的部落，属于男孩沃伦·芬奇的故乡。对于那个宝贝男孩来说，心上人就像新鲜空气一样美妙。

在沃伦·芬奇的直系亲属看来，围绕那个女孩悲惨遭遇前前后后发生的事情完全无法接受。那些远隔重山、生活在沼泽地的所谓亲戚和他们真有天壤之别。他们人种混杂，不可救药，头脑

① 律法：这里是指澳大利亚原住民信奉的律法。

迟钝，心里长草，所以才落得一个被军队日夜监视的下场。换句话说，和他们这种优秀的人相比，那些人实在不值一提。可居然还是亲戚，真叫人难以置信。你得掂量掂量原则的重要性，看看它到底价值几何。这就是沃伦·芬奇族人的信条。你得承认他们之所以成功，靠的是从一些顽强的、坚韧不拔的人那里继承来的历史智慧。你兴许会说那些人阴阳怪气，甚至不合常规，但他们是真正能干的人。他们的判断能力很强，面对澳大利亚政府派来的官员，会站起来毫不含糊地说："是的，先生"，或者"不行，先生 / 女士（如何称呼自然因人而异）"。他们甚至运营全职啦啦队，每个人实际上都在说反话，对设计黑人生活的任何一个白人或者黑人从业者滔滔不绝地说一种特殊的、貌似卑躬屈膝的语言。

沃伦·芬奇的族人长于此道，告诉下一代以及下下代要像他们那样行事。比方说，那些从外面世界来的人，妄想改变原住民的生活方式，或者妄想从他们手里夺走祖祖辈辈拥有的土地和资源，你就点头应付，不必和他们就原住民权利问题做无用的争执。就像他们用一根嫩树枝捅一个你紧紧握在手里的球。那个球就是你的生活现状，只要不撒手就是了。和大多数澳大利亚人一样，他们可以摇头晃脑地随大流，而与此同时，也像别的任何人一样——反文化，反君主，反人权。为了记住过去，反对臂戴黑纱的历史。反联合国，反国际特赦组织。他们与别的任何人一样，反色情，反恋童癖，反烈酒，反毒品，反对在公共场合乱扔垃圾，反对养太多的狗和猫，反对任何一种疾病或者健康状况不佳。反福利，反贫困，反对任何不像白人那样在自己家里生活的人，他们的族人修建自认为合适的房子，除非白人政府同意，他们也表示反对——他们可以这样做的，只要给一点培训费就可以。他们想当模范黑人，不想被人看作是麻烦制造者、极端分子或者让澳大利亚人觉得不自在的人。不想让澳大利亚人觉得原住民没有任何用处，白白浪费澳大利亚政府的钱。如果反对所有这一切就可以证明他们爱自己的孩子，可以和孩子们和睦相处，从而不让政府把自己的宝贝从身边抢走的话，为什么不这样做呢？如果这就是“和解”的意义之所在，那么好吧！就这样做吧。还能怎样呢？为了跟别的所有的人友好相处，他们还得再做点什么呢？好吧！他们还反对逃学，反对谈判，反对他人，反对城市，反对黑人、混血儿待在城市里，就好像他们也是反对种族主义的斗士，反对任何人代表他们，不管是黑人、白人还是来自别的地方的什么人。无论是谁，只要反对他们的人权和私权，或者他们自己的土地权、原住民权，他们都表示反对。天气永远不够热，他们反对；有谁阻止他们实现原住民定义的自决，他们也表示反对。联邦政府倘若对他们的需要表示不同意见并且成为阻力，他们就会起而反对。对于在其他人那里早已实现的任何东西，对于其他任何人对黑人的看法，不管对错，他们都一律反对。一句话，只要白人反对，他们就反对。即使他们看上去只是一些态度消极的人、是汤姆叔叔①，或者持有白人观点的“棕皮白心”的黑人，都无所谓。只要能成功地建立起心目中的原住民民族自治政府就是胜利。

① 汤姆叔叔：源于美国女作家斯陀1852年发表的小说《汤姆叔叔的小屋》中的主人公。此处为贬语，意思是逆来顺受的黑人。

一阵旋风把那张报纸从小沃伦·芬奇的手里吹走，落到河里。报纸漂走了，那个问题——男孩心想，人们对发生在小女孩身上的事情会有什么看法呢？——会被河水带到海洋中去。他不知道谁能回答这个问题。但是，报纸向大海漂去的时候，他看见一小群寄生蟹把它变成一只“筏子”。它们蹲在报纸上，努力让它漂浮。在他的想象之中，它们的“筏子”乘风破浪，颠簸万里，终于停泊在一个港口。他幻想着，如果幸运的话，那个报纸“筏子”会趁着夜色安全抵达繁忙的航运港口。清晨时分，一位当地的渔民在渔船里用钩子钩起那张报纸。也有那种可能，一只吃得饱饱的海鸥从他头上飞过，把报纸掷到他的脚边。

沃伦相信，那个人会用他长满老茧的渔民之手仔细弄干报纸，因为他尊重给了他这条新闻的大海。报纸干了之后他才读到的故事让他想要大哭，而他质问大海为什么要给他带来这样的消息。他把命运带给他的报纸送给住在那里的各种各样的人看，因为他们同样尊重大海，而且对神灵带给他们的关于其他地区的新闻饶有兴趣。

沃伦·芬奇为了传播这个故事要走遍整个世界。

沃伦·芬奇会抢过别人的运气，把它想象成一个鬼故事。他回到他最喜欢也最容易钓到鱼的地方。那里曾经有一群群多得难以计数的刚刚孵化出来的蓝蝴蝶从千层树[①]中钻出来，随风飘起，宛若一条倾泻到天空的颤动着的蓝色河流。那条河渐渐地漫延开

① 千层树：澳大利亚的白千层属植物，产自沼泽地区，有矛形的叶和一层层纸一样能撕下来的很薄的树皮。

来，成千上万只蝴蝶绕着野香蕉藤飞舞。野香蕉的老藤四周长满了新藤。之后，蝴蝶飞到茂密的丛林，在枝繁叶茂的树木中飞来飞去。

一百只燕子飞来飞去，寻找虫子吃，在沃伦头上的天空上下翻飞。他曾经设想，故事中的女孩十分虚弱。他常常梦见自己去看望她。梦中，他总是努力刺激她，让她从藏身之地走出来，好像他在逼迫一条虫子乖乖地走出黑暗，来到属于他的那个世界的阳光之中。他虽然还是个孩子，但是他的心早已像博物馆那样塞得满满的。旧标本、新标本、事实和数据在那里同居一室，成为他个人历史的证据。

在这个温暖转为过分炎热的日子里，沃伦·芬奇开始用魔法召唤他生活中发生过的趣事。他还记得，很久以前，谁都说他这么小就这样有智慧实属罕见。听到这话他很生气。如今，跟那时候一样，他会把钓鱼线甩到水里去，根本不在乎是否会钓到鱼。因为他总能钓到，哪怕他脑子里正在琢磨以后将要发表或者不准备发表的演讲的内容。他把钓鱼线甩向蓝蝴蝶的方向，紧盯着树林，目光穿过这块土地，投向一生中绝大部分时间里都占据他心灵的那个地方，直到又看到待在树中的小女孩。他和她说话，请她听他为她作的情歌。

“好！紧紧抓住你的座椅，屏声敛息，注意看，往前走，不要害怕。”

“听我的！镇静！平静下来！”

“沉默不费什么，可沉默没有任何意义。”

“像那些大嗓门儿一样开心点，拍拍手、跺跺脚。大点声！”

“我听不见你的声音。”

“哦！快来吧！别像个胆小鬼！”

“你得做得更好才行。”

“你这个疯疯癫癫的小丫头，你的世界有点害羞你知道吧。”

“你害怕人家对你会有什么看法。”

“你不希望人家对你有什么不好的看法。”

“但是我得告诉你，要出来。”

“我坚持我的意见。我想要你出来。”

“你有故事要讲。”

“那好，拍手的声音再大一点！”

“快点！”

“告诉每一个人你有些逆耳的忠言要说给他们听。”

“还有计划吗？”

“对的！对的！真的！我们想想看。你会有计划的。”

“你得听从你的计划。”

“我就是其中的一部分。”

他仿佛能在思绪中穿透任何时间和空间。他进到树中，找到他早就认为属于自己的东西。他仍然能够感觉到她的样子，她总是往后退缩，躲避他温暖的气息。他的气息充满了那个黑暗的空间。他踏上旅途，想象中一群又一群祖宗的神灵自豪地跟随他翻山越岭。来到她安睡的树精的摇篮时，他们都注视着他。女孩十分尴尬，如临大敌。这个陌生的男孩穿越黑暗来告诉女孩一些吓人的主意。用的是从老头老太太嘴里听到的那些字眼。也是一个家庭从一片泥土上大声告诉另一片泥土上的另一个家庭，有人侵犯了他们家园时使用的字眼。听到这些字眼，女孩不断地往后缩，逃得离他越来越远。

小男孩沃伦·芬奇的心怦怦地跳，就像一个动物丈量自己应该踏上的旅途，又像候鸟还未踏上旅途就抵达了终点。他仿佛在个人演唱会上，大声叫喊，让一个鬼魂从那棵树上离开，结果喊哑了嗓子。

离开蝴蝶，沃伦·芬奇沿着那条河，继续往前走。他要去羽毛银灰的澳洲鹤跳舞的地方。那些瘦高的鸟儿在表演传说中梦幻时代的打斗。在那个梦幻故事中，旧的律法用它们头顶后面一条火红的皮肤作为永远的记号。他在研究这只澳洲鹤的舞蹈。澳洲鹤背后的平地上散布着锈迹斑斑的报废汽车，鹤群表演的时候，车身之间卷起一阵尘雾，打着转为它们伴舞。羞怯的风匆匆掠过，鹤胸前柔软的灰色羽毛随风扬起。一阵细细的黄色尘土把他裹挟在臭烘烘的空气之中，引领他到澳洲鹤栖息地深处。那是澳洲鹤祖祖辈辈生活的地方，它们常常在这个老地方翩翩起舞。

前不久，长辈们来过，为沃伦进行例行检查。这个孩子，给他们带来的全是荣耀，大家都把他称为“上帝的礼物”。他点亮了他们的心，尽管他只是个混血儿。他们说他是奇迹的化身，甚至在夜里点亮了天堂。祖先的观点他们完全赞同；乐意来到这里的任何新的神灵的观点他们也完全赞同；对于现在给他们带来烦恼的所有那些乌合之众的观点，他们也持有相同的态度。“这个男孩让我们心中充满自尊。这种感觉真好。我们重申，重申，再重申这一点：亲眼看到属于我们自己国家的这个男孩，难道不值得骄傲自豪吗？”

可以说，沃伦·芬奇是个挺特别的孩子。他独自居住在澳洲鹤繁殖的地方，在那里接受了两三年教育。那个地方拥挤不堪，远离原住民居住的“边远居留地”。他的父母则在居留地靠养牲口、培育野李子树、搞碳排放交易[①]勉强度日。在这个幽居独处的地方，显而易见，大地本身既是他的教室，也是他的老师。每天夜里他踏上梦之旅途，都有长辈看护。他们教给他各种课程。这当儿，不得不格外小心，也不能对眼前的事实视而不见：有些澳大利亚人认为对他的教育是典型的“特殊对待”，甚至是一种浪费。说这种话的人以各种伪装出现，如影随形地跟着他们，在澳大利亚无处不在。

如今，无孔不入的殖民主义犹如匕首从长辈们的头顶冒出来。实际上，那些玩意儿都是从澳大利亚贩卖来的。一切都完美地体现在某一个人身上，人们称那人为“官方观察员”。那个“自以为是”的官员从澳大利亚首都堪培拉赶来，问了数不清的教育方面的问题，把自己的价值观强加于原住民的头上。长辈们拒绝回答任何问题。他们只是大声叹息表示顺从。对他们认为不相干的人有这样的表示就不错了，他们一脸严肃地大声说：“我们自己的事情自己做主。”

① 碳排放交易：简称碳交易，是为促进全球温室气体减排，减少全球二氧化碳排放所采用的市场机制。

男孩根本不可能知道审查是怎么回事，也不知道他是长辈们设计的教育课程的一个特殊试验品。这些老态龙钟的老头老太太——共六个——是“国家”的守卫者。宛如不死的神，会一直活下去。他们是这个原住民政府的掌柜。掌柜！所有的人都这样称呼他们。没有别的称谓更适合于这些完全属于国家旧律法的人。他们就是“国家”的象征，看上去还挺像回事，你总不能跟“国家”争辩。

观察员常常提醒老人们，很多澳大利亚人就是喜欢指手画脚、说三道四。他们说原住民失败了——尽管他们并不了解真相——更不要说庞大的国家媒体了，更是左右着全国上下对原住民的看法。长辈们常常把脑袋凑在一起，异口同声地说：“哼！老鸹落在猪身上还嫌别人黑。”

“可是，丛林中的鸟儿怎么能教育他呢？他应该上学。”“官方观察员”费尽心机让所谓原住民政府完全听命于他。这种事情并不少见！他气急败坏地离开澳洲鹤栖息地，直到有人追上他，劝这个白人说：“先生，请回来吧，请保持理智，理解我们。”他知道他们在做什么，但是不会说出来。他可不会牺牲自己的事业，说出自己如何看待原住民政府所创造的那种教育。然而，他知道这个男孩最终会变得十分危险。他只想知道，如何才能让自己受到同行、澳大利亚政府和联合国观察团关注，赞扬他尊重原住民的权利。

男孩不过是自孩提时代便开始的教育实验绽放的一朵小小的长春花。做这种实验的人对澳大利亚勉强给予的受教育权利都抱着“走着瞧”的态度。与此同时，“原住民自决”的观点根本行不通。虽然对它的尝试反反复复已经两个多世纪，原住民却认为，根本不存在这码事。

原住民的权利不是包含在《2020宪法协议》中了吗？那玩意儿由澳大利亚签署、密封并且送到我面前，放到我这个老人这只手里。那是干什么用的呢？这位睿智的老人在当地原住民中最为年长，白发苍苍，德高望重，从来不回答那种对任何至高无上的权利提出质疑的问题。他的权利被写在一张纸上，对于他来说那才是唯一重要的。我们为之长期奋斗。什么？斗争了三百年，兴许就因为我是黑人，你是白人？就像污秽的、长满虮虫的狗打架。没有办法规规矩矩地打。总是一边打一边抓跳蚤。如此这般的腌臜东西总是到处跑来跑去，总是那样。从来都没法甩掉。观察员责令老人闭嘴，不愿意听他谈政治、谈自己的权利。“闭嘴，老头。你开口闭口谈政治。你上瘾了。”

“那我签的条约算怎么回事呢？”年长些的人又问了一遍，他在嘴里没完没了地玩味着“条约”这个词，只是想要感觉一下这个字眼儿在脑海里回荡的时候那种惬意。有生之年他会不停地再说上一百万遍，仍然感到快乐。三个世纪前，他们盗窃了这块土地，创造了澳大利亚，并且一直抵赖这一事实。后来，老人终于和他们签订了澳大利亚唯一的这种类型的条约。为了做这件事情，他上了国际法庭，像一条被车碾伤的发了疯似的狗。这个老人终于签订了澳大利亚和澳洲鹤栖息地传统所有者之间的条约，还把这个了不起的玩意儿用图钉钉在他家的门上。纸上的文字被太阳晒褪了颜色，但那又有什么关系呢？条约上的一字一句老人都倒背如流。字字句句充满艰辛！字字句句都是为了像他这样的男女老少争取来的权利。这个条约目的在于保护原住民对传统土地的权利，有朝一日沃伦会继承这片土地，成为它的高级看护者之一。

传统责任。老人用他们的教育体制培养他，目的就在于此。这种教育体制刺痛了“官方观察员”的神经。几十年来，这个人一直是澳大利亚政府推行的政策的制定者之一，尽管这些政策无一不以失败告终。但是，鉴于他的经历，堪培拉认为他适合这个位置。是的！一点问题也没有。山中无老虎，猴子称大王。

感谢气候变化以及因这样的灾难而爆发的诸多战争。感谢世界各地几百万难民对他们受到的不公正对待深恶痛绝。这一切终于为原住民创造了机会（人们觉得他们是唯一有资格的），逼迫澳大利亚签订了条约。国际法庭上，非法殖民者不得不低下头来。

但是，“澳洲鹤人”是机会主义者。他们认定是天时地利帮了忙，把困境归咎于自己以及其他人的头上，比方说沼泽地的居民。这样做，富人就会给他们很多钱。作为反对派，他们觉得很幸运，因为发现自己纠缠在席卷全世界的各种新思想之中。这种新思想重新考虑应该如何对待穷人、受压迫的人、原住民和别的人，不一而足！对于穷人来说，通常没有这样的好事。他们一向知道如何说“对，相当对”，而这也无可厚非。与此同时，他们答应做一笔令人痛心疾首的交易——做这样的交易，只是因为他们相信唯有如此，自己的民族才能长期生存下去——交易带来无休无止的耻辱，带来心头永远的伤痛和忧郁。一切都源自那位白发苍苍的老人。就是他，把沼泽地居民对其祖祖辈辈拥有的土地的权利从条约中删掉。现在，那里变成军队的财产和倾倒垃圾的地方。

是的！堪培拉的老板们希望看到这个条约像是要送出去的圣诞节礼物。的确如此，因为他们希望挖掘自己天性中更美好的一面，探究公平正义（连最后一个光着身子坐在泥土中的孩子也不例外）的观点究竟意味着什么？在历史长河这个小小的支流，在澳洲鹤栖息地以及一直往南到堪培拉，人们整天坐着思考什么是乌托邦、什么是和平。这种景象稀松平常。人们都在追问世界上过往的时代中，最和平的是哪一个？问题都出在什么地方？他们是否正在经历世界历史上最伟大的和平时代，而对此浑然不知呢？心里不停地审视诸如此类的问题，更多的问题由此产生。天使会用武力对付别人吗？雷击是否与种族灭绝画等号？

与此同时，海外的人纷至沓来，与澳洲鹤邦政府这位风烛残年的老神仙交谈。老人别的什么也不需要，只靠自己的“可持续性”生活，而他的“可持续性”就是代代相传的古老智慧。他说那就是他的宗教。虽然是大白话，但他就是这样说的：“照顾祖国。”他感到自豪，因为他终于看到了这一天——人家真正拿他的同胞当人看，而不是什么一文不值的“二手货”。他如今感到欣慰，人们认可他们的文化是地球上最古老的文化，可以用自己的律法来管理社会生活，可以居住在祖祖辈辈繁衍生息的土地上。而且，还有这个男孩，沃伦·芬奇。这个孩子是他真正的安慰。

澳洲鹤邦被一个寻找事实真相的国际代表团选中，作为样板，向世人展示充满人性的未来世界应该是什么样子。在澳洲鹤邦的入口处竖起一个联合国的标志。上面写着：“愿所有民族和平亲善。”现代澳洲鹤邦成了一个理想的场所，“国际正义”正好可以用它来做宣传，在全世界范围内终结因无家可归而爆发的诸多战争。那些高高在上的人说，它是样板，是未来的典范，是下个世纪的希望，下个世纪将是一个非凡的世纪，仁慈将“君临天下”。

于是，这些老人成了现代世界的传统领袖，对自己成了上层阶级的事实也心知肚明。他们博得众人的喝彩。因为开天辟地以来，他们就在自己的土地上繁衍生息；因为他们悄无声息地开展了长达三个世纪的反对压迫之战。他们加入了世界上其他热爱和平者的行列，比如圣雄甘地。他们拥有文化、土地、政府、律法、歌曲、舞蹈、故事等等权利——一切的权利得以实现。正是在这样的背景之下，他们精心挑选出最聪明的孩子——来自上帝的礼物，即便他是个混血儿——煞费苦心地把他们对新世界的梦想馈赠予他。

就这样他被选中成为“那一个”，从澳大利亚这个地区饱受战乱之苦的芸芸众生中脱颖而出，赢得阵阵喝彩。人们在澳洲鹤邦的月亮下发誓，坚信他是诸位祖宗英雄送来的最真诚的礼物，不仅得到上帝的青睐，这个星球上任何别的神灵也对他另眼相看。

沃伦在原住民政府授权的学校里，受的教育是传统和科学知识的联姻。课程由老人们亲自制定，充满了对传统律法的尊敬。他们像老鹰一样监视他的教育。事实上，他们像所有拥有后代的老鹰那样，教这个年轻人如何在凶险的环境中生存。“我们是用全新的教育来替换‘创可贴’式的教育，把所有的漏洞补上。”补上澳大利亚对原住民教育政策这面破墙上的所有漏洞。是的，他们与“持怀疑论的观察员”进行持久战，一再坚持说：“更好的教育？我们知道什么是最好的。”他们一直指责那位观察员“让他们干这，不让他们干那——总是跑来想毁掉原住民，让他们永无出头之日”。管他呢。随他怎么想。不管他同意还是不同意。这仿佛是一把锤子，即使是在官方承认的原住民政府里，也将人们的自尊心捣成泥。稍微的疏忽，这把锤子都会让已经取得的胜利化为乌有。这把并不完美的锤子，打造出来的通往天堂的梯子自然不会结实。

事情就是这样。他们最可爱的孩子沃伦从六岁起，进入澳洲鹤邦原住民政府学校学习。从踏进校门的第一天起，他接受的就是这样的教育：有朝一日他会实现关乎本民族存亡的梦想，而最重要的一点是，他将把澳洲鹤的价值同未来世界联系起来。

这就是沃伦·芬奇怎样作为一个接受训练的小学生，在祖祖辈辈居住的土地上学习、生活的故事。这种教育被人们用文字记录下来：“这个学校的课程设置在文化上十分全面，囊括了各种方法——哲学的、政治的、环境的以及可持续发展经济的所有方法。他们尊重传统律法，保持了文化和土地的艺术。”为了创造“新的明灯”，在沃伦·芬奇这个男孩子身上倾注了大量的心血。而在他的那个世界，每个人都早早地萌生了这样的念头：一旦通过研究澳洲鹤的舞蹈和生命循环学会了怎样制定律法，他就会获得整个世界。

另外一件事情，沃伦·芬奇记忆犹新。那时他还是一个小孩儿，还在学习如何成为一个男人。那条河的堤坝很高，呈红灰色。再高一点，有一条渔民踩出来的羊肠小道。他沿着小道走着，在某个地方停下脚步，聆听中午时分的天籁之音。他想起自己那时多么快乐！他畅想未来，想象着在另外一个时空的某一天，一定会回忆起这个美好的时刻。他与蜻蜓一起，和着拉琴人琴弦上流淌的音乐，翩翩起舞。那条河得了个亲昵的称呼“珍珠”，是当地河龟的繁殖之地。他想知道将来回首往事时，自己会有什么样的感觉。一路上尽是扁平而硕大的叶子，花团锦簇，把河水挡在视线之外。但是他十分肯定，河里的景象一定不是冬天。冬天河水干涸，睡莲的球茎藏在地下凉爽的深处休眠，乌龟和它做伴。

正午的太阳在大地洒下金灿灿的光芒。他沿着河继续往北走，寻找他已经看见的在他头顶几米高处飞翔的黑色天使。头天夜里，他并没有看海，只是被远处扇动翅膀的嗡嗡声从梦中惊醒。他大声喊着：“谁在那里飞啊？”他看见有什么东西从他眼睛上面不远的地方飞过，像一个体型肥硕的女人。把他从睡梦中惊醒的还有一种叮铃铃响的声音。沃伦·芬奇生活在铃声的世界里。在那个世界，鹌鹑扇尾鹟和喜鹊这样的鸟儿甚至整夜不停地唱歌。它们的歌声好似铃铛响；甲虫和壁虎的叫声也像铃铛响。牛群在夜里啃食青草时也戴着铃铛。老人们常常回忆，从前，他们的族人无论做什么事情都要听从布道站的钟声。敲钟的白人对他们发号施令。叮！咚！叮！咚！铃声响！或者是：叮——铃！或者听上去是：叮！当！都是铃铛撞击的声音，音色虽然千差万别，但铃声刻在了脑海之中。

一片黑天使云在月夜里飞翔，还演奏着竖琴的音乐，应该很容易被人发现。但是，月光透过层层云雾照射下来，丝丝缕缕，只能还原他梦中的一些片断。一个女人的裸体只露出几个部分，在空中显得巨大无比。她来到他的面前，像一个诺言，沿着河流移动。他觉得她的存在与自己密切相关，像那条河一样缓缓地流淌在他的血液中。

月光下，女人的影子从他的大腿上掠过。他一次又一次试图抓住那幻影。她唤起潜藏在心底的一种从不知晓的欲望。情急之下，他努力想让那个女人的影像回来。但是，她的头发、胸脯、双臂、大腿飞快地旋转着从他身上穿过，转瞬之间，对她的记忆消失殆尽。他一如从前，茕茕孑立，绞尽脑汁回忆这个梦中之梦，更加世俗的梦却提醒他：生活还有实际的一面，那里有他的各种职责。

他努力想把她带回来，却以失败告终。这件事没有给他带来什么启示，反而令他越发迷惑不解。那个梦总是突然释放出一段小小的记忆，给他带来一个小小的胜利。因为他离头顶那个女人黑色的皮肤只有几毫米，之后她就变成一片云，转眼之间飘过大地，飘到他不知道的什么地方。他从来都弄不明白，这些形象什么时候会再次出现，他也不知道自己是否喜欢这样做：继续往前走，去看一眼业已逝去的一切。

澳洲鹤和天鹅

飞扬的草籽宛如朵朵花絮，盘旋着，在两条道路交叉的地方形成柱形图案。冬眠的女孩在树洞里靠梦维持生命，男孩则靠俯视世界的梦成长。两个人都无法理解命运如何发挥作用。情况是这样的：女孩拒绝访客进入她的梦境；男孩拿现实交换梦，在梦中他觉得自己是救世主。儿童就是这样，把命运置之脑后，仿佛那是一个玩具——是他们玩耍时，带着对梦中看到过的未来模糊的认识，相互对抗的东西。他们的故事通过对乱世中长大的孩子们复杂的设计危险地展开。故事发生的时代打上了由集体决定的命运不正常的、枯燥无味的烙印，或者是能够追溯到许久以前的律法的烙印。

哦！无助中的无助。来自高地的海盗用傻瓜的技巧敲打编织用的针，测量历史不断循环往复的重负。孩子们像风中的叶子，对彼此的生存构成严重的威胁。

在这个繁殖季节，成千上万只属于大型鹤类、学名为 *Grus rubicundus* 的澳洲鹤熙熙攘攘地聚集在平原上。它们在沃伦·芬奇头顶上的天空中盘旋。干裂的黏土洼地延伸至白草萋萋的地平线，许多澳洲鹤在这个男孩面前跳舞，模仿他的动作，在洼地上一队队地走来走去。故乡这种最庄严的仪式仍在继续，成百上千只鹤排好队，像弹簧般地跳离地面，伸出细长的脖子彼此鞠躬，抬起高贵的头颅，抛出嘴里叼着的草茎，弓着翅膀，灰色的胸膛迎向天空。而其他表演队身手敏捷地腾空一米高，然后轻轻落地，似乎它们的身体只不过是一片片飘浮的纸，随着成千上万只鹤腾空而起，高飞入云。另外一些灰鹤则像一条条丝带往下降落、盘旋，寻找落脚的地方，天空变得灰暗。

男孩沿着河往前走，浑黄的河水静静地流淌。他把自己想象成一叶小舟，闪着微光的雾飘过一天最炎热的时候，向天空升去。老澳洲鹤在蒸腾而起的热气流中滑翔。有人说，它们至少有八十岁。

这一天，老澳洲鹤引人入胜的动作偷走了他的思绪，把他的白日梦提升到一千米的高处。梦在朵朵祥云间飘浮，所有夜之辉煌的秘密都悬浮在天空，齐声歌唱："天鹅拍着翅膀飞上高空。"太糟糕了！活该。他只应该注意发生在脚下的事情。

他的心随着上升的热气流往上飘啊飘，恍惚之间已经飘过那条河。他被自己的思绪迷住，仿佛碰到梦境中见过的那个在天上飞翔的女人。置身于许多澳洲鹤之中，他的心醉了。它们四处飞翔，寻找夜间游吟诗人的音乐，黑色的翅膀穿过干燥的微风飞快地扇动。他想起曾经听到一个旅行者的脚步声。那是一个长途跋涉的印度女人。她的声音随着一支缓慢的印度斯坦的拉格①而起伏。

他高高地仰起头，迷失在无边无际、清澈如水的蓝天之下。就在这时，他从眼角看见一道光闪过。那是昨夜的梦。此刻，他

① 拉格：印度教的一种传统曲调。

已经来到河的下游，思绪猛地一晃，跌碎在水中，只剩下澳洲鹤在静静上升的热气流中打转。

他听任自己被河水淹没，在齐腰深的河里半是涉水，半是游泳，全然不理会河畔的老鹰在树上啾啾地叫，心里想，一定会梦想成真。然而，他还非常年轻。他的梦属于未来，此刻怎能理解得了？他又瞥了一眼他追寻的那个小东西。它在上游，离他仍然太远。奇怪的是，那个目标似乎没有移动，总是与他保持着一定的距离。从水中出来之后，他便沿着河岸向那个小小的、不起眼的东西走去。一株巨大的白千层树浓密的枝叶一直伸到河对岸。大树的华盖中栖息着一只老鹰。他从老鹰身旁走过，终于看见那个吸引他一路追寻的东西——一只黑色的天鹅。阳光透过枝繁叶茂的大树的缝隙照射下来，只有那时才能看到它。

沃伦·芬奇以前从未见过活的、真正的天鹅。他简直无法相信自己的眼睛。看到这只了不起的生灵，他被深深地打动。那是一只呢喃细语的天鹅，在河边晒太阳。他不知道天鹅怎么会出现在他的故乡，也不明白自己为什么会为这只本该生活在气候更加温暖的地方的生灵而自豪。

天鹅正滑翔着离开。它对周围的环境更感兴趣。那是睡莲叶子组成的海洋，放眼望去，到处都是长茎紫色睡莲。沃伦断言，这只神秘的天鹅属于自己，因为头天夜里它就在他的梦里出现过。会有两种真实吗？白天是鸟，夜里是女人？他小心翼翼地朝天鹅走过去，但是觉得河岸不牢固，无法集中精力。他不想听上面那只老澳洲鹤的说教。它说天鹅根本不属于他。他轻轻地念叨他听过的那句话："最最心爱的天鹅。"心里想，倘若自己的声音能安抚天鹅，它就不会飞走。他知道它属于什么地方。它的家乡在几千公里之外的南方。他心想，它可能死亡。

他抄最近的路去河的上游，生怕弄断地上的小树枝，一路上几乎相信自己是在高高的蓝天飞翔。他呼吸的节奏像是手鼓的鼓点，要击碎翱翔的老澳洲鹤不时发出的警告。没有什么能阻止他的欲望——他想摸一下那只天鹅。某个蛰居在他心中、兴奋激动的老傻瓜起来走动了。那是一个游手好闲的神灵，他十分惊讶，就像看到天鹅的男孩子一样。

天鹅很可能受伤了。没错儿！游手好闲的神灵表示同意。"我们走吧。走近些，快点！快点！我们俩看谁先到那儿。"沃伦觉得自己有理由去救一只受伤的天鹅。那是一种怜悯之举，情有可原。"当然啦，当然情有可原。"地球上任何一个人都会这样认为。可是那只天鹅似乎心甘情愿待在原地。于是男孩弄不明白怎么回事了。他自然会想，能够抓住它最好不过。四周没有别人，只有那个游手好闲的神灵对他说："不要管那只天鹅。"河边荆棘丛生，桉树也满身是刺。但他披荆斩棘，即使皮开肉绽，也"一意孤行"。那应该是大地在努力教他不要靠近——如果他总是在接受教育的话。他终于到达河岸离天鹅最近的地方，但是仍然够不着那只美丽的大鸟，它在河那边悠然自得。

他的目光落在一座堤坝上。其实不是堤坝，而是由木头棍棒组成的一大堆漂浮物，比河岸还要高，都是从上游缓缓漂来的垃圾。现在嘎吱嘎吱地漂到他站的地方。这一大堆漂浮物还在上游的时候，他就应该能够看见，之后一直在视线之内，他却"视而不见”。他吃了一惊，刚才怎么就没有看见呢？他寻思，这或许就是那个巨大女人的巢穴。于是他径直跳上那座由棍子、树枝和垃圾堆成的“堤坝”。“堤坝”堆得十分古怪，宛如他在脑海中描绘世界本质的时候，浮现出来的无数个不足信的念头。他心中的老傻瓜在掌舵，男孩从那一堆东西的顶部走到边缘，身子倚靠在上面，向天鹅伸开双臂。

这时，他看清是什么东西在困扰天鹅。它两只翅膀疯狂地拍打着水面，双脚在原地打转，原来几根捆在树根和树枝上的钓丝缠住了它的腿。这只跛脚的天鹅浑身湿透，已经意识到末日即将来临。它被拖向水中，再也无法展翅高飞。

突然，洪水如一道墙冲垮了“堤坝”，棍子、树枝、树干、旧轮胎、废汽车四散开来，在男孩子身后飞向天空。而你知道他抓到了什么吗？“只有那个手握舵轮的老傻瓜。”

天鹅为了沃伦·芬奇被河水淹死。男孩看到的全都是原住民神灵的画像，头顶都有光环，就像凡·高的画。男孩不知道自己被什么东西击中。他因天鹅无比激动，没有听到身后那条河对他大声叫喊。

天鹅的二十年

从沃伦·芬奇差点儿为一只天鹅丧命的那一天算起，二十多年过去了。他乘坐一辆闪闪发亮的轿车来到沼泽地——这个由军队掌管的集中营。经过漫长的等待，他终于回到传统意义上的故土，可谓衣锦还乡，他带了足够的汽油，好在满是尘土的大街上漫无目的地兜风。

他和朋友们一起开着车，把每一条大街、所有僻静的小巷和岔路都逛了个遍，打量每一个应该对自己感恩戴德的黑人。这里的情况真是令人失望，暗自“统计数据，然后仔细检查两遍”，最后得出这样的结论（仿佛他是白人）——一切都没有希望，没有挽救的余地，然后开车继续往前走。

他无疑会漏掉这个人们倍感骄傲的地方。在那些自诩为施恩者的人眼里，沼泽地已然变得令人啧啧称奇。实施多年的“代际干涉主义”——澳大利亚的控制政策——使得当地人，还有其他天知道来自何方的被拘留的人们，如今都变得像果冻一样软弱。他们目睹了真正的奇迹，对家乡的美景充满热情。他们对自己生活中的大事小情都没有发言权。几十年来，这里一直是军队控制的原住民集中营。但是，沿着这条路往前走，就能走到沃伦·芬奇的“原住民政府邦”。那里早已变得一片繁荣。因为他们运气好，到处开矿，而且对人家抛给他们的任何东西都点头哈腰地说

“好的，好的，好的”——一点同化，一点整合，放弃一点你们自己的主权，缩小一点差距——并且总是被当成澳大利亚向全世界昭示人权的样板。

沼泽地人看到了生命的胜利。他们难道没有看到一大群天鹅在他们的土地上繁衍生息吗？天鹅觉得可以生活在这里。对啊！这一切，还有他们可爱的孩子以及土地（无论是传统的还是寄居的），像一条奔腾不息的大河在心头流淌。有时候得由着自己的性子来。经历了将近二百年与堪培拉官僚政府的讨价还价之后——但是他们的罪行带来的损害有多大，又有谁计算过呢？——当地人成功地给沼泽地取了个让人扬眉吐气的名字：天鹅湖。在与堪培拉的斗争中，这是他们取得的唯一胜利。尽管他们取的这个名字从来没有得到澳大利亚官方的认可，可是在当地人眼里却不失为一桩美事。

但不是那么回事！对于沃伦来说不是。他从不感情用事。他驱车在水边看看风景，其实那只不过是为了找个借口，以便“给南方的朋友打电话”描述所见所闻的时候，增加点冷嘲热讽的成分。最终，他充满厌恶地关上手机，把政府那辆落满尘土的白色霍顿牌轿车停在纪念碑的阴凉处。纪念碑的造型是一对巨大的回旋飞镖，交叉摆放，由灰色混凝土制成。他走出汽车，走进北方夏日的炙烤之中，目光扫视着回旋飞镖的基座——上面刻着铭文：献给在为反对殖民主义而与澳大利亚政府进行的漫长斗争中牺牲的人——以及继续牺牲的人。

谁知道沃伦·芬奇是不是真把这个纪念碑当回事呢？但是至少有一点他没有异议。那就是，树起这么一个具有传统意义的符号是个挺有创意的想法。它富于象征意义，有很强的震撼力。没有什么东西能胜过召唤故事和诗歌的噼噼啪啪的回旋飞镖——连沃伦·芬奇也不例外。他站在基座四周，把歌声轻轻地敲入混凝土，目的不过是要检查一下工程质量。这个该死的东西不会因为犹太佬新兵做工粗糙而崩塌吧？若是那样的话，很可能会被他的汽车压垮。

他不会不知道当地人引以为荣的那些故事。回旋飞镖属于老人。作为超级神秘的生灵，他们为自己设计了这样一个形象——属于来世的巨人，整天拍打着回旋飞镖。如今的日子他们渴望已久，终于得到。但他们说，死了更好。“更有力量。”他们说，那样就会在一天中的任何时候通过心电感应不断地讲述他们的故事。“我们要让澳大利亚闹鬼，不折不扣地闹鬼。就像住在全国各地战争纪念碑下澳新军团士兵的灵魂一样，就像战争的鬼魂一样。他们住在远离白人的沼泽地锈渍斑斑的垃圾倾倒场，因为白人觉得他们威力巨大。”

有些人到这里考察原住民的生活，只不过是执行公务，将所见所闻编些故事交差。沃伦·芬奇并非如此。他对这个神圣的纪念碑即使没有多少崇敬之情，但也相信，那两个灰色的回旋飞镖表现出无比坚定的文化自豪感，至少揭示了一个事实——没有什么会被轻易遗忘。他凝视着纪念碑之外的地方，目光掠过沼泽湖面，上面横七竖八躺满了污染环境的垃圾。

眼前的景象似乎刺激了他。他开始没完没了地嘟囔，阐述自己关于殖民占领的真知灼见。但是，谁知道他在自言自语说些什么呢？有人虽然听了一耳朵，也说根本听不懂他在说什么。他们像做梦一般，大声说：“不知道！不懂，不明白。由他去吧！”当然，沼泽地堆满垃圾并不是什么光彩的事情，但是，每个人的时间都有限，谁也不可能总是把目光盯在垃圾堆上。沃伦心里清楚，对于少得可怜的几个重要人物来说，这个世界上有许多事情需要处理。超负荷工作是他生活的常态。他安之若素，大步前进——“一,二,三，我能花在你身上的全部时间只有这么多。”这些日子，挡在他前进路上的事情不计其数。绝大部分他只能花上一两分钟的时间去处理，这次也不例外。对于沼泽地布满“战争化石”的问题，他花了整整六十秒钟来进行“理性化”的思考。“眼前的景象，”他用一种单调、枯燥的声音念叨着，似乎仍然在打手机，“足以证明我的许多看法是正确的，那些被当作垃圾倾倒在此的东西，我无法把它们从脑海中清除掉。”

他说：“我们沿着古老的血脉缓慢而又有力地爬行。所以，谁也无法将我们快速灭绝。”他对同伴们抱怨，尽管大家很难理解他为什么会发表这样的奇谈怪论。这不是明摆着的事吗，他们都是“黑人”，他也是“黑人”。他们可不想被同化，然后灭绝——如果那是他的意思的话。而他们觉得他就是这个意思。除此而外，你还能体会到别的什么吗？像沃伦·芬奇这样的人，接触过世界上先进的文化，如今第一次亲眼看见了自己的传统领地落后的一面。

沼泽地区的人都怀抱一个深入人心的信念——大家都相信，他们的祈祷有朝一日会应验，奇迹会发生。上帝会从天堂派一个“天使长”来帮助他们——那是上帝送来的真正的礼物。与先前的馈赠截然不同。之前所有的礼物都是垃圾。不久，传来一个小道消息：礼物已经送出。人们揣测，这个礼物一定是那个天才男孩。他来自幅员辽阔的故国的另一个部落。大伙儿都听说过他，听说他那个部落的人比他们富裕得多。于是，他们不跟那个部落的人说话。这些有钱人出卖原住民，换来矿区租用费和保护条约。

因此，“天使长”沃伦·芬奇何时抵达，他们应该知道。毫无疑问，大家都认为那是一个奇迹降临的时刻。上帝的恩赐理应令人难以置信。那一刻，天上会出现更多的星星。或者，从他身上反射下来的太阳光会让整个沼泽炫目。他们常常憧憬奇迹到来的时刻，他们甚至预测“天使长”会在湖上不停地盘旋，好让每一个人都有机会看见他的一举一动。他在苍穹之下完成他的使命，展开双翅保护他们，从此以后一切都会好起来。这个奇迹与之前的林林总总截然不同。长期以来人们不得不忍受以同化为目的的所谓奇迹，觉得那些失败都是老天的恩赐。但是，沃伦·芬奇蒙蔽了每一个人。他看上去与生活在沼泽地带的任何人真的没有一点区别。

“天使长”扫视湖面片刻，心想管这个丑陋的沼泽叫做天鹅湖简直愚蠢至极。他开始用传统的语言解释这个名字，然后用许多外国语言来解释。这些语言他能运用自如。他说这个名字平淡无奇，但是叫什么名字有什么意义呢？它无法拯救人类。人要是自取灭亡，再好的名字也拦不住。

不仅如此，他还觉得这个名字具有欺骗性，对任何人的想象力都是一个考验。他可不会因为上当受骗而可怜起这个地方。相反，他喜欢描绘世界地图，用小圆点标出他知道的所有叫天鹅湖的地方。于是，他得问问自己：“在世界的表面去掉一个天鹅湖怎么样？”他想，是不是可以悄悄地对天文中心说一声，能不能把某个不为人知的外太空星云中的黑洞重新命名为天鹅湖？那个天文中心受他庇护，处于世界领先水平。行啊！怎么不行呢？在这儿，不会耽搁太久。待会儿顺着这条大路南下回天堂时，他会正儿八经地处理这件事。

“这是一个勇往直前、绝无谬误的时代。”沃伦宣称。这个后现代主义、解构主义的先锋打心眼里认定，现代社会中的任何小瑕疵都是可以重新塑造、得以解决的。站在沼泽岸边，他开怀大笑，觉得自己像个外国佬，这里只不过是旧政府乱七八糟的福利政策的代表罢了。下一步该干什么，他看上去似乎胸有成竹。和绝大多数信任他的人一样，他相信自己手握钥匙，能够开启打造全世界政治梦想之地的大门。“而那个地方在哪儿呢？”转过身来再次扫视这片沼泽时，他这样问自己。这是他关心的问题。他自问自答道：“在大脑里！在官居高位者的大脑里！”

已近黄昏，纪念碑的影子像一条黑色的道路穿过整个湖面，沃伦·芬奇的目光追随着它，落在位于水中央那条军用老船上。那是所有破船中最大的一条。他把车停在这儿，紧靠纪念碑，占据了它的阴影最宽阔的部分。只是因为穿过这条大路溜达几步，他就可以走到目的地——被他称为“原住民政府大楼”的地方。

看着那条船，他想起最近一段时间，他梦里总是萦绕着不能飞翔的念头。梦境大多数都和他的童年有关。有一阵子，他再次感觉到，那个天鹅女人的影子对他产生了越来越强的吸引力。他和她一起飞翔，把常常在梦里躲避的艰难之旅变成现实。接下来，他把目光投向更远的地方。太阳把船队的铁锈和残骸的影子投射到宽阔的水面上，金色的涟漪无声地扩散开来，一阵清风把它吹散，化作一片虚无。除此之外，他什么也没有看见。

女孩认为老大妈和“港长”回来了，就在外面。他们的灵魂在沼泽上行走，在水上窃窃私语。想到这里，她感到毛骨悚然。她希望老大妈和“港长”正在商量如何共同揭开夜之雾。雾已笼罩水面，像一面盾覆盖在水面上。他们继续窃窃私语。老大妈说，生活中，人们有些想法总是挥之不去，常常拖住他们，不让他们做该做的事情。“港长”说得更具体，更有理有据。他说，有人在轻轻敲击公园里那个混凝土做的回旋飞镖，与老人们争论。“港长”说，那个人以为他住在一条大船上，船上住满了被抛弃的人——他称之为一群食腐肉的动物。“好比一个大个子船长，在给人们提供卧铺的驱逐舰的甲板上发号施令——如果他们喜欢他仅凭一人之力，在整个世界航行和贸易的方式。”“港长”说，他只当旁观者，把嘴巴闭得紧紧的。

天鹅湖纪念碑公园中部的草地，正在浇水。喷水装置下形成一个个水坑。水坑里有几只天鹅。蚱蜢成灾，见绿色植物就吃，肚子胀得鼓鼓的，吱吱喳喳地叫着，跳上跳下。天鹅散开的时候蚱蜢飞起来，像一层海浪在翻滚。小镇有几千只澳洲鹤。其中几十只视觉敏锐。它们突然记起往事。来人原来是它们的老朋友沃伦。它们从前的栖息地在他家附近。这些上了年纪的澳洲鹤也常常坐在公园里，坐在吱吱作响的喷水装置下面享受着散落下来的水珠。水珠从它们长满灰色羽毛的身体上滚落，把它们送入甜美的睡梦之中。此刻，这些澳洲鹤欣喜若狂，猛地从一片泥泞中跳起来，跑过去迎接它们昔日的老朋友。

这个澳洲鹤男孩抛弃家园之后，老澳洲鹤也带着鹤群离开原来的栖息地。它们住在天鹅湖，摇身一变，成了半个“城里人”。它们在沼泽四周建起新的栖身之地，日子过得红红火火。房顶上堆满了它们的窝。从小小的后院望去，你会看见一群灰色的家伙坐在那里做着白日梦，算计着如何从小镇偷吃东西。它们也觉得住在小镇挺棒。

那天更早的时候，沃伦·芬奇还在开着车到处瞎逛，老澳洲鹤在大街上大摇大摆地走来走去，把垃圾桶一个一个撞翻。各种各样毫无用处的垃圾摊了一地，它们哼着D小调在上面乱翻。一切都按部就班地进行，直到那辆闪闪发亮的汽车出现。汽车一看见它们就鸣喇叭。它们撤回到公园的草地上，继续审视裸露的草根。绿叶都被昆虫咬断，吃得干干净净。草努力向上生长，新的嫩芽露出地面。看着看着，它们进入甜美的梦乡。

澳洲鹤又被惊醒，脑袋鲜红，没有一根羽毛，头顶上苍蝇嗡嗡作响。它们看见沃伦从汽车里走出来，迷惑不解。好一阵子，它们才想起遥远的往事，记起一个跳澳洲鹤之舞的男孩。一旦认出沃伦，它们就兴奋地吹起喇叭，唤来更多的澳洲鹤，还有狗和人。喇叭声一直响着，澳洲鹤翩翩起舞，跳起芭蕾。它们不停地起起落落，把原本就凌乱不堪的草地踩成一摊脏兮兮的烂泥。

沃伦脸上露出淡淡的微笑，但是他没有与澳洲鹤共舞。现如今，更让他兴奋的是观看这个世界为他起舞。从遥远的高地，或者从每一个澳大利亚城市、小镇茅草丛生的后院，一直到整个国家任何一个遥远的、刺果狼尾草丛生的角落，人们在水箱生了锈的家里、在用纸板箱或者柳条箱搭建的棚屋里看由蓄电池供电的电视。等着看火灾、水灾或者暴风雨即将到来的报道。人们都喜欢为来自上帝的礼物跳舞。跳沃伦·芬奇之舞。他是失落的钥匙。他是“后种族”的，甚至是“后原住民”的。他样样精通，无所不能。那是上苍的馈赠。国际化的沃伦。是那种“后—专治政治”的人物。货真价实！尽管用纸板箱和柳条箱之类的东西做成的窝棚，坐落在像沼泽地这种遥远的、被人遗忘的地方，早已成为遥远的过去。

沃伦·芬奇的名字渗透在气候变化的湿热空气中。他凝视着这个世界，脸上的肌肉结实，宛如现代的摩西——有着同样的肤色（只不过穿着一套意大利西服），抱有同样的拯救世界的目的，要把世界从毁灭之路拉回来，而那条路是从它自身的历史中雕刻出来的。他被压弯了腰，因为肩负整个世界的重担，因为他拄着责任之杖，踉跄前行，想要到达天堂。

但是，看呀！坦率地说，天鹅湖的双臂不够宽，无法将世界所有的麻烦尽揽怀中。那他此刻在这样一个地方做什么呢？回到他所谓的根，他会找到有关自己的什么东西呢？既然身为澳大利亚政府的高官，受惠于一个强有力的政权的议会系统，而这个政权长期以来精通此道，能够推翻任何一条公认的民主规则，他为什么还要访问失落的族人呢？或许因为谁的嗓门高，谁就被认为作风正派，公正、透明，能够获得人们的一致赞成。要是你想给他一记重创，就可以说他之所以能够取得现在的成就，不是因为他一路艰苦奋斗，而是因为他的肤色像摩西，而如今谁不想拥有这样的肤色呢？

沃伦发现，居然没有人来迎接他！这个地方看上去很荒凉，只有几个无家可归的孤独的人在观看澳洲鹤跳舞。现在，每到一个地方，他都不习惯被人冷落。难道不应该有正式的欢迎仪式吗？他又不是随随便便某个人。所有政客，哪怕职位最低的，都指望原住民出于尊重来欢迎他们。而此刻，他第一次（算得上正式地）访问自己传统意义上的故乡，却受到了本该是自己人民的冷落。他的一个警卫沉思良久说："你八成是被甩了，老兄。"

绝大多数沼泽地人（他们得到军队批准可以看电视）坐在电视机前，看关于沃伦·芬奇的纪录片。片子拍得还不错。他们常常追踪对沃伦的报道。这部纪录片讲的是在澳大利亚政府最高层为什么需要一个原住民。他们很爱看。澳大利亚需要一个黑人站在后面。他们喜欢这个观点。几个保守党永远把持着澳大利亚的政治。沃伦不喜欢投机，没有加入任何一个党派。

他尚未取得"天堂山"之巅的终极位置，因为种族主义残余势力无疑是个障碍。即便如此，电视纪录片解释说："沃伦·芬奇的权力比集荣耀于一身的豪斯·莱德先生还要大。果真如此吗？"那个狗屁莱德——当地人这样称呼他——就是个民族主义老政客。尽管国家的政体已然改变，他还管自己叫总理。他来自很大的丛林选民区。沃伦祖祖辈辈留下的土地有一半都在这个选区。这个人靠一根"最柔软的稻草"将自己附着在权力的宝座上，大言不惭地说，他像疼爱自己的儿子一样疼爱沃伦。

是的，政治舞台总是风云变幻莫测，事实证明一向如此。然而，谁都知道，沃伦·芬奇在静候时机到来。他知道最终他会领导这个国家。实际上他已经这么做了。沼泽地人看完纪录片，像往常一样竖起大拇指啧啧称赞，接下来开始吃晚餐。这当儿，有不少堪培拉的政治可以谈论。果不其然，有人说：你得承认，沃伦·芬奇真有两下子。历经千难万险，那么多统治澳大利亚的阴谋家在背后拿刀捅他，他却坚持到了最后。

但他为什么要来天鹅湖？现在正是他朝权力巅峰艰苦打拼的关键时刻，为什么偏偏来到这个根本没有权力可言的小地方？沃伦·芬奇出现在军队控制的原住民政府地区，消息不胫而走。不仅像神助那样不可思议，还的的确确给人带来不便。星期五晚上吃鱼，他恰恰这个时候到来。这是晚餐时间。鱼煎得太急，油嗞嗞啦啦地从煎锅里飞出来，夹杂着抱怨之声。因为享用晚餐的时间被粗暴地压缩，鱼煎得半生不熟，也只好几口吞下去，像鹭鸶那样把鱼咽下去。弄得这样狼狈，只是因为没有人费心提前通知大伙儿，说来了个长得像沃伦·芬奇的人——该死的“澳大利亚副总统”——活脱脱一个奈杰尔，在回旋飞镖纪念碑那里等人们抬起屁股去办公室欢迎他。

只好这样了！此刻，天鹅湖原住民议会政府的各级地方官员倾巢出动，在澳洲鹤刚踩出来的小路上印上他们自己肮脏的脚印，匆匆忙忙赶到办公室去会见沃伦·芬奇——如果真的是沃伦·芬奇的话。他们想揭开谜底。既然他要来视察，为什么没有人通知他们？真是连一点规矩都不懂！因为如果提前通知一声，最起码会有人给他准备晚饭。他们怪军队上的人，怪白人管理员。这帮人向来充满种族主义偏见，今天也不例外。

这条种族主义之路充满艰辛，一路上，他们在羊肠小道上彼此大声喊叫。喊着诸如此类的话：“为什么我们一而再，再而三地被这些对社区进行惩罚性袭击的人搞垮？”

孩子们坐在家里，肚子里塞满了炸鱼、炸土豆条。他们的父母在五点钟的新闻中又看到了沃伦·芬奇。大人们离开家时匆匆告诫孩子们说，他们不在家的时候，要看点有教育意义的节目，这样就可以缩小白人与黑人之间的差距。比方说《沃伦·芬奇探索节目》，一连放好几集，很有教育意义。大人们临行前还甩下一句话：“你们这些孩子怎么回事儿？”孩子们没有廉耻之心。叫了半天不答应。他们铁了心不去办公室欢迎他们的英雄。大人们跟他们说：“好孩子，去吧，给他献上鲜花或者别的什么的。”他们大声回答：“我们要待在家里！”还郑重其事、洋洋得意地给出理由。为什么不先去纪念碑那里看看是否真的是他呢？第一条理由，因为外面太冷。

温度已经从 44 摄氏度骤降到了 33.5 摄氏度。第二条，他们大声说，他们都听腻了爹妈的说教。什么原住民儿童可以成为优秀的澳大利亚人，沃伦·芬奇就是好榜样。“为什么全国人民都想让我们变成下一个沃伦·芬奇呢？”他的经历已经成为来自堪培拉的原住民教育政策的核心。一个澳洲鹤男孩变成了天字第一号澳大利亚英雄的传奇故事，没完没了地往他们的耳朵里灌。他如何从原住民的劣势中脱颖而出，全国上下都希望其他澳洲鹤男孩有朝一日也能像他一样出人头地。这种老生常谈孩子们早就听烦了。

只是这一天，新一代年轻人才知道沃伦·芬奇是个文化人，有很高的学位。尽管他拥有无数个博士头衔，他的第一个博士学位是在一所原住民政府大学获得的。他是获得此类学位的第一人。他们边看那个系列节目边笑话他说："可不嘛！不错啊。我们知道，外面那些老澳洲鹤教给你的是如何撞倒垃圾桶。"

"跑步比赛"继续进行。随着消息传开，越来越多的天鹅湖原住民政府官员们离开家，向办公室跑去，心中忐忑，满腹狐疑，到底是什么原因让芬奇像个疯子似的来到他们的办公室？哪天来不好，偏偏在一个星期五的晚上来？而且他怎么可能那么快就到这里来了？

他们刚刚在电视新闻中看见他，他应该在别的什么地方，跟那些长得像北极熊一样的人在一起——那里正在下雪，在地球的另一边。怎么会这么快就出现在天鹅湖？他们刚看见他在欧洲跟一个村子里历史更悠久的"部落民"说话。那个村子的名字拼写不出来，而沃伦·芬奇和他们交谈，说的话和那些人一模一样。他们都站在雪地里，看上去非常冷。也许有零下 20 到 40 摄氏度。谁知道呢？谁知道他此刻竟然会在天鹅湖。他们这里从来没有下过那样大的雪。事实上，从来没下过雪。

他访问一个又一个国家，连续几个星期在《每日新闻》中讲话，每次都有古代律法守护者簇拥在身边。他的职责（这只是他无数职责中的一个）是作为那些古老的、很特别的律法的记录者，为研究古代律法、古代经文和现代原住民立法的最高权威机构服务。他又戴了一顶家乡的帽子，也可以称之为他的民族礼帽吧；

谁弄得清楚呢。他帽子太多了。他们说，人类对这个星球的破坏持续了许多个世纪，如今，他正引领全世界制定新的法律，旨在保护地球和地球上的各个民族。

然而，在天鹅湖这个小世界里，还有许多别的诸如此类的地方。人们被牢牢地吸引在电视机前，默默地看沃伦用手指一页页翻动许多个世纪前的古代律法文件，而且他们相信，有朝一日，他真的会在这些文件中找到关于如何拯救地球的秘密信息。他在拯救一切。他们知道他住在一个原住民高原上。但是不知怎的，他却离开了重要的工作，告别了那些“北极熊雪人”，做完新闻节目之后马上横穿半个世界，飞回澳大利亚，又从机场驱车数百公里，在一个星期五的晚上来到天鹅湖。这到底是怎样发生的，也许需要另外一个奇迹才能让人理解。

沃伦·芬奇会发现，与这里的人沟通不易。比方说那些跑来迎接他的人。他们沿着羊肠小道吃力地跑到政府大楼，不明白他为什么星期五晚上，不在堪培拉家中休息，或者待在某个城市的赌场里寻开心，却要跑到这样一个地方呢？

他会开口说什么呢？可是另一方面，他们跑着去迎接的这个人是世界上最重要的人物之一。他精通各种世界文化。他是沃伦·芬奇。他来自他们的家乡，是真正的自己人。被介绍给这样一个人物时，他们该说些什么呢？只有一条消息是非告诉他不可的。那就是他们家乡的鱼味道鲜美，他们晚餐时刚吃过的就是鱼。

你会给一个世界领袖提供什么样的晚餐呢？本该精心准备些丰盛的菜肴，像龙虾或者冻鸡之类的，或者甚至应该从城里空运来一些美味，再专门请个厨师来。可是他们对他的到来一无所知。于是，尽管“澳大利亚政治领袖”这几个字在舌尖上绕来绕去，让人热血沸腾，但是天鹅湖人只能跑着去迎接沃伦·芬奇。充满自豪，却两手空空。他们没有什么好东西给他吃。很多人高唱他的政府的竞选歌曲：“我们不是战争制造者和贫穷制造者。”现在他们“宛如在蛇梯上爬行、艰难度日的小小老百姓”，最后终于上路去迎接他，迎接上帝送给他们的真正的礼物。每次选举他们都把票投给他。在方圆一千公里的故乡，他们是政治上的优等民族，曾经像火箭一样推举他一路升到最高峰。

天鹅湖政府的官员们累得筋疲力尽，一则因为思绪不停转换，二则因为沿着湿漉漉的小道艰难跋涉。尽管如此，他们还是坚持迈开“碳平衡”的步伐，抄近道向前走去。你会相信这是星期五晚上吗？开自己的车，只是为了上办公室，尤其是赶在世界上最重要的环保主义者来视察的时候。这样的念头恐怕谁都不会有。而且，如果你愿意知道的话，可以告诉你，他们这里有世界上真正的环保主义者，这些人就住在天鹅湖。他们没有用多少世界上的资源，为此他们不惜赌上一百万美元。想到马上就要上电视，就要簇拥在沃伦·芬奇身边，这些人兴奋不已。可是没有人知道，战争纪念碑下面的沃伦根本没有带他的媒体团，虽然他仍然穿着那天晚上大家在电视节目里看到的那套熟悉的灰西装。衣服的样式让他看上去活脱脱像一个一九五〇年代的澳大利亚人。

沃伦大口地呼吸，因为他不得不这样做，不得不在内心深处寻找对家的记忆，但是他什么都想不起来。他隐隐约约闻到桉树油的味道，那是过了“保质期”的记忆，为了好运气而洒在西装上。沼泽和煎鱼的恶臭实在可怕，令人不快。他能够想起来的都是生活中美好的记忆，与其他地方有更加紧密的联系。那些地方不停地闪现在他脑海里。

他表情严肃，镇定自若，像站在墨尔本港口区夜总会外面的保镖。气喘吁吁的当地的领袖们连滚带爬地上前来做自我介绍。他面无表情地与他们轻轻握手。接下来一片沉默，令人尴尬不已。他得对这些人讲什么呢？

第一次目睹沃伦，让一些人吃惊。他没有他们所期待的城里人那样的雅致与潇洒，看上去与电视上不同。但是，他们仍然在他身上看到了自己的影子，尽管他穿着孟席斯①时代著名设计师设计的西装，而他们没有。大家不停地说：“欢迎！欢迎！热烈欢迎！国家的喉舌！澳大利亚的门面！为沃伦欢呼。走吧，沃伦！走吧，芬奇！我们一起走吧。”他们开怀大笑，喝彩，就像他们常常对着足球英雄们喝彩一样。

“静一静！听啊！”他用左手小拇指示意，意思是“看看澳洲鹤的舞蹈”。这个手势让当地人觉得他跟大家没有任何区别。他们只不过是一群聚在一起的普通人罢了。

澳洲鹤舞蹈着以在天鹅湖的生活为蓝本而创作的几章故事。这个节目狂热得有点反常，也许是因为它们神情沮丧，毕竟失去了傍晚悠闲自在散步的机会，无法从一家走到另一家，弄点鱼的

① 罗伯特·戈登·孟席斯（1894—1978）：在1939年至1941年、1949年至1966年间担任澳大利亚总理。

碎屑吞咽下去。和因为见到沃伦而兴奋并没有多大关系。

沃伦做了一个简短的演说，然而人们无论怎样努力想听清他在说什么都无济于事。所有的眼睛都被眼前的景象惊呆了。处于亢奋状态的澳洲鹤疯狂地乱蹦，似乎因悬浮在空气中的炸鱼的味道产生了幻觉。沃伦不得不提高嗓门，以至于到最后，他的声音大极了，传遍整个沼泽，飘进那条船里，“哦！天哪！”埃塞尔，欧贝瓦，奥布利维亚，管她叫什么名字呢，反正还在那儿炸鱼。煎锅里的油烧得很热，发出噼噼啪啪的声音。她并没有注意听沃伦讲话，但是听清他说的每一个字的人只有她。

沃伦宣称，一些人用这块土地的精神祖先赋予的声音，实现其唯一有用的目的。这个目的就是把原住民的思想提高到应有的正确位置，以便实现身心健康，在思想上和行动上与大地融合在一起。他说自己就是这些人中的一个。一只声音尖细的美冠鹦鹉叫道：“原住民的文化被扼杀在白人政府的下水道里，那种日子一去不复返了。”

没有人听。衣衫褴褛的穷人不是这“天籁之音”理想的听众。也许澳洲鹤的舞蹈更具有催眠效果，或者说沼泽地人更喜欢吃完鱼之后，在沉默中打发日子。这就是他的观点。

别人要是像沃伦这样演讲，说出他对他们的看法——无可救药，他在他们心目中就是个废物，无法进行深刻的自我分析。地狱就是地狱，不可能沉沦得更深。这好比一个用谈话做手术的外科医生，准确无误地切开伤口之后，又把所有被感染的部分飞快地重新缝回到伤口之上，贴两个创可贴了事：“你们要超越一己之私。要是你们想活下去，就咬紧牙关，强忍痛苦吧。要是不想在这样富饶的土地上生活，就傻乎乎地听天由命吧。”

“好啊！棒极了。”那些没用的家伙欢呼着，“好啊！”欢呼声停下来，让人局促不安。过了一会儿，人们又不约而同地欢呼起来，一公里之外就能听见。就像他们在当地的足球比赛中，整个下午都不停地欢呼一样。

澳洲鹤冗长的表演结束了。当地人向沃伦解释说，那是关于自由和生命律法的舞蹈。鸟儿远走高飞了，把政治上那些无意识的林林总总留给沃伦·芬奇，任凭他一个人在那儿舌灿莲花。

以鱼为食的人们不遗余力地讨好沃伦·芬奇。他们手舞足蹈，以他为中心围成一圈，对他“轮番轰炸”，歌功颂德，发出雷鸣般的欢呼：“噢！我们只是想要表示祝贺。您刚才讲得太好了！我们心花怒放，受到极大的鼓舞。”他们拥抱着他，似乎他和他们一样，刚才走过的路也满是泥泞。

他们妙语连珠，继续恭维：“您终于不远万里来到这里，为澳大利亚最微不足道的人们演讲，真是太好啦。噢！您就是真理之路的象征。”

奥布利维亚在她的船屋里，想起一群长着漂亮翅膀的蝴蝶。它们曾经在月光下绕着她飞。当时她借着一只灯笼的微光，看到从红宝石滨藜草原跑来的野孩子。他在“议会大厦”里对着星星唱着童谣发表演说。那个“议会大厦”是由干燥的风建造而成的，沙尘暴做室内装饰。

黄莺鹂的故事

“为什么？为什么？在五月初？”一只颜色鲜亮的黄莺鹂孤零零地站在十字交叉的回旋飞镖纪念碑顶部鸣叫。它唱着从老祖宗那里学会的长长的歌。歌声飘到站在下面的穷人的耳朵里。他们神情沮丧，看上去像是天要塌下来砸到头上一样。

口哨声在人群中响起。有人轻轻吹着《伴我同行》，声音有些发紧。一面面小小的原住民旗帜和着口哨声迎风招展。而沃伦的远亲们又惊又喜忙作一团，满脑子都是他们共同的血脉。不管他们与“好男孩”的关系是亲是疏，这个好男孩曾经是个神童，属于他们这个幅员辽阔的原住民国家的所有人。难道你不能告诉他，你们之间是什么样的亲戚关系吗？你能听得出来，歌声婉转的黄莺鹂满心羞愧，因为没有真正找到问题的答案。而他们都有着同样的基因——难道他不应该知道……难道他不应该吗？然而实际上，从沃伦·芬奇的表现来看，他似乎只是一个地地道道的陌生人。

他打着哈欠伸着懒腰，双臂伸得长长的。他听腻了自己的“布道”和演讲，甚至完全忘记了黄莺鹂的歌——慷慨激昂、声嘶力竭，对于他来说没有任何意义。家乡？它还有什么意义吗？坐在政府配备的汽车里无数个小时，经过一片又一片不长树木的草原之后，他出现在——无论这个术语包含着怎样的意义，无论别人管它叫什么——他的人民面前。事实上，整个世界是他的家、他的家乡、居住之地，也是他的人民生活的地方。他脑海里没有儿时的记忆。乡愁一直牵引他四处奔波，奔波消耗着他的生命。他面如死灰，和站在人群外面的澳洲鹤的灰色羽毛无异。澳洲鹤模仿他的每一个姿势，把翅膀伸得老长。

亲戚们仍然兴奋不已，相信自己终于让他变得心安理得。而且在这个地方，他们正呼吸着他呼出来的空气。他们下意识地觉得，他的呼吸比他们自己要高贵、甜美。好啊！虽然错过了鲜鱼晚餐，但也没有关系。上苍的馈赠近在咫尺，真叫人兴奋。亲戚们因为如此靠近他的血肉之躯而感到自身的完整，而且最终能够顺畅地呼吸。有一个非凡的人回到故乡的平凡之中。但是，仍然有一个冷冰冰的难以接受的事实摆在他们面前——实际上，他根本就不像他们中的任何一个人。

慢慢地，人们开始失望。生活又恢复常态，一种自然而然的怀疑悄悄溜回到生活的画卷之中。那是一幅更大的风景画，画在生活的框架里。他们渐渐觉得他看上去更像那些外人——地地道道的陌生人。更像那些从别的地方来的原住民。军队用卡车把他们运来，如今通过婚姻、家庭、住在同一个屋檐下而融入他们的生活。

哪怕那些外人，他们的血肉之躯也比沃伦·芬奇更像他的人民。在这个夜晚，在鱼被浪费之后，这种受到启迪的新发现都仿佛给他们当头一棒。怀揣这些想法，心中的怨气涌入大脑，进一步追问："他哪里像是来自上帝的礼物呢？"此刻他看上去像是魔鬼。只不过是个混血儿！沃伦·芬奇自作多情，认为他们是亲戚，简直是对他们的侮辱。谁跟他都没有亲戚关系！他们从来没有见过这个人对这片土地的鸟儿歌唱。“他的皮肤上没有落满我们草原上的灰尘。他的语言在哪里呢？这个人身上哪里有我们沼泽地的盐分呢？”如今他是个彻头彻尾的陌生人。压根儿没有人认识他。一个熟悉的问题冒了出来，是关于继承权的问题：“他们中间，哪个是他的家人呢？”让人想起那些关于原住民地权的老故事，这些故事以律法的形式结尾，把一些家庭包括进来，或者把一些家庭排除在外。

稍加分析就能发现，沃伦·芬奇的故事，源头就在那些老人。他们控制了他的孩提时代。难道他们没有发现，殖民主义在他们的生命结束之后仍然继续吗？他们使得他四处奔波，就像那些游走八方的祖宗神灵一样。如今他已经三十出头，对自己的人民真的没有多少感情，尤其对他的亲戚——这些挣扎在死亡线上的、挥舞着旗帜的人们。亲戚们对他们和沃伦·芬奇之间的差别也已经有所察觉。看得出，沃伦·芬奇的情感不过是轻飘飘的沙尘。那是来自澳洲鹤草原的责任的微粒，被他撒向了全球。

沃伦·芬奇的生活可以在瞬间变得简单。那就是坐上飞机翱翔，穿越家乡上空的热气流，飞到离他们几千公里之外的大小城市。对此抱怨没有任何意义。如果他没有资格当个本地人的话，他对乡亲们就没有任何亲和力。他考虑的只是一个变动中的世界，他用一句话来概括这个世界，那就是：“想象一下，你在这个世界会怎么样呢？”

也许，你会想象，他在一个极乐世界的池塘里游泳，习习凉风不停地从海上吹来，把那个曾经生活在澳洲鹤之中的粗野男孩脸上残存的北方的痕迹不断地、一丝一缕地抹去。

也许你会发现，他在异乡的土地上十分惬意。那片异域的风情能够雕刻出帝王般的、骨骼健硕的人——那些人随着年龄增长，棕色前额上灰黑色的鬈发渐渐抚平。

沼泽地的人谁能解释清楚呢？他们在电视里看到的这张脸很顺眼，对所有人都具有魔力，仿佛能让人看见不计其数的、几百万普通人的脸。这些人都被自己的集体归属感所欺骗，结果发现他们和沃伦·芬奇之间存在着某种神秘的相似性和吸引力。

沃伦不是一个人来的。那辆车上还坐着他的随从——三个穿着讲究、身强力壮的高个子男人。他的朋友们看上去像是原住民足球明星——城里广告牌上常常出现这样的人，为高档时装代言。借用那些研究人种的“新殖民主义者”常用的术语，他们满是胡茬的褐色的脸，每一张都轮廓分明，眉清目秀，是跨种族繁殖的精品。

这些人负责照顾沃伦·芬奇，叫他“夜之明灯”——全世界的人都这么称呼他，是他的保镖。透过反射太阳光的墨镜，他们对无论什么都随随便便地瞥一眼，像负责审判的人一般，自由而宽容，手枪舒舒服服地别在胸口，并频繁地与远在天堂的中央保卫总部保持联系。在沃伦的世界里，人们普遍认为这些都是不错的人选——你能找到的最出色的人物，仅仅三十出头，但是比绝大多数人都要强壮。为了到这个国家最北边出差，他们脱下昂贵的南方城市服装，换上了合身的意大利休闲服。

演讲结束之后，他们催沃伦赶快离开。老亲戚们大声嚷嚷着，和他攀拐弯抹角、八竿子打不着的亲戚关系，还喋喋不休说起各种各样灰色的鸟儿。当地人把这种催促称为“曼哈顿策略”。耽误的时间够多了，特别是澳洲鹤的表演时间太长。他们一致认为，全世界任何一个芭蕾舞团演《天鹅湖》的时间都没这么长。他们还引用了奥登的诗句：“狮子，鱼和天鹅 / 演出，然后离开 / 在时光倾泻下来的波浪之上……”随从们朝着天鹅湖原住民政府办公室走去。

沼泽地的普通百姓还站在那儿呆呆地看着他们，心里充满自豪。这些皮肤黝黑、结实矫健的战士（他们实际上是自己人）四处走动，仿佛是这里的主人。看到这一幕，沼泽地人感到欣慰。不过另一方面，他们并没有忘记告诫彼此，只有白人才会有这样的行为举止。甚至空气也受到刺激。顷刻间，乌云压顶，雷电交加，暴风雨即将来临，但是沼泽地的人们几乎毫无察觉。不难看出，他们迫不及待地想对这些海报中的家伙们高喊：黑人兄弟就该是他们这个样子的。

沃伦消失了。他钻进办公室，把绝大多数看客留在风暴之中。他们得顶风冒雨，一路小跑，回家去吃凉透了的鱼。

在炎热、憋闷而潮湿的办公楼里，不等所有成员到齐，沃伦·芬奇就宣布天鹅湖原住民政府会议开幕。他一本正经地大声说：“我在找我的妻子。”

他的妻子！听吧！他在讲话，就某件事情发表自己的看法。让他跟我们说吧。安静。

没准儿会议一开始，他就会变得厚颜无耻，像闪电劈斩大地。

或许像炸药。他在找人打架。因为他的妻子。等着瞧。看他会不会没完没了地讲下去。[1]

“寻求真理”是这座办公楼的座右铭，天鹅湖原住民政府变成由军队控制的收容所，堪培拉硬塞进来的管理员是个不折不扣的自作聪明的家伙。于是，“自作聪明”成了这个白人在整个沼泽地区人所共知的绰号。白人听不懂。他们派他来是为了推广白人“爱孩子”的方式。他们说，白人的方式比原住民的方式强。原住民政府的官员上下打量着他，心想：“不理睬他。”他们通常就是这样想的。他们不理睬的人很多。他们难以忍受，尤其受不了外面派来的任何一个政府人员。不！他们可不是逆来顺受的人。忍耐不是他们的长项。他们爱憎分明。简单得很！非白即黑，没有中间地带。他们心中没有“也许”这个词。非此即彼，从不多想。你无法在灰色地带生存。在这片土地的史前律法中，这就是独立思考的意义之所在。他们的人民就是这样从远古，一代一代传承下来的。沃伦·芬奇说他要找妻子的时候，管理员装作没有听见。管理员认为，他从来不会因为私事麻烦任何人。既然如此，干吗要把大好的周五晚上毁掉而听别人扯淡，那应该是——“他们的私事”。

“自作聪明”先生扫了一眼坐在办公室里的他的人。他长期从事原住民事务，深知这是最没有希望的一群人，只是不得不和他们共事罢了。他看到的全都是一张张无知者的脸。他手下这些原住民政府代表们，不乏迟到的。他们走到桌子旁边一屁股坐下。

---

① 原文澳大利亚原住民语言夹杂了英语。

他早就料到他们会怎样做——傻乎乎地坐在那儿，盯着桌子，一言不发。他料事如神，因为他对原住民事务了如指掌。类似的情形他已经看见过无数次了。

“自作聪明”先生比原住民更了解他们自己。不过这也没什么了不起，因为他就是靠这个吃饭的。他对原住民很有研究，是一名学者，闻名遐迩。多年来，一直影响着堪培拉政府原住民政策的制定与执行。

而这些人呢？他相信，环顾四周看到的这些人虽然得了好处，但根本达不到原住民政策对他们提出的要求，根本不能参与实现“澳大利亚梦”的伟大事业。这就是为什么他们处于被奴役状态的原因。在他的心目中，唯一的希望寄托在能否成功地塑造他们的下一代。坦率地说，他觉得这是一项艰巨的任务。拯救他们的孩子几乎不可能。他料想，这种原住民无话可说的局面会继续下去。哪怕明天就开始所有的行动，要想看到从这些人中冒出一个好的、体面的澳大利亚公民，也需要过上两三代。有生之年，实现同化他们的目的几近痴人说梦。

整个会场一片寂静，“自作聪明”果然老于世故，转眼之间就让深藏心中的东西浮出水面。这个稀奇古怪的东西就是他称之为“善意”的玩意儿。他有一搭没一搭地聊着他的项目。说每件事都进展非常顺利（既然都是由他负责的）。这样做的时候，他装作喜欢沃伦，因为他是原住民，所以才权当没有听见沃伦说的跟婚姻有关的话。是的，那与他有什么关系呢？但是，这仍然坚定了他心里的想法：所有原住民都是一路货色，因为连伟大的沃伦都是如此，直截了当地对所有人说出自己的私事——他怎么能这样做呢?

这个老财政管理员真了不起！他扬了扬灰眉毛，想起屋子里还有别的访客，一下子便担负起管理这些人的社会、政治、经济和文化生活的责任。在这方面他是值得信赖的。屋子里的人都盯着自己的手掌，沉默不语。他转移了大家的注意力，而且显得干活儿很卖力气，从白色塑料购物袋里抽出吊扇的遥控器，用手指轻轻一按，习习凉风向众人汗津津的皮肤上吹来。

“找我的妻子!”沃伦·芬奇刚刚说的话让与会的天鹅湖原住民政府代表大吃一惊。他们耐心等待，用自己的语言彼此问候，为大人物们唱了一首祖传的赞歌，又唱了一首逢会必唱的《前进的澳大利亚》[①]，表明自己对缩小差距的兴趣。最后大伙儿才在奉献给祖先的桌子前就座，先就沃伦的问题交换了一下意见。接下来，他们当中最年长的一位（绰号“本无人”）勉强说了几句。他本来更乐意说本族的语言，但是仍然操着早已过时的“黑人英语”对沃伦·芬奇讲话，以证明身为管理员的信念。他说，他们只看见沃伦·芬奇坐在那辆垃圾轿车里四处瞎逛，压根儿就没有打算到他家来问个好。谁也没有看见车里还有个女人一同前来。“我认为，她的魂一定生活在他的脑袋里。不是他被妻子的魂控制，就是他自己把她弄丢了。肯定丢在脑海里无法掌控的那些垃圾海外知识堆里了。”

原住民政府似乎达成了共识，因为他们表现得很诚恳。他们

① 《前进的澳大利亚》：澳大利亚国歌。

也是在管理方面颇有经验的人，和堪培拉政府的工作人员没有两样。他们通常围坐在这张桌子旁边，态度友好，总是一副感恩的样子，轻轻敲打着桌子，或者看着桌子。那是希望之桌，就像一个空盘子。人们希望他们怎样做，他们就怎样做。他们希望沃伦提出严厉批评之后，会宣布点好消息。政治家们的指责他们早已见怪不怪。无非是说他们管理不善，缺乏透明度。澳大利亚人认为居住在偏远地区的原住民就是这样。反正他们也见不到这些原住民。他们对沃伦抱有这样的期待不无道理。哪个大人物来沼泽地视察，都会带来额外资助的好消息，暂时缓解他们的燃眉之急，再次保住小小的“安居工程”，或者得到几块饼干，或者让他们最基本的服务——比方说用于发电的燃料或者垃圾处理，能够多维持几周。

他们弄出这样一个庞大的、吓人的烂摊子，政治家们还能怎么办呢？长者“本无人”用他总结出来的常常需要说的一句话解释说：“我们都生活在这个充满焦虑的时代，这位先生（管你叫什么名字），您对我们的可持续发展有何高见？”

“欢迎您来到功能紊乱的‘反乌托邦’。”管理员“自作聪明”，重新赢得了会议的主动权。他是靠打断别人，或者说压根儿不听本地人——哪怕是在天鹅湖生活的最重要、最年长的本地人——说什么，做到这一点的。他迫不及待，要在这个临时会议上第一个发言。他需要把会议拉回到专业性的轨道上来，并且表明自己的立场，说他对“来自堪培拉的小恩小惠”不感兴趣。他故意使用一些字眼，他知道沃伦·芬奇会听得明明白白。同时他也清楚，他的话对于这些没有受过教育的本地人来说充满了神秘色彩。会议设定他代表所有与会者对沃伦讲话，于是他做了如下演讲：

“沃伦，我们等了很久，等待一点行动。我们一直在等某个大人物出现在这里，教我们如何拯救危机，难道我们做得不对吗？我们需要人告诉我们，如何经营社区商店、健康中心，让闹哄哄的孩子们坐在学校的板凳上。我们需要人告诉我们，治理所有的暴力、酗酒、吸食汽油、犯罪、建房过多、维修等问题。我们需要有人教给母亲们如何生孩子，如何养健康的孩子、漂亮的孩子、干净的孩子、打过防疫针的孩子。按照堪培拉的政策，教这些人如何爱自己的孩子。与此同时，健康问题不能不说。我们要在这个地方消灭糖尿病、心脏病、肾病。要解决心理疾病，眼睛、耳朵的疾病以及狗的疾病。还应该搞培训，对当地居民加强教育，训练他们，好让他们参加工作，做对社会有用的人，去开推土机、建房子、当电工和管道工。去种植并且学会烹调食物，把它喂给孩子吃，把自己埋葬在一口箱子里。能够有个选择的机会！我们真的需要那种认为‘我们——能——做到’的人，就像巴拉克·奥巴马一类成了总统或者别的头头脑脑的黑人——来领导他们的人民。沃伦！要做到这一点我们需要钱。”

“您好！”管理员停止演讲的时候，议员们都从椅子上站起身来，那架势宛如他们是对这个地方拥有主权的国王或者女王。他们走过去同沃伦以及他的保镖握手，然后回到自己的座位上。

“各位同仁，”沃伦兴致勃勃地说，“请允许我介绍一下，这位是斯尼普·哈特博士①。这位是埃德加·梅伊博士。这位是博恩斯·杜姆博士。”他停顿片刻，看听众们是否还在注意听，然后继续慢慢地介绍。“哈特博士拥有圣徒文学、神话学和圆梦学博士学位。埃德加·梅伊博士拥有古生物学、古生态学和存在论博士学位。杜姆博士也有很多博士学位，包括鸟类学、鸟卵学、秘法学、音乐学。换句话说，他们的血脉里流动着全部的科学知识，非常科学！他们是精通两种律法的科学家，囊括了一个黑人为创造音乐需要知道的关于当今世界的所有事情，无论是在最北边的丛林，还是在南方的天堂，或者巴黎什么地方。”

所有的手都紧紧地抓住桌子。桌子上面洒满了眼泪，只有怀疑论者“自作聪明”是个例外。只有他的眼睛没有因为沃伦关于黑人科学这一番宏论而泪光闪闪。整个屋子的人都眼花缭乱，“伟大”的感觉原来是这样的。这些人一致同意，觉得自己离上帝很近！“真的很近很近。”被无所不包的学问包围着，他们会心地笑了——由这“学”、那“学”煎成的鸡蛋饼在吱吱作响的电扇吹来的凉风中快乐地飘浮。然后像羽毛一样散开，在他们耳朵里飘啊飘，最后钻进脑细胞里。

“演奏点好听的，埃德加。”沃伦轻轻地说。此时此刻没有人能够挣脱撒在他们头上的词语之网。而且此刻，将人们的惊奇之感又向前推进的是，那个叫做埃德加的居然还是一个音乐家。沃伦·芬奇打量着屋子里的人，目光柔和，一双眼睛像淡褐色的鹰

① “Dr.”在英文中既用来称呼“博士”，也用来称呼“医生”，因此出现了后面的误解。

眼。在他的审视下，天鹅湖政府的男男女女如泥塑木雕一般。

“没问题，老板。我很高兴为大家演奏。”埃德加说。

埃德加个子很高，身材匀称、骨骼强健，皮肤是金棕色的，脸又平又光滑，看上去像是猫头鹰的兄弟。他臂弯里抱着一把金合欢木做的小提琴，像是抱着一个有灵魂的生物。紧接着，屋里的寂静被一首长长的曲子打破。音乐使他刮得光光的脸变得柔和起来。一个个音符像飞蛾飘散开来，把屋子里所有残存的坚硬东西都一扫而光。还用它们细细的、长满毛的腿，将柔情送回到音乐天使的脸上。音乐飘出屋子，越过在雷电中傲然屹立的回旋飞镖纪念碑，越过沼泽，飘进那条船。女孩和在外面盘旋的天鹅都在聆听。乐音打破寒夜的寂静，像猫头鹰低低的叫声，传遍了长满古柏的家乡每一个角落。

来自各个遥远地方的音乐都从这栋楼倾泻而出。猫头鹰的叫声似乎从沼泽地的每一个角落传来。天鹅挤在一起，在水面上摆开巨大的蛇形阵。澳洲鹤受了刺激，疯狂地飞到更高处，好躲避它们身体下面飘荡的猫头鹰的叫声。音乐淹没了狗的狂吠。沼泽地人家里，有的小孩儿把那声音想象成从南瓜花里飘出来的天籁之音。南瓜藤在一栋栋房子外面疯长，巨大的绿叶相互交织，把整个房子盖得严严实实。在天鹅湖政府的会议室里，想到有三位医生就在眼前，政府的男女官员仿佛看见自己在药的大海里游泳。他们这里从来没有一个真正的医生来访，从来没有配备过一个真正的医生。

美妙的小提琴声让人们听得如痴如醉，迷迷糊糊，更多的空想从平常锁在绝望之中的心里逃出来。对“港长”的记忆又浮现在脑海之中。他仿佛对围坐在桌子旁边的所有黑人一遍遍地念叨他的职责是什么，告诉他们要继续警惕思想的“下水道”。

老神灵从心里的“下水道”探出头，看从记忆的基石流过的音乐。一盏盏灯打开了。绝望的屋子里旋转着太多的想法！但是毕竟，他们能想到的只是从香格里拉弄来许许多多的钱！想想吧！想想看！在吃炸鱼炸土豆条的夜晚，沼泽地来了三个医生。噢！天哪！感激的声音四起。谢谢您！谢谢您！此刻，在黑人的想象中，屋子里到处都是膘肥体壮的牛。谁提起过牛呢？音乐的盛宴戛然而止。沃伦·芬奇的声音响起，宛如啪的一声关上了思想的大门。不要再想什么身体不好啊，人们需要吃一点肥肥的排骨啊，以及医生源源不断地来到这个偏远的地方做好事。“把关于牛的事忘记！”

“我是来找我妻子的。”沃伦再次用简洁的英语说。看到没有人说话，他便坐回去，脸上带着淡淡的微笑，审视屋里的人。

沃伦知道，他要寻找妻子的话，一定把这些头脑简单的人吓坏了。谁都认为他根本就没有娶妻呢！此时，电扇传来的噪声让屋子里的人谁都没办法思考。但是老实说，天鹅湖没有哪一个女人看起来像沃伦·芬奇这样一个大人物的妻子。天鹅湖政府的人此刻的想象超出了他们可爱的家乡。这样的事情他们平时很少做。他们努力想象沃伦·芬奇在别处过着高大上的生活——在国外，在欧洲咖啡馆里寻找走失的妻子——在莫扎特谱写的奥地利的另一个天鹅湖边。像模特一样漂亮的妻子也许在巴黎漂游。这才是她这样的人应该做的事情，因为他们觉得他的妻子就应该属于这些地方。

他不停地看表，好让屋子里的人快点开动脑筋，以便回答他提出的寻找妻子的问题。赶快好好想想吧，忘了牛群。没有牛群给你们的。

财政管理员“自作聪明”不是那么好吓唬的。沃伦的态度如何，他根本不在乎，一股脑儿提出几个尖锐的问题。

“你的妻子怎么会在这里呢？她是从哪里来的呢？你自己看得见，天鹅湖政府管理有方，我们对生活在这里的每一个人都了如指掌。毕竟，你也知道，这是一个由军队掌控的孤立的社区。谁到这里，我们都知道。不是吗？”“自作聪明”知道他的人只会点点头。他的目的是让会议不要往坏的方向发展。众所周知，那简直是噩梦，人们只会谈论牛群。他听够了原住民的牢骚和抱怨。

但是，竟然因此爆发了一场大讨论。谁也没有料到人们居然对沃伦丢失的妻子真的很感兴趣。每个人都在徒劳无益地回忆，到底谁有可能是他的妻子。他们想起一大串名声在外的女人的名字，琢磨她长得像哪个电影演员。他们还努力回忆最近来了些什么人。没有！真的没有！过去很多很多个月里都没有什么女士离开此地或来到这里。“离开的只有死人，到来的只有新生儿。就是这些，要是我们运气不错的话！”

“而且，真的很难记住有谁来到我们家门口，有谁离开本应该生活在一起、应该照顾的人，去投奔别人。或者其他东西。你知道，我的先生。”“本无人”先生代表天鹅湖议会发言。

他们的讨论踏上了一条奇怪的探险之路，开始分析西方婚姻那条受到堵塞的“支流”。他们自己是一个独特的民族，拥有世界上幸存的、历史最为悠久的文化。在研究婚姻方面，比全世界的人都要睿智。他们喜欢愤世嫉俗的批评方式。天鹅湖政府的每一个成员对他人的关系都有自己独到的见解和最佳的一手知识。在无数西方肥皂剧中，他们看到夫妻、邻居，或者业已成年的子女之间势不两立，婚姻破裂。他们觉得，在家庭问题上，他们都有权发问：“要是丈夫到处找自己的妻子，你就得想想，婚姻还有什么益处呢？”

难道这里是该死的肉铺吗？是屠宰场吗？事情是这样的：沃伦·芬奇想弄到一块肉。对此，谁都心知肚明，也没有人会眨一下眼睛。他们询问他个人的事情时表现出来的玩世不恭是装出来的。这一点他几乎没有注意到。他可以加入“天鹅湖婚姻破裂俱乐部”。随着电扇的转动，屋子里弥漫着一股恶臭。似乎有一只无比肥硕的老鼠死在天花板上。臭气钻进鼻孔，混合着晚餐时鱼的味道，叫人恶心。但是政府部长们似乎不为所动。他们习惯了这样的问题，问那讨厌的味道是否还在，以此避开沃伦·芬奇直视他们的目光。而有人转换了话题，大概是那位管理员，他直截了当地问：“什么妻子？”

“那你老婆长什么样子？”居然有人敢对沃伦·芬奇这样说话，态度糟糕透顶，就像面对一个窝囊废。在他的保镖看来，这简直是奇耻大辱。他们连珠炮似的还击。“你们这些人是怎么啦？不知道自己是在跟谁说话吗？你们是在跟澳大利亚副总统说话。他在国外受到极大的尊重，他们称呼他澳大利亚副总统先生。放尊重些好不好！”

沃伦举起一只手。他的手细长纤弱，手势像圣人在祝福。人们在世界各国的电视新闻中频繁地看到的正是这只手。阻止暴行、在被战争撕碎的人中缔造和平的也是这只手。这只手得到全世界的爱戴。但是在这里，它的意思很简单：“够了！”头顶之上，老鼠在天花板上发臭的某个地方，鬼魂一般的“港长”在他的天空感到恐惧。会议室里，又多了一位满腹狐疑的人：“他真的能阻止毁灭吗？”

如果不弄清楚他和天鹅湖人之间还有什么相似之处的话，关于他妻子的问题就很难回答。他们能够给他提供的答案就是向他提问——在他们和这位处于高位的澳大利亚人之间是否有一座古老的桥梁？这是否意味着，倘若对他实话实说，他们也能算作澳大利亚人？或者，无论他们说什么，在别人眼里，都只能是“隐形人”，而且因为过分热爱传统土地的古老信仰而一直算不上澳大利亚人呢？看起来，需要用这些问题来检验漫长的历史。而漫长的历史都应该回答这些问题。那么好吧，他寻找的妻子是个什么样的人呢？

妻子，妻子，说到底，都只是一块肉。她的名字也许该叫做“无所谓”。那好，彬彬有礼地问一个简单得不得了的问题吧：“那她叫什么名字呢——你的妻子？”

“我给你们寄了封信。”沃伦不耐烦地说。与此同时，他又看了看表，哎呀，他因为浪费了时间而懊悔不已。

老实说，谁也不记得收到过一封信。“您能告诉我们信的内容吗？”“自作聪明”问道。

“信里解释了。”沃伦·芬奇回答说。此刻他可没有心情再做什么解释。收到信的人应该读到相关内容。

“难道你们连读懂一封简单的信都做不到吗？”他显然很生气，这些人煞费苦心地逼着他说出这样一句话。这件事毕竟很微妙啊。他的保镖也是这样认为的。处在他这样地位的人总是希望事情都安排得妥妥帖帖。在这个星球上任何别的地方，他说的话都能照办，为什么到了这儿就会遇到麻烦？重要的是，这里是他的故乡。为什么这样简单的事情都办不好呢？你想告诉我，要是这里有人想戏弄我，该怎么办，是吗？他怀疑财政管理员在说谎。“如果这出戏是你操纵的话，你一定看过那封信。”

会场上，所有人都在等待。他们派了一位职员去办公室找那封信。与此同时，沃伦痛苦地打量了一下这栋楼里堆积如山、乱七八糟的文件，然后面无表情地看着他的一个保镖。那个保镖赶紧走出大楼，用手机给远方一个办公室打电话。在这个惨淡经营的沼泽地，他看见的一切都懒散得没边儿。而在远离这里的那个世界，弹指之间，事情就办成了。过了一会儿，保镖回来报告说，那封信很久以前就已经寄出，但是一直没有收到回信。此刻，远方那个办公室把那封只有两行、三个短句子的信以电子邮件的形式发送到了手机上。会议室里的人传看着，以便大家都能读到沃伦信上的内容。

噢！这难道不是很典型吗？典型得很啊！

正在这个节骨眼儿上，附近的发电厂出了故障，电流无法传送，导致停电，电扇嗡嗡地响了两声停止转动。会议室里，人们大汗淋漓。军队的修理工无法及时处理电厂出现的问题。“自作聪明”宣布：他带那些“备受冷落”的孩子们出去钓鱼度周末去了，指望不上他。芬奇实在是受够了。“要是电路出故障停电的时候连个修理工也联系不上，那他还有什么用处呢？”

“好吧！你说说看？谁是老板？你，还是这位让人吃惊的修理工？”芬奇怒视着管理员，“或者是坐在这里的各位为人父母者？”他开始连珠炮似的批评。仿佛多米诺骨牌效应，与会者接连倒下。他简直是在狂轰滥炸！指出别人无能，他可是行家里手。和肉用牛不同，这玩意儿可以把堪培拉饥饿天堂的肚子填饱，将原住民的世界关闭。该死的信没影儿了，妻子没影儿了，现在连电也没影儿了。屋顶死老鼠的臭味又扑鼻而来。谁能想到接下去还会发生什么事呢？沃伦妻子失踪的消息很快就变成没完没了的讨论。门窗紧闭的会议室里充斥着热带地区无与伦比的潮湿，成群结队的蚊子在暴露在外面的皮肤上肆无忌惮地吸食于它们而言的美味。

沼泽地原住民政府的密室里，人们在努力寻找一个令人满意的解决方案，而沃伦·芬奇考虑的只是一个简单的问题，即他们是否值得救赎。接下来发生的事情成为导致失败的最后一击：一个年轻姑娘给与会人员端来了冷茶——“自作聪明”不知道打了多少次响指，她才不紧不慢地做出回应。因为她一直站在紧闭的房门旁边偷听，幻想自己就是沃伦·芬奇的妻子——一点礼貌都不懂。茶老是送不来，就无法让会议室保持和谐的气氛。

她是订的娃娃亲。“娃娃亲？”啊！那就不同了。“这跟我们的想象完全不同。抱歉，我们连想都没有想到过这一点。因为我们这里如今不时兴这个。这种事许多年以前就绝迹了。没有人想要延续这个旧的律法。”年长者脱口而出。他强调自己不是什么大人物，对于这样一个有高度争议的问题展开讨论，恐怕到今晚都不会得出什么结论。

一位年长的妇女说她从前就订过娃娃亲。另外一位妇女说，她更关心的是这个小镇如何靠自身的力量继续运转下去。如果新来的人络绎不绝，这里很快就会人满为患，他们就只好离开世世代代居住的土地了。政府部门必须采取措施，不让这种情况继续下去。管理员催促与会人员仔细考虑芬奇先生的话。他也想知道关于遗失信件的真相。也许这封信可以解释，为什么在澳大利亚，如此卓越的一个人会有这样的表现——就像堪培拉送来一个疯狂的妖怪，专门来给他们制造麻烦。所以，他理应把这件事情问清楚：“所谓娃娃亲，妻子大概多大年纪定亲，才叫娃娃亲呢？”他想知道沃伦是不是要找一个孩子。她是处女吗？他们会为她唱哪首赞美诗呢？

原住民政府的男女官员明白天鹅湖存在着各种可怕的分歧，都沉默不语。实际上，他们明白他的要求是怎么回事，但是“自作聪明”没完没了，变得情绪化——什么都无法让他停下来。此刻他跑题跑了十万八千里，代表他的人民的利益又问了许多问题：

“你为什么来这儿，向我们提出这些要求？”

“为什么你不能给我们带来点好消息？”

“这些医生算是怎么回事？为什么让医生当保镖，纯粹是浪费！我们这里需要医生来照顾病人。我们这里病人多得很。”

是啊，沃伦·芬奇本该去别处，去他喜欢的地方。他应该在别处，拯救全世界，而不是来看望最需要他的人——住在天鹅湖的、他自己的人民。而且天哪！像沃伦·芬奇这样的大忙人，根本不需要妻子。

“那为什么要在周五的晚上跑到这里来打扰这些小小老百姓呢？这个时间他们本该在劳累了一周之后放松一下，吃上一顿热乎乎的晚饭！”

沃伦·芬奇显然已经事先把整件事想清楚了——从头到尾，彻彻底底。他来这里的目的就是带走妻子。他也估计到人们会谨言缄口。但是他做好了思想准备，他会整个晚上穷追不舍。此刻，他正在寻找突破口，哪怕一连几天不睡觉，也要弄个水落石出，而且他知道，对他的这次行动如何命名，也会产生分歧。

哈特博士、杜姆博士和梅伊博士担任他的保镖多年，是他最亲密的朋友。他们一直认为自己对沃伦了如指掌。这时，他们对视了一眼。沃伦·芬奇已经拥有他想要的女人。他在堪培拉不是跟某位女士有长期关系吗？米兰的马塞拉又算怎么回事？他在华沙不是跟一个叫玛丽亚的女人谈情说爱吗？要想弄明白他一生中有多少个女人可不容易。为什么他喜欢这样做？他想要的是什么样的妻子呢？

“名字，名字，名字。”沃伦继续说，不耐烦地打着响指。需要的只是一个简简单单的名字。“既然双方同意，就必须兑现承诺。”一个看上去当过拳击手的保镖说。沃伦的保镖有快速抓住新鲜事物脉络的本领，但是他们不明白“娃娃亲”怎么能融入沃伦·芬奇宏大的计划。为了实现这个计划，他一直开诚布公地对人们说，他根本没有时间娶妻成家。这个让人头疼的话题在继续，“天鹅湖政府”找了个借口，说要是能够取消承诺，岂不皆大欢喜。“该回家了。该睡觉了。”不过，最终的决定还得由他来做。因为他们知道，当年牵扯进去的那几家人都已经故去。

“自作聪明”不肯罢休。

“沃伦，我们这里已经没有人记得你对谁有过‘娃娃亲’的承诺了。我敢向你打保票，这话是真的。就像我坐在这里是真实的一样。”

他鼓励别人说点什么，好赶紧了结这桩事，他们还真的开腔了。

“您没有必要一定履行承诺，阁下先生。您应该有自由，想娶谁就娶谁。我们全心全意地祝福你，我们的孩子。”

“是的。如今大家都是这么做的，因为这里归军队控制，因为澳大利亚政府要惩罚我们这些人。我们仍然生活在被惩罚与搜捕的时代，谁也不为曾经许过的诺言发愁。我们结婚只需要得到管理员的允许。”

“不行！不行！不行！”被称为杜姆先生的保镖发射了“连珠炮”。那种低沉的开火的声音你在威尼斯的费尼切剧场[①]听得见。一只鬼影绰绰的凤凰在翱翔，在咆哮。它绝对不属于这片沼泽。隆隆声立刻终结了言论自由。连绵不绝的冗长谈话宣告死亡。除了沃伦的牌，没有什么牌好打，而他径直摊牌了。像杜姆这样的人令许多人迷惑不解，在通过教育体制出人头地的原住民中，还有别人会像他那样使用自己的声音吗？

① 费尼切剧场（*Teatro la Fenice*）：读音类似 phoenix（凤凰），故有后面的说法。

天鹅湖人民倾吐心声，结果却成了众矢之的。他们从横亘在这些超人中的一位和另一位之间的格兰德河峡谷①的底部仰望。沃伦·芬奇扬了扬眉毛，又变回到电视上的沃伦，双腿在桌子底下伸得直直的，但是没有人学他的样子。沃伦·芬奇有多放松与他们无关，因为这只能让人有一种咄咄逼人之感。他们知道，假装放松是世界头号和平维护者的事。这种人不会只是为了一片沼泽，大老远跑到这里。遭到拒绝之后，他们不会善罢甘休。不会因为别人转换话题而被唬住，或者心甘情愿地让人家弄得团团转。他故作轻松，只是为了强调他不会妥协。他若无其事地重申自己的要求，还面带微笑："律法就是律法。"他只想根据两个家庭之间、两个部落之间的协议索取属于他的东西，他说。

"应该不难理解。"

"但是之前没有人告诉我们。"有人紧张地说。

"但是之前没有人告诉我们？"沃伦的保镖们小声嘀咕着，模仿他们诚惶诚恐的样子。他们浑身湿透，觉得像是在蒸桑拿。高压锅一般的会议室不是谁都喜欢的。

你得承认，沼泽地的老板是他们自己设置的游戏的高级玩家。任何人从街上走进来，或者更确切地说，像个不请自来的黑人流浪汉那样走过来，想从他们脚底下弄走点泥土的话，他们是不会上当的。他们知道这样的人有何企图。他宣称，他们世世代代繁衍居住的土地归他所有。他们坚定了自己的立场，说根本不知道那封信。说不存在误会。理由是他们一直蒙在鼓里。事儿是在他

① 格兰德河峡谷：美国和墨西哥边界上的一条峡谷。

们背后发生的，怎么能责备他们对此一无所知呢？手机上的信息？“胡扯！那种信息没有任何意义。”他们压根儿就没有收到什么来函。更不可能在电话上接收信函。“从来没有听说过这样的事情。”他们指责财政管理员。“问他吧！他从来没有跟我们这些原住民说过这种事儿。”

管理员脸上有很多雀斑，看上去像一窝快挤爆的赤背蜘蛛。他怒火中烧，大声说道，要是有人想了解关于他们自己的信息，完全可以事先预约。他办公室的大门总是敞开的。难道不是吗？他指着围坐在桌边的每一个人，对他们大喊大叫。最后，有人咕咕哝哝地自言自语，说管理员太粗鲁。管理员怒不可遏。他丢了信，但是，他显然没有恶意。于是，与会人员当即表示同意，也许两家之间的确定过亲，误会可以纠正，这是好事。有人低声说了一个家族的姓，和沃伦提供的“娃娃亲”的信息基本吻合。那是很久以前，父亲临死时，他在他的病榻前听说的。

财政管理员把沃伦叫到一边，走出大楼，穿过草坪。为了谨慎起见，来到远离会场的地方。你寻找的女孩名叫奥布利维亚·埃塞尔（森），或者埃瑟（森），大概就是这样的一个名字。原住民政府被“自作聪明”出卖，他对任何事情都无法闭嘴，一分钟都做不到。其实她被许配给沃伦·芬奇的事情他们一直就知道。正是因为这个原因，后来他们不许人再订“娃娃亲”。她住在沼泽中那条船上。而且所有人都知道她为什么会在那里。

“他们说，事情很不幸。她遭人侮辱。（叹了口气。）但那是很久以前发生的事情。我告诉你，是我到达这里之前很久很久以前的事情。”

“我早就知道了。”沃伦·芬奇咬牙切齿地说。回到办公室，看见众人瑟瑟发抖，他却微笑着，仿佛中了头彩。会议有条不紊地继续进行，大家都不计前嫌，彬彬有礼。

财政管理员宣告会议结束，他轻描淡写地说：“她反正不应该一个人住在那里。”

“你得到过我们的支持，沃伦。我们一向投你的票。”人们排成一列，挨个儿向沃伦表忠心。无论他有什么想法，对于他们来说都无所谓——什么都行——给几头牛就可以了——他们私下里说，仿佛那个女孩的事情从来都不存在。

屋外的澳洲鹤想要跳一整天舞，但是这一天已经过去了。这时它们踏着夜色离去。头顶上的天鹅透过尘土，送来一串响亮的玩具喇叭般的叫声，继续向沼泽中的那条船飞去。

天鹅女

天鹅挤在一起，黑压压的，像一片云覆盖在沼泽湖面，把月光遮得严严实实，湖中漆黑一团。沃伦·芬奇划着小船向那条船靠近。成千上万只天鹅嘶嘶作响跳到水中，纷纷用喙啄他，把他密密层层地围起来。天鹅军团向小船猛扑过来。越过由它们形成的路障时，沃伦·芬奇能感觉到它们柔软的腹部散发出来的温暖的气息。

一件事情会引出另外一件事情，不等女孩真正学会像成人那样思考，一位真正的陌生人登上了那条船。这个人说，他在找她。

船桨在水中划动的声音，以及天鹅的喧闹之声令女孩心惊肉跳。她本以为，她之前听见的是水面传来的猫头鹰的叫声。现在一个男人闯到她家里来，把她的隐形生活劈碎。在变得可见的那一刹，她为自己的样子羞耻。

你一定是天鹅女吧。他用调侃的语气问道。她手提一把刀迎接他。他因为遭受天鹅围攻仍然心绪难平。“多么浪漫啊！”北半球会广泛流传这样一个故事：猎人在沼泽中抓到了天鹅女。把自己化作故事中的主人公他很开心。他夺下那把刀，其实只不过是趁她惊呆了，伸手把刀从她的手上拿走罢了。“想杀人就别犹豫，”他说，“你应该直接下手——噗！砰！直中心脏。干掉就结了——就是那样的。”

她把目光移开，但是，想起曾经听到过类似的声音，于是绞尽脑汁想弄明白从前是在什么样的情形之下听到这种声音的。她记不起来，因为许许多多故事像潮水一样滚滚而来，淹没一切。然后，在自身的重压下卷成大浪，把她推开，使她与对那声音的记忆之间的距离越来越远，直到最终记忆全线崩溃，她觉得似乎被自己的生活压得喘不过气来。

在从过去回闪而来的画面中，有一张小女孩的脸在她眼前晃动。她在催她快跑，再次变成她独自睡在树中的故事。但是，沃伦·芬奇凝视的目光如冰。宛如竖立在逃跑路上的一道冰墙！他继续瞪着一双大眼睛。她听见他在说，她独自在那条船上的生活如今到头了。“一个女孩子不应该在这里独自生活。”她不想听他说话。“不安全。”他说。他上下打量着她，像是一个牛贩子。“不妥。”她在思想中挖出的那条通道奔跑，逃到矗立在她心中的那棵树里去。但是，一个个故事像危难时刻扔出来的绳子，不停地转动。她努力抓住一个故事当救命稻草。此时此刻，现实生活之中，外面响起天鹅的叫声。它们在那条船周围的一片黑暗中叫着，提醒她，树已经毁掉，无处可逃。天鹅喧闹的鸣叫声让她意识到，没有人能逃出沃伦·芬奇之手。他已经成了她生活的主宰。

他喜欢像X光机那样观察人——从技术上去观察，不带感情色彩，似乎这样就能检验出一件物品有什么功能。“她看上去有些疯癫。精神错乱。行为举止像个孩子。但是她一定有十八岁、十九岁，甚至二十岁了。她有什么毛病吧？她不能老是这个样子啊。”女孩子觉得反胃。她像一只蜥蜴，想一头钻进一个小洞里消失得无影无踪，可是洞口被堵上了。她是否应该睁开眼睛，看看成功与否？看看是否他和她都不存在了？赶紧动手！她召来“王者”贝拉·唐娜老大妈的鬼魂，可是粗喉咙大嗓门儿的“港长”也来了。他说她一定是在开玩笑。他大笑道：“记忆怎么能拯救你呢，姑娘？”他警告她，让她忘记过去。女孩子反击他，用的是朗诵的方式，她用贝拉·唐娜抑扬顿挫的声调朗诵了许多天鹅女的奇幻故事。她们让那些猎杀天鹅的男人消失。她声嘶力竭地喊出猎手的故事、渔夫的故事、森林中男人的故事——他们抓住了天鹅女，而天鹅女最终总是设法逃脱。她知道的所有关于逃跑的故事。把那些故事当着芬奇的面声嘶力竭地喊出来，盖住他的声音。

他努力撇开自己脑子里的各种想法。现实告诉他走开，而“自我”却告诉他，一切都会好起来的。“她没事。真的没事。都是这样。待在这样一个地方，谁能有别的感觉呢？一点关心就行，一切都会好起来的。会没事的。”

他能让她好起来的。

防洪大堤的问题在于，洪水太大就会垮塌。接管之后，让“港长”坐立不安的就是这件事情。他不得不到奥布利维亚的船上，看看发生了什么事情。为了弄个水落石出，他不请自到，问女孩究竟怎么了。“你到底在想什么？”他冥思苦想半晌，才想出这样一句话。他让她别再往地里挖了。“你的根太不牢靠了！在地里长不了。没有种子。种不了。”他的声音侵入她脑海中的每一条缝隙。他明白，女孩对上帝、神灵或者圣灵一无所知；他明白，她早已精疲力竭，无法四处挖掘，寻得更多的故事。

“他叫什么名字？”她讲故事的时候，沃伦问那个天鹅猎人叫什么名字。“她不知道，活见鬼！”“港长”说了算，她努力听他在说什么。沃伦插话，亲切地问：“天鹅的皮猎人会归还吗？”这个问题让她困惑不解。她不知道，在那块酝酿天鹅故事的土地上，如果没有具有魔法的天鹅斗篷，天鹅妻子是否能活下去。

“女孩子要么逃脱，要么没有逃脱！”这句话在她的头脑里萦绕盘桓。鼓声响起，把沃伦·芬奇的存在从她心中抹去。但是，恐惧之鼓让密密层层的天鹅嗡嗡作响的翅膀发出更大的响声。这声音坚持让她“把他从那条船里赶出去”。天鹅疯狂的翅膀在清风中扇动，天鹅之舟在天空滑翔。清风拂着它们长着柔软羽毛的胸部和腹部，直到最终吹进那条船，把女孩子拥在怀里。

“你没有睡着吧？”他提高声音问。他打了个响指：“埃塞尔！你的名字是叫艾米莉，还是真的就叫埃塞尔？”他在船屋里信步走着，手中还拿着那把刀，目光扫视破烂不堪的书。那些书有的一本摞一本，有的排列在书架上，还有一些则摊开，翻到了读书人喜欢的段落。他读了几行，发现了女孩和天鹅的关系十分密切。他用刀翻着书页，由着性子，读手指落在书上的地方。寂静的屋子里，只听见他翻到下一页的声音。

他继续读着，女孩把目光转向别处。她感到羞耻。她因隐私受到侵犯而在心中尖叫。他继续读着，完全是随性而为。“它们在黑暗之中枯萎，即将死去。”描写天鹅的中国诗，波德莱尔的天鹅诗，还有那些摊在地板上的用外语写成的天鹅诗，他随意用脚推到一边。然后看着她，似乎她会向他说明理由：为什么这些书放在地板上？为什么她喜欢读这些书？

最后，他看着乱糟糟的屋子，看出她日常生活中完全像个孩子。他们交换了一下目光，似乎彼此都认为对方是歹毒之人。她是一个头发卷曲、瘦得像根棍子似的孩子——应该是个年轻妇女了，但是穿着彩虹色的T恤衫和松松垮垮的黑色短裤。女孩想逃走，可是在他的注视下吓傻了，无法从他身边经过，夺门而出。

“你是艾——米——莉·维克，还是别的什么人？”他问，继续看着她，好像她会对他产生那么一点点兴趣似的。她不知道这个名字，从来没有听说过。她想，这个陌生人或许能告诉自己是谁。她一直在通过书本上的文字寻找自己的身份。艾—米—俄—欧维克。她想说她的名字是奥布利维亚·埃塞尔·奥布利雯。但她觉得，有人曾经对她说过艾姆—尤—欧维克这个名字。

“慢慢来，沃伦。”他悄悄对自己说，看了看手表。“你知道我是谁吗？我叫沃伦·芬奇。”他问，他是否可以坐下。不等她回答，就一屁股坐在桌子那边仅有的一把椅子上。那是属于“王者”贝拉·唐娜老大妈的地方。她吃了一惊。她从来没有坐过那把椅子。那上面似乎还保留着老妇人的权威。他让她也坐下——要是她愿意的话。他的声音中没有一丝温暖。女孩坐在旁边她自己的椅子上，凝视的目光从地板移到门外的天鹅身上。它们在鸣叫，扑打着水面，在水里匆匆游过。沃伦说了些什么，她一个字都没有听见。

天鹅挤作一团，绕着那条船惶恐不安地飞翔——巨大的翅膀疯狂地扇动着。它们受到了惊吓，有掠夺者来到了它们的领土。还有那只巨大的白天鹅，它一次又一次来沼泽地寻找贝拉·唐娜的魂灵。

她已经感觉到，天鹅正在渐渐地与她分离。它们在飞行中遇到麻烦，无法斩断恐惧。她看见，它们急切地想要飞走，作出的努力显得古怪而混乱。她明白，同样的紧张充斥她自己的身体。它们努力劝她跳出那条船，和它们一起飞走。它们不想撇下她不管。她想跑，但又踟蹰不前，犹犹豫豫，没有意识到天鹅那种五雷轰顶的恐惧感有多么强烈。还没有看清楚已经步步紧逼的危险，它们就已经做好准备，开始了比捕猎者规模更大的综合行动。而此刻，鹰已经进了那条船，准备来一个突然袭击。

“我想你不知道我是谁，对吗?”他又问了一遍，目光坚定，根本不理睬那条船周围的骚动。

“坐在那儿。你我有些事情要谈谈。干吗不放松点儿? 我又不会吃你。”

这是她第一次直盯盯地看一个人的脸。从他的衣服，她看出他属于富人之列。“王者”贝拉·唐娜老大妈向她描述过。她曾经为那些人切胡萝卜，而他们忙于抗议世界局势恶化以及诸如此类的事情。他凝视着她的目光，心情放松下来。仿佛在女孩子像老鼠一样放松警惕的时候抓住了她。这似乎是一件挺让人开心的事情。她躲闪着，移开目光。

“我们早就结婚了。国家、律法和故事三位一体，为我们缔结良缘。我们俩的婚姻标志着本族的文化进入了一个新纪元。我们面临的挑战将是谎言。有些困难需要克服。”沃伦·芬奇对奥布利维亚说。她很快就要被冠以夫姓“芬奇”了。

女孩不以为然。她从他用语言铺成的木板上一跃而起，跳进脑海里掀起的浪潮——她的大脑是一片深深的海洋。她在大海中努力把头伸出水面。老大妈的故事蜂拥而至。故事中有成千上万快要淹死的人。他们在吹天鹅口哨。还有很久以前的那些男孩子。他们脸上戴着白色面罩，正在玩游戏。几个人你推我搡，把她推到一边，举起双臂，从空中抓来一张脸。那是沃伦的脸。这样一来，他就成了男孩子们中的一员。记忆的浪花四溅，此起彼伏的哨声让人窒息。她看见男孩子们正在开怀大笑。一双手把她推进巨大的桉树根部的洞穴里，那里一片死寂，她如释重负。

“什么都不带走就太蠢了。”他一边努力地说服她，不让她从他身边逃跑，一边把尽可能多的书放在一个旧渔网里。她以前常常用这张渔网捞船边游弋的小银鱼，用它们做诱饵。他逼着她上船，除了书，她带走的只有满脑子盘根错节的记忆。

小舢板四周，天鹅游来游去，咕咕地叫着，等待女孩儿去安抚。这个陌生人是谁？她为什么会有这样奇怪的举动？面对那些想要把这些问题弄清楚的眼睛，她一言不发。它们翅膀狂乱地扑腾着，翅膀顶端上长着灰色、黑色和白色的羽毛。它们的长脖子伸进小船，在沃伦划船的时候啄他的胳膊。

汽车开走了，她坐在后座上，被他的两个保镖夹在中间。听得见沼泽地天鹅的叫声。那一定是最后一次。天鹅在沼泽中沿着水面奔跑，飞起来像一片云，在闪电的强光下，如同一个黑天使，渐行渐远，终于消失在午夜风暴中电闪雷鸣的天空。

“你可以把书带走。”沃伦边说边关了手机。无需再和谁联系，马上踏上旅途。他刚刚下达了命令，天鹅湖的人一律撤退。军队会执行命令。整个地区当晚就要用推土机铲平，沼泽被抽干。岁月的不确定性褪去，交织成一片光明，他随之安然入睡。

女孩子看着路面，转瞬之间驶过了许多公里。她注意到从一个地理区域到下一个地理区域植被发生了变化。与此同时，不少东西堆积在她的脑海里。收音机里传来一个女人的歌声：“……我回来的时候，你来接我。”三千零三……四……五个易拉罐，五十一……二……三辆废弃的汽车，六百个路标，八十六个动物的尸体。楔尾雕落在上面又腾空而起。还有一百八十二个旧汽车轮胎……这些细节有谁能唱得出来吗？公路旁边的低地上栖息着鸸鹋。相思鹦鹉成群结队，三齿稃相互交错，像一片片绿色的云覆盖在草原上。老桉树林被一片片隔开，白树干桉生长在河流交汇处。干燥的凹地四周生长着几棵孤独的澳洲胶树。咸水沼泽，盐湖，枯黄的草丛中长着几株小相思树。怪石嶙峋的山上零零星星长着几株瓶子树和无花果树，还有盐渍平原，被森林大火留下的焦土……蓝舌蜥蜴，青蛙，钻石鸠，冠翎岩鸠……她在脑子里列了个清单，一遍遍念叨着，想把它们全都记住，但是眼前的风景线相互交错，让人眼花缭乱，她终于筋疲力尽，进入了梦乡。

在梦中，她奋力寻找一根救命的稻草。洪水暴涨，她找不到立足之地，眼前一片混乱，十分恐怖。女孩子拼命挣扎，从睡梦中惊醒。汽车风驰电掣，她心有余悸，终于想起自己此刻身处何方。

汽车的前灯照在路边的电线杆上。它们后面，一条看不到头的线不断延伸，在她的心底画出这片土地的天鹅地图。她想象得出来，在慢慢迁徙的过程中，天鹅沿着另外一个时代的梦幻之路飞过绕在电线杆上的电线，朝沼泽方向行进。此刻，她开始为它们感到不安。闪电不时照亮狂风肆虐的土地。她记起暴风雨的夜晚，那片沼泽总是随着雨的倾泻而响起鼓点般的声音。

雨困住了整个地区。冒雨夜行，她的世界萎缩了。一个又一个记忆飞走，被抹去，直至遭受污染、浮着一层油的水从沼泽地流走，消失得无影无踪。她意识到，她所知道的一切都消失了。她深深地自责。那么重要的事情交给她照管，她失职了吗？她无法询问天鹅的下落，不会请求他们把她送回去，看看它们是否安全。她腹腔的力量不够，无法把语言推到嘴里，让她跟别人说话。即使能说，她的话也太粗鄙，无法对这些高高在上的人表达出自己的本意。而且车里憋闷难耐，车外大雨滂沱，即使她开口说话，也不会有人能听见。

沃伦·芬奇在前排座椅上睡觉。一出发，他就睡着了。但是三位保镖一路上不停地交谈。香烟形成了浓浓的雾在车里飘荡。他们坐在烟幕里，如同挤在灯笼中的三个妖怪。三人不停地谈论为沃伦工作期间发生在他们身上的事情。听他们的谈话，你会觉得他们从来不知道还有别的生活。他们仿佛从未出生，从来没有一个家，从来没有家人。

那些声音没完没了谈论她不懂的事情。女孩一直与之抗争，努力保持头脑清醒，记住路线，数经过多少个路标。那是她找到回去的路唯一的办法。但是，这越来越难以做到。她数不过来了——只能记住越来越少的几样东西，后来干脆什么都忘记了。此时，她想自己大概变得神志不清了，因为她恍惚觉得耳边不是保镖们在谈话，而是鬼魂们在喋喋不休。

掠过一道道闪电，他们的脸显得捉摸不定。没有一个人看上去是真实的。他们的皮肤仿佛是夹在不透明的硅层中一种水汪汪的东西。闪电向女孩证实，古老的水中残留的这些硅物质一定是鬼精灵。他们打扮成男人，为沃伦·芬奇做事，好让他梦想成真。女孩很想知道，他是否了解他们的真实身份。难怪这几位"拳击学者"无所不能，本事远在任何一个普通人之上。这就是沃伦·芬奇坐在前排座就酣然大睡的原因。他梦想着自己会有钱、有权、有才。而此刻，他这三个梦想均已成真。

而那三个人实现了他们的梦想之后，又会发生什么事呢？汽车里弥漫的每一口烟都是一个梦想！女孩子心想，睡着的人已经没有梦想了。她努力地想象，沃伦·芬奇解雇他们的时候，这几个鬼精灵会到哪里居住呢？等到那个时候，她或许也能实现自己的梦想了。她会偷走这辆魔法灯笼车，直接开着回到沼泽地，去安慰那些绕着那条大船、漫无目的游来游去的天鹅。她会叫醒前滩那群挤在一起、已然麻木的天鹅。它们把头扎到翅膀中，静候死神的到来。

在她的梦中，一只迁徙的天鹅有节奏地在深夜飞翔。它跟着下面汽车车灯发出的光，飞过不断变换的地形。它看了一眼在前排座椅上酣睡的沃伦·芬奇，放松警惕，一下子撞到电线上，翻了个跟头，翅膀胡乱扑腾着。它弄不清方向，往高处飞，飞到天空中，一边拼命呼吸一边打着转向满天星斗飞去。奥布利维亚也放慢呼吸。或者说，此刻她根本就没法呼吸，她在向死亡飞翔。跟着黑暗中撞坏了翅膀的天鹅，她滑翔到无意识之中。接下来，天鹅被“港长”推到一边。他从很远的地方朝汽车走来，突然之间，坐在了汽车后座上，压在两个男人和女孩子身上。奥布利维亚吓醒了，眼睛瞪得大大的。“港长”朝她胸口狠狠地打了一拳，把空气推到她的肺里。同时使劲抓住沃伦两个保镖的手腕，直到他们疼得无法忍受，不得不把车窗摇下来放进点新鲜空气，让雨水朝车里倾泻进来。“傻孩子。”他说。整个旅途中，他都一直待在车里，看着雨，打量着这片土地，让后座上的人动都不能动，特别是奥布利维亚，他让她保持平静。沃伦·芬奇继续睡觉，但是鬼精灵们觉得车里有不祥之兆，吓得魂不附体，沉重的感觉让谈话戛然而止。他们开始认真思考，为什么要花费力气来这里旅行呢？在今年的这个时候，出这趟差实属愚蠢。为什么不是在别的什么地方呢？

草中的猫头鹰

草鸮一向被认为是澳大利亚最稀少的猫头鹰，十分罕见。关于它们筑巢的记录少之又少，但这里却有大量的草鸮，而且有许多它们筑巢的证据。

女孩终于发现三个鬼精灵住在什么地方。经过数小时的长途颠簸之后，他们来到一个夜的世界。在那里，穿着汗衫的男人是寂寞之路的主宰。大汗淋漓的男人们通过无线电和卫星电话向对方大喊大叫，想找出说明书里写下的规则——写在地狱里的那一条。自此，这条寂寥的、绝无仅有的道路成为人间地狱。这条大路在辽阔原野的心脏延伸一千公里。

正是在这个地方，民族精神展开攻势。每天夜里，都为至高无上的权力而战，靠的是在另一个民族的土地上动武——在这个夜的世界里，跨国公司、大企业那些善于赚钱并且善于下赌注的人声称对这个叫作“亡命之地”的地方享有统治权。尘土飞扬，男人们双手紧握方向盘，驾驶各种各样的车辆，冲锋陷阵。有的大汽车上满载棕色的牛。那些牛受了惊吓，双眼圆睁。还有可移动的仓库、油罐车、重型大卡车，用来装运堆得像山一样高的采矿设备和铁矿石。

死亡的渐强音一再响起——在封闭或者未封闭的起伏不平的路上，死牛和土生土长的动物的尸体横陈，有的被撞得七零八落，有的已经腐败发胀，在汽车顶灯的照射下，澳洲野狗和麻鹬的眼睛闪着微光。

鬼精灵们常常停下来查看路上被撞死的动物。车里充满着饥饿。女孩看他们收集那些仍然带着一丝生命气息的动物：小啮齿类动物、撞坏的兔子、各种各样的有袋动物、背部被撞开的蛇、一只丛林火鸡、一只被碾碎的针鼹鼠。所有这些血淋淋的、被撞坏的生命都还带着体温，被扔在汽车后座上。车里满载着路上撞死的动物，“港长”下定决心，不再困在这里。于是他从车里走出来，在某个地方径直走上平展展的大路。

“只有午夜过后，你才能到达这种最与世隔绝的目的地。”一个鬼精灵对车上其余的两个轻声说。他们已经在辽阔的平原开了许多个小时车，要到一个气流交汇、把泥土卷起来形成沙尘暴的地方去。终于到家了。鬼精灵们下车走到丛林中。他们对着荒原说话，让大地知道自己已经回家了。而熟睡着的那个人和女孩子则待在车上。

鬼精灵们在满是老鼠的地上建起一个露营地。每次从车边走过，他们都冲着女孩子微笑。她坐在车上，看泥土被他们的脚步带动。“孩子！漂亮的老鼠。丛林老鼠！”空气干燥，弥漫着尘土、老鼠和停留在地面许多大的热浪的气息。老鼠随时散开，就像滚动的浪，急急忙忙地来回奔跑。这是因为鬼精灵们正准备用火烤那些在路上被撞伤的动物，他们把皮毛和屠宰后的废弃物扔给老鼠。有一件事情，杜姆、梅伊和哈特一直放在心上。自从他们和女孩一起回到故乡，这件事就让他们心神不宁。这三个人谁也不知道她家乡的故事，对她更是一无所知，不知道她心里有什么秘密，也不知道她现在把哪些律法故事带到他们的领土。不知道这些故事如何把这两片土地联系起来。要是她的故事和他们的故乡联系不起来，或者说连一条能够把这两块土地联系起来的故事线都没有，他们还需要考虑哪些问题呢？谁也不知道。而女孩呢？一句话也没有说过，据他们所知，她不会说话。

各种问题萦绕在他们的脑海之中，而且看起来似乎祖先已经在让他们思考——不请自到的神灵会带来什么后果？他们如何与土地、与她联系在一起？在这个原住民居住的地方，他们需要什么样的知识？他们不是年长的讲故事的人，也没有掌握这一地区律法的长老们的权威。更不像仍然在车里睡觉的沃伦。他是资深的执法者，在他的家国很有权威。

哦，这件让人忧心忡忡的事情非同小可，而且他们认为沃伦做了件蠢事，一开始就不该用“娃娃亲”这样的借口把她带走——这是从何说起呢？瞥一眼女孩儿，再彼此看一眼，就让他们得出这样的结论：对他们每一个人来说，回到故乡将会是极大的考验，是一次地地道道的“醒酒”训练。

既然他们已经开始考虑，她待在他们的故乡会有什么样的后果，出于本能，他们几个都明白应该如何应对，也知道自己有照顾女孩的义务。对于他们来说，她身上显然有与众不同的东西——不是因为沃伦。而这些“不同”让他们很不自在，而且让他们相信她受到神灵眷顾。在车里，他们就有这样的感觉。现在，他们更不知道该拿她怎么办。这种想法如一团乱麻继续困扰着他们。之所以这样，是因为有一种不祥之兆。他们对她一无所知，已经打算一走了之。因为继续这样下去，会造成无法离开的局面。他们中的任何一个人都可能被突然抓住，逼到绝境，不在今天就在明天。离开会变成一块石头，悬挂在脖子之上。离开会变得与不祥之感紧紧相连，被看成是厄运重重。与此同时，观察、保护和思考大环境下的任何一件事情都会让自己陷入糟糕的境地。他们在这个环境中进行科研活动，是每年例行的工作。这是被他们自己的民族要求做的唯一重要的事情。这项工作先前是快乐的事，有一种受人尊重的感觉，是故乡的荣耀。而如今，他们会一直等待……观望加等待。与此同时，什么事情都不会发生，直到他们自己疯狂的、如车轮翻滚一般的预言变成现实。沙尘卷起，宛如黑暗中拖着长长的身影四处徘徊的牧师。像被牛群搅起来的来自天上的薄雾。牛群彼此呼叫着回答它们的领头者，套在脖子上的项圈摇动了铃铛。女孩子吓得不敢离开汽车，但是杜姆命令她出来。“别傻。没有人会伤害你。”她在阴影中止步不前，脸涨得通红，她害怕极了，怕自己会走丢、迷失方向。老鼠像幽灵在丛林里急急忙忙地跑进跑出。林地的鬼伸开双臂，挠她的全身，顺着她的胳膊和腿挠，用藤蔓把她紧紧缠绕。

牛群的铃铛响起，让她回想起“王者”贝拉·唐娜老大妈。她在吟唱神圣的经文，打开关于她的人民的可怕的记忆之门。一次又一次，通过摇铃铛的方式，她把一个个传说中的英雄复活。英雄的历史可以上溯到很久以前。那时，充满智慧的歌手，比如史诗《卡勒瓦拉》[1]中的维纳莫宁等正在唤醒他们的土地，“天鹅从湿地中滑翔而来……无数只天鹅在听”。

同样古老的预言随处可见，甚至在老鼠掀起的尘土中也不例外。这一次，贝拉·唐娜在轻轻地吟诵路德维希·莱尔斯塔勃[2]的诗《在异乡》：“在异乡——逃离故乡心欲碎。”出自弗朗茨·舒伯特的《天鹅之歌》，D. 957。盘旋！在天上某个地方！清风给一个时代送去问候。那时候女人们一针一线地刺绣，她们在绣白色和金色的天鹅，珍贵的刺绣被视为宝贝代代相传。之后他们沿着宽阔的大河朝大海逃去。沿路，白色天鹅在被烧毁的沼泽中休息，身上沾满了煤烟。

沃伦·芬奇没睡多久。鬼精灵们热情十足，交换着看到这样一个美好的星辰之夜的看法。“喂！女孩儿，看那个。”他们经常叫奥布利维亚，查看黑暗中的她究竟在哪里。他们用脚把老鼠踢开，笑声随着风打转。“喂！女孩儿，你看见那个了吗？”从汽车里取出的东西应有尽有——食物、炊具、行李。谁能想象得出一辆小轿车居然装得下这么多东西。营火点燃了，饭菜做好了，香气扑鼻。酒和水出现在眼前，似乎是从风刮过的地里勘探得来的。“在这片土地上你会感觉很不错，老板。”他们向他保证。他在他

---

① 《卡勒瓦拉》（*Kalevala*）是芬兰医生艾里阿斯·隆洛特整理出版的芬兰史诗，讲述的是故事主角、充满智慧的魔法师维纳莫宁在一次魔法歌唱比赛中击败敌人的经过。

② 路德维希·莱尔斯塔勃（Ludwig Rellstab，1799—1860）：德国诗人和音乐评论家，舒伯特的《天鹅之歌》曾得到莱尔斯塔勃的点评，歌词由莱尔斯塔勃、海涅（Heinrich Heine，1797—1856）以及塞德尔（Johann Gabriel Seidl，1804—1875）三人的作品整合而成。

们的土地上。“它会让你充满活力。你所需要的所有的活力。走着瞧吧。”几个人心照不宣地对视着，毋庸赘言。他们都在“玩”同一个游戏。他们知道沃伦·芬奇在他们回到城市之前得解决什么样的难题。

“我们走吧。”芬奇有气无力地对奥布利维亚说，他吃完盘子里的每一片肉。她没有吃，沃伦猜想她是拒绝吃。他能看见她眼睛里闪烁着仇恨的光芒，也能感觉到她有多么紧张。他拉住奥布利维亚的手，把她从篝火旁拉起来，带回到车上。在他拉起她的一瞬间，她明白他会征服自己。甚至他的手触摸她的感觉都会把她送回到心中那棵老树。

看到沃伦带着女孩子离开，鬼精灵们开始轻松地谈笑，谈论那些没日没夜给他打电话的城里的女人、外国的女人。如今，不容忽视的事实摆在他们面前：她和那些女人不是一类人。一路上他们对她观察得够多了，知道他一定在后悔，后悔自己犯了这样的错误。她不过是个孩子。是的！毫无疑问，她看着像个孩子，行为举止也像个孩子。“一旦回到家里，他该拿她怎么办?”人们要是事先知道，谁都会告诫他，不要在军队控制的类似沼泽地带的破船上捡什么“破烂女孩儿”。主要的问题在于，那个该死的地方是她的家乡。“这个人的麻烦事儿已经够多的了。”他葫芦里究竟卖的什么药啊？女孩子十分害羞。在这里，远在一千公里之外的蛮荒之地，她都不愿意正眼瞧他们，更不要说和他们交谈了。“事实证明，他不该去那里，也不该做那件事，都是错的。”他们知道他不把女人当回事，还以为他知道哪些女人会向着他。好吧！如今为时已晚。他完全错了。谁知道他哪儿出了问题？“他做得过头了。”他们都知道这层窗户纸没有必要捅破，那是无法解决的难题。不像以往对付他厌倦了的某个城市女人那么简单。在他希望她离开、消失得无影无踪的时候，与之稍作“明智的闲谈”就可以解决问题。

“我太累了。”沃伦对她说。他开车行驶了不长的一段路，在离鬼精灵给自己造的营地不远处停下来，把行囊扔在地上。

“过来吧，我们睡一会儿。”他说，把浑身发抖的女孩子拉过来坐在行囊上。他们头上有一层沙尘打着转儿。四周的丛林里弥漫着老鼠的气味。那些讨厌鬼在草丛中跑来跑去，发出呜呜的声音寻找食物。这让她相信，一等她睡着，它们就会发动袭击。

离这个人这么近，她觉得恶心。但是周围一片黑暗，她明白自己无处可逃。这个陌生的地方干燥得让她害怕。他用行囊中的帆布靠车竖起一道挡风的墙。寒风习习，他们不得不躺在一起，紧靠“挡风墙”，挤在一起像寻求庇护的动物一样取暖。他伸开胳膊抱着她，她觉得仿佛被蛇紧紧缠绕。她侧耳倾听，听见干枯的草和灌木丛被风刮得沙沙作响。它们在咏唱她永远都不会听懂的故事和律法。她只知道一件事情，那就是自己在这里是一个陌生人。明白这一点仿佛令整个世界的重担都压在她的肩膀上一般。就是因为扛着这样的重担，她无法在这片土地上入睡。只要迷迷糊糊进入梦乡，她立刻就会醒来。仅仅因为这样一个简单的事实：她不应该来到这里，明明知道地上爬满了觅食的老鼠。她感觉到了这块土地的力量，知道它会杀死她。

每一种声音都告诉她，说他的保镖——那些鬼精灵正在丛林里静静地等待，防备她逃跑。她不信任他们中的任何一个。但是，他们怎么可能埋伏在附近的树丛里呢？远远地，她就能听见他们彻夜歌唱。歌唱这块土地。歌声在风中飘荡，在远处响起回声。似乎有很多人跟他们应和。直觉叫她逃跑。她无法忍受离他这么近，这对她来说好比死亡。但是她心里害怕，怕他会杀死她。她保持一动不动的姿势，实际上她也动弹不得。只要她稍微动一下，甚至是做个深呼吸，他就把她抱得更紧。但是他很容易入睡。歌声与他一起旅行，内心装载着家乡的神灵。这让他强大起来：祖先之手握在他自己的手中，与他一起行动。

她静静地躺着，希望他会一直安睡，尽管她并不希望只留下她一个人醒着听这片土地的声音。她听见一只老鼠尖叫，想象着一条蛇杀死它。这让她确信她正睡在蛇的领地。她想象着到处都是蛇。她恨这个地方，因为害怕离开地面而燥热不堪。一想到老鼠和蛇在这片土地上的每一平方厘米大量滋生，她对沃伦·芬奇的仇恨就增加了几分。她忘记恐惧，迫不及待地想要逃走，想要杀死他。她想拣块石头砸破他的脑袋，又觉得不大可能，因为黑暗中什么也看不见，弄不好会摸着一只老鼠或者一条蛇。或者他会醒来，看见她“图谋不轨”，而反将她杀死。正在这时，发生了一件事情，让她忘记行动——既没有跑开，也没有杀死他。是她改变主意了吗？没有，不是那么回事。是那主意自己改变了。与行动对立，与决心对抗。她忘记了行动，记忆迅速控制了大脑。她没有斗争，相反，随着一片汪洋般的思绪，沿着一句句歌词铺设的路，逃回到了沼泽地。埋在内心深处的语言一股脑儿沿着那棵树爬下去，沼泽地的天鹅都跟在身后。

他了解她的恐惧。那是一个小孩子的恐惧，即使老鼠都能感觉到。它们发了疯似的四散而逃。他与她的世界有什么关系呢？就在这时，他意识到，他永远无法抵达她的世界。以前他难道没有公平地对待她吗？他曾经编织了一个梦，与她的梦一样复杂而刻骨铭心。但是他知道，他会不停地把自己推到外面的世界去，而她总是挖一个洞，把自己藏在里面。她仍然是那个树中的女孩，不可触摸。像一只吓坏了的针鼹鼠，紧紧地蜷缩在一起，成为一个球。是的，下定决心不碰她，易如反掌。也许他永远不会碰她。这有什么关系吗？不会有人指控他是恋童癖或者强奸犯。那是祖先定下的第一个规矩。他可以做什么呢？他像平时一样慢慢进入半睡半醒的状态，从深夜到凌晨的几个小时里，他被世界上的烦心事折磨得辗转反侧，在梦中解决一个又一个危机，一步一步地去干涉他人的幸运与不幸。

风变小了，他呼吸的声音透过猫头鹰打架、老鼠尖叫的声音四处飘荡。这是她能听到的一切。想象之中，她看见头顶上，蜘蛛用细丝结成的网从电线上垂下来，缠绕在一棵棵低矮的无脉相思树上。这些巨大的蜘蛛网织得越来越厚，蜘蛛们在空中飞舞，找地方来附着它们的丝线，仿佛设一个圈套，趁夜色把他们围住。他在酣睡，而她平躺在他身边，慢慢进入梦乡，触摸心中的那棵大树的四壁。她梦见沃伦冰冷的身体之下，有一只天鹅在挣扎，而老贝拉·唐娜在远处哼唱："一只天鹅的嘴里叼着一根滑溜溜的骨头。"

黎明时分，灰蒙蒙一片，一切都显得庄严凝重。放眼望去，衰草萋萋，矮树丛稀稀拉拉，寂静笼罩原野，牛群的叫声此起彼伏，在遥远的地平线上回荡。太阳升起来了，牛群早就突破了蜘蛛网的封锁线，聚集在这两个沉睡的人身边。她身处律法的大教堂之中，婚姻总是在那里缔结，但是她不愿意与任何人缔结姻缘。早晨，寒气彻骨，她的想法也冰冷如霜。她发誓，在这片土地的尘土中什么都不可能萌生。

“你会明白，你我将要彼此支持，把彼此当成唯一可以信赖的人。所以永远不要忘记，我是你最好的朋友，也是唯一的朋友。”沃伦说。他准备离开，又加上一句——总是那样严肃——“你记住，我从你这个妻子身上想要得到的主要就是这个。”

她向四周张望——从每一个方向望去都是一样的——明白了这就是随丈夫踏上旅途的女人失踪的原因。她们永远失踪了。这块土地会吞没走在上面而不了解它的每一个人。只有本地人才知道如何在其中穿行。一个熟悉的声音在耳边响起：“朝四周看看。”她以为，这个婚礼之乡是无数故事发生的地方。在那些故事中，女人被扔到船外，被驱逐，被抛弃。她们的尸体消失在三齿稃形成的波浪中。

“这片土地难道不是很伟大吗？”沃伦说。他拥抱即将升起的太阳，把夜里造访他的令人烦恼的梦抛到一边。在梦中，他看见了自己，像个死人一样，迷了路，虚弱不堪。鬼魂一般的脸上满是怀疑，被鬼精灵们扶着走过城市的条条街道。而他一直看着，看见他们继续往前走，走向即将埋葬他的坟墓。

天鹅的配偶是终身伴侣。她心里就是这么想的。要是一只天鹅爱它的配偶，就不会让它在孤独中死去。这样的事情她曾经目睹过一次，袭击突然而狠毒，就发生在那条船边。不存在将死的天鹅之鸣叫。它无声无息地死去。她也没有发出任何声音，她明白无声无息是什么样子。这片土地永远不会听见她的声音，或者她说的语言。

鬼精灵的营地一片狼藉。他们时髦的衣服、罐、锅和行囊都扔在地上。把这一切围起来的是成百上千只死老鼠。蓝蝴蝶平时很少聚集在一个地方，这时却一群群地在哈特、梅伊和杜姆三位先生头顶上飞。此时，他们穿着最破旧的、大概在三齿稃下埋藏了多年的“丛林服”，手忙脚乱地生火、做早饭，全然不管会不会把这个地方搞得乱七八糟。“欢迎回家。”梅伊微笑着说。奥布利维亚环顾他们的营地。看上去他们只是搬了一次家，离开了昨天围在旁边的那个火堆。他们在用心倾听远处一只喜鹊歌唱。那只喜鹊完全沉醉在自己的歌声之中。

“听见了吧？堪比色萨利的女郎。”杜姆说。他对沃伦·芬奇说，淡淡的微笑在脸上绽开，满满都是欣赏。

沃伦不经意地点点头，用一根树枝拨火堆，把火焰拨得高高的。他的心思全都放在黑色的马口铁罐上。罐子里冒出茶的香味，把恐惧一扫而光。那是因为在梦中看到自己死后的脸而生出的恐惧。奥布利维亚注意到杜姆博士的脸变得柔和起来，头一天的冷峻消失得无影无踪。他盯着远方，聚精会神地研究喜鹊歌曲的结构，活像一个小男孩。过了一会儿，他站起来，面对歌者的方向，用口哨吹出那支歌，一点都没有走样。鸟儿应答，歌声之战正酣。那只鸟从一根树枝飞到另一根树枝，穿过地面想一探究竟，想弄明白自己被谁耍弄，继而飞走。

“吃点猫头鹰蛋吧?”哈特问她。他一直蹲在火旁，在烟的环绕中用一只大炒锅炒菜。他走过来，一边递给她一盘食物，一边悄悄地对她说这句话。她觉得恶心，向别处张望。她才不会吃猫头鹰蛋呢！吃吧，沃伦要她吃。那声音让她觉得残忍。她退缩了，目光停留在一只老鼠身上，它漫无目的地跑来跑去，嗅着死去的每一位朋友的尸体，用鼻子碰着它们带血的灰色皮毛，似乎在找寻微弱的呼吸，或者心跳，然后继续前进。

女孩子无法理解，鬼精灵们为何要花那么长时间来杀老鼠。他们告诉沃伦，这些老鼠传播瘟疫，是“被火光吸引来的”。火堆旁的地上放着很粗的棍子，上面有血，就放在装满亮黄色炒蛋的特大号炒锅旁边。她在猜想，这几个家伙从猫头鹰窝里偷来了多少个蛋，才炒出这锅蛋?她看着布满三齿稃和枯草的大地。那里没有什么东西能够长到一米高。女孩设法在草原上找到猫头鹰的栖息之地。那里根本没有大树，除了无脉相思树。她想起沼泽地鬼船上有猫头鹰栖息，便站起身，仿佛走向回家的路。在她的心里，她觉得家并不遥远，但是沃伦让她坐下，把那盘食物放在她的怀里。他一再这么做，最终让她意识到，她哪里也去不了。

“噢！那么多老鼠，那么多猫头鹰。整个晚上，‘猫头鹰怨声载道，呜咽之声震天响’……”博恩斯兴奋地大声说。他脸上满是灰色的尘土，俨然一个学术权威，用不容置疑的口吻解释说。此时此刻，他们正置身于全世界最适合观察猫头鹰的地方。老兄！我们正坐在一群快速繁殖、带来瘟疫的老鼠之中。“这样的情形从来没有见过。”他解释说，老鼠成群结队穿过沙漠流向内陆，每一群都达几百万只之众。跟在它们后面的是一群群本地草鸮。

他解释说，草鸮每繁殖一次，数量就达到原来的四倍。它们食物供应充足——“不同一般的、非比寻常的、今非昔比的气候影响所致。噢！就像面对一场盛宴。”杜姆咬文嚼字地说，好像他对这种异乎寻常的现象十分了解。他说，他们有机会目睹这些实在是幸运，因为概率是百万分之一。他多年来四处奔波，一直希望能看到这样的盛况。

“没错，”斯尼普补充道，“别忘了猫头鹰也袭击那些被火吸引来的飞蛾，我想……”

“是的，那是当然，”杜姆插话讲他的科学道理，“但是我认为，那些被猫头鹰追赶的成群结队的老鼠并没有考虑到火的因素。”

“我的朋友！谁知道老鼠心里是怎么想的呢?”斯尼普回答道。

“我想那是我们的专长：看见一只老鼠就知道它是怎么回事。”杜姆哈哈大笑起来，而梅伊对大自然的盛宴和饥荒发生时的捕食行为之异同进行了更为严肃的对比。

“警惕！朋友们。只有保持绝对的警惕——那是祖先的本性——才能把我们从一场害虫风暴中拯救出来。”

斯尼普赞成这个观点，因为他觉得梅伊的确具备天才的头脑。他大笑起来。“在某种程度上，我真的把梅伊的头脑等同于一个高科技显微镜。他是这样一个人物，毫不犹豫，不需要任何鼓励，轻轻松松就把自己的头脑放进历史的长河，把他自己置身于世界第一流人物之中，并且重新创造他的预言。”

“原因在哪儿呢？血统。这一切都可以归结于遗传的‘结缔组织’。一个不受时间局限的奇迹。大脑是一个了不起的器官。”

“你真是个另类，老兄。”梅伊大笑。

整件事可真够另类的。

“人总是在不停地为生命之谜而困惑。”沃伦深深地叹了一口气说。

“当然啦，天才常常是无法忽视的。”斯尼普说，使了个眼色。

可不是嘛！为什么草鸮和谷仓猫头鹰会像苍蝇似的在三齿稃周围筑巢呢？

女人们的灵魂，沃伦提醒他们说。他回头看了看女孩儿，她仍然瞪着眼睛看她的盘子，不愿意吃这种从来没有吃过的食物。

“你最好吃点儿。今天又会是漫长的一天。”

一回到公路上就听见一只蓝眼睛的乌鸦大叫，似乎向他们问好。原来它正在向身旁的伴侣哀鸣，那只可怜的乌鸦被撞成两半，尸体横陈在路中间。沃伦停下车。他试图表示友好，而鸟儿竭力自卫。他轻手轻脚，靠得更近些，向乌鸦伸出手。鸟儿的举动令人吃惊。它跳到他张开的手上，然后跳到他的肩膀上，啊——啊——啊地叫着，把它藏在心底的秘密都咯咯咯地说给他听。他问了不少问题，说它是一只智慧之鸟。因为看它眼睛的颜色便知道它上了年纪，有了智慧。而接下来，又为它失去伴侣而安慰它。鸟儿对他的话做出很好的应答，因为它做了另一件令人称奇的事情，充分显示出它与人类交流感情的能力。它开始模仿著名的ABBA老歌[①]中的句子：“钱啊钱，这是富人的世界！”这歌儿大概是它的祖先从卡车司机在路边客栈的自动唱片点唱机里学会的。

① ABBA老歌：指流行于七十年代的瑞典乐队，音乐类型多为流行摇滚等。

它们在那儿待了几十年，偷点剩饭剩菜吃。这只乌鸦如今重复了那句歌词，用了那么多的“啊”字。他唱，鬼精灵们唱，鸟儿几乎发疯了。

女孩想把这只孤独的鸟儿留下来。沃伦看出了她瞬间的脆弱。而恰恰在这一刻，她领教了他所说的友谊究竟是什么意思。他把那只乌鸦送回到了它所属于的地方——送到了北风中。

整整一天，他们都把时间花在勘查猫头鹰的巢穴上。他们把车留在路上，盖上军队发的伪装罩。沃伦和鬼精灵们费尽心机，保证车辆不会被人发现，在沙土大路上沿着车辙往回走，好把压倒的草扶起来。

他们徒步前进，走进一片又一片辽阔的草原。草原上长着低矮的植物，四周是绵延起伏的小山，山上长满了草。工作十分辛苦。每走一步都会扬起沙尘。而沙尘又随着每一丝风扩散到空气中，落在他们的头发、皮肤和衣服上。他们看上去像是在泥土里面爬行，与这片土地融为一体，无法分开。

寻找草鸮巢穴的工作不易。巢穴都隐藏在地道末端，而地道都是建在厚厚的三齿稃草丛中。鬼精灵们在每一个巢穴周围转来转去。沃伦跟在后面。奥布利维亚常常觉得他在监视她，防止她伺机逃跑。她气鼓鼓的，讨厌别人监视她，讨厌知道他正盯着她的后背，试图闯入她的心扉。她思忖着，一旦有机会，可以用哪些不同的方法杀死他。电话响了。他常常使用手机（女孩儿知道那玩意儿叫什么了），可以从他们所在的地方打电话。而这个地方可是这个星球上最偏僻的地方之一。每次手机铃声打破丛林的寂静，他便有意识地落在后面，对着它讲话。“好的！现在不行。回头再说。”无论对方是否是个重要人物，沃伦·芬奇都不在意，他决心这次把时间都花在这块土地上。鬼精灵们回头看他打手机的时候，他对他们伸开五指，打手势示意“最重要的五天”。意见统一之后，他继续打手机。是与另外一个人通话。“你得自己去办。这几天你自己想想办法，行吗？”他不在的时候，需要说不少狠话，好让世界正常运转。怎样才能最终一次性地扳倒“老山羊”莱德呢？怎样才能成为新总理掌管大权，直奔国家最需要的地方而去呢？只是时间问题。他说，他多么需要时间来思考、准备、迎接未来的一切呀！他该怎样结婚，怎样处理诸如此类的事情呢？倘若有人问起，他总是说：“好吧！对头！”

“要是高兴，你就继续打我吧。”每次奥布利维亚下定决心跑回来，往他脸上再扔一个土块的时候，他都这样说的。

沃伦对着手机说话时，鬼精灵们常常努力地为他打掩护。他们对女孩不停地说猫头鹰的事儿，而女孩一点也不感兴趣。也许是心不在焉。他们弄不清楚，也不想弄清楚她究竟怎么回事，只是没完没了地给她讲世界上两百多种猫头鹰的学名，并且一一向她描述不同猫头鹰的特点。这就变成三个男人之间没完没了的谈话。他们说的主要是二十种左右，包括不同种类的谷仓猫头鹰、钓鱼猫头鹰、打洞猫头鹰、森林猫头鹰以及小猫头鹰，就是毕加索当作悲哀的宠物的那一种。他们讨论这些猫头鹰的拉丁名字，比如 *Tyto*，*Megascaps*，*Bubo*，*Otus*，但是只有 *Ninox* 和 *Tyto* 代表在澳大利亚发现的九种不同的猫头鹰。她弄清楚了，谷仓猫头鹰可以被农夫们所用，不让啮齿类动物成灾。此刻，这些猫头鹰在沙漠之乡所做的就是这件事。“我置身于啮齿类动物的故乡。”她转身朝沃伦吐唾沫的时候心想。三个鬼精灵不停地说猫头鹰为什么是从东边来的。这到底意味着什么？这片土地的生态系统发生了变化，还是律法在这里起了作用，于是就发生了改变吗？当她听说一个繁殖季节每窝猫头鹰要消耗两三千只老鼠和田鼠时大吃一惊。对！博恩斯·杜姆评论道，似乎是因为女孩默不作声他才这样说。她朝他瞥了一眼。她并不想知道这些事情。“这些家伙会一直在这里繁殖，直到吃光了所有的啮齿类动物，然后它们自己的数量会下降，因为绝大多数猫头鹰只能活两年。”

“这样大的一种鸟，跟长着硫磺色冠子的美冠鹦鹉大不相同。美冠鹦鹉能活八十或者九十年呢。”性情温和的博恩斯解释说。

每个猫头鹰的巢穴都被彻底检查。猫头鹰到底是怎样筑巢的呢？几个人对此兴趣盎然。每找到一批蛋，鬼精灵们都如获至宝，仿佛有神迹降临，他们齐声叫道：“杜姆，你是怎么做到的，你真他妈的是个天才。现在有多少个了？ 12001？ 12002 个？”

所有的猫头鹰蛋都被点数、称重。每枚蛋都会引起严肃的讨论，评判它特殊的形状、鸟妈妈的年龄。他们还把蛋托在手心，对着太阳查看里面正在形成的胚胎，仿佛那是枚钻石。最终，大家充满热情地议论每一枚蛋的手感，似乎那是放在掌心里前所未有的了不起的东西。可是在奥布利维亚看来，所有的巢穴都是一样的。她每次发现一个巢穴，都不会主动报告。她懒得干这种事。每个巢穴都有六到八枚蛋，孵蛋的猫头鹰看到这些家伙，满脸不高兴。她可不愿意跟猫头鹰打交道，只想回家。穿过三齿稃丛生的树林逃走的冲动征服了她。沼泽地在她的脑海里变得越来越大。那道美丽的风景线如今被沃伦魔鬼一般的样子玷污了。他俨然一具行尸走肉。那情景在她的心里挥之不去。

关于猫头鹰巢穴的信息，包括猫头鹰受到打扰而感到焦虑的程度，都被记录在袖珍电脑中。有人不断提醒杜姆，指责他总是在一个固定的地方搜寻猫头鹰的巢穴，速度慢得叫人受不了，不但枯燥无味，而且影响别人。因为他没做完，谁也不能继续前进。“为了科学。没有人知道这些猫头鹰为什么会到这个地方来，或者说老鼠为什么会被驱赶到这里来。”女孩迫不及待地想离开此地。可是每次她一抬脚，沃伦就要紧紧跟上。她知道，她让他们的速度变得更慢了。进展缓慢。杜姆给出的总是同样的答案。有时候他会意地瞥一眼沃伦。在此之前，这位“国家领导人”一直都是急匆匆的。沃伦点点头：“是啊！为了科学，总得做出点牺牲。”

我们昨天夜里干了一夜，埃德加·梅伊对女孩子说，他的声音似乎是远处三齿稃林子的回声。这时，另外一个声音在她心中响起：“愚蠢的女孩子们大祸临头了。”那是“王者”贝拉·唐娜老大妈的声音。愚蠢的女孩子，遭受什么样的磨难都是活该。“港长”在草原上游游荡荡，不时停下脚步，用古怪的目光盯着这几个寻找猫头鹰的人看。他管他们叫做“蠢人”。他和老妇人相距甚远，但彼此呼唤着，渐渐走近，一起回忆女孩子们的厄运。在许多和这里一模一样的地方，她们尸骨遍野，被风雨侵蚀。“港长”称之为沙漠，三齿稃。到处都是。接下来会怎样呢？

他们说，她们的尸骨像白色的粉笔。“真可怕，女孩子们的尸骨原来就是这样散落在三齿稃林子周围。”女孩的胃一阵翻江倒海。太阳的光芒洒在地平线上。放眼望去，到处都是嘴里叼着白骨乱跑的澳洲野狗。已故老妇人的话让她想起男人想要的只是性。“那么你觉得怎么样？在难民船上发生过。在无脉相思树里也会发生的。”女孩子记起来，有一只猫头鹰曾经住在树根里那个黑色洞穴之中。她曾经用自己的手指摸过它的柔软的羽毛。此刻她回想起了它那柔软的感觉。

埃德加·梅伊继续说：“你们应该记住，任何人都可能成为一个习惯性的殖民者，永远在寻找差异给神话祛魅，然后努力创造新的神话，好把它说成是他们自己创造的。”女孩听见老妇人和“港长”在空中某处吃吃地笑，让她忘记那个人的一派胡言：“他哪里知道早在一六九七年主显节发生的事情呢？那是庆祝圣诞节后的第十二天，在西澳大利亚，人们第一次发现神秘的黑天鹅在那边游泳。那个年代，人们都认为黑天鹅是邪恶的，而且不会真正存在，只是一个幻影。人们见了黑天鹅直往后缩，不去碰它。因为大家都认为，倘若带上一只黑天鹅上船，注定遭受船毁人亡的厄运，对吗？”

“你知道吗，这些蛋中的大多数会孵化。但是夏天食物吃完之后，老鼠就会死亡，大部分猫头鹰也会死亡。”埃德加·梅伊没把话说完，看了一眼斯尼普。斯尼普看着杜姆。女孩开始思考，她该怎样消失在幽灵之乡？就像那些永远没有回来的女孩子那样。她朝灰绿色的草的海洋看过去，心里思忖着，“王者”贝拉·唐娜大妈年复一年瞭望大海，以防自己死在海里，她是怎样办到的呢。“港长”提醒女孩子说，存活下来真的非常困难，实际上根本不可能——要是你从来都不存在的话。

鬼精灵们不停地讨论奥布利维亚的名字。

开什么玩笑。谁会叫这个名字呢？

“不会的。不可能，兄弟。”

“你告诉他们吧。”沃伦一边大笑，一边看着她。女孩子觉得，自己似乎光天化日之下被剥得精光。她四处张望，绞尽脑汁想该往哪里跑。但是无处可逃。草原之乡早就成为新娘们的棺材。

“这可不是什么好笑的事情，同志们。”斯尼普突然说。

“是啊！你说得对，”沃伦回答，“天鹅姑娘，我知道你叫埃塞尔。就叫埃塞尔。我不知道另外那个名字是谁给你取的。但是，从此以后就叫埃塞尔了，他们告诉我说，这是埃塞里尼·奥布利维西的缩写。其实是个挺美的名字，埃塞尔。”

鬼精灵们想知道这个名字的来源。

女孩子走开了，走到哪里，就把唾沫吐到哪里。

沃伦·芬奇喜欢她那股劲儿。“她气性很大。”他微笑着，拥有这份新的财产他似乎很高兴。没走多远，女孩子就意识到她想活下去。而长着一张死人脸的沃伦·芬奇巴不得她死掉呢！于是，当斯尼普命令她“停下！待在那儿别动，等我过来”的时候，她待在原地一动也不动，耳边回响的全是沃伦的声音。他又在打手机。

斯尼普·哈特给蛇施魔法。“蛇是我的。”他无声无息地出现在她旁边，然后大笑起来。“不是你的，我看得出来。”他们前面有一条蛇盘绕着，他催促她把它捡起来。她一动不动，对这个絮絮叨叨的男人充满仇恨。他的身体前后左右来回摇晃，故意逗蛇发动攻击。

“来呀！我在这儿呢。”他催促道。女孩子觉得蛇的眼睛直勾勾地看着她，目光直刺心窝，恐惧传遍全身，宛如准备随时反弹的弹簧。这时蛇开始发动进攻了。斯尼普等着。嘘嘘，他低声说。汗水从她的前额流到蛇光溜溜的脑袋上，滴到它黑色的眼珠上。蛇发动袭击了。她的血一下子涌到蛇将下口的地方。说时迟那时快，斯尼普·哈特拎着蛇的尾巴，在空中挥舞起来。蛇盘在他高高举起的胳膊上，扭动着，想挣脱他的束缚。

他微笑着说：看到有多简单了吧？他拍了拍她的肩膀，然后从她身旁走过，去向其他人展示他的“才艺”。斯尼普是“沙漠之蛇”专家。这是他的家乡。女孩子心想，那条蛇没有看见他，因为对于它来说，他是隐形的。他早就潜伏在它的身体里面了。而蛇的注意力只集中在向她发动攻击上。“蛇是数不清的，”一起走路的时候，埃德加·梅伊向奥布利维亚解释说，“因为所有那些不寻常的气候变化导致昆虫和啮齿类动物泛滥成灾，也增加了以它们为食的动物的数量。”

“你只需要速度快。”斯尼普大声说，似乎捉蛇只是一件稀松平常的事情，谁想在澳大利亚这样一个国家的土地上行走，都得掌握这样的诀窍。他往前走，奥布利维亚继续观察他，想弄明白，对于蛇来说，他是否真的是个隐形人。阳光下，她很快就精神恍惚，满脑子想到的都是手，摸蛇的手、检查猫头鹰蛋的手，还有夜里她一把推开的那双手。

斯尼普·哈特眼疾手快，把胳膊伸进一个洞（或者是三齿稃）里，就能抓出一条蛇来。他大声说出蛇的尺寸和重量，如同播报爆炸性新闻一般。一只手噼里啪啦地把结果输入电脑，另外一只手握住蛇不放。测量完一条蛇、把它放掉之前，他都会盯着蛇的眼睛，充满爱意地和它交谈，用简单的词汇来描绘它身体之美、它的尺寸，轻轻地抚摸它。他成功地诱骗了这个生灵，让它在自己的手里服服帖帖。在它恍惚出神的时候，他说，它只不过在做梦，梦见自己爱这片土地。他想知道它已经交配了几次。“十次？”埃德加猜测，一边用手指摩挲脸上的胡茬，一边研究这个生灵的长短。“二十次，从它的尺寸看。”斯尼普推测。然后，他把这个生灵放在地上，它先是一动不动，过了一会儿才匆匆忙忙溜走。

“关于猫头鹰，需要了解的还有很多。”夜里，梅伊在营地睡眼蒙眬地大声说。一边建构关于鼠灾的理论，一边面对故乡的原野唱歌，诉说他对故乡的好奇，请求祖先告诉他，他们是如何推理、创造出那些学问的。“可不是那种你一天之内、在一个地方就能学会的东西。我们这块土地的生物圈绵延很远，不是看几个样本就能解决问题。该怎样解释他们关于起源与创造、回归与更新的特殊故事呢？这些故事既古老又年轻？”

“别！什么都不要告诉他们。等我回来再说。”整整一天，沃伦对老鼠、猫头鹰和蛇的世界视而不见，一直在使用手机安全连接系统，不是接电话就是打电话。他与全世界的人通话，用的是那些人的语言。他和他感兴趣的决策者聊天，最后告诉保镖，有人在努力寻找他们，想知道他们在什么地方。他继续一边平静地说话，一边把奥布利维亚弄回来。因为她又一次在半睡半醒中走丢。或者他不得不躲开她突如其来挥舞过来的双臂，以防挨揍、被挠。或者躲开她新一轮的、朝他飞来的吐沫。啊！*Ah! Janybibi nyulu julaki jabula! Naah!*

“没错！他们会找你的。”埃德加·梅伊说。他早就料到了这一点。他早就知道，沃伦·芬奇生活在危险之中。他简直像个通缉犯。谁都想从他那儿得到点什么。话说得好听些，他像个救世主，而我们都知道救世主会有什么下场。不断有人威胁要他的命。这一次面临的威胁太严重了，连那个从来都不值得信赖的O. K. 克拉尔·豪斯·莱德都建议他说，要是他还想活的话，就得考虑自身安全。而沃伦和他的保镖们相信，他的生活就是如此，他不得不忍受。在他们的世界里，很难知道哪些建议是可靠的，哪些建议包含威胁成分，又有哪些仅仅是某个人信口胡诌。不过对沃伦来说，都不会有多大差异，因为他对每一种挑战都来者不拒，他会不停地面对麻烦。对世界上任何一个想要对他行刺的人，他都会出奇制胜。正因为他生命中充满了威胁，沃伦才变得行踪不定。这也是他惯用的伎俩，他究竟身在何处，没有人真正知道。他想让人们相信他希望他们相信的一切。于是，实际上，经常施行的是这种“幻想术”。在鬼精灵们的一阵烟幕之中，沃伦·芬奇能够成功，想到世界上的什么地方就能到什么地方，转瞬之间就可以飞到另一个国家，转瞬之间就可以抵达这片大陆的另一个地方，或者常常在各地的电视上露面。而与此同时，人们相信他仍然过着平常人的生活，和其他人没有什么两样。他消失又重新出现，带着奇怪的艺术性，以至于你就像沼泽地居民经历过的那样，本来以为他在别处，他却仍然能够让你相信你从来没有见过他——相信他根本没有去过那里。这就是为什么他们会出现在鬼精灵们的面前。丛林地带如此广袤，到处都是一个样，只有祖祖辈辈拥有这个地方的人才能够看出其轮廓的微妙差别。这就是他们常常带沃伦来的地方。在这里他们试图想出办法，挡住可能出现的新一轮的刺客。

“让他们等等。我要歇会儿。我需要点儿时间把问题想清楚。”

沃伦收到许多信息。他没有告诉他们。交易。政策。安全。对他的生命新的严重的威胁。毕竟都跟他有关。那些人会伺机而动。针对他们的阴谋，他会先下手为强。继续打我吧——就像他跟女孩子说的那样。

“你想待多久就待多久吧，”埃德加表示同意，“你是负责人，但你最好别忘了，离开的时间越长，回去后局面就越难控制。”

“别担心，”沃伦说，“没有我在，他们什么也做不了。谁都以为，我还没有回国呢。”

“我要说的只是，此刻在国内，倘若发生什么事情，”梅伊提醒他说，“你在场也许更好些，就这么回事儿。”

“这我知道，”沃伦回答说，语气强硬，显然不希望有人提醒他应该做什么不应该做什么，“我们正在这里做的就是这个。弄明白这片土地正在发生的事情，比什么都重要。”

鬼精灵们微笑着，继续坐在地上休息。他们在火堆旁坐到半夜，喝着茶，眼睛往上看，搜寻星星的世界。沃伦说的话对他们没有任何影响。他的手指在女孩手上摩挲着。她觉得像是有个死人在碰她的手，一动不动。而他在幻想，正朝坟墓走去。猫头鹰开始尖叫，又引起一场“学术讨论”。这讨论渐渐变成对听到的一个叫声的争论。那是各种声音之中最纯粹的“天籁之音”。这到底是一只猫头鹰在发出这是自己领土的信号呢，还是来自精灵领地的声音?

埃德加·梅伊从盒子里取出小提琴。他慢慢地调音，手指在黄色的木头琴栓上忙碌着，小提琴在篝火的照耀下闪闪发光，在他的触碰下，发出温柔的声音。他听着，突然之间，开始演奏忧郁的曲调。那是猫头鹰在夜之静寂中的鸣叫。表现猫头鹰韵律的乐曲在夜空激起层层涟漪。他用自己的创造来回应它们的声音。近处、远处的猫头鹰都鸣叫起来与他呼应。音乐是属于它们的。埃德加几乎着迷了。他把小提琴夹到下巴下面，在营地四周走来走去，渐渐地进入漆黑的三齿稃林中。老鼠迅速跳开为他让路，而他的音乐在猫头鹰的指导下与之应和。

他正在演奏的曲调听起来像是使这片土地得以诞生的古老而强有力的圣歌。律法音乐。这种音乐是超自然的。但是，它与彻夜吟唱的古老的歌曲，或者彻夜敲打的响板一样，属于这片土地。此时的音乐充满快乐。有时候，声音突然变弱，成为催眠曲，勉强能听见。接着，宁静之中，突然音量增大，节奏加快，达到一个又一个的“渐强音”。最终，突然之间，埃德加放下琴弓。他太累了，无法继续演奏下去。他得回忆那支曲子。他说他们刚刚听到的是写给草鹨的第一乐章，用的是D大调。

在这个多风的地区，夜晚是和律法神灵一起度过的。他们在这片土地上巡游，检查各种瘟疫之间的“婚配”——昆虫、啮齿类动物、蛇和猫头鹰正在这一地区繁殖。他们力求保持它们之间的平衡。沃伦·芬奇希望祖宗的世界能创造出他“婚配”中的平衡。他对她的耳朵喃喃细语，说这片土地以这样的方式注视他们。这正是他所希望的。奥布利维亚闪到一边，仿佛他已经变成一个鬼魂。她看见害虫在白天横行，夜里也一模一样。她回到了扎根在头脑中的那棵树。那里是安全的。比任何时候都更糟糕：只能用无声的语言在空中涂鸦。实际上，沃伦越来越相信，无论他一开始是出于什么原因带上了这个女孩子，都不会有什么结果。他不断提醒她，他们会成为朋友。“最终你会信任我的。”他必须成功地赢得她的信任，这对他来说很重要。这是他想要达到的首要目标。他几乎切断了与一个世界的联系，而她是联系这个世界最后的纽带。他打算将这仅有的联系保持下去。有时候她觉得他是对的。她终究会信任他的。

白天，一旦他想起别的什么事情，都会和她保持距离，走在后面，用手机跟某个人打电话。他知道，有一些谈话她听到了。他说，他们只是他所热爱的人，他所信任的人。靠那些人保证他们的安全。“如今还有你的安全。”他加上一句。

沃伦·芬奇夜里不睡觉。实际上，在这片土地，他只要一打盹，关于死亡的梦就回来了。他一直醒着，他们的未来——他的未来——沉甸甸地压在心头。他要做出一些决定，而他想知道，是否值得冒风险继续他的政治生涯。死亡似乎成了政治生涯唯一的未来，而他一再想起被带到墓穴的那一幕。

他能把她带到那个世界去吗？他一再掂量着这个问题，尽管知道，若是下定决心继续带她往前走，其实并不安全。她需要照料，那是毋庸置疑的。和她一起，他的生活将会是怎样的呢？他努力不去想象，根本无法想象。夜渐渐深了，思考未来似乎没有任何意义。在政界披荆斩棘，独自前行，他倒是驾轻就熟。以前从来没有考虑过他个人的未来。只考虑国家的未来。那是他的专长。那是他要努力实现的唯一的梦想。那是他所知道的、对付敌人的最好方式。尽管活着就在结仇。他看了一眼奥布利维亚。她在装睡。他心想，他还能在这里待多久呢？但是他心里十分肯定，在弄明白新的危险来自哪里之前，他会继续推迟归期。有政府的安保人员负责，不必担心。他们一直改变他的日程。“离得越来越近了。”有人对他说。他只信任自己的保镖：哈特、杜姆和梅伊。他们是多年的密友。要是他们觉得他的生命有许多危险的话，那就由他去吧。他们忠心耿耿，一致同意：“需要多少时间应对，我们就花上多少时间。”

明天他们就会走出这个死亡之乡。这还不够快。但是她该怎么办呢？风往哪个方向刮，对于他来说几乎没有多大关系。他随时都做好了垮台的准备。但是他心里清楚，她不知道该如何承受打击，尽管她给予了他一些打击。她醒着，一直到天明，知道他将会有所行动。她会挣扎。他不得不承认感到了厄运，在他的生命中这还是头一次。

他们正在盐湖之乡穿行，汽车被留在后面很远的地方，用三齿稃盖起来，融入了周围的环境之中。若是灾难降临，整个地区都会着火，但是鬼精灵们不以为意。他们在这块土地上土生土长，知道应该如何在上面行走。

“别回头看，”埃德加·梅伊对着她的耳朵轻轻地说，把女孩子吓了一跳，“我们不想看见你变成一根盐柱。”

接下来的几天里，他们继续穿过白色的海洋，走得更远。盐湖之乡，给自己定位的标志是一个个小小的石柱。它们从盐湖四处冒出来，都是守护神的财产。他们踏上通往非常重要的“故事之乡”的漫漫旅途。每走一步，盐层的外壳都在脚下破碎。与刚刚离开的三齿稃丛生的原野相比，这里更加孤独。他们感觉到巨大的白色物体的存在，屹立着，闪闪发光。正在休息的蛇精一动不动，侧耳静听。连一只昆虫在身上栖息，它都能听见。听见它到这里吟诵圣歌。蝴蝶落在上面。蜥蜴在盐的晶体上一下一下地爬。

密密麻麻的臭甲虫在盐上爬来爬去。蚱蜢成群结队，见有陌生人来就跳到一边。飞蛾如一阵阵风暴从盐湖上掠过。深红、橙黄的莺鹂在沿着湖边生长的三齿稃、海桐花、无脉相思树和角百灵林子里婉转鸣叫。女孩看见，在一天的不同时间里，都有相思鹦鹉从路上经过。它们纠结在一起，仿佛一片片绿色的云。高处，猎兔狗和鸢高声叫着，在上升的暖气流中滑翔。倘若回头，就能看见他们刚刚走过的小路上，细细的盐晶体形成一层“尘土”。盐丝编织成的小小的“风暴”在沙漠上空汩汩作响。

那是发生在白天的事情。在夜里，盐在发光，湖面的色彩变化万千。祖祖辈辈经历过的风从天而降，在湖面上呼啸而过。夜以梦的形式说话，抓住了湖底徘徊的思想者，让他在神灵之海里游荡。神灵之海中有几百万只蚱蜢，身上结着盐壳。还有一堆堆小鱼的尸体、盐水虾、像碎玻璃片似的仔鱼、无色的飞蛾、种子和茎；奇形怪状身体发胀的猪、瘦骨嶙峋的青鱼、蝌蚪、水鸟。

这些动物都死在不断变咸的水中，水分蒸发时被埋葬在海底。

女孩梦见天鹅，这些僵死的生灵显得杂乱无章、奇形怪状。它们在逼迫自己的鬼魂趁夜色、穿过一层层的盐，到她那里来。它们是来寻求真理的，却发现落入圈套。她从梦中醒来。在梦中，她的手指又红又疼，因为她一直在努力扒开盐层，想把天鹅翅膀顶端的羽毛弄直，好让它们飞走。

他们穿越了古老的时代，走过一个又一个三齿稃覆盖的小山丘。在这块土地上的每一个地方，像属于家庭一样属于它们的一草一木都有一个严肃的律法故事。这些地方有几千年的历史，鬼精灵们不停地呼唤着它们的名字，把整个大陆上这张绵延不绝、独一无二的地图连接在一起。奥布利维亚静静地听着那些名字，尽量不去思考，防止神灵听到她的声音，把她拉进他们的辖区。她不想死在这个领地。

鬼精灵们呼唤着那些名字，回到远古时代。与此同时，沃伦·芬奇以同样的跨度跃到未来，不耐烦地想要继续往前走，回到他管理的那个“国家”该死的工作中去。他让鬼精灵们加快速度。他们要赶在“国家”被豪斯彻底弄糟之前，尽快离开这里。“那个女里女气的家伙。一秒钟不盯着他都不行。”鬼精灵们看上去有些着急，但是表面上并没有显露出来，以前也常常遇到这样的情形，他们不得不把他从一团乱麻中解救出来。他们也许会让他在丛林中再待几天。对啊！老板！太对了！权力像狂怒的蛇占据了他的整个身体。他对权力上瘾了。上瘾？他们知道这种情况不会持续很久。不能够。要是不努力控制的话，这个人迟早会爆发。这种情况他们都见识过。他们知道，给他留下的时间有限。但是，正如这个人所说，他有工作要干，而且谁都知道，要是不能作为负责人把问题解决，又觉得权力在血液中汹涌的话，这位沃伦会有多么神经质。他会追逐权力到任何地方。做任何事情来行使权力。“他为什么不能再追一阵子那个女孩子呢？疯狂的事情已经到了极限。”沃伦常常认为，仅仅为了挡住去路的人而耽误国家大事是在浪费时间。好吧，带着她上路。他知道的。他们也知道。“不耐烦”在生活中真实地存在。对啊！一切都会好起来。“我会好起来。女孩会好起来。他努力说服自己。她会长大的。为什么不会呢？她还有别的事情可做吗？”他对婚姻已经厌烦了。

杜姆、梅伊和哈特都懂得这个交易：如果能逃脱，他们也只能耽搁这么长时间。他一直在谈论那位散发着臭气的豪斯·莱德。哇啦哇啦，豪斯·莱德长，豪斯·莱德短，一分钟都安静不下来。但是，甚至连他们都认为，他会对他带着上路的这个女孩保持一点兴趣。她是他的纪念品。他为自己所设的一个小小的挑战——一个订了“娃娃亲”的妻子。他们知道，这次对他生命的威胁是真实存在的。他为什么不严肃认真地考虑这个问题，而要担心豪斯在做什么呢？女孩子看到前面是漫漫长途，周围是一成不变的景色，他们会一直走下去，就像鬼魂一样！也许他们早已跨越边界，进入了那个世界。她会逃走吗？鬼魂会逃走吗？

雏鸟白色的、蓬松的羽毛涂上一层淡淡的橘黄色，藏在盐湖岸边的草原上等待飞翔。数着这些雏鸟，一天就过去了。这片土地消耗着女孩子的记忆。她承受不了往事之重，只好放弃其中的一部分。发给天鹅的信从一些“不复存在”的地方退回来了——

地址不详。“港长”来了，看见她背负的重担。有一阵子，他走在她身旁，努力劝说她放弃一些她所珍惜的梦魇。他在盐湖边坐下来整理，看哪些思绪应该带走，哪些应该放弃，责备她不该把真正有价值的东西丢掉。他也是制定政策、“拥立国王”的幕后英雄。“你总是需要一些坏想法，好把它们扔掉。”他不停地对她说，看一眼沃伦·芬奇他都觉得难受，“看看他吧。在后面一路跟踪。密谋计划些愚蠢的事情——很可能是怎样把你杀死，因为他一开始就后悔为了你大费心思。那些鬼精灵呢？伙计！我一眼就能认出来，哪怕是来自中东的。”

“也许你自己是从中东来的。”女孩发着牢骚，从“港长”身边走开。他在把她的思想堆成一个个盐柱，一些要留下，一些要放弃。

“我们的工作不止这些。”杜姆说，觉得应该给女孩子吹吹风，告诉她，他们要开拔了——在最热的这几个月，老鼠会死掉。之后，猫头鹰会离开沙漠地区。

他说，她将住在一个城市里。他在那里有个商店。她不明白他在说什么。“城市就是人们死亡的地方。”说起城市，老大妈就是这样讲的。“疾病之地。你会被当成恐怖分子逮捕。”她不知道他说的是什么意思，心想：“但是如今我喜欢上这里了。”他悲哀地看着她。关于城市，你可以问问沃伦。她可以问他，有什么事情会发生在她身上吗？她为什么要那样做呢？说话！“来自城市的恐怖分子？”盐湖之乡如今变得不可信赖，在她的心里转瞬即逝。“我擅长做很多事情。鸟啊，人啊，书啊。我并不是总待在这里。

常常跟老板一起出差。尽管我喜欢在商店里消磨时光。”杜姆说。

他解释说，他、埃德加和斯尼普干的都是特殊行业——在城里开了一家非常漂亮的商店。在那个地方你会感觉到故乡的存在。“就是在那儿，在城市中，我创造了一个地方来安放我的心。就像这个地方。”他说他们出售鸟和来自全世界的蝴蝶，展览珍稀的蛋和羽毛，卖关于鸟的书、蛇的书，绘制标出大路小路的传统地图、用于跟踪狐狸和蜜蜂的地图，用来寻找梦的旧仪器、星星、化石还有乐器。在他那儿，还可以寻求各种各样的专业的建议。关于文化、律法、社会、神话以及对于埃德加、斯尼普或者他自己而言，需要了解的一切：“耳朵的装填物，信息的承办商。”

她会了解到，斯尼普最喜欢的莫过于向顾客出售星章。埃德加·梅伊则喜欢卖旧乐谱。那是他从住在旧城中心小巷子里的老头儿老太太那里收集来的。他自己的音乐作品在这个商店里的旧印刷厂里印刷。他们对自己企业的发展前景深信不疑。“我们的顾客是那些寻求世界知识的人。大多数来自中东、欧洲和亚洲。澳大利亚人？不多。我们是专家，你知道。你很可能会时不时来看看我们。”

奥布利维亚努力把鬼精灵描绘的这些新画面记在心里。但是，她从来没有见过的那些细节，不知道怎样才能记住。他们的话一说出口、就埋葬在她的心里消失了。她在阳光下眯着眼睛，不得不眨眨眼才能看见周围的景色。在盐湖、在峭壁悬崖，猫头鹰、老鼠、蛇演绎出无穷无尽的故事。前方有什么？这时她看见蓝色天空下面，地平线上有一个个斑点。黄色的！白色的！蓝色的！黑色的！

白水之湖

遥远的前方有一个白水之湖，不是海市蜃楼。这就是她看见天鹅的地方。无数黑色的翅膀从碧蓝的天空盘旋而下，贴着水面滑过。女孩子心想，是梦追上了她，在白天回到了她身边。她得跑过去看看，看看它们是不是她的天鹅。但是她知道不能跑过去，只能在远处观察，看它们在白色的水面上滑翔。“在我像天鹅一样滑翔的时候……我滑翔啊滑翔。”从眼角的余光她看见了重重障碍。倘若那样，沃伦·芬奇会看出她根本没有忘记沼泽。鬼精灵们对此又会作何反响？她完全不知道。

关于离开这里的各种问题浮上女孩子的心头，又在倏忽之间逃走，消失在白茫茫的景象之中。她想家了，无比渴望能够回家。她跑向不复存在的沼泽。天鹅看见她踏着盐层跑过来，没等她靠近，就猛然切断了她的灵魂同它们的灵魂之间的联系，飞到空中。她极目远眺，直到它们变得越来越小，继续往上，朝着东南方飞走了。

沃伦看着她跑。“没问题！没问题！我会到场的。”他对着手机大声说，“我准备好了。行动吧。”他说的话仿佛一张网，罩住了她。她奔跑的时候，那些话就在她的双臂之间流动。她意识到，她与他紧紧相连，永远挣不脱他的罗网。哪怕她永远只是在一个分崩离析的世界往外跑。

天鹅飞走了，杜姆极力安慰女孩子：“它们不是你的天鹅。它们是自由的鸟儿，属于整个世界。”她感觉到他的声音充满了不祥。天鹅之所以飞走，就是因为觉察到这种不祥。在它们的脚下，微风扬起盐粒，还夹杂着枯草，把这些东西一路刮过去，提醒猫头鹰是开始撤退的时候了。它们该回到东部海岸过夏天去了。“绝大多数都无法到达终点。”杜姆悲伤地说，“费尽周折，结果一无所获。为什么要繁殖呢？”他知道，那天夜里它们会全部离开。

“炖兔子肉。”

“献给国王吃正适合。还有女王。赶紧吃吧，趁蜥蜴还没有偷走。”

银河照亮大地，斯尼普带着女孩子从篝火边走开，去给她讲夜里的星空。“我想你会喜欢的。今夜星空尤其美丽。”从他那里，她学到了不少行星排列的知识。鬼精灵们常常指着西边的金星，告诉女孩子，它每天夜里都会沿着那条路径落下去。还告诉她，冬夜最早落下去的行星是火星。“记住！冬雨会落到这片土地上。半夜里，会有一片雾降下来抚摸大地。”

“记住要回到这里来。”他们站在一座小山上眺望星空，斯尼普轻声说。

回到这里，似乎绝无可能。是的，她无法想象，怎么可能呢？

“凭借这些方法可以给自己定位，好找到南方。”他解释说，他们位于银河系，银河系宛如一缕青烟从地平线上升起，最后满河的星星跑到他们的头顶上。银河的光芒在盐湖反射出来，让星星更加璀璨夺目。他指给她看应该如何给自己定位：穿过南十字星画一条线。这条线通过指极星，将两颗星连线的中点连接起来。“这会形成一个V字。从那里开始，画一条线到地平线，就能够找到南方了。”或者还有一种办法，他解释说，用同样的办法组成同样的三角形，从天上最亮的一颗星即“老人星”画一条线下去，与三角形的另一个顶点“水委”一相连。“水委”，即位于波江座的阿却尔纳星。这颗星在南部天空的位置很低。

“但是我真正想要指给你看的并不是这个。”他说，拉着她的手，用她的手指连同自己的手指一起指向天空的北部。他沿星星划出一只展翅翱翔的天鹅。

“看见了吗?”

她点点头，看见天鹅长长的脖子弯曲着，头朝下，面对大地。

“那是天鹅星座。尾巴上的那颗星特别大，叫做天津四，天鹅座最亮的星。沿银河系往上看。要是你能够在天上看见它，就可以顺着它往北走，直到天气再次变暖。”

她继续看着天鹅变换位置，心想怎样才能牢牢记住，好再次找到它。

“不要总是看同一个地方。它会移动位置穿过天空。记住，天鹅座只有在冬天刚开始的时候才能看见。我想，就像你的那些天鹅一样。”

火快要熄灭了，四周一片漆黑。他们在等待最后那一刻，等大地打开三齿稃草原上的窝，神灵祖先把猫头鹰放出来。它们像花粉似的飞向天空。猫头鹰突然冒出来，飞过他们的头顶，幼鸟跟着父母向东迁徙，每一群就有成千上万只。

“要是过分畏惧，有朝一日人们也会像它们这样做的。想象一下吧。想象一下，一场铺天盖地的沙尘席卷这个国家。”斯尼普的声音低低的，几乎是在耳语。就在那一刻，云层出现在东边，向西移动，预示着凉爽空气的到来。

女孩和沃伦睡着了。鬼精灵们在三齿稃中寻找迷路的小猫头鹰。杜姆说，应该有一两只还没有长羽毛。他许诺找一个给奥布利维亚当宠物。“明天早上我就给你一只。”他说。她躺在一条地势很低的河谷里，心里想着那只猫头鹰。河谷里开满洁白的百合花，星光透过云层照射下来，百合花熠熠生辉。

但是，云层笼罩着群山，河谷变得宛如一个巨大的盒子。成千上万的花朵散发到空气中的香气很快就充满了这个“盒子”。夜里某个时候，她的肺隐隐作疼，急切地想要呼吸新鲜空气。正在这时，她听见沃伦起身了。他悄悄地溜到夜幕之下，而她以为已经到了早晨，他们就要回去与其他人会合。

“嘘！”他说，然后离开了。她说不出话，没法问他去什么地方，只能眼巴巴看着他在夜色中越走越远。他没有回来，而她无法阻止自己重新回到睡梦中。混浊的空气吞没了她，让她落入噩梦的魔爪。很久以前侵犯她的那些男孩子从地里冒了出来。一切发生得如此突然，大地开始膨胀，在她周围变得越来越宽广，直到她完全被黑暗笼罩。但她马上就认出了他们，明白他们在做什么——她还未在记忆中杀死他们，记得他们彼此十分相似。动作、气味还有呼吸都差不多。她还记得，被迫和他们紧紧地挤在一起，就像一群动物组成一个球，在泥泞的地面上滚过。落下来，滚起来，滚得更高，从她的身体里穿过，形成棕色、灰色、红色和乌贼色的波浪。她看透了他们。他们在沙漠的风中滚动，滚过这块土地，沿着绿色和正在变黄的三齿稃滚下去，把一座座小山丘都弄得窒息了。这些小山丘连绵起伏，与百合花色的一条条河谷相连，远处是一个又一个的盐沼。

薄雾笼罩大地，百合花的芬芳甚至令花朵窒息。她用胳膊和手驱赶香气，但是够不着高处的新鲜空气，渐渐进入迷醉状态。她向自己对那棵树的记忆爬去，在这种状态下抵达那棵树，回到给人以安全之感的黑暗中藏起来。从梦中的阴影里，她看见天鹅再次从白色的水中起飞，被湖中伸出来的、变成雾气的手推着上升。她的手臂伸得很长很长，但是被拦住，被大地推到一边。

梦中，她藏在那棵树里，而醒来的时候，她能看见的是云彩之下，小丘包围的河谷。

“最好准备一下，我们马上出发。”沃伦慢慢地说，但是态度坚决，似乎在对一个孩子说话。他看她的表情也是一副居高临下的样子。她想，他曾经出现在她的梦里。他继续盯着她，目光在她身上滑过来滑过去。她觉得受到了侵犯。也许他以前也监视过她。他似乎知道发生了什么。也许根本不是梦。“你最好先吃点东西。”他说，递给她一片硬面包。

她吃着用种子和球茎做成的棕色的面包。除了咸，还有一种酸涩的味道。盐是把面团放进灰烬中烤之前加入的。“慢慢吃。”他说。他发现她每咽下一小块面包都感到费劲。她喝一口茶，把哽在喉咙里的东西咽下去。茶已经凉透了。她看见他也在做同样的事情。他们离开时，两手空空。带来的所有东西：小锅、行囊以及像锡水罐这样的小东西，都留在那儿没有带走。

第一缕晨曦洒下柔和的光线，给百合花盛开的平原涂上一层威廉·布莱克[①]画作特有的神秘色彩。眼前的景象仿佛是贫瘠的土地上幸存的一座博物馆，展示的是另一个时代的生活。沃伦告诉她，有些人把这些花当作另一个时代的生活片断。在那个时代也许曾经有一种不同的语言，用来描述位于这块土地心脏地带的沼泽和雨林。后来那种语言消失了。“那个时代剩下的惟有这块活化石了。”他解释道。她明白，这是一个幽灵之地。离眼睛更近的地方，一片片开花植物花朵绽放。这些植物鲜嫩，茎是暗绿色的，挺拔而多汁。每一个茎秆都从一个巨大的肥硕的球茎生发，然后长出地面。那球茎至少长在红色土壤下面一米深的地方。他解释道，这片百合花之所以能长出地面，是因为暴雨过后，在足够长的时间里都有水浸泡这块洼地。花儿开放。她想，花瓣像老大妈的白天鹅翅膀。他问她怎么样。她点点头。她能够照顾好自己。

沃伦·芬奇和女孩穿过一座座小山，那些山被称为神人在大地上移动的巨大躯体。那几个人呢？她试着问沃伦，却没能说出话来。她不断回头看，看鬼精灵宿营的地方。

“他们有别的事情要做。我们晚点就能见到他们。”他的回答简单、直截了当，和平时跟她说话没有什么两样。他看上去似乎

① 威廉·布莱克（1757—1827）：英国版画家兼诗人，想象奇特，极富个性。他的短诗意象鲜明，语言清新，后期的长诗内容比较晦涩。

变老了。这次旅行让他老了不少。她一直觉得有什么地方不对劲儿，他们肯定是出事了。她一再回头看，走得越远，越担心。但是，从身后传来的只有老大妈和“港长”说话的熟悉的声音。那声音透过大地的呼吸，在沃伦·芬奇背后交谈着。“港长”说，他非常肯定，鬼精灵从来都不存在。他从来没有把他们当成真人看待。在他看来，他们是从中东的一盏黄铜提灯中跑出来的。老妇人继续夸口说，在一艘艘船上，她目睹了男人因为争夺女人而彼此嫉恨、彼此仇杀。“噢！对的！我都看见了。一直都是这样，你知道。这是因为你造成的吗？”老妇人嗓门很高，盯着沃伦，指责他的每一个滑稽行为。她最终直抒胸臆：“你杀死了那些好孩子。”而女孩子不看一直催促她快走的沃伦，因为她认为是他谋杀了鬼精灵。“港长”变得沉默，因为死去的老妇人的鬼魂往女孩的心里灌输了对沃伦·芬奇的看法。女孩子们总是被抛出船外——我跟你说过。女孩子们被留在树林中等死……“无人哀悼的女人，都被她们的丈夫杀死了。”

“港长”斥责贝拉·唐娜的鬼魂，说她像个疯女人似的胡言乱语，说沃伦·芬奇这个原住民谋杀者丈夫最终也会杀死奥布利维亚。因为通过杀死鬼精灵他已经证明自己是个货真价实的杀手。老妇人的灵魂每次靠近，“港长”都要闪开，并且大声叫道：“骗子。你以为所有原住民男人都会施暴吗？”他把自己瘦削的脸凑到奥布利维亚的脸上，在她前面倒退着走。她走在沃伦·芬奇前面。后来，“港长”透过嘶嘶作响的唾沫星子把一切和盘托出：“你知道吗？沃伦·芬奇只看见杜姆、梅伊和哈特躺在地上死了。不是他杀死的。”他一只手握成拳头，另外一只手伸出食指，像手枪似的指着前方，在空中挥舞着手臂，转过身子大声叫喊，让在他身后胡言乱语的老妇人闭嘴，不要再说沃伦·芬奇的坏话，并且警告她离他们远点儿。与此同时，他又飞快地后退几步，站在奥布利维亚面前，唾沫星子乱溅，继续说道："他们转瞬之间就被打死了——砰！砰！砰！一枪干掉一个，一枪就够了。把他们的灯一下子就打灭了（打了个响指）——在睡梦中就把他们都干掉了。"奥布利维亚这时真的吓坏了。她直盯盯地看着前面，走得更快了，似乎在想，只有一种方法能让她避而不听"港长"的叫喊，那就是从他那令人恐惧的脸上踏过去。她一直东张西望，寻找老大妈。而老大妈此刻正在后面某个地方大叫："等等我！"而且她一直试图说服女孩子不要受这位"治疗者"的影响。因为没有人占据得了她的心灵，这一点是错不了的。但是，老"港长"一点情面都不讲。他正用枯瘦的手指猛戳她的胸膛，而且没完没了地叙述他们是怎么死的，还让老妇人赶快从他们的故乡滚出去。到底发生了什么，除了他，谁都没看见，甚至连那个傻透了的该死的沃伦·芬奇也没看见。"你想要弄清楚是谁干的？反正不是那个胆小鬼沃伦——不是他干的——看看他吧！像他那样一个笨手笨脚、女里女气的家伙绝对不可能面对面地去杀人。他是让别人干见不得人的勾当。你想知道我看见什么了？杀死他们的是一群杀手！那些人都是跑着来的，戴着面罩，伪装成部队的杂役从丛林里跑过来，但是我看见他们了。"

奥布利维亚朝旁边看去，目光越过薄雾笼罩的三齿稃，要是看到来自沼泽的士兵们跟踪他们的话，她也丝毫不会惊奇。但是，透过三齿稃，她能看到的只是贝拉·唐娜的鬼魂。她在费力地把什么东西从地里往外拽，并且大喊，让他们等等她。奥布利维亚心想，她一定是在挖鬼精灵，或者发现了一些死去的女孩子。这让她的心跳得更快，步子也越迈越快，仿佛听见老妇人吟诵般的声音："于是被空气的残忍之血所掌控……在漠然的喙能够让她掉下来之前?"她小心翼翼从"港长"身旁走过。他正朝她看的方向望去，往后退的脚步更快，但是对老妇人视而不见。他继续对着奥布利维亚的脸说话，似乎在诱惑她，希望她能反击，让他滚到一边去。"肯定有好几十个那种混蛋小子带着消音左轮手枪横行霸道。他们偷偷穿过三齿稃林子，头戴红外线探照灯，就像战士一样。对啊，就像某个战区的士兵。尽管谁知道他们是否真的是士兵？反正我搞不清楚他们是什么人，或者说他们是不是来自白人的地狱。不可能是来自沼泽地的。他们可能是任何人，就像你或者我，或者更像我而不是你。因为你胆子太小不敢杀人，就像你胆子太小不敢说话一样。那好吧！他们不知道'某个人'在黑暗中盯着他们，不知道我有一双比红外线夜视望远镜还厉害的眼睛呢。"

奥布利维亚心想，他在捉弄她。于是，尽量不看他的眼睛，继续四处张望寻找军队的人。她已经听不见老妇人的声音了，估计她还在努力把死尸挖上来。但"港长"继续夸口，说他那双"红外线视力眼睛"多么厉害。"我一眼就能看到会发生什么事情，就像愚蠢的沃伦知道它会降临一样。唯一的差别是，像我这样的人能够梦见我想去的任何地方，可是沃伦·芬奇呢？他是条狗！看看他吧，躲在别处，不得不用那个破手机，问人家发生了什么事情。""港长"停了一会儿，表达对鬼精灵的敬意，"我真心实意希望你们这些好小伙们去闹鬼，把那帮混蛋中的某些人灭掉。回来吧，要是你们愿意，也去闹腾沃伦·芬奇吧。对啊！那才叫好呢！”接下来他继续申斥奥布利维亚，“那个应该成为你丈夫的该死的沃伦·芬奇昨天夜里行动怪怪的。他就是干见不得人的勾当去了。我看见他蹑手蹑脚地走到夜色之中。他听到了汽车声，知道有人想要暗杀他。你最好多个心眼儿，我告诉你，女孩儿。要是你继续跟着那个傻瓜四处乱跑的话，用不了多久，他就会让人杀死你的。你可以跟我打赌。那就是为什么你再也见不到那几个好小伙的原因。他们真的是正派人啊。”奥布利维亚听着他的话，按正常的步伐走着，“港长”只得放慢脚步，继续喋喋不休，而且只要说到沃伦，都向她努努嘴巴。“胆小鬼沃伦很快就巧妙地处理了他们的尸体。把他的保镖埋在丛林之中。给他们挖的墓穴都不够深。人们觉得他该为自己的同伴做得更好才对。浅浅的坟墓。真的很浅。我要是你，也弄支枪防身。你不过也是个侍从而已。记住。”“港长”责怪贝拉·唐娜的鬼魂不该杀死鬼精灵。他真的对她厌恶透顶。“你知道，她多么需要杀死每一个强壮有力的黑人。那样会给她力量。”他大声说，“杀人犯！杀人犯！她把谋杀者径直带到他们面前，就像一辆该死的列车穿过丛林，按照箭头指示的方向，径直驶向那三个小伙子睡觉的地方。不知道用什么袭击了他们，眼睁睁看着惨剧发生。很奇怪，非常快。要是她继续这样制造麻烦的话，你就不应该再思念她，就要把她从你的心头抹去。你如今不需要她了。”“港长”回头看，尽管老妇人的鬼魂哪里都看不见，他还是让她从他们眼前滚开。“离开澳大利亚！你们这些外国的鬼魂，我们这里不需要！”

整整一天都在赶路，终于结束了。“港长”对奥布利维亚的责备这时才告一段落。他们到达一条沙河。河流被藤蔓覆盖，藤上挂满了琶地瓜，果实像一个个亮黄色的小球。沃伦·芬奇和女孩子路过的时候，一群白色的风头鹦鹉用黑色的玻璃珠般的眼睛瞪着他们看，接着继续用锋利的喙啄食捧在爪子里的琶地瓜。一窝一窝丛林鸭从干燥的河床边上的芦苇丛中飞出来。那里还有一个个水坑，是几个月前下雨后洪水留下的。

第二天早上过河之后，奥布利维亚惊奇地发现那里有一座乡村小镇。小镇只有十来座乱七八糟的房子。房子的墙刷着各种鲜亮的颜色，有耀眼的蓝色、红色、绿色和黄色。到处静悄悄的，这些房子似乎是某人一时兴起，用意念让它们出现在三齿稃之中的，只要你一转身，它们就会消失。奥布利维亚看见附近还有一条建得十分粗糙的跑道。跑道穿过滨藜灌木丛。头天晚上，沃伦还颇有兴致地沿着灌木丛边散步，用脚踢河道里的沙。她注意到他此刻不再使用手机了，而这让她觉得更加脆弱，弄不清楚会有什么事情降临到自己头上。现在没有鬼精灵当保镖，他们会不会被这个小镇里的陌生人发现呢?

她忍不住总是盯着那些房子看。

“一些人而已。”沃伦脱口而出，似乎知道她想弄清楚是谁住在那里。

“什么样的人？一些人而已。那些人更愿意对他们的白人父亲或者祖父的坟墓谈论卖牛、马或者人口的事情。他们在那边的汽油、柴油服务站工作。大多数是供应装运牛的大卡车的。”他有些不耐烦，就像在对一个小孩子说话。她明白他不想和她说话，更不想回答问题。小镇悄无声息。仿佛一座废弃的鬼城。

奥布利维亚的目光越过那些房屋，在远处的雾气中，看见那座绿白相间的服务站。绿色的屋顶让她觉得那是她可去之处，不是逃跑，而是去夺回她的生活。看到她向远方眺望的目光，他明白了她的想法，说："去那里没有意义。那是一个很简陋的服务站。我们就在这里等着，飞机很快就到了。"他的手机响了，一次，两次，响了三声他才接。"好！好的！"就要离开了，他看上去如释重负。她能听见他说什么。他在说飞机什么时候抵达，然后就隐隐约约听到飞机引擎的轰鸣声。她的心咚咚咚地跳着。那是等待天鹅起飞时的心跳，但又有几分恐慌。想到会被沃伦逼上飞机，她再次走到空荡荡的盐湖岸边。周围都是低矮的草丛和滨藜，那里尚有天鹅的余温。

蓝色的飞机降落，之后不一会儿他们就离开那里。飞机飞越滨藜丛生之地，飞越一个个的盐湖，飞到另外一个世界。发动机的声音震耳欲聋，除了云，什么都看不见。女孩子吓坏了，她心想，在老妇人的家乡，山峦周围的云看上去会是什么样子呢？她心想，她应该向老妇人询问云的问题，因为她不知道："风在洞穴里打转的时候，是谁在谈论云海呢？"

圣诞之屋

穿过云海之后常常有一层薄雾，又有一个幽灵故事要讲。

“啊！真美，对吧。从现在起，我们就要住在这里了。对啦！对于你来说，至少有一段时间，这儿将是你的家。看！就在下面，你能看见吗？就在那儿！那个地方！从现在起那就是你的家了。”沃伦·芬奇叹了口气，他透过飞机的小舷窗往下看，满怀渴望，一脸轻松。她看到下面的城市灯光闪烁，好似一片星星的海洋，从山脚蔓延到平地，一直延伸到海边。飞机飞过几十个在天空来回扫射的探照灯。灯光照在沃伦的脸上。他哼着那首老歌：“心碎之海，心碎之海……港口的灯，不要为我照亮！”他的声音里透着苍凉：“是的！回家真好。”

奥布利维亚怎么也没有想到，在所有人中间，居然是她能从飞机上看到天堂的富有。怎么会呢？她想起天堂的居民。他们被军人带走，丢弃在沼泽地。他们一直在祈祷，渴望能有机会再次见到天堂，我是怎么失去你的呢？我什么地方失败了呢？被他称为家的那些灯在她脑海中毫无意义地转动着。她搜寻着远处的灯光，那里将是她的葬身之地。他告诉她，她将在那儿生活。她在灯的海洋中，找到的只是孤零零的微弱的一盏。她挪开视线，斥责老妇人，说她不该从云层里偷偷爬进她的脑海，不让她提问题，不容她问起那些消失了的女人和女孩：“在那盏灯下，你能看见路边有人被抛弃、在那里死掉了吗？”

“啊！别着急，你已经死了。”“港长”代表女孩回答道。他也在飞机上什么地方坐着——他说他是该死的飞行员。“没错儿，”他大笑着说，“最好记住放下起落架。谁知道她是死是活呢？飞机着陆时在风中跌跌撞撞，缺个领航员。”

沃伦继续说：“你会喜欢这里的。你会明白的。需要点儿时间。不过，要是你努力尝试一下更好。”他像一个哲人，“所以同样重要的是，你为我、也为你自己去努力。你会发现，要是你能这样看问题，生活就会变得更好。”

他们下了飞机，进入一个被雾气和黑暗笼罩的世界。沃伦·芬奇马上被一群安保人员包围。很快，他们就要乘坐一辆豪华轿车离开。那辆车闪闪发亮，有专职司机开车，车上插着一面小小的澳大利亚国旗，国旗在微风中上下翻飞。几辆负责保卫的汽车谨慎地停在一边，它们也将陪伴他们余下的旅程。

高级轿车在雾里穿行，驶过迷宫一般的混凝土建造的办公大楼、工厂和居民区。从近处看“天堂”，女孩看见许多房屋破破烂烂。这座城市在衰落，大地似乎不堪重负而坍塌。这件事发生在很久以前，而如今，自然景观在慢慢恢复，这座城市正以奇怪的方式创建一座花园。人行道的裂缝中长出了小树。人们走路时，蕨类植物和草成了障碍物。要想找到一条没有“羁绊”的路，还真得费点劲。她看见许多已经成材的树，枝条和树干上长出橙色、红色的蘑菇。微风吹过，长满苔藓的墙壁和屋顶上的蕨类植物和草都摇摇晃晃，引人注目。大路上，车辆碾过的地方很少再长高高的草。

在这些街道上，她没有看见四处转悠的流浪狗。没有鸟儿。只有一群又一群面无表情的人飞快地来往穿梭。还有不少人住在路边的贫民窟里，就像沼泽地带的人一样，他们在乞讨食物。她听见青蛙在下水道中叫，雨水哗啦哗啦地灌入下水道。一座城市如果没有一条地下河简直太难想象了。

沃伦像个导游似的不停地发表评论。他向她讲解，告诉她人们为什么会奔跑，他们在做什么？是否去餐馆、杂货店、超市、鱼摊、肉铺、形形色色的妇女服装店、买鞋子、宠物、电脑、家具、去熟食店、银行、办公大楼，鳞次栉比、高耸入云。狭窄的街道上，人们摩肩接踵，继续往前走。无数的灯从大家庭、单身者、夫妻俩居住的屋子里以及举行晚会的公寓楼里亮起来。夫妻操持家务、做爱、生儿育女、自己做饭或者带回外卖吃。花整晚上的时间讨论人生或者密谋，或者欺骗，或者离婚，或者通奸。把垃圾扔出去，玩打仗的电脑游戏。他就这些事或多或少地发表评论，而女孩在想别的。她绞尽脑汁地想，风穿过建筑物之间的巷子时声音被扭曲，那么自然的风声是什么样呢？

这座圣诞之屋的颜色是“史前绿”。灯火通明，像太阳系一样明亮。房子坐落在一个花园里，花园里满是挪威神话中常常出现的凋敝的冷杉林。树枝被风吹得摇摇晃晃，上面挂着的闪闪发亮的各色彩灯疯狂地摇摆。猫头鹰在茂密的树叶中呼朋唤友，那声音和被他们留在盐湖的鬼精灵的叫声相似。女孩子看着沃伦。他彻底迷上了光怪陆离的圣诞彩灯，一心想着还会有什么精彩之处呢。此刻，旅途上发生的一切显然已经被他完全抛到了脑后。等他们走出轿车，她注意到的第一件事是雾中充满了树的香气。来自大海的风拍击房子，每拍打一下，房子都会发出一声绝望的呻吟。

在这巨大的魔力面前，流放在云中的“港长”和老妇人全都肃然起敬。这就是沃伦在飞机上所说的家吗？“该死，还真不错。”“港长”大声说。老妇人却嘲笑说，这只是不值钱的赝品，假惺惺的让她作呕。她假装要在轿车锃亮的引擎罩上吐出来。

车道两旁摆满了发光的雪人，高低大小和真人差不多。大门口灯火通明，人们在那里热情地欢迎他们。其实，大家以前也是这样欢迎沃伦·芬奇的。他说他们是他匿名的朋友，这是一所安全的房子。“港长”听了，问道，他为什么需要一所“安全的房子”？但是还没有想出该如何回答，女孩儿就自惭形秽，连忙把视线挪开。站在门口欢迎他们的人越来越近。一个个人高马大，风吹过，红头发像火焰一样熠熠生辉。没有人介绍他们是谁。这时候，从房子里飞出来一个男人、一个女人和两个孩子。他们像雪崩时的鬼魂，落到沃伦身上，不停地拍着他。

“这是你的埃-塞尔吧？真的是她吗？”大个子女人尖声叫道。

之所以说这所房子很安全，因为它很典型，沃伦事先对奥布利维亚说。“哪种典型呢？澳大利亚的，还是天堂的？”她甚至相信，没有哪个心智健全的人会到这个地方来。而她以前哪儿都没有去过。老人妈像大个子女人那样大声尖叫。“港长”挤到他们前面，冲女孩子大叫，让她不要靠近这些乡下人。结果老妇人和“港长”吵起来，因为他们对该如何定义“乡下人”意见不同。她坚持说，他们只是传教士而已。“我知道传教士长什么样。”他故意大声反驳。“你知道什么呀？你认为每一个白人都是传教士。”听到她的名字被人们从嘴里说出来，女孩子恨不得立刻消失才好。“对啊！照这么说是真的了？”他们一连几天都在谈论她，练习她的名字的发音，因为他们不想冒犯沃伦的夫人。“对啊，她很快就会成为这个‘国家’的原住民第一夫人。”

那个女人大声说，埃-塞尔是个很漂亮的名字。她说她一定要弄清楚怎么会给她取了这样一个名字。“你确信你没有弄错吧？你确信不是埃西尔吗？那是女孩子的名字。我不知道你是从哪里得来埃-塞尔这样的一个名字。是原住民名字吗？”

每次听见有人说起这个名字，她就浑身起鸡皮疙瘩。她厌恶这个名字。也弄不明白沃伦怎么会想出这样一个名字。她宁愿人家什么也不叫她，就像平常一样。女孩子的衣服脏兮兮的——还穿着他们离开沼泽时的那一身。不管听到那些满头红发的人说起什么事情，沃伦都眉开眼笑。自从到达这里，他的笑就没有停过。她也该跟着笑吗？

站在这古怪的一家人旁边，她觉得自己比一般人更瘦、更黑。她觉得这是一个典型的澳大利亚家庭，因为沃伦这么说。而在他们白皮肤的映衬下，她觉得自己来错了地方。她太黑了，比沃伦黑得多。沃伦金色的皮肤在柔和的黄色灯光照耀下闪闪发光。她越看越对澳大利亚白人的生活方式肃然起敬。她无意识地靠着人行道边走，远离这些人无休止的“小动作”。他们争先恐后、满腔热情地欢迎沃伦回到他们家。

“得了，得了！我只离开了几个星期。”他开玩笑地说。笑声朗朗，甚至连女孩都吃惊。他靠一声普通的笑就能打动人，就能显得与众不同。笑声响彻整座房子，对于她这个从来没有大笑过的人来说简直就是“振聋发聩”。她心想：“人为什么要大笑呢？”你是怎么笑的？就是不停地说：“哈！哈！哈！”

“哦！天哪！我们的沃伦。”女人和她的丈夫满脸堆笑，满心欢喜。他们一起快步走过黑洞洞的、荡着回声的、木板镶成的房子，去看后院里的圣诞节装饰，一边叫女孩子跟上他们。

“快来。你得去看看，快来。今年比去年都好看。”此刻，沃伦像这些人一样说话，甚至忘记了她的名字该如何发音。“怎么啦？走吧。你觉得他们有传染病还是怎么啦？会把你变成白人？”一个声音回荡在她的脑海中，听起来像是“港长”在说话。

大花园宛如一片森林，长满了已经成材的松树，上面装饰着彩灯。这片森林一直延伸到怪石嶙峋的悬崖边。那里，波浪一个接一个地打来。红头发女士说，他们栽了这些树减弱滚滚而来的涛声。这个主意真是不错。“因为它没日没夜地咆哮，让人受不了。让你头疼。”松树密匝匝的针叶里不知道什么地方藏着一只迷了路的海鸥。它对着那些在远处海面上滑翔的海鸥唱歌，诉说自己的不幸。

沿着蜿蜒曲折的小路，那家人上气不接下气地跑着，他们的身体从湿漉漉的树叶上擦过。树林深处有圣诞欢歌迎接他们。那歌是一个一米高的笑盈盈的机器雪人唱的。雪人全身闪闪发光，鼻子是胡萝卜做的，戴着黑色的大礼帽。“真是意想不到的杰作，一个奇迹。”沃伦惊叹道。他说他平生见过的东西没有哪一样能与之相提并论。“告诉你吧，这家伙获全城大赛的一等奖呢。”孩子们和他们的母亲自豪地说。

沃伦继续热情洋溢地看着，柔和的灯光照在他的皮肤上，显得红光满面。他说，这让他回忆起在这所房子里过圣诞节有多么棒。那边，后院的一个角落里，有更多圣诞树盆栽，形状各异，大小不同。女孩儿听说，这些树是“孤儿”。它们被城里人丢弃，还在等着有朝一日能被栽种——一旦人们想出可以种植的地方来。“是啊！我们开着车，四处搜寻，把它们收集起来——实在不忍心眼巴巴看着它们无声无息地死去。”妻子大声说。“可不是嘛！”丈夫皱着眉头补充说，“我们不把它们弄回来，死树就会越来越多。”后来，他们在雾中一路狂奔回到屋子里，正好赶上一阵烟味呛得人睁不开眼，因为湿漉漉的电灯短路了。“在老家不同，大中午你还得手执火把照路。”那个女人的声音响彻了屋子。

“圣诞节！如今城市里过圣诞节跟从前大不相同。”女孩不得不费力地去听，好跟上这些红头发人飞快的语速。此刻他们争先恐后，都想把储存在脑海里的东西倒出来，似乎沃伦·芬奇待在他们家里的每一秒钟都无比珍贵。她看着话从四张不曾停歇的嘴里倒出来——那些嘴巴张开、合上，忽上忽下。为了让人听见，他们的声音一浪高过一浪，抱怨城里的用电高峰，圣诞彩灯不能尽显风光。从前哪里有这样的事情呢！他们记得，曾几何时，人们让彩灯整晚上亮着，谁也不会在意。“要是能够回到过去的时光该有多好啊！那时候我们甚至能够用机器制造雪花，把整个院子、所有的树木和一切都盖在雪花里。”显然只有一个好处，对于圣诞树的生长来说，又是一个大丰收。红头发男人感到十分高兴。松树喜欢下雨，也喜欢没完没了的雾，即使永远没有太阳照射，似乎也没有多大关系。

“一直在下雨，这样下去会长势不错的。”红头发男人说，叹息了一声。

“没错，亲爱的。”妻子又报以一阵开怀大笑。

“所有的树都长了差不多三米，仅仅是从春天算起。”

“过去炎热而美好的澳大利亚圣诞节怎么了，嘿，沃伦，下一步就该下雪了。”

沃伦说，这些都与全球变暖、气候变化有关。但是，他的朋友们嘴巴一刻不停地在动。他们更关心的是自家院子里停电。好歹带他看过了那些彩灯，一个个如释重负。那女人说，沃伦从来没有错过他们家里的圣诞节彩灯。从他很年轻的时候开始，那时他被送到城里来完成部分教育。

冰箱被当成城里的超级神灵来歌颂。巨大的蓝色冰箱主宰着厨房，像是屋中之屋——比原住民的小棚屋还要大。一开门，里面的彩灯就亮了。他们告诉沃伦，这是一个新冰箱，来自海外。是商店里能买到的最大的冰箱。因为沃伦要来这里过圣诞节，他们就特意买了这个最大的冰箱。现在只要他们开口，说的都是从冰箱里拿出来食用的某样东西。巴黎人就是那样，得像他们一样，那位女士说。

说起食物，沃伦·芬奇兴趣盎然，在行得很。从去年圣诞节以来，他访问过无数个国家，在各种各样的餐馆里就餐。谈起他尝过的奶制品和菜品的地区差异，滔滔不绝。奥布利维亚只见过他和鬼精灵一起进餐，那时候他似乎并不在乎吃的是什么。只是一股脑儿地填到嘴里完事。她在一旁看着。他们无休无止谈论的事情只对他们自己重要。此时此刻正在谈论在一个叫“新超市”的地方能买到什么品牌的黄油。他们说，现在跟过去不同。在漫长的旱季，根本就没有黄油。他们说，简直跟女孩子的家乡一样糟糕：“上帝啊！蒙福的女孩儿。”

“对吗，埃-塞尔？”女孩儿没有回答他们的问题，这让屋子的空气紧张起来。她不知道这样的谈话有什么目的。沃伦的微笑从来没有停止，他只是按照老样子摇摇头。这家人懂得他的意思。“不必费口舌，没关系，没什么了不起的。不值得去问。”

“好吧！可是埃-塞尔要是打算住在大城市的话，也得知道买哪一种黄油。”

“为什么啊？”红头发丈夫假装大吃一惊，“埃-塞尔也许根本就不喜欢黄油。”

“她当然喜欢黄油了。你喜欢黄油，对吗，埃-塞尔？”女孩子点点头，其实她从来没有尝过黄油，不知道那玩意儿什么味道。

“女人擅长别的事情也行啊——不一定非得知道哪种黄油好。”

沃伦大笑。女孩子记住了这个笑话。她在想，应该知道如何让他开怀大笑，这一招也许有朝一日比较管用。

第一次见识了什么能给沃伦·芬奇带来平静和欢乐，女孩仿佛进了地狱之门。她想大喊大叫。她讨厌这些人的一切。她的思想离开房间，去寻找猫头鹰和老鼠出没的鬼精灵的营地。喋喋不休的谈话在木板房里回荡。突然，她听见一只猫头鹰的叫声从外面的一棵圣诞树上传来。她想离开，从这个于她而言死寂的木头房子里爬出去，消失在门外。沃伦还说这将是她的家呢！真好笑。

她的思想穿过这个木头做的茧子。这里的地理位置她完全弄不清。转瞬之间，她看见一群树鬼在风中扭动着枝条，树枝甩来甩去就要打到她身上了。

注意到她沉默不语，那个女人说："埃塞尔，放松，就像在自己家里一样，亲爱的。要知道，如今这儿也是你的家了。"女孩的手指头抚摸着木头桌面，她把它们看成是脑海中一片茂密森林的树桩。"他怎么不能像别的男人那样呢?""王者"贝拉·唐娜大妈问道。她站在屋子后面，努力把女孩子从树桩旁拉开，告诉她要表现得礼貌些，要充满感激，不要再像个傻瓜那样自言自语。"港长"站在走廊里，只是对着女孩儿大叫："他们是一帮种族主义者。他怎么没有像那些男人那样，在丛林中把妻子杀死? 别把她们带到这样的地方呀。你还不如死在那儿呢。尸首留在某个地方，靠在一棵树上伫立着。骨头被太阳晒得发白，上面还带着一块块皮肤，干得快与皮革比美了。她们衣裙上一块块的破布迎风招展。鸟儿在啄她的骨头……"

女孩子离开桌子逃走了。那里乱哄哄一片，好像有人往她脑海中的地板上扔石子。在那所大房子的走廊里，她觉得自己迷路了。尽管独处让她如释重负，她还是努力回忆，想弄明白和沃伦一起走进来的路线。想出一个逃跑计划不容易，于是，她开始在这个圣诞之屋四处转悠。

她顺着一条走廊往前走，嘈杂的声音越来越远。走廊装饰得十分温馨，松树枝上系着一个个很大的红色蝴蝶结。银铃是声控的，一有动静，便叮咚作响。铃声不响的时候，这所房子非常安静，空空荡荡，唯有墙上、壁炉架上和橱窗里的钟发出滴滴答答的响声。一只黄、灰、黑、白大理石花纹的猫给她当向导。它在前面跑，带领她到它最喜欢的屋子里去。一踏进门，她发现这间屋子被永久性地分隔成一个个小间。而这小间又被分成一个个奇怪的小壁橱。壁橱里陈列的都是以圣诞节为题材的艺术品。这些艺术品用微缩的方式重现了记忆中外国冬日的景象，充满了怀旧之情。

猫喵喵地叫着，她觉得它似乎要带着她继续往前跑，催促她不要在此停留太久："不要沉浸在别人的世界里无法自拔。别碰掉任何东西，以免惊了梦。"他们从每一个精心制作的梦幻世界前面经过。微型景观中的人们生活在冬天。他们形态各异，有的在谈生意，有的停下来跟别人讲话，还有的在驯鹿中间逍遥度日，或照顾初生的小鹿，或乘坐五颜六色的雪橇。还有的人定睛驻足，原来是圣诞老人来了，身后跟着一群小精灵。雪人们咧着嘴直笑。有一些人在唱圣诞颂歌。他们朝屋子里面看，看见屋子里堆满礼物，全都包着亮闪闪的纸。屋子里还有挂满装饰品的圣诞树。餐桌上堆满美味佳肴，还有一盆盆香甜可口的苹果和梨。身后是一片乡村景象，光秃秃的树上满是红色的知更鸟。它们齐声欢歌。森林中长满了松树，树枝被人造雪花压得垂了下来。

女孩子细细地打量着这个出自艺术家之手的世界。她被一种阴暗的、病态的魔力深深吸引。在各种充满怀旧之情的完美意象之中，有意识地去寻找败笔，寻找不实的证据。她听见自己说："不存在。不存在？"老妇人因认出她曾经熟识的地方而欣喜若狂。可是她的欣喜之火被女孩子的话生生扑灭，而"港长"对着女孩子的另外一只耳朵含糊不清地说什么种族主义者全都上蹿下跳，把整个国家都糟蹋了之类的话。猫在抗议。“喵呜！喵呜！”它一再申明，它全然知道爱上人造仙境会带来什么后果。“所以我提醒你，别弄碎任何东西，因为那些红发人的确珍爱他们的记忆。”但是，在记忆中的外国风情陈列室中，女孩子已经迷失了自我。她不希望有人提醒她砾石上响起了脚步声。此时，“王者”贝拉·唐娜大妈正在各条圣诞之谷中漫步，把女孩带回到遥远的过去。那时，她们在崇山峻岭之上寻找一所房子。房子所在的村庄已经不复存在。

他们走到微型景观中的田野里。在那儿，看上去像圣徒一般的人跟鸟儿说话。父母外出参战时，小孩子们的生活起居由天鹅照料。田野里，天鹅靠一棵巨大的灰树下涌出的泉水滋养。那棵树的三条命运之根不断延伸，延伸到整个世界，创造出过去、现在和未来。

在那里，在另一间陈列室里，天鹅神们对着燕子唱歌。老妇人用手指指点点：“长生不老的天鹅的颈项正在弯曲、绕圈。”她又指向另一只正在河水中浮游的天鹅，那条河把活人与亡者的世界隔开。她想要找到一只天鹅，这只天鹅从平静的湖面扶摇直上，把人们带到海上，带到末日。如此残忍的天鹅是从哪里来的呢？它飞到海中赴死，是要把亚里士多德的天鹅绝唱变成现实吗？它唱歌是因为相信自己即将进入天堂，就像苏格拉底首肯的那样吗？天堂！一位天使在数重天之上哼唱天鹅圆舞曲，女孩子听得见。她的天鹅们兴许已经踏上回天堂之路。

一个球形景观里也在经历冬天。渔民围坐在冰雪之上垂钓。

雪纷纷落下，湖面、海面封冻，鸟儿不堪其苦。老大妈指给女孩子看，冰冷的水面上，她那些遭受诅咒的同胞们化作天鹅，钻进冰冷的浅滩去吃水下的水生植物。老妇人一边盯着球体看，一边说，有一些灵魂遭受惩罚，要在海里生活几个世纪，其余的则会在寂寥的天空上飞翔到永远。他们受到诅咒，就像李尔王的孩子们那样，她说。一个邪恶的诅咒把她们变成天鹅生活了九百年，等恢复人形的时候，已经年岁太大、衰老过度，郁郁而死。至于他们在莫伊尔海上的命运，爱尔兰诗歌和普罗旺斯晨歌都竞相传唱，但是二者的描述不尽相同。

女孩子花了好几个小时，想在这些美妙绝伦的圣诞微型景观中寻找骗术。但是，她越向这些微型景观凑过去，定睛细看，越感受到那灿烂的笑容多么真实甜美。而且她越寻找，越发现老大妈的天鹅故事是真的。它们也存在于他人的记忆之中。她甚至找到了一六九八年东印度公司商船上的水手，看见他们在观看来自新荷兰的一只黑天鹅。水手们追逐天鹅越过大片大片的浅水，在海滩上奔跑。接下来是一七四六年圣诞节，她发现驶往雅加达的一条木船上，笼中关着两只黑天鹅。她还看到一七九一年欧洲的黑天鹅。它们是在英格兰诺斯利的德比伯爵动物园里培育出来的。法国也有——在约瑟芬皇后的池塘里，位于马梅森以及巴黎的维伦纽夫·勒伊丹的水面上。她还看见几座黑天鹅之墓。小小的棕色的土堆周围站着一些人，温斯顿·丘吉尔爵士也在其中。那是第二次世界大战之前，他正在哀悼澳大利亚送来的战争礼物。

这些微型景观历经数月才用手工精心制作而成。她挨个儿查看，却没有找到落满灰尘、灰尘下面写满奇奇怪怪文字的桉树桩，也没有找到两旁站满军人的沼泽地。在这个创造出来的世界中，这样的历史为什么不存在呢？她无法理解。这不可能。这样不对。她搜寻良久、终于找到的不足之处正是这个。在这些描绘人类生活的微型景观之中，没有一个像她这样的黑人女孩儿，没有因食物短缺而纷争不断的沼泽人的世界，甚至没有被黑皮肤牧羊人环绕的沃伦·芬奇。也没有一个东方智者是黑人。

年轻的西方世界的贝拉·唐娜和她的家人在雪中奔跑。他们以及数不清的人踏上流亡之路。那个时代后来变成什么样子了呢？在圣诞节的景象之中可有他们的位置？在被抛弃的人的世界里，逃命的难民凭大海的恩赐，漂流数十载看不到希望的彼岸，最终把命运托付给一只天鹅，由它带着所有快要散架的船只前进。微型景观中可有他们的位置？位于大洋中的那些被船民遗弃的城市在哪儿？她继续往前走，明白她和沃伦·芬奇的世界没有任何联系。

城市天鹅

长着火红头发的女人费尽心机，想要进入女孩的脑海里。似乎在那里，你可以把尘垢、盐、植物、死去的动物的血、虱子统统清除掉。女孩有关不同血统的想法，只要带到这栋房子里来了，都可以一扫而光。那个女人在走廊里找到熟睡的女孩，告诉她，她的名字叫大红。大红撸起袖子准备大干一场。她满心欢喜要为沃伦改造他的妻子，让她比他刚带回来的时候举止得体、懂得礼仪。

女孩和猫一起靠墙而卧。她梦见一条河，河的两边高墙耸立。高墙是由缠绕在一起的文字的碎片构筑而成的。那些文字描写的是树桩、树枝和树叶。它们都被先前一次次的洪水冲走。她知道，大量文字不断从她脑海中溢出，泛滥成灾。高墙泡在死水之中会随时倒塌，因此靠着那面墙不安全。她在洪流之中游泳，从红铜色的鱼群中穿过，一下子没入水中。她不停地挣扎，尽力冒出水面。那些鱼比困在河陡峭两岸之中动弹不得的鲸鱼还要大。

已是上午时分，大红给女孩洗了许多遍热水澡之后，心里才算有了底，相信看到了女孩皮肤真正的颜色。女孩子的棕色鬈发末端呈金色，乱糟糟的，大红帮她梳理得平平整整，在脑后挽成一个髻。这种发型十分流行。她把女孩子的指甲染成奶油色。下一步该弄婚纱了。女孩子比她料想的要瘦些、矮些。她知道自己要做好心理准备，女孩子虽然皮肤黝黑，可也没那么黑，配预订的奶油色丝绸婚纱不会有问题。现在的问题是婚纱不合身。

她嘴里含着好几个发卡，没法说话，只能从牙缝里发出嘶嘶嘶的响声，骂沃伦给她出了这样一个大难题。那么多的事情，都指望自己一件件处理好。“意大利婚纱！下一步呢？”给她提供尺寸是新娘子该做的事情。“他怎么会知道呢？”要是把这件事情完全交给别人帮他处理的话，他应该提前告诉人家才对啊。“别动！千万不要动。”女孩子大气不敢喘一声，“还没好呢！还没有好呢！亲爱的。”她高兴得唱了起来。还说要是逼得没办法，她赤手空拳也能建起一座罗马城来。为什么？她解释说：“因为沃伦理应得到幸福，他不得不忍受的东西太多了。”要是她不让沃伦幸福，她用一个发卡就能把这个女孩捅死。

“你是一个非常幸运的女孩儿。这将是你一生中最幸福的一天。我希望你明白这一点。所以呢，别介意我。我是谁啊，怎么能因为一点点小事而抱怨，比方说婚纱本该完美无缺而没有做到呢？”

最终，婚纱穿在女孩子身上不大不小，奶油色的丝绸，上面绣着朵朵百合花，一直垂到脚踝处。素来不相信奇迹的大红此时也不得不承认，沃伦选的婚纱再合适不过。“真是难以置信！你竟然能够在一件裙子里加上家乡灌木丛的元素，谁会想到呢？”女孩子看着椭圆形镜子，看见自己穿着奶油色婚纱，上面绣着猫头鹰之乡的马蹄莲，也是奶油色的。戴着手套，可爱极了。她看上去很高贵，孩子们为母亲鼓掌。母亲一脸的自豪。大红说埃塞尔看上去跟一个杂志上的时尚女王一模一样。“奇迹，”她对沃伦说，“你可别再给我出这样的难题了。”沃伦看着女孩子，似乎松了口气。他给了那个女人一个有力的拥抱。不难看出，她对于他来说非常重要。

奥布利维亚觉得自己仿佛变成了一只营地狗，被人当成宠物养着，当被问及是否愿意接受沃伦·芬奇做丈夫、去爱他、听他的话等等的时候，微微点头——反正无论怎样回答都无所谓。说“我愿意”也行，说“去他妈的”也没关系——如果她有这种想法的话。反正在这个屋子里，对于她，他和任何一个站在那儿盯着她看的人一样，都是彻头彻尾的陌生人。这要紧吗？对于婚姻来说，根本没什么要紧的。房子里挤满了客人，他们进门的时候没完没了地和那个红头发女人寒暄。之后很长一段时间里，奥布利维亚都被晾在一边。主婚人身上的黑色西装紧紧箍在身上。与其说西装，不如说是一条大蟒蛇，随时会把他勒死。他面如死灰。看上去好像撞见了鬼魂。也是，他自个儿就是个鬼魂，奥布利维亚想。她甚至认为非常好笑。心里想，也许她真的到了另外一个世界。这就是白人鬼魂一直在做的事情：结婚，说“我愿意”，山盟海誓……她不能成为任何人的奴隶。婚礼在装饰得五光十色的大厅继续进行。屋子里唯一的陌生人是奥布利维亚，满脑子稚气的想法。“你得理解，”一个原住民事务女专家说，“这桩婚姻将加强这几个部落之间的联系。这是他们的律法。在通往最高权力的道路上，他需要坚守原则。”她的听众是客人中的一个小圈子，这些人和她心心相印。

“你得对沃伦有所了解，”大红向女孩子交底，“他的朋友都是重要的生意人。生下来就是富人。他们有古老的传统，如今寄居他乡。他们出钱支持他的事业，希望用一个独立的声音掌控这个国家。你懂吗？”她只靠眼睛睁开的大小来区分那些人的重要程度。他们拥抱沃伦，脸刮得干干净净，而沃伦呢，也用刮得干干净净的脸贴着他们的脸。他们要么看上去像被流放在沙漠里的人，要么像同胞兄弟那样亲密无间。女孩子顺着大红的目光去看那些人。她的目光犹如一根发带，被风刮起来，随着一条看不见的河在房子里流淌。

“这些都是很铁的哥们儿。”那些夫人彬彬有礼地亲吻沃伦，戴着手套的手拂过他的脸颊，手指恋恋不舍，不乏挑逗意味。大红对她们微笑，显得越发不自然。她们彼此心照不宣。她对这些“铁哥们儿”不做任何评论。大红说：“他们财源滚滚。把开发自然资源得到的不义之财变成合法所得。而这些钱中的每一分来到这个五光十色的‘时装秀’之前，都在地球上滚了许多次，亲爱的。”

女孩子在一旁看着。人们亲吻沃伦，拥抱他，笑着祝贺他迎娶了“漂亮的‘娃娃亲’妻子”。他们瞥了她一眼，微笑着，招招手。“你看见他们多么喜爱沃伦了吧？这些人也是重要的赞助人，他们确保沃伦能当上这个‘国家’的一把手。你知道什么叫作赞助人吗？我想你不知道。他们给你的丈夫许多钱，来帮助他成为这个‘国家’最有权力的人。我并不是说他现在还不是最有权力的人。我没有这样说。”大红看着女孩子，眼神怪怪的。发现并没有惹她不高兴，大红深深地吸了口气，又释然地叹了口气，用如下的评论结束了她的话：“好吧！怎么说都行！”

沃伦的微笑和蔼可亲，恰到好处。这些人传播重要新闻，哪怕仅仅是只言片语，他都颇有涵养地侧耳倾听。这些人态度鲜明，提倡有价值的事业、人权、道德评判，赞成拯救原住民的生命、救助那些被转移的人、保护言论自由与濒危物种及环境。而实际上，大红说：“他们认为，只要通力合作，他们这些人的事业加起来就能够囊括整个地球，就能够拯救这个星球，一点儿问题也没有。”

他字斟句酌地引用名人名言。快乐的新郎大抵都会用这样的口气说话，他还回答各个媒体提出的形形色色的问题。这些媒体都带着善意。每次他开口说话，他们都微笑着，欣赏不已。他吸引着每一双眼睛。要不是他故意避开他们的目光，女记者们根本无法看别的地方。政客们精通诱惑的艺术，担心事态会朝不利的方向发展。他们把沃伦带到一边，为了避免尴尬，压低声音说话，还不停地碰杯，对他表示祝贺。说他的婚礼异乎寻常但是充满荣耀。至于他们是否认为这桩婚姻是在钻律法的空子不得而知。重要的是，这个主意很新鲜。

大红不无讽刺地看着贵客们，告诉奥布利维亚，现如今，这些人都特别想知道《习惯法》的执行状况：“你瞧，他们都在盯着你看吧？看看他们，一个个迫不及待地说他们一向承认包办婚姻。看见他们是如何把沃伦拉到一边的吗？看口形就知道他们在说什么：噢！沃伦，这是什么意思？能行吗？上个星期他们还都想宣布它不合法呢！你就等着瞧吧，明天一早他们就会争先恐后跑回堪培拉，找出二十世纪七十年代破旧的《习惯法》，掸掉上面的蜘蛛网，挠着头皮想弄明白如何才能把你们那些旧的律法和惯例变成法律。而他们先前都宣布，那些律法完完全全不合法。他们都在那边嘀嘀咕咕，要说的就是这件事。努力把自己打扮得无比高尚。这帮伪君子！他们全都是。完全是空想。对另一种文化中违背道德的惯例，一无所知，却要为之提供合法性，还想把它纳入澳大利亚法律。但是你能说什么呢？来自高山之巅的人总是会下来占领鼹鼠之丘的。征服者之恶往往就在于此。”

桌上美食纷呈，有鲑鱼、章鱼、鱿鱼、牡蛎，银色的瓮里装满了对虾、小龙虾、三文鱼和其他各种各样的水产，煮熟之后都是红色的。一排侍者在门口候着，每人手里端着一大盘热气腾腾的烤物和蔬菜，用闪闪发亮的银色盖子盖着。那是一场盛大的宴会，食物比女孩一生见过的还要多。看见一顿饭上这么多美味她觉得恶心，什么都吃不下。一片寂寥中，她感到一阵阵饥饿。那是半夜三更，找遍沼泽里的渔网而一条鱼都没有发现时才有的感觉。于是，宰杀了多少只牛、猪、羊和家禽，掏空了多少菜地，捞干了多少湖海，她完全数不清。而所有这些——变得越来越不堪，跟海鸥吃垃圾时的狼吞虎咽没有两样。

没有一个客人是她自己请来的。甚至老大妈和“港长”都拒绝出席婚礼。女孩子茫然若失地盯着这个世界，饥饿的天鹅绕着这座房子飞来飞去。它们狂乱地飞向毁灭。在争先恐后的坠落和嘶嘶嘶的叫声中，巨大的鸟儿向餐盘里的食物、向宴会发动了袭击。很奇怪，其他东西在她的脑海里也分崩离析。因为在离这所房子、离婚礼音乐和热烈交谈的客人很远的某个地方，一只天鹅发出一声鸣叫。它沿着一条寂寞的河流向下游飞去，呼唤它的配偶。奥布利维亚顿时脸色煞白。那是老贝拉·唐娜故事里的天鹅。

那只天鹅衔着一根骨头飞翔。

在那遥远的河岸，天鹅一动不动。它的脖子断了。它的配偶继续飞啊飞啊，女孩子听见，天鹅的婚礼颂歌越来越近。歌声中，沃伦的客人们变成天鹅。他们的衣服变成了天鹅的羽毛闪闪发光。

女孩看见人们全神贯注，完全没有注意到自己在变形。她心想，这是一个有趣的旧世界。他们冥思苦想，面对一个“娃娃亲”妻子、“第一夫人”，怎样微笑才算恰如其分？而她又是如何回报他们的凝视呢？她直勾勾地看着满屋子的天鹅。哦！天哪！她微笑着，看天鹅们忙着用喙为彼此梳理羽毛。接下来，他们再次和着约翰·施特劳斯的音乐，在明镜似的屋子里滑行。哦！天哪！女孩沉浸在做新娘的幸福之中。看看她吧！天鹅在空中飞，她朝它们翩翩起舞。然后，天鹅渐渐远去，她大叫起来。他们可能已经突然又变成沃伦的客人。这种变化叫她无法接受。

满屋子飘荡着优雅的音乐和法国香槟酒的清香。客人们被介绍给女孩子的时候，她发现他们也有同情之心。沃伦的客人对贫困有所了解，虽然他们自己并不贫困。只是他们对贫困的了解并非来自那些因痛苦而尖叫、因危险而呼喊的人们。在谈论人情冷暖、世态炎凉的时候，他们的语言刻板平淡，而茶余饭后的闲聊格外轻松。于是，听大红说话的时候，奥布利维亚不得不记起，他们实际上是压迫者，他们能把任何挡住他们成功的人都消灭掉。她握着他们的手，觉得他们没准儿曾经是天鹅。

在一间通过政治操控来庆祝这个国家荣耀的屋子里，居然没有鬼精灵的存在。这个念头像闪电一般击中了她。沃伦看见她突然呆若木鸡，连忙拍了拍正和他交谈的人的胳膊，道了歉，去找她。他挽着她的胳膊，从一个人身边走到另一个人身边，和大家道别，而她心里只想着赶快走开。“大家都说你这个妻子是老天赐予我的奖品呢！”沃伦对着她的耳朵嘀咕，还轻轻地吻了一下。显然，不经意间听到客人们的话让他高兴得发抖。

“简直难以置信。他还真的就这么办了。”

“娶了‘娃娃亲’。”

“有人说他径直找到那里，把她从丛林营地带了出来。在那个地方，她脏兮兮地和鸭子什么的生活在一起。还说她被强奸过。那真是一个充满暴力的地方，孩子们都被忽视了。”

“怎么能这样！”

“不过，没有人会太吃惊。这种事沃伦做得出来。”

“确实。他一向坚持原则。”

“但是他找到她的时候，她几乎处于半疯狂状态。”

“她是不是住在树洞里？”

“人们说，她甚至不知道自己的名字。”

“噢！对啊。人和人就是不一样。”

“狗屁！我们属于同一个国家，都是澳大利亚人，都是平等的。没有人有什么不一样。”

“没错！要是你不相信，去问问她叫什么名字吧。”

奥布利维亚无意中也听见了这番议论。她觉得这一切都很陌生，至于他为什么要把她从家里带走，她同样不能理解。只不过是个游戏，沃伦说，轻轻摁了一下她的手，对着他的朋友们微笑着。“为什么要玩这种游戏呢？”她觉得自己的头似乎被放在一个空间晃动。那个空间由盘旋在天空的天鹅拽着。它们在不停地缩小寻找她的范围。

最终，他们回到原点，沿着松树林往下走去。白色的雾从树叶中升起，有一把小提琴在演奏埃德加的《草鹀狂想曲》。她停下来听，音乐越来越响亮，在森林里回荡。沃伦紧紧地挽着她的胳膊。她把他往外推，竭力想要挣脱。她想要回去。

“噢！你想去哪里？”他说，一边继续紧紧地挽着她的胳膊。

“他在哪里？埃德加。”她心想，努力想要挣脱。

“别傻了。听我说，让我们把这个场合弄得高雅些。至少你要做你应该做的几件简单的事情。音乐是谁放的？听！看！音乐是从树木中间播送出来的。就是这么回事儿。”

女孩挣扎着往后看，努力听那悠扬的音乐。他们身边挤满了等着道别的客人，音乐声渐渐融入人流之中。大红咧嘴笑着。人们的眼睛都盯着沃伦，恭祝他幸福，争相拥抱他，然后把新娘子送进车里。这时，头上掠过许多影子。奥布利维亚刚要想一定是天鹅来了，那些影子却消失在一团团雾气之中。转眼之间，阳光普照。车门关上的时候，除了蓝天，什么都没有。之后很久，那首小提琴协奏曲才结束。

车开了，沃伦兴高采烈地谈论这场了不起的婚礼，谈论的对象要么是司机（他称他“老弟”），要么是手机另一端的什么人。他的手机响个不停。“挺棒的吧，埃塞尔？”每次打电话，他都要把她扯进去，支持他对婚礼的看法。“对，她喜欢。是吧，埃塞尔?”沃伦的声音一再把她对盐湖、三齿稃和猫头鹰的思念碾得粉碎。她极力把埃德加的音乐留在脑海里，但还是以失败告终。

电话铃响起来，像闹钟一样，打断她的思绪。那铃声控制住过去，执意让人谛听未来。她觉得电话里的声音像蛇的嘶嘶声。婚礼属于他那个阴险的世界。然后他在电话里吵架。“没有任何意义……有！有吗？相信我，没有任何意义。”他说话的时候看着窗外，而她想要对他大叫，不要再打断我的思绪了。他杀死了寂静，她因此而憎恨他。

她确信他是故意这样做的。目的是不让她继续听那音乐，正如他在清楚地表明，她的情感不可能压倒他的计划，不可能以某种方式离开他，回到天鹅中去。那一步她永远不可能达到。他伸出手，碰了碰她的胳膊。她往后退了几步。就在那一瞬间，他的声音把她拉回到他的世界中。

沃伦微笑着说他有一个小礼物。

“你想知道是什么吗?”

他等着，直到她的目光落在他身上，才递给她一个红颜色的珊瑚盒子。上面雕刻着小小的鸟儿，肥肥的肚子比翅膀还要大，而每只鸟儿金色的眼睛都在往上看。

“继续，打开。”奥布利维亚轻轻地碰了一下盒子旁边的扣子，盒盖立刻弹开，音乐响了起来。“是芭蕾舞剧《天鹅湖》中的曲子。我想你会喜欢的。”盒子底部铺着丝绸，上面放着一枚银戒指。她看着自己的左手，手指上面松松地戴着金婚戒。

“戴上吧。”他鼓励道，然后把戒指戴在她的手指上。

“这是为你的右手准备的。”他说，还加上一句，他让人特意为这一天而定做的。她看着图案。两条窄窄的镶边之间是一弯新月。新月包围之下，有一只小小的银色澳洲鹤和一只天鹅。

“你喜欢吗？”

“非常好看。谢谢你。”她想象着自己像大红一样彬彬有礼地回答，但是她什么也没有说出来。她希望手机会响起来，倘若那样，蛇的声音就会横亘在他们俩之间。

“我还有一样小礼物送给你，”他说，“那就是，你需要知道一件事——你永远不会回到你原来的地方。我告诉你原因何在。它不存在了。”

奥布利维亚直盯盯地看着他。

他此刻脸上露出胜利的微笑，终于战胜了她的冷漠。“简单得很！那个地方不存在了。不能再让那样的地方存在下去。于是，我给他们帮了个忙。在我们离开的那天，我让人把那个地方关掉了。听听！”

他轻轻一摁手机，举到她的耳边，然后说：准备好了吗？他的声音冰冷，一副权威的架势。她不由得打了个寒战。他把手机放到她耳边。她听着。倒计时结束，然后听见一个男人的声音在说，预备：开始！她听见爆炸声穿过听筒呼啸而来，一直震荡到她的手指。她不得不把手机推得离耳朵远一些。但是，甚至在奔驰的汽车的噪音之中，她都能听见一切都飞上了天，发出刺耳的声音。沃伦的脸变得坚毅。她只见过沼泽地周围的男人用他们的体力摧毁东西。而这个男人怎么能把包含她在内的整个世界摧毁呢？她看到的是一个非常英俊的男人，穿着为婚礼庆典精心挑选的西装。他默不作声，然后深深吸了一口气，关了手机，放回到上衣口袋里。

“这是为你而做的。”他说。

“什么是为我而做的？你这话是什么意思？”像以往一样，她没能把这句话说出来，但是提高了声音，似乎是在急促地喘气。

“他们没有保护好你。没有一个人那样做。你知道的确如此，或者你心里知道，就像我也知道一样。他们的职责是保护你。那是律法。”他拉着她戴了戒指的手，在手指上捻了一圈儿。她看见第三只鸟儿。那是一只猫头鹰，先前怎么就没有看见呢？她无法理解。但是，转瞬之间她觉得更加平静，心里空荡荡的，似乎她自己也都没有剩下任何东西，都被播撒到遥远的地方去了。

“所以，很简单。真的。谁都理解为什么那样的地方不能让它存在下去。整个国家都是这样想的——即使政府以前从来没有准备对它采取任何措施。”

“他们会怎么样——那些人？”他替她问了这个问题。她想象着，人们因为被赶出家园而惊慌，天鹅因为受了惊吓而不安。它们飞走了，在清澈的蓝天上飞翔，由于听到爆炸声，队形不停地变换。浓浓的黑色烟柱在赶它们离开。要是它们满腹狐疑，绕着那条船浮游，死等她回来该怎么办呢？他是既毁掉了沼泽又毁灭了沼泽人吗？

“他们有两种选择。要么搬到最近的城镇，努力学会像别人那样生活。要么被遣送回家乡，在那里有真正的法律和政府保护他们。不再有军队来‘照顾’任何人。这个主意一开始就非常愚蠢。纯属干涉！说什么更加安全的未来！鬼才信。我一辈子都不明白，为什么那么愚蠢的想法会持续一个世纪。”

“要是他们不喜欢那里怎么办？要是他们回来了怎么办？”他再次感觉到有必要替她提问，来解释他的重大决定。她还在想着天鹅。还在想，要是她能够回去，要是天鹅不再在那里生活了，她会怎么样？

“要是，要是？对于你，或者对于我们来说，这有什么关系呢？他们只能怪自己。你应该知道，地球上的人，无论谁，活着就一定不能危害别人的生活。我的工作就是努力保证人们的安全。你觉得我为什么会去那里呢？我是想去看看。看看那个地方是什么样子，为我自己。就这样，我发现，自从老人们对我说起你以来，我做的一切都是对的。看见发生在你身上的事情之后，我就知道你将成为我的妻子。我知道，在我还是个小男孩的时候，我们两家就安排好了。你知道，我可以将其废除，但我只想确保它兑现。而且我需要把你带回来，不管怎么说，这样做都更好。如今你有自己的未来了。他们无动于衷，没有为将来做出任何改变。因此，他们已经放弃了生活的主权。”

她没有集中精力听，完全不懂他在说什么。他的话枯燥无味，从她的一个耳朵进，一个耳朵出。“该死的，被出卖了！”车里还有两个人。老妇人。老“港长”。两人都在前排，跟司机坐在一起。他们也在讨论这个问题。“他以为他是谁？天哪！他是从哪里学会炸毁别人家园的？他以为他在哪儿呢？在战区？在阿富汗？那场战争！已经持续多久了？他以为他是在欧洲或者美洲吗？难道他不知道这是澳大利亚吗？谁给他权力让他为别人的自治州做决定？”老妇人说，她的尸骨如今一定被炸起来了，于是她不得不走，去找她的尸骨去。“让我下车。”于是她消失了。

女孩子看着建筑物不断消逝——人行道两旁排列着黑色和灰色混凝土的雕像。他们的车继续往前开，她能感觉到从每一个建筑物里冒出来的寒冷的潮气。她从被遗弃的狗身上感受过同样的恐惧。那些狗围绕着沼泽转，发了疯似的嗅着莎草，直到水因为正在腐烂的肉和潮湿的羽毛变成红色、充满腐烂的气味。深藏在她脑海"沟壑"中的一个小口袋里装着勇敢。在那里，她想象着自己和天鹅的鬼魂团结起来，一起飞走，逃脱屠杀。她希望自己能够逃离这个地方，那是唯一的方式。澳洲鹤自然会离开，与东部较远地方的群落重新会合——回到沃伦的故乡——并且把它们古老的栖息之地的灰尘掸去。

鬼精灵们怎么样啦？她举起三个手指凑到他脸前，挥动着另外一只手，吹了几口气。

"没有鬼精灵。鬼精灵不存在。你在这里见到的东西都是实实在在存在的。其他都不存在。相信我，我会把你需要知道的一切都指给你看。"沃伦矢口否认，奥布利维亚退缩了。她盯着二根手指，把它们砸到另一只手中。

"他们去哪里了呢？"

"我告诉过你，他们被调到城里去了。"

"猫头鹰呢？我们数的那些蛋呢？那些人呢？"

沃伦很轻松地俯下身，用他的脸盖住她的脸。"港长"皱着眉头，吐了口唾沫，"用一个吻把梦封死……看着吧！女孩子！他的嘴唇像纳·金·高[1]。"她开始不相信自己了。记忆不可靠。她怎

① 纳·金·高（1919—1965）：美国歌手和著名爵士乐钢琴演奏家。

么会到过盐湖呢？没有那样的可能性啊！没有被留在丛林中等死。她和一个富人一起生活在这座城市里。婚礼似乎是一场白日梦。那一家“红头发”只不过是故事书中人物的鬼魂罢了，她以为哪一天会碰见呢。

她记得“王者”贝拉·唐娜老大妈说过，要是没有人记得其中的教训，什么故事都不值得讲。这些都是故事，对任何人都没有什么用处。老大妈渐渐消逝，永远消逝了。但是……有时候甚至真实的故事都需要编造出来，好让人记住。啊！真实的事情总是被人遗忘……她和一个陌生人一同坐在轿车里。

吉卜赛天鹅

灰色的城市建筑鳞次栉比，都是一样的庄严肃穆。在这些建筑之中穿行，他们一路默然无语。最终抵达一条小巷，那里全是破旧不堪的房屋。车停在沃伦称之为他的家的楼前。

他管它叫“人民宫”。

奥布利维亚首先注意到这所房子的窗户上有铁栅栏，前面唯一的门上也有。整幢楼像一个笼子，又像一只巨大的手，从地里伸出来，直插天际，指挥着天上的一切。冷风沿着街道吹过，带来密集的雨丝雨线。这栋房子令她恐惧。她会被锁在里头吗？就像被封闭在旷野里的那些女人一样？

雨幕中，很多穷人穿着走了形的大衣——颜色是澳洲鹤那种灰色——在巷子里乱转，柔软而潮湿的头发耷拉在脸上，黯然无神的眼睛透过乱发盯着两边的人行道。有些人伸手要钱，但是很快就缩回去，头也不抬地走了过去。有的人透过乱发，从眼角盯着她看。他们的监视很原始，就像野狗一样。她假装没有注意到靠着墙睡觉的人身上早被雨水打湿。有的人站着，还有的人躺在几块硬纸板下面，塑料泡沫在他们的头顶的风中翻滚。他们侧身躺在混凝土上，一只耳朵贴着地面，似乎在努力听下面发生的故事。奥布利维亚当时并不明白，实际上他们是在倾听这座城市下面的排水系统是不是又要遭受洪水泛滥的袭击了。“港长”环顾四周，然后弯腰，把自己的耳朵也贴在混凝土人行道上。他说沃伦·芬奇家狗屁不如。这些人从他们的灵魂深处向他投来毒液。一个女人走过来，鼻孔和嘴巴上包着一条粉色的毛巾，直勾勾地看着新娘子。“这里的空气不好，姑娘。”她压低声音说。

他们站在雨中，沃伦打开笨重的大门和刷成绿颜色的家门。他看起来并不费劲，给人的印象是他对这所房子了如指掌。“欢迎到我家里来。”他说。

“这是个商店吗？”她心想，她听到迪安·马丁[①]唱歌的声音，“港长”在跟着唱，“是啊！这是个惟有寂寞的古镇……我要回到休斯敦去，休斯敦，休斯敦。”

“不是的，这不是商店。是个住所。”他只说了这一句。

他们走进一个点着灯笼的世界。那里有水景园和混凝土做成的池塘。碧水涟涟，古老的喷泉，薄雾中，巨大的、色彩斑斓的鸟、龙和人的木偶，都被长绳拴着在屋顶摇摇摆摆。在那田园诗一般的世界里，一股又一股水从比真人还要大的丘比特、少女或者青年男子扛着的锻铁或者黄铜的喷嘴里喷到空中，或者从巨大的天鹅和大鹅的喙、荷花或者青蛙和龙的嘴中喷出来。水喷到最高处立即四散落下来，伴着音乐的旋律，落进浅浅的池塘。在那里，水被吸进水管，然后重新喷到空中，伴着它的是迪安·马丁的歌曲，听上去像是要“回家，回到休斯敦”。

在这无比拥挤的空间里，万花筒一般稀奇古怪的作品让人目不暇接。有更多的好戏在上演，有众多古希腊男男女女的雕像。他们表情无比沉静地看着朱鹭、老鹰、神话中想象出来的动物，

① 迪安·马丁（1917—1995）：美国著名爵士歌手。

还有拖着长长鬃毛的巨狮躺在地板上，头昂起来注视着远方。凋敝的花草、棕榈和芦荟垂下来，在阴暗潮湿的空气中争夺活下去的机会，只要有光从窗户里照出来，它们就争着把半死不活的茎伸过去。

基座上、壁炉架上、台阶上、书架上，只要雾喷洒不到的地方，就有猫在睡觉。沃伦·芬奇在前面带路，猫全都用黄色的眼睛看着他。上面某个地方打开一盏明亮的灯。女孩往上看去，看见玻璃穹顶上飘过的云中出现了一个缺口。他带着她上了一个属于另一个世纪的铁丝网笼子。笼子罩着电梯。他解释说，这部电梯是一个杰作。“真的令人赞叹，已经过去两个半世纪，还能够完美地运行。”他大声说，“刚刚建好的时候肯定是这个城市的骄傲。”他摁了一下满是尘土、油腻腻的黄铜按钮。这个按钮因为不断地被手指按，上面留下一个闪闪发亮的印记。“该死的，真了不起！”他们等待电梯下来，可是那玩意儿似乎永远都不会到达。电梯痛苦地呻吟着，慢慢地往下走，剩下最后一米的时候突然砰的一声砸下来。一个跟她刚才在外面大街上看到的差不多的人推开了手风琴式折叠门，非常缓慢地说：“您好，芬奇先生。您回来了。”

“你好，马基内，你怎么样？挺好的吧？来见见太太。”他没有提她的名字。

那人咕噜着说：“还行。”他用老狗似的眼睛飞快地瞥了一眼奥布利维亚，然后继续看着地板。电梯吃力地上了两三层楼，到达那幢楼的顶层。那个人迟迟疑疑说道：“你好，芬奇太太。”喷泉花园在楼下，笼罩在黄色的灯光之中。往下看，她觉得头晕。

电梯旁边有两三级台阶，那里灯光昏暗。沃伦摸索着掏出钥匙，塞进一扇门的锁孔里。门板上面勉强看到“五十九号”几个字。他打开门，开了灯，走进屋里。

“家具都能用。”沃伦说。他在房间里四处溜达。这套房子似乎从来没有人住过。沃伦向奥布利维亚展示了一遍家用电器：炉灶、冰箱、水壶、吐司机、微波炉、洗衣机、电视、收音机。每天夜里把垃圾放在门外。冷热水、淋浴、浴缸、面盆、厨房的水槽。应该如何冲马桶。扫帚、拖把、水桶、抹布。供厨房、厕所、马桶、洗衣机、地板用的各种清洁剂。衣橱里有些备用的衣服。他打开一扇滑动玻璃门，她看见那里挂着一排衣服，都是她的。鞋子放在地板上，内衣装在抽屉里。他继续展示，飞快地解释在公寓里哪些事情她可以做，哪些事情不可以做。他说：“这套公寓现在是你的了。”在发表一连串指示之前，他一再说：“你得答应我你要记住。”然后，他从卧室走出来，一手提着一个行李袋。手机在响，但是他没有接电话。

她目不转睛地盯着看电视里不断变化的画面，突然想起手机仍然在响。

“我一会儿给他们打过去。”他说。他看了她一会儿，似乎觉得自己总得说点什么，接下来又说：“我争取周末回来。”

此刻，她一双眼睛盯着他手上的行囊。沃伦看出，她一脸沮丧，仿佛又一阵恐慌向她袭来。他想，最好跟她说点什么，省得她把这个家毁了，或者不让他离开。对，他应该向她解释一下他的工作——他不得不到什么地方去。

“有时候在堪培拉。那是国家的首都。你知道我在政府工作。有时候到别的国家。什么地方都有可能。我的‘教区’就是这个世界。哪儿需要，我就去哪儿。我在那里工作，行使我的职责。你的职责就是待在这里做我的妻子。马基内会照顾你的。”

他用了一些高深莫测的“大词”。正是这些词儿让她意识到，在这个她一无所知的地方，他是多么有权，而她又是多么没权。

“有什么要办的事儿往电梯打电话就行。马基内很可靠。你想要他做什么，尽管说。他是个好人，办事很认真。”从他的声音听得出，他有点着急，看了看表，表示他真的该走了。

“好了！”他不耐烦地说，“我马上得去赶飞机。这一点恐怕你得慢慢适应。我今天晚上就得走，因为我离开得太久了，我有很多非常、非常紧急的工作需要处理，明天一早就开始。我会给你打电话的。”

话音儿刚落，他就走了出去。门关上了，她听见他在门外跟谁说话，就是被他叫作马基内的那个人。紧接着，折叠门啪的一声关上，电梯摇摇晃晃开始下降，钢丝绳吱吱作响的呜咽之声渐行渐远。

在一个叫作马基内的怪人创造出来的“动物展览”中，她成了展品之一。“港长”这样描绘她的处境。

从一切归于寂静的那一刻起，奥布利维亚便开始等待沃伦回来。

女孩无数次站在公寓的落地窗前眺望外面的景色。她在看什么呢？绝大多数时候是冷雨，落在巷子对面房子的墙上。那里终日不见阳光，她在做白日梦，幻想如何从屹立在脑海里的那座迷宫逃跑——穿过蜘蛛网一样密集的大街小巷，跨过辽阔得无法想象的荒野，长途跋涉千里万里回到沼泽地——想象之中的飞翔常常失败，脚下还是阻止她行动的一片片阴霾之地。她顺着雨水的路线看过去。大雨倾盆而下，从阴暗的墙上疯长的苔藓和黑色的地衣之间流过，或者滴到从这些房子的缝隙中长出来的无花果树、香蕉树、别的热带树木和蕨类植物下垂的叶子上，声音像钢琴曲一般优美。她看着那些流浪汉。他们来巷子里睡觉，衣服上带着黑色的帽兜。他们夜里挤作一团寻求安全感，早上则离去。有时候，她半夜被吵醒，听见有人在大叫"比利王"，于是冲到窗前，看见黑色的影子四散而逃。飓风带着冰雹，向海岸线袭来的时候，巷子里洪水泛滥，淹没了这座城市低矮、贫穷的中心地带。她看见人们从巷子里撤离，或者在一片片纸板和塑料下躲避风雨和冰雹，或者在洪水中一连站立数个小时，把他们的财物紧紧抱在胸前，直到洪水退去。

老贝拉·唐娜关于天鹅的书包裹在渔网中，放在桌子上，像是一个纪念品。一天夜里，奥布利维亚突然被噩梦惊醒。那噩梦快要把她带到疯狂的边缘。她在公寓里四处乱跑，发现了那个包裹。她一般做噩梦都是因为陷在泥潭之中，不能回去、不能离开、被永远锁在了那一刻。而就在此时，包裹出现在桌子上。是沃伦回来了吗？她呆住了，看着晃动的阴影，开始在公寓里四处寻找，手里拿着餐刀。"港长"马上给她鼓劲，煽动她如果找到他就干掉这个没用的东西。她像一个挣脱了束缚的疯女人，在狂怒之中上蹿下跳。这些书的出现可能是梦想成真吧。从干燥的盐湖一路冲刷而来，从窗外的云层飘浮进来。她没有听见鬼精灵敲窗户的声音，假若她还要许愿的话，他们也会应允。

"港长"继续大骂沃伦·芬奇是个杂种，把他们都留在这个垃圾堆一般的地方。他渴望离开。他说，他看见她那些该死的书留在她身后的车上。"在盐湖边上。"书上有那条船的味道。要是她碰哪一本，或者把它捡起来，那条船上的情景就会闪现在她脑海中。

不管怎么说，那些书成了好伙伴。一页页翻过，一行行背诵下来，并且不断回味："野天鹅的死亡颂歌，怀着喜悦带走荒原的灵魂。"这片荒原指的是沼泽地吗？她把书放在桌子上，常常去抚摸它们，仿佛是亲密的朋友。她一遍遍地唱一首圣歌，那是她给家乡飞过的天鹅唱的孤独的咒语。"所有黑天鹅一道启航。"她进而生出另一个想法："变成天鹅的人，教化整个世界！"这只天鹅会张开翅膀飞到灵魂带它去的地方。奥布利维亚想象着，在这次飞翔中，消逝的过去变成了让人想起来就害怕的未知的将来。莎士比亚的"埃文河上甜美的天鹅！那是怎样的景象啊……"那里有一只疣鼻天鹅，或者人天鹅，飞越一万里，带领老天鹅妇人的人民越过大海。但是她的思绪离开了那个幻景，回到眼前，心里充满期待。来自沼泽地她自己的黑天鹅如何能飞越她走过的土地呢？她听见它们在飞行中哼唱举行某种典礼时才唱的歌。她在心里紧紧抓住这个念头不放，因为这令她感到慰藉，教会她要忍耐、要坚持。

几天、几星期、几个月过去了。她不知道该如何继续提醒自己，不要忘记原来的家。她被沃伦从那儿带走。那个地方不再以她记忆中的形式存在。“如今，你醒来时，要记住天鹅最后的舞蹈。”她在脑海里飞速地重新构建沼泽的样子，光滑如镜的水面则以更快的速度盖过了那条船，捕捉到一群像闪电一般迅速落到地上的天鹅……从一个分崩离析的世界刮来的风吹走正在腐烂的废弃船。如今想要回忆起点什么都很费劲，而且刚刚想起，马上就又忘掉。直到留在脑海里的东西最终都变成难以保存的模糊的记忆。想起那条船，她不再感到安全。渐渐地，但是确定无疑地，她的生活变成了沃伦·芬奇想要的那种生活。“我带着羞耻感诱惑来的那只天鹅……”他已经那样做了，靠的是不回家。

中午时分，奥布利维亚透过窗户看开电梯的马基内干活儿。他坐电梯从狭窄的通道里下来。水正是从那儿，从设在楼顶的泄洪导管里冒出来。风把雨刮起来，湿了他的鞋子，但他继续倒碗里的水，给猫喂食。因为它们饥饿难耐，一步也离不开他，尽管不喜欢雨水落在身上。大多数猫是橙子果酱色，有的猫身上布满黑色和灰色斑点，还有几只黑白花猫。很快，它们全都只是湿漉漉的猫。他在旁边监督，确保每只猫都能吃到一点食物。

马基内让她想起沃伦。那些占支配地位、强壮一些的猫太贪婪。为了制止它们，他常常用皮靴尖飞快地踢过去。平常，匆匆忙忙，他连碗里的水都顾不上倒掉。只是把肉屑倒在路上。只要落下来一点，猫就蜂拥而上，开始一场混战。他居高临下，花上一点点时间观战，似乎在皮毛和爪子“交锋”之中找到了快乐。

然后转身朝通往这座房子的临街大门走去。其他时候他看上去病恹恹的，只是把一罐罐冰冻的猫粮倒在水流淌过的街道上。之后，把罐子捡起来，装在垃圾袋里用推车推走。

乌鸦在屋顶静静地等候。她的目光越过屋顶，常常看见远处灰色的海湾上空，云被风撕成碎片。她倾听渡轮的发动机在暴风雨中呜咽，飞机不停地飞过屋顶，心想沃伦会不会坐在上面呢？像一只蚂蚁，在高高的天空“飞翔”。下面的街道上车轮滚滚，送货的大卡车来回奔忙，为这座城市提供一日三餐，好像全国所有的人口都集中在这一个地方了。

有时候，天气变得暖和一些，如果朝一片灰蒙蒙的影子看过去，她会看见一个渔民黑魆魆的身影，在海湾边缘岩石之中的秘密垂钓之地缩成一团，小摩托艇在起伏的波浪之中颠簸。渔民弯着腰来回走动。夜幕降临，小船在由闪闪发光的红色、绿色和金色球体隔开的航线之间穿行。蝙蝠排成似乎永远看不到头的长队，从城里一个废弃公园赶赴另外一个。然后她从窗前挪开。她一天的日程就此完结。

沃伦·芬奇还没有回来。她也不指望他会回来。她开始相信，总有一天，窗前的景象会发生改变。会有一架飞机从天上掉下来，落到她面前海湾最深处，他的尸体仍然坐在座位上。她无比期待，等待这个时刻到来。她将成为那一条条小渔船中弯腰曲背的人之一，搜寻飞机失事地点时眼睛被大海的飞沫刺痛，无法睁开。

雨没完没了地落下来。有时，雨下得太大，连海湾都看不见。电话铃声从来没有响过。她把听筒搁在桌子上，一直放在那里。

奥布利维亚像躲避瘟疫一样地躲着马基内，不愿意和他打照面，甚至不愿意再看他喂猫。她害怕有朝一日他会来敲门，而她不得不去开。但是，这位电梯工只是行使照顾她的职责。他定期把食品和钱装在一个盒子里，放在门外。盒子里还有她几乎不用的家庭和个人用品。她把马基内留下的东西堆成一堆，像山那样高，快挨到天花板了，最后垮塌下来。她把洗澡用的肥皂、一罐罐的食物和衣物洗涤剂堆成更高的一堆。绝大多数容易坏的食物她都没有吃，她把它们放在门外的垃圾箱里，会有更多的食物放在那里留给她吃。

一天夜里她醒来，心想马基内一定正在楼里什么地方查看她丢的垃圾。在她的想象中，他像动物一样生活在巢穴之中。她有时会听见电话铃在那“巢穴”中响起。她觉得恶心，把垃圾从窗户扔到巷子里。但是后来，她很快就发现，他总是把她扔下去的东西用一根带尖的棍子挑起来，一件一件仔细打量过后，再放进一个绿色的大垃圾袋中。就是这样的一些小事，惹得她对这个丑陋的人的憎恶之感与日俱增。她满脑子都是对他的厌恶。但是，她无法离开这里。她靠他生活。但是即便如此，她还是不希望沃伦回来。

有时，半夜里，她会突然醒来，听到电梯的折叠门不停地关上又打开。她就跑到门口侧耳静听，看着黄铜做的钩状门把手，等它转动。她心想，或许是沃伦改变主意，终于回来了。然后她听到缓慢而吃力的呼吸声，担心每一次勉强成功的呼吸是不是最后一次。凭直觉，她知道门外是电梯工耳朵贴在门上听她的动静——看她是否还活着。一定是沃伦用手机给马基内打过电话，让他注意监视奥布利维亚。万一她想要自杀呢？他仿佛能听见她心脏跳动的声音。她手里攥着的刀如此锋利，常常把自己割破。她努力屏住呼吸，等待门把手转动。鲜血从手上滴下来。但是他常常很快就离开，鞋子在地板上拖着往前走。折叠门开了，接着啪的一声关上。电梯呜咽着回到下面的楼层。

一直等到电梯声远去，她才能再次正常呼吸。但是有一个夜晚，她听见呼吸声从墙上传到她的耳朵里，节奏跟她自己的呼吸一样。她此刻明白了，正是这个声音把马基内带到这栋楼的顶层。那声音充斥着整幢公寓楼。她连一盏灯都不敢开，从一间屋子走到另一间屋子，想找那个声音的来源。后来，她发现它来自四面八方，来自她呼吸的空气之中。呼吸包裹着呼吸。

接下来她明白了。她能感觉到它们身体的存在。胸腔瘦瘦的鸟儿扇动翅膀，脖子伸得老长。长途跋涉之后，它们的体重减轻了。天鹅来了！它们在这栋楼上盘旋，探照灯的光柱不时照在它们身上，胸口松软的羽毛轻轻地四散飘落。天鹅们的眼睛找到她的眼睛之后，飞过窗户外面窄窄的巷子，然后向上飞到黑暗之中，它们的寻找宣告结束。

天鹅围着这幢楼盘旋，寻找一个地方着陆。它们试图在屋顶上落下来，然后向海湾飞去。它们的数量增加了。迁徙过程中，一对对天鹅从正在干涸的内陆河道、沼泽、人工湖、污水塘、排水沟和家畜饮水池加入这支队伍，集结成一片黑色的云。它们在夜里飞翔，沿着漫漫旅途来寻找女孩儿。

但是到了早上，天鹅都不见了。

难民之城

夜已深，一群群街头流浪儿听见天鹅在唱歌，跟着它们来到小巷。这座城市为了节省能源实行灯火管制。一片黑漆漆的夜之世界，天鹅倍感紧张，但是它们与女孩的亲密关系胜过了恐惧，还是留在了小巷。每天夜里，上千只天鹅在那幢楼上盘旋，一排排地飞着，有时候离得太近，翅膀擦到墙壁，引起螺旋式下降的连锁反应。它们一次次飞回来，带着比头一天夜里更多的绝望，飞过狭窄的通道。

天鹅就是靠这些“特技飞行表演”相互交流。夜里它们心情紧张，白天却一直远离这座繁忙的城市。它们等待着，待在海湾受污染的水里、遭到破坏的植物园的池塘里以及荒芜的田地里，只要有点水就行。

夜深人静的时候它们返回，在小巷不停地飞来飞去，尽可能靠近女孩。她透过窗户盯着它们。那是执着者的飞行。天鹅大声的哀鸣和温柔的哨声，交织成忧郁而伤感的旋律。但是对于街头流浪儿来说这音乐十分迷人。他们闯入小巷，做好承受一切恐惧与威胁的准备。四处流浪、住在纸板箱里的人声称小巷是属于他们的。

在最深的夜里，在这个漆黑一片、电力匮乏的城市，活力总是属于那些流浪街头的孩子。他们无所事事，在阴暗处徘徊，仿佛只是为了感觉自己还活着。这些孩子的父母是这座城市无家可归的穷人。他们背景不同，种族不同，有男有女，什么年龄段的都有，跟在天鹅后面穿过整座城市来到小巷，像朋友似的混在一起。

你知道他们相信什么吗？他们相信这条小巷得到上苍的眷顾，在这里能找到天堂。可不是嘛！这些孩子们成群结队来到这里，七八个一群，很快汇成几百人之众。头目们手里牵着斯塔福德牛头犬。狗粗壮的脖子上戴着项圈，用生锈的链子拴着，项圈上面镶嵌着装饰钉。这些孩子是来看神迹的。他们聚集在一起，穿过小巷，眺望天空，看见天鹅，觉得离神迹很近。他们把这条再平凡不过的小巷称作“圣地”。

他们玩打仗游戏，还竞相说唱。一方唱完，另一方立马接上。不一会儿，他们就控制不住自己，相互挑战，闯入一幢幢建筑物，从楼房边儿跳下去。还有的孩子爬上高层，从窗户里面探出身子，好达到天鹅飞行的高度。他们玩一种声音游戏，模仿天鹅振翅飞翔的节奏。他们反复喊着口号，鼓励彼此为领土而战，或者“飞走、起飞、摔死、永远不回来”。嘈杂之声响彻小巷，他们用破衣烂衫结成最糟糕的“绳子”在建筑物之间荡来荡去，想尽一切办法去摸天鹅。就这样，他们花费好几个小时学习如何在这里复制这座城市大教堂的辉煌。

混战之声在墙壁之间回荡，落在下面的小巷里如响雷一般，简直能把死人吵醒。然而，唯一受到侵扰的是睡在纸板箱做成的小窝棚里的人。那是用双手费力做成的藏身之处。在这座城市这个隐形世界里，几十年的潮湿、泛滥的洪水和连绵不断的雨水让小巷长满黏糊糊的藻类。如今这里成了这些流落街头的孩子的大教堂。

睡在那里的人们靠垃圾袋保暖，里面塞满报纸，活像棺材。水不停地从屋顶漏下来。夜里，他们完全没有办法安生睡觉。也无法在甜美的梦乡中死去。他们只是躺在那儿诅咒，说自己生不如死。

“天鹅之河”继续流动。它们仿佛神情恍惚，在建筑物之间的缝隙里飞过，盘旋着、呈螺旋式上升，朝月亮飞去，搜寻这座城市高墙之外的某种东西，终于在空中抓住了这个离家几千英里之遥的女孩儿丝丝缕缕的记忆。它们像玩魔术似的往小巷里撒下尘土，羽毛也嗖嗖落下，让女孩子的心一路回到沼泽地那棵古老的桉树。老桉树日复一日，年复一年被卡尔古利[①]缠绕着。

“你得知道，这样行不通。”“港长”说。他站在女孩子旁边，在她的公寓里观看小巷里的壮观场面。“港长”的小猴子常常衣着华丽，穿着织锦的丝绸上衣，把自己当成威尔第的歌剧《弄臣》中的角色里戈莱托。只要有人对它说，提点好建议吧，它都会对“港长”的话表示赞成，说这可不像真实的世界。真让人失望。它才不想当小巷里算命的猴子呢。

“港长”乘坐游轮满世界寻找贝拉·唐娜的家乡，之后从海外带回了他的猴子朋友。“不走运，”他说，“没能找到她的天鹅领袖的子孙后代。”谈到自己的冒险经历，他吐了口唾沫，表示恶心。

---

① 卡尔古利，得名于澳洲原住民旺格埃族语，意为澳洲牛奶菜。绿色藤蔓，生长于澳大利亚中部和西部。

那只不过是一条“爱之舟”，不知道该驶向何方。上面坐满了吉卜赛人，他们四处寻找改变命运的机会。自从祖先被赶出伊甸园，他们的世界一直动荡不安。于是，他从那条搭载着一帮不着边际的人的小船下来，搭便车走完剩余的路程。然后，沿着船民“漂浮的岛屿”跳来跳去，最终获得成功。

他发现，世界几大洲大多有天鹅。最终，他相信找到了老妇人的天鹅。尽管剩下的已经为数不多。这些可怜的鸟儿飞回到了天堂，那是沙漠中的一片绿洲，就像中东。他花了很长一段时间观察这些天鹅，它们站在业已干涸的沼泽地周围，朗诵诗歌。天哪，它们在为雨歌唱，似乎雨会叩开通往亘古以来最美妙的花园的大门。他能了解到的只有一点——那些天鹅完全疯了。于是他在那里和它们分手。它们太盲目。实际上到处都是花园，它们却视而不见。在它们的守护者们看来，整个地球都是天堂。

“但是，看看这只猴子吧，”他说，这个小东西对于天堂可不抱什么幻想，“它像个小圣人一样把天堂装在心里。只要它从茫茫人海中走过，就会有成群结队的鸽子追随它的左右。”“港长”说，这只猴子是他的古鲁[①]。跟试图带一只被末日预言压得喘不过气来的天鹅穿越世界相比，和它在一起的经历有意思得多。

“猴子和我乘坐澳航旗舰飞回澳大利亚。飞机上坐满了合唱队成员。他们反反复复唱着妈妈与爸爸合唱团[②]的老歌，直到你听得厌烦。‘每天夜里你上床睡觉，宝贝，为我祈祷吧！告诉天上所

① 古鲁：指印度教等宗教的宗师或领袖。

② 美国60年代著名民谣组合。下文歌词出自其名曲《献给我的爱人》（*Dedicated to the One I Love*）。

有的星星，这是献给我的爱人的歌。’”

等“港长”回到“人民宫”，看到一大群一大群人为即将到来的黑夜而聚集时，他说他会在这里待上一阵子。“看上去很有趣。”他大声说。小猴子也这样认为，尽管它看上去一本正经，似乎应该待在一个能够赚钱的办公室而不是这里。

没过多久，小巷就不再让猴子着迷了。它不动声色，用巨大的棕色牙齿嚼着口香糖，看上去似乎在反省自己的一生，苦思冥想，如何才能过得更好一些。虽然这样，没有人会说这只猴子心理受到伤害。它如今成了一个流浪者，一夜之间，小巷就让它的毛变成灰色，而且不久之后又变成白色，活像来自北极圈的雪人，甚至比日本短尾猿更白。

这只雪白的猴子根本不喜欢澳大利亚，这是实情。它因为满怀渴望而变得老态龙钟。它渴望回家，回到拥有几百万人的城市里，回到安安静静的、小小的猴子之家。那所房子的前院有一块巨大的石头，它可以在那里整天坐着，向过路的游客乞讨阿月浑子的果实。咦！这个生灵把一颗生菜撕成成千上万个碎片，比喻自己破碎的心，它说：“这个小巷不像丛林——不是一个丛林应该有的样子。”

但是那并非一切。小巷里发生的事情很多。奥布利维亚不再情绪紧张，她经常在夜里离开那幢楼去拯救坠落的天鹅。在街头孩子的游戏中，很多天鹅坠落下来，拯救行动变成了常态。奥布利维亚、“港长”和猴子一看见有天鹅坠落就向门口冲去。

转瞬之间他们忘记了对这座城市的恐惧，不再就是否喜欢澳大利亚没完没了地争论，而是夜间匆匆闯入拥挤不堪的小巷。他们不假思索地跑出去，争先恐后地去开那扇门，免得把像马基内那样的黑鬼关在外面。这样他们就能从容不迫地顺着旋转楼梯跑下至少几十级台阶——而不是去乘坐慢得要死的电梯。电梯还用电，而这座城市电费极其昂贵，兴许只有像沃伦·芬奇这样的人物才能付得起。他们你追我赶地转圈儿，在迷宫一样的喷泉、猫和雕像之间去找真正的大门，这时他们的后脊梁感觉到一阵阵的战栗。

她知道马基内从来不睡觉，一直在监视她。但是，她还是毫不犹豫地急匆匆地从前门跑出去，跑到小巷里去。一旦出了门，和“港长”以及猴子在一起，“港长”就不停地催促她，用刀和睡在小巷里的人搏斗。而猴子小小的手指从每个人的衣兜里抢吃的，抢一块火星巧克力或者一块口香糖。她把一只天鹅抓起来夹在腋下，然后匆匆退回大楼，这是一件多么容易的事情。

只要到了小巷，奥布利维亚就意识到，像那些阴暗之中的人形圣灵一样，她能够无声无息地游走四方而不被人注意。就连那些挤在一起、蜷缩在毯子、报纸和纸板下的人突然跳起来，咒骂着、打斗着四散开来的时候，也不会有人注意到她。当一些年老的“维和行动者”打开贫民窟的大喇叭，用拉丁语大声叫喊“那位以主之名降临者当受赞美”时，他们就会安静下来，宛如一只蝴蝶收起翅膀，稍微休息一下。她分开人群，做好准备，不惜与挡住去路的人搏斗。但是，落到小巷里人们头顶上的天鹅并没有真的导致一场世界大战。睡在纸板箱和报纸做成的床上的芸芸众生继续打着呼噜。他们早就料到，夜里不免会受点皮肉之苦。

没多久，沃伦·芬奇的公寓就变成一个动物园，应该说是一个天鹅园，收容受了惊吓的、受伤的和正在康复的天鹅。奥布利维亚离群索居，但是，和葛丽泰·嘉宝[①]不同，她不会把自己关在家里，让过去的事情永远过去。她不失时机，冲出“人民宫”，去救下一只又一只天鹅。

玻璃成了大问题。生活在沼泽里的天鹅对玻璃一无所知。每次不顾一切地去努力靠近女孩，总有些天鹅会一头撞到窗户上。一些天鹅会因为街头孩子们的袭击而坠落在小巷里。在这座满目悲凉的城市，孩子们把身体探到废弃的公寓楼窗口外面玩游戏。那些公寓楼散发着玫瑰花的香气，弥漫着药草和香料的芬芳——孜然芹、姜黄、小豆蔻，或者是猫尿的气味。在另外的一些公寓楼里，老人们生活在潮湿阴冷、臭气熏天的屋子里。

凌晨，小巷一片寂静，天鹅从屋顶上消失。浑身被雨水浇透的、两眼茫然若失的流浪儿也离去。他们从楼房高层下来，一头扎进这座城市最繁忙的街道，然后在那里睡觉。他们靠在商店的橱窗上，破衣烂衫包裹着的身体仿佛被橱窗吸纳，成了最负盛名的百货公司的一道风景。他们待在那儿，你永远弄不清楚他们究竟是死是活。鞋子踩在人行道上发出咔嗒咔嗒的声音，那是他们的催眠曲。人们看着他们，宛如匆匆走过的守护天使，忽视了弥漫在空中的梦想。来自天堂的声音听上去像是喇叭，呼唤牧人把

---

① 葛丽泰·嘉宝（1905—1990），生于瑞典斯德哥尔摩，瑞典籍好莱坞影视演员。

孩子们带回家。

迄今为止，奥布利维亚一直躲着警察。警车一声接一声地鸣着笛朝小巷驶来时，她赶紧抱起另一只救回来的天鹅。“人民宫”的门会马上打开，接着在她身后啪的一声关上。女孩子怀疑警察是马基内叫来的。他是为了争夺地盘才这样干的！似乎只有他才有资格开门关门。仿佛房子是他的，仿佛她让他陷入了两难的境地。他注意到，天鹅不仅塞满了她的公寓，也塞满了楼顶上临时搭建的天鹅棚，等着被送回去，送到他从来没有见过的地方。

奥布利维亚无法理解，为什么总能在电视上看见自己。第一个发现这事儿的是猴子。它觉得生活太乏味，就用遥控器轮流换台，想找一个关于大自然的纪录片看，最好是有关猴子家园的或者猴子表演的，结果却看到了一个玛琳·黛德丽①的黑白老电影。一切正常，直到猴子受了惊吓大声尖叫道：“那是谁啊？”

就在这时，“港长”开始看电影，想看看猴子究竟看见了什么。于是，他也看见了同样的事情。女孩子变得几乎认不出来，似乎玛琳·黛德丽的灵魂跳出电视机，进入了女孩子的身体。然后转瞬之间她出现了，正好站在沃伦·芬奇身边——天哪！地球上那么多人，怎么偏偏会是他。不管她是干什么的，她只在电视上闪现了片刻，但是那就足够了。足够让人看见女孩子身穿玛琳·黛德丽常穿的深褐色长裙，走起路来也像那个女演员那样袅

① 玛琳·黛德丽（1901—1992）：生于德国柏林，德裔美国演员兼歌手。

袅婷婷，而且真的站在沃伦·芬奇身边。同样的新闻在播放玛琳·黛德丽的电影时插播了许多遍。

“港长”正在看护一只生病的天鹅，把它抱在怀里。猴子也在做同样的事情。它纳闷自己为什么会在一个肮脏的公寓里照顾这些动物。它问奥布利维亚：“你从哪儿弄来的那些衣服?”“港长”看到她和沃伦·芬奇向远处走去，注意到她居然穿着淡褐色缎子长裙，还配了一双高跟鞋。他想弄清楚这个问题。他说，她看上去令人难以置信。他大声说：“起初，我告诉自己，不可能——我真的认不出那是你。”

这件事情发生之后，“港长”一天到晚只想坐在电视机前，等着看沃伦·芬奇。目的只是想把他批评一顿。“港长”相信，任何关于澳大利亚政府的新闻都是好的。因为该死的沃伦·芬奇已经变成澳大利亚政治专家。看起来，这也不是什么难事，他大声说。都是些胆小如鼠的家伙，他不停地抱怨道，看一眼这个家伙就受不了！于是只要在电视上看见这个国家的“新总统”——沃伦·芬奇终于登上了这个宝座——“港长”和猴子就冲他大喊，说他是个彻头彻尾的叛徒，头号摈弃者，既抛弃了妻子，又背叛了人民。“你这个蠢货。”他们对着电视机大喊大叫。(在一个暴风雨之夜，经过一番密谋，他们终于把长期以来不受欢迎的豪斯·莱德拉下了马。)

那只天才的猴子里戈莱托变得对看新闻无比着迷。它开始把眼前的风云变幻同猴子世界的政治运作进行专门化的对比。它声称，沃伦·芬奇已经超越他自己国家的界限，完全脱离了人民。如今，他们被列入在世界各地漫无目的闲逛的、被流放的群体，常常在寻找，又常常迷失方向，每到一处，就会创造出更多流放者。

“你让人们别无选择，”“港长”对坐在天鹅粪便之中深感厌恶，对着电视机大声喊道，“你想让他们像你一样，成为‘失落的人’。就像你对这个女孩子所做的那样。她现在成什么人了？嗨！跟我说说看！现在就到这里来。我想跟你打一架。”

如今奥布利维亚只能自己去救那些坠落的天鹅，因为“港长”和猴子不屑去做。他们沉迷网络不能自拔，认为澳大利亚政治没有真知灼见，也缺乏真正来自民众的声音。两个家伙迷上了关于沃伦·芬奇的系列评论，一刻都不想离开电视机。

奥布利维亚知道，看电视会浪费电，而且许多受伤的或者正在康复的天鹅会因为她看电视得不到照顾，可是这一切都没能阻止她也想看看电视上的自己。于是最终——瞧！七点的新闻让人多么吃惊啊。她很快注意到一些细节与她对自己的想法完全相反。比方说，低垂的双目哪儿去了？为什么缺乏自我意识？羞耻之心哪里去了？她怎么能让别人那样盯着她看呢？她不得不适应电视上自己的照片：涂着红色或者浅粉色的指甲油，用抹了口红的嘴唇说话。透过眼线看东西和设计得纹丝不乱的发型。衣服的款式与玛琳·黛德丽相似，信心十足地四处走动。

“港长”说她看上去很漂亮，但是沃伦·芬奇丑死了。他们越是在一起看电视，越是频繁地看见“总统”带妻子出镜。于是他们臆断，沃伦·芬奇迟早会把女孩逼疯。看见自己被带着四处展览，装扮成一副贤妻的样子，她心里一定不会好受。他就想让她变成那个样子。他们还推想，新近缔造的澳大利亚共和国的原住民“总统”每天带他的“娃娃亲”妻子出镜，目的在于让钟爱这个国家“第一夫妇”的观众觉得极具新闻价值。

然而需要考虑的不止这些。在无数次看见自己装扮成玛琳·黛德丽四处游走之后，女孩才意识到，为了达到自己的目的，沃伦·芬奇在偷窃她的部分生活。对，他用自己和她门不当户不对的婚姻做掩护，就是要达到自己的目的。她不明白这一切是如何发生的，但是她知道，生活的一部分是在别的地方与丈夫一起度过的。她走进一种完全不同的生活，而这种生活沃伦·芬奇是通过电视屏幕创造的。

“港长”和猴子在他们的研究性争论之中陷得很深。争论的焦点是，会不会有一个人冒名顶替，自称奥布利维亚？他们还同奥布利维亚争论这个问题，她说那当然是她自己。而这给了他们足够的理由，让他们像是粘在电视机前面似的，非要弄个水落石出。不然的话，他们就得把时间花在拯救天鹅上了。他们抱怨说：“这个地方还不够拥挤吗？”他们能够想到或者谈到的只有这句话，另外就是咒骂那个丑人沃伦·芬奇：“我们受够了你！”因为他们和家禽似的天鹅挤在同一幢公寓里。此时，以这个公寓为家的天鹅太多了，在这里走动时，你无法不萌生这样的念头：置身于一个臭气熏天的天鹅饲养场。如今，“港长”和里戈莱托身上布满了天鹅虱子，他们终日坐在电视机前面，一动不动，除非到了非得给自己弄口吃的不可的时候才站起身来。

奥布利维亚让天鹅住在屋顶上，那里一直寒风呼啸，而且如今很多天鹅需要放飞。她相信那是她的职责。那是她继续待在这里并且不得不成为一个永远的电视妻子的唯一理由。很快就要到天鹅繁殖的季节，在繁殖的本能变得过于强大，逼得它们在屋顶、公寓里惊慌失措，试图逃走之前，她不得不把每一只天鹅送去和天鹅群会合。

奥布利维亚知道，她必须把它们带到空地上去，或者一大片水上。那样，它们就能有足够的空间跑来跑去，然后飞上天空。她需要人帮她在这座城市里找到这个空间。在她的心里，这座城市漫无边际，像一个迷宫，而“港长”或者猴子都没有兴趣帮助她。他们更感兴趣的是沃伦·芬奇，而不是天鹅。他们会在这座城市迷失方向。他们还说，要是她需要帮忙的话：“找沃伦·芬奇的马基内先生，让他带你去鬼精灵的商店吧。”

马基内坐在底楼的扶手椅上，他最喜欢的白猫像一条围巾围在他的脖子上。它在咀嚼那人的头发，仿佛那是羽毛。马基内看见奥布利维亚站在他面前，手里拿着一张有沃伦·芬奇签名的纸，上面说的是他应该帮她找地方重新安置那些天鹅。他吓得大叫起来。好吧！好吧！好吧！水从一个巨大的鱼嘴里喷出，喷到两三米的高处落下来形成的水雾，把他笼罩得严严实实。但是，浑身湿透并没有让他担心。迪安·马丁唱的《休斯敦》从高音喇叭播放出来，他继续伴着歌声摇晃着身子，几只湿漉漉的猫对着那只白猫龇牙咧嘴又叫又挠，在他身上滚作一团。“怎么回事？你想要人带你在废墟里走一圈？想要去看那座荒废了的城市或者别的什么？”

马基内说他需要些时间来研究城市地图——他指了指桌子上的一本旧书。那本书足有半米厚，长期无人使用。他认为，想要找出去她所说的魔法商店最近的路线是一件相当困难的事情。“好吧。”这个城市不对称，歪歪斜斜像个梦，他解释说。水在任何时候都会潮汐般涌来。他说他从来都不喜欢人多，问她是否意识到上百万人就在门外东奔西跑——那些人日复一日，千方百计，想要自我拯救。他抱怨这座城市多么拥挤，不再有人在乎它是什么样子。“你周围的一切都会垮掉。没有哪一样会修好。鸽子满天飞。仅仅在这幢楼周围，我就看见过上万只鸽子在盘旋。粪便落得到处都是。人们称之为全球化的萧条，我说纯粹瞎扯。苟且偷生吧。都是政府搞什么‘宏观管理’，今天干涉这个，明天干涉那个带来的麻烦。有朝一日‘被动性’把你的活力完全夺走，你就跟死了没有什么两样。你想要成为那个样子吗？简直是彻头彻尾的耻辱。你最好待在现在的地方——屋子里面。”但是，因为那个字条上有沃伦·芬奇的签字，他还是答应带她去那里，不过只能在夜里去。原因如下：讨厌阳光。他不喜欢白天拥挤不堪的时候在这座城市里走动，尽管甚至连“港长”都告诉她，实际上，他知道的并不全面，只是零零星星看到周围的情景。这儿其实是座鬼城。成千上万失业的人搬走、消失得无影无踪之后，基本上再也没有什么人住在城里。马基内拍拍卧在膝盖上的猫说：“听到有人敲门，立刻做好准备。”

那天夜里她等了两三个小时，吓得魂不附体。之后，听到门那边传来什么东西抓挠木板的声音。“有人，有人！”“港长”说，“时刻准备面对又一个该死的两难境地。”并且直截了当要她赶紧打起精神，最好养成去开门的习惯。长了虱子而挠痒痒的猴子表示赞同，大声说“港长”一定能把事情处理好，是一个天生的决策者。

“那好吧！”她打开门，发现门口卧着一只猫头鹰。门一开，这只正忙着用喙啄门的鸟儿吓了一跳，展翅高飞，又慢慢地沿着中庭落了下来。女孩出于本能知道猫头鹰希望她跟上去。不仅如此，她认为是马基内变作了那只猫头鹰——就是鬼精灵们许诺要送给她的那只。她飞快地看着那些天鹅，它们在公寓里挤作一团。电视机的声音开到最大，而它们的叫声更高：“带——我！带——我！”她飞快地抓起一只翅膀最强壮、做好飞行准备的天鹅，穿上颜色最深的衣服离开。一进入门外的小巷，就把与上衣连着的帽子戴到头上。

走进雨夜，她快步穿过黑漆漆的大街小巷，背上背着沃伦·芬奇的背包，里面装着那只天鹅，脑海里闪着这样的念头：她怎么这么傻呢！有些事别人看不出来，自己应该看得出来啊！比方说，马基内长得多像猫头鹰啊，她跟着那只猫头鹰快步走着，而那家伙很可能就是他变的。

猫头鹰疾疾地飞着。她从“人民宫”出来，已经走了很远。没有时间让自己感到怯懦，对能否跟得上它也觉得无所谓了。她压根儿就没有想过怎样才能回得去，尽管她很想尽早回去。万一不得不再次变成电视里沃伦·芬奇的妻子怎么办呢？——因为他到哪儿她都被迫和他一起去。“你做梦的时候，”猴子大声说，“让我们逃走吧。要是我们再次见到沃伦，干吗不把他杀死呢？那样我们可以都回到沼泽地去。”如何才能做到这一点呢？这个问题每天在她的脑海中出现一千遍。“如何”是个讨厌的词，简直能把人逼疯。猫头鹰继续飞行，根本不在乎她到了别的地方会面临怎样的窘境。现在，即使她改变主意，希望自己从来没有离开那幢楼，也为时已晚。猫头鹰让她随时保持警惕，注意它突然改变方向。它常常飞得很高，穿过一座座高楼大厦。她则不得不背着沉甸甸的天鹅沿着那些建筑物或者绕着它们跑，好找到一条路继续跟着猫头鹰往前走。她确信这只鸟儿想让她在迷宫里走丢。

空气像冰一样凉透了。乱云飞渡，强风骤起，把猫头鹰带跑。最终，它降落在一个商店门前的灯柱上。商店已经长期废弃，门窗用木板封上。商店的招牌上画着翩翩起舞的猴子和猫头鹰，上面还有褪色的黄字，写的是什么她基本上认不出来。“魔术师和鬼精灵的世界。”猫头鹰摇晃了一下身体，停止飞行，然后从这幢早已废弃的大楼的一个缝隙里飞走。

整个世界就是这样耸立在黑暗之中。但是，只要有一缕红色的霓虹灯光闪过，整个街道就都点亮了。她就能看到藏在木板后面的商店里的情形。但是鬼精灵们忘记了时间。玫瑰的香气是几十年前在这个商店里工作的人留下的，现在仍然在人们鼻翼间缭绕。魔法商店不属于这个时代，兴许压根儿就不受时间的束缚，把旧时代带回到今天。

一道光突然照进这幢楼的时候，她首先注意到的是地板上的动静。屋子里很暖和，聚集了整个城市的大小蜥蜴和别的活物。她心想，它们也许在参加一个史学会议。议题涉及古老的家园。那时候蜥蜴还生活在树上。鬼精灵们从前用过的书桌上堆满他们批阅过的书籍。她还能看到他们留下的笔记和草图，记录下他们对草鸮、海贝壳、种子、羽毛之类稀奇古怪的东西测量的结果。

屋子里有年老的猫头鹰。不是本地的。它们来自世界上别的蛮荒之地。老猫头鹰坐在栖息之处，非常安静，显得彬彬有礼。这样它们就不会把力气浪费在生命的浮躁之中。只有年轻的猫头鹰才会那样做——在屋子里飞来飞去，沿着城市的街道飞去飞回。这个屋子里还有些别的大鸟，是古老而稀有的鹦鹉，价值连城。它们把这个物种的历史都存放在自己的脑海里。谁也不知道鬼精灵们为什么想要让它们保存下来。那些不复存在的信息，又能派上什么用场呢？

女孩听见鹦鹉们在闲谈，聊起和鬼精灵一起乘坐破船漂洋过海的苦难。如今，这些船正在海港中腐烂。永远抛锚了。只等下雨天。她心想，鹦鹉们永远生活在这个不会老去的屋子里，看上去挺幸运。摆放它们的位置十分华丽，上面镶嵌着珍珠。它们一直栖息在那里。但是，她知道，鹦鹉环顾变得越来越小的世界，内心深处一定会想，自己怎么会落得这样的下场。

有时候，思乡心切的鹦鹉，嘴巴里会突然冒出几个外语单词。女孩子眼睁睁看着鹦鹉就这样浪费它们的知识，让那些像珍宝一样的词句消失得无影无踪。而那些语言一旦消失，就不会再有人讲了。

哦！多么神圣！多么神圣！天鹅飞进夜的死寂。它相信自己。那只巨大的黑鸟挣脱女孩的怀抱，像一匹赛马，朝霓虹灯光的方向跑去。三个奇怪的人就是在那里消失的。他们也许只是醉鬼，或者沃伦·芬奇派来监视她的间谍。但是一旦被发现，他们就逃走，消失在雾中。

巨大的天鹅迅速升空，慢慢地张开翅膀飞起来。奥布利维亚跟在它后面在街上跑。天鹅飞得不高，就在她头顶上。它对这座城市十分熟悉，走的都是近路，几分钟之后就把她带回到小巷。“你去哪里了？”马基内正在门口等她，气急败坏，阴阳怪气，看见她回来，如释重负。他抱怨说自己十分孤单。奥布利维亚没有理他。她从他身边跑过，径直回到自己的房间。天鹅已经恢复健康，加入外面的天鹅群，和它们一起飞向通往植物园的鳗鲡池塘。植物园位于市中心，有一大群一大群的天鹅聚集在那里过夜。

如今天鹅每天夜里都被放飞。奥布利维亚特别相信那只脑子里萦绕着迪安·马丁的《休斯敦》的猫头鹰。它四处张望，不断地摇晃、滑行或者扭动身体，或者突然转变方向飞越高楼大厦。它在前面飞，无论走哪条路，奥布利维亚都穿过黑暗跟在后面，让鸟儿保持在视线之内。而且她知道，猫头鹰最终总会停在废弃的魔法商店门前。

实际上，猫头鹰的目的地从“人民宫”拐个弯就能到。她跟着猫头鹰走了那么远的路并没有什么意义，但是她不在乎。她告诉“港长”和猴子，平平常常、合乎逻辑的路线并不重要。倘若她沿着最近的路自己走过去，大概永远也找不到老鬼精灵的商店。那座商店位于那条早就废弃的大街，城里的鬼魂经常夜间光临，是放飞天鹅、让它们重新飞起来的最好的地方。她遵从的是完成艰难旅途的欲望。那个商店正面钉着木板，霓虹灯从木板缝隙照射进去，奥布利维亚从那缝隙往里望，看见里面的景象。在她的想象中，鬼精灵们仍然在木板的另一侧，在他们的作坊里继续工作。她相信这个地方的神灵——所有那些从来没有被带回家的鬼魂。她还和天鹅一起沿着大街奔跑，并且帮助它重新飞起来。这一切让她变得更加坚强。那是一条鬼魂的大街，令人兴奋不已。那里有成千上万的鬼魂。她宣称都是自己所见，可是“港长”和里戈莱托并不完全相信她的话。他们对鬼魂略知一二。

里戈莱托唱着他的圣歌：“我上下求索。”它的歌唱得太难听，足以让街头玩耍的孩子们止步，不再到小巷里来。临离开的时候，他们一边走一边大声叫喊：不管是谁，只要唱歌唱得像猴子一样难听，都应该停下来别再唱了。这下子，一群又一群的流浪儿又找到了可做的事情。他们聚集在街角，等着跟踪那只猫头鹰。他们知道，它给身穿带帽兜的深色衣服、怀里抱着一只天鹅的女孩引路。有时候女孩把天鹅绑在背上。

奥布利维亚紧盯着用木板封起来的那幢房子，街头流浪儿与她保持一定的距离。他们相互敲打着脑袋，往后退，向这块土地的传统所有者表示敬意。他们想知道她是否只是个疯子，鬼鬼祟祟地走得更近些，越过她的肩膀向远处看。没有人具备女孩那样的想象力。他们想象不出鬼精灵的商店当年是个什么样子。小鸟在中国人编的大鸟笼子里鸣叫。那笼子是个老物件儿，用铁丝做成。那些铁丝曾经被做成漩涡状的装饰品。流浪儿视而不见。他们对她耳语：“你在看什么呢，姐姐？”她不理不睬。

鸟笼子里，世界上最小的蜂鸟在飞翔——它们在圆锥形的窝里睡觉，只有在你想象它们飞翔的时候才飞出来。鸟巢寂静无声，她盯着看的时间越长，蜂鸟越活跃，在笼子里的鲜花周围快速地飞来飞去。街头流浪儿对挤在他们身边观看蜂鸟的鬼魂视而不见。但是他们觉得这栋房子一定不寻常，便组织起来，准备破门而入。

奥布利维亚知道，她不可能长期在街道上过夜，像猫头鹰在光柱周围飞来飞去捉昆虫。街头那帮孩子要破门而入，进到那所房子里的事情，她都不想理睬。她有太多的事情要考虑。比方说，她永远不知道自己什么时候就得打扮得漂漂亮亮，在电视上亮相。还有，要是沃伦已经在公寓里等着接她，该怎么办呢？她已经感觉到，她生活在这座公寓里的时间不会太久。这样的想法深入骨髓。甚至连“港长”都已经在打包行李了。

海港里，船上的铃声远远地就能听见。黑天鹅从她的怀抱里飞出来，独自站立，在空旷而潮湿的街道上不知如何是好。每一只天鹅都一样，对自己是否有能力再次飞翔不清楚，直到与潮汐相伴的风把它带走。它那带蹼的爪子承载着沉重的身体，沿着大路往前跑。风突然沿着走廊刮过，越来越大，很快就带着奔跑的天鹅，推动它开始飞翔。

在这座无人看管的城市里，成千上万只鸽子绕着楼顶飞来飞去。大教堂两侧长出了树，凹室里长出了栗子。无花果树根贴着墙攀爬，潮湿的缝隙中众多的种子长成了杏树、苹果树。鸽子和相思鹦鹉在树上睡觉。树下，一群又一群猫头鹰、女孩子、天鹅和众多的鬼魂在游走。他们的游行有朝圣的意味，那是对一去不复返的昔日的渴望。那种渴望他们永不放弃，成为心头长久的痛，就像葡萄牙文的“怀旧”①，用来描绘那些深陷地狱边缘的人充满渴望和忧伤的梦。那个梦在城里每一条不起眼的街上游走。接下来，奥布利维亚会再次感觉到，在她的胃里，有一种令人兴奋的渴望爆炸开来。她想在黎明之前快速冲回公寓。因为她常常心存希望，想成为电视上的那个妻子，看见自己被众人爱戴，和喜气洋洋的政治家丈夫——国家元首、世界领袖——待在一起。她想亲身体会待在这样一个人身边会是怎样的感觉。这将一劳永逸地证明，出现在电视屏幕上的真的是她自己。而且她切切实实感觉到了电视上看到的那种爱。这可以确定她的真实性，让“港长”和傻猴子不再有一丝怀疑。

朝圣夜夜进行，他们听见蒙特威尔第②的《黄昏祷歌》盖过了祖先土地的嗡鸣之声。风呼啸着穿过一幢幢建筑物，穿过天空。她看见许多天鹅在每一阵古老的呼吸中聚集，它们穿过永不停歇的雨飞翔，形成了一道风景线。

是的，天鹅在繁殖，在洪水泛滥后的树、芦苇和草丛中筑巢。废弃的植物园中的池塘和动物园里的一个小湖，到处都是来筑巢的天鹅。后来又挤满了市区的浅湖。它们沿着海湾、水沟和水湾繁殖。

棕色的河流穿城而过。夜里，一群又一群大鹅沿着河上下翻飞。奥布利维亚觉得它们在训练，为某件事情做准备。至于什么事情，连它们自己都不太知道。她心里想，它们是在试图告诉她

① 原文为saudades，意思是“思乡”“怀旧”。

② 克劳迪奥·蒙特威尔第（1567—1643）：意大利歌剧作曲家，是前巴洛克乐派最重要的代表人物之一。

某件事情。这个想法在她心里变幻莫测——飘到这里又飘到那里，渐渐变大。然后她把它抛出去，绕着一个很大的什么东西转来转去。她还把它四处乱扔，狠狠地砸向自己大脑的壁垒，结果变成某种丑陋而愤怒的东西。那东西因为太热而让人抓不住，因为太粗暴而让人无法掌控，无法仔细研究。这件事情让她十分恐惧。她意识不到，她的所谓婚姻，因为缺乏交流而产生了许多问题，无形中生出一种背叛和被抛弃的感觉。

这个想法塞满她的脑子，让她愤怒不已。她在每天夜里的游行中拖着沉重的步子往前走，无法集中精力看天鹅沿着河流上下翻飞。好吧！问题出在什么地方呢？痴迷。“电视妻子”。她开始问自己各种问题：为什么她总是为一个只在电视上看见过的人来去匆匆呢？那个人她只是通过电视才有点了解。而电视里的每一个形象都代表幸福的婚姻。这一点，甚至连她都相信了。而每当在电视上看见自己，她只能根据看上去的模样解释自己的行为——被呈现出来的样子，而不是作为沃伦·芬奇的妻子的真实存在。而且她常常忘记曾经跟这个男人在一起的细节。这个男人不是别人，是她的丈夫！可她不记得他，连他长什么样子都记不清楚了。但是这些并不重要。真正重要的是她无法承认，沃伦在用一个人冒名顶替她。当然，“港长”一再解释，他的影响力不亚于核能。“那个趾高气扬的大人物沃伦·芬奇不愿意让人看见和你这样的妻子在一起。你跟一株垂枝相思树没有什么两样。她是个假扮的妻子。根本不是你。”但是，奥布利维亚不愿相信他的话。她能够完全感受到她就是那个“电视妻子”。她向自己、“港长”和猴子许诺，她一定会证明这一点。

怎样才能做到这一点呢？他们当然想知道。但是，她的思想溜号，变得懈怠，跟她玩起了花招，没有了推进这个想法的动力。她再次把注意力集中到天鹅身上，跟在它们后面，脑海里响起了这样的诗句：“天鹅飞向荒凉的天空，带来狂放和野性，带来愤怒终结一切，终结……”天鹅继续呈环形飞翔，她跟在后面。与此同时，她不再老是想着公寓，想得更多的是需要跟上它们飞行。它们与她交流的事情只是和飞行、长途飞行有关，并不谈论在别处纵情欢乐的沃伦·芬奇——他像平常一样继续他的生活，扮演着这个即将坍塌的世界即将崩溃的“国家元首”的角色。

猴子也变了。它决定搬出公寓，因为现在那儿太脏了。听女孩子说，她在动物园里见过可怜的没有人管的猴子，它变得十分兴奋，夜里趁“港长”在电视机前睡着的工夫悄悄溜走了。它去了动物园，打开了通往“猴之家”的门。从此以后，它成了猴子舞蹈团的老板。它们以难民的身份，生活在那座城市的大教堂——教堂砂岩砌成的墙壁裂缝里长出一株株杏树和无花果树，它们在那树枝上攀爬玩耍，终于得到自由。猴子们在这座城市的商业街成了备受欢迎的卖艺者。常常付钱给街头流浪儿作为保护费。

“港长”待在家里生闷气，因为猴子自力更生了，公寓里的天鹅也远走高飞了。他坐在长沙发上，松下牌电视机里没日没夜地传来板球比赛的喧闹声。他和电视剧一起经历惊涛骇浪。那些比赛是多年前举行的，中间插播新闻。在新闻中，他看见沃伦·芬奇一天天变老。但是，看某个人变老没法给你带来多大的满足感。噢！那人的胜利永远不会有完的时候。这样的面孔不可能给人带来满足感。沃伦继续获胜——每一场胜利看上去都比从前更加辉煌——但总让人感觉到是个人的失败。

是的，“港长”喜欢盯着电视机看。沃伦·芬奇的生活扑朔迷离，“港长”仿佛想坐在沙发上为他的生活掌舵，骂骂咧咧地推动他在一场看不见的滂沱大雨中前进。与此同时，“港长”在雨中大声抱怨：“你知道，人们可以没完没了地说他们将要如何拯救世界，拯救原住民……一直这样，总是想要拯救别人，而别人宁愿谈论他们想如何拯救自己。你打算什么时候开始考虑那个问题，该死的沃伦·芬奇先生？”

噢！让我们结束这乱糟糟的一切吧，不要再让板球拍和护膝整天在屋里飞来飞去了。为什么这么不开心呢？对于“港长”来说，沃伦·芬奇的任何心腹大患都具有挑战性。他常常得证明，他具有远见卓识，或者知道某些笑料。那些事情发生在世上某条人迹罕至的小路上，令人吃惊。尽管如此！你无法回避这样的事实：沃伦在别的地方过日子的时候越来越多。他与那个迷人的“娃娃亲”妻子，那个说不清道不明的“第一夫人”在一起的时间少之又少。他没有把生命浪费在充斥着天鹅臭气的公寓里，终日无所事事。

街道上的毒蛇

你在这座城市里看见的不止这个——这片废弃物堆积场。天鹅从这里飞向蓝天，微风在燕子和鸽子中间吹过。鸟群中，鬼魂们冲着下面呼喊：多大的一堆垃圾啊！但是，天鹅饿得发慌，快把植物园挤爆了。它们寻找像沼泽那样的水面，却一无所获。这些不走运的家伙只能回到杂草丛生的公园里，在蝴蝶和昆虫中间徜徉。城里人什么也不耕种，这个地方对于他们来说没有任何用处，他们吃的都是包装好的粮食。他们说这片杂草丛生的绿地“真他妈的乱糟糟”！他们觉得，这座城市里有人在挨饿，根本没有必要保存这个老式的、杂草丛生的公园——靠政府生活会过得好些，流落街头更安全，就像住在小巷里的人那样。

你可以观察一下，那些人走过这座古老城市的植物园。那里只能让他们想起给孩子们作的一首童谣，想起他们仍然相信这个城市古老的传说——这片乱七八糟的荆棘丛里住着一只长得太大的欧洲野兔，人称兔子王。除此而外，他们对这个地方毫不在乎，视而不见。对待任何没有用的、默默无闻的、变得多余的东西，他们常常就持这样的态度。曾几何时，这个地方为全世界瞩目。人们把它当成地球上最丰富的植物宝库，认为这里藏有最珍贵的、稀有和濒临灭绝的植物群落。

这个城市里的人并不经常使用“从前”这样的字眼来怀旧或者回忆过去的事情。但是曾经，人们指望糟糕的天气会回到常规的气候模式，这座城市也希望它丰富的历史不要被永远湮没。他们尽力保护环境，拯救老树、花和灌木，但是拯救绿地的斗争似乎没有意义。长期干旱夺走了仁慈，让人心变硬。而后，雨水又终于取代了干旱，把一切的一切浇透。年复一年，杂草疯长，这里成了没有人能进去的荒野。对于普通人来说这块土地太危险，它便被永远封锁起来。

奥布利维亚对生锈的旧牌子置之不理。对于她来说，那牌子算什么呢？不就是用铁丝绑在铁栅栏上的破玩意儿嘛。上面警告说进去有多么危险，她懒得看。至于走进像这些老植物园一样的被人遗忘的地方将要受到什么样的惩罚，她也没有留意。这些牌子可能一度挡住了无家可归的人，不让他们在那里栖身。如今它们夺走了这座城市对这些公园的记忆。怎么会出现这样一片荒原呢？城里的街头流浪者又有谁会猜到其中的原因？对于活在当下的人来说，这种古老的蛮荒之地没有什么价值。这些地方的大门被蟒蛇一样粗的藤蔓封得死死的。这些藤蔓“离经叛道”，仿佛打算把一张巨大的织毯铺在所有的铁栅栏上。

天鹅在这些被人遗忘的公园的上空盘旋。它们守护着这座城市属于它们的这片岛屿。岛上一片郁郁葱葱的景象。与此同时，有人来自城市的其他地方。看到这个现象，他们觉得简直是个奇迹。每次看见天鹅飞翔，在这座城市里长期生活的中国人都要赞美它刹那之间展示的美丽。他们用自己的语言管这些天鹅叫做“鸿”。有一种说法在这座城市里希腊人聚居的地区流传。他们把天鹅在荒岛上盘旋与很久以前的信仰相提并论。那时人们相信，有一个神秘的岛屿被白天鹅簇拥，阿波罗神就在那里降生。这些都是穷人们的说法。看见天鹅会交好运。甚至——欣欣向荣，安全无虞。沃伦·芬奇在这座城市里。每个人都热血沸腾，预感到会有件了不起的事情即将发生。

所有那些摔伤的天鹅都从“人民宫”这所公寓里放飞。如今，在植物园里，奥布利维亚在观察天鹅。它们集结在一起，数量如此巨大，把月光都挡住了。大自然的这种反复无常令她百思不得其解。她的天鹅是什么时候繁殖的呢？时间都到哪儿去了？过去了多少个天鹅繁殖季节，她却浑然不知？她究竟在这座城市里生活了多久？

她再也不去鬼精灵的魔法商店了。正因为如此，所有天鹅都被放飞之后，那只猫头鹰就再也没有回来。甚至，对那只猫头鹰的记忆从她的心头褪去，如同它飞翔时一样悄无声息。这些都不是原因的全部。她一直像俘虏一样，被人家关在这里。而在她怀抱一只天鹅、跟随猫头鹰在大街上穿行、在长夜里旅行时，她的时间被偷走了。如今她明白，天鹅孵蛋、养育小天鹅的季节已经过去。这告诉她，比所有别的事情更重要的是，她在这座城市度过的时间比预期要长得多。

女孩子连想都没有想到过要向马基内说“再见”或者“*sayonara*”①。也没有说“一去不回头”，或者对“港长”简简单单

---

① *sayonara*：日语“再见”。

地说一句“再见”。离开就是离开。只不过是一句古怪的、没有感情的应答——被从某地带走时，她淡然处之，与当年被从那条船上带走，或者更早以前从树中带走时没有两样。她离开了马基内，任他在自己的童话世界里胡闹，留下他与他的猫厮守。而“港长”呢？留下他在那里整天琢磨他的猴子为什么会无缘无故溜走。留下他在那里整天守候着电视，一看到关于“肥猫先生”——这个国家的原住民领袖沃伦·芬奇——的消息，就六神无主。

她继续走着，植物园被铁栅栏环绕着，有一圈树篱无人修剪，长到天上去了，她却几乎没有注意到。她走到朝雾弥漫的公园深处，再也听不见外面街道上一条条瘦狗的叫声了。街头流浪儿和他们的狗一如既往地走出小巷跟踪她。似乎她是某个离群索居的鬼魂孩子，就像一个原住民“叮当小仙女”。她要把他们带到什么地方去呢？最刺激的莫过于此。

但是此时，在植物园外面，他们停下来，只是在人行道上来回走动，占据他们心灵的全是无趣的城里的神话，说的都是这个大门以内的情形。他们听见里面有成千上万吵吵闹闹的家八哥。它们在开满橙色花朵的芦荟丛中热火朝天地叽叽喳喳，在浓密的下层丛林中疾飞而过。他们的狗在主人的腿边呼哧呼哧地喘着粗气想要喝水。与此同时，来自公园的鬼魂都在光天化日之下跑到大街上，凑到孩子们的耳边轻轻地讲吓人的故事。那些故事绝大多数都是讲半夜三更发生在这片荒原的麻烦事，连狗都吓傻了。

老人们是如何引导他们的呢？这是天气不好时，孩子们最残酷的命运。他们脑子里装满了自己造就的神秘事物，比你能想象出来的要多得多。你认为他们想象的那些东西会在哪儿呢？天空中在闹鬼，燕子和鸽子的鬼魂上下翻飞。植物园外面人行道上的那群流浪儿，一个个瘦骨嶙峋，大小头目留着莫霍克发型。狗发了疯似的吠叫，被小头目骂得体无完肤。人看不见的东西，这些动物看得更清楚。但是，对任何真实的东西和不值得信赖的东西，它们倒不一定有这样的过人之处。与此同时，它们继续戴着锁链疯狂地四处乱窜。

噢！你还期待什么呢？外面的街道上没有一处聚会场所。这座城市培养出来的尽是女孩子气的男孩，容易受到惊吓。他们常常看见鬼魂上下翻飞——就在大街上方。他们喜欢让人看鬼魂。它们在城市上空升起的雾和烟中漫游。他们甚至指着染病的蝙蝠让人们看。它们在天上飞，排成一列列的，仿佛在编队飞行。噢！幸运的带病毒的蝙蝠睡着了，倒挂在老植物园的几片树林里。

而他们跟踪的那个原住民女孩怎么样啦？那个身着黑色长裤、帽衫的帽兜遮脸、天鹅绕着她飞的瘦得皮包骨的女孩子呢？噢！要是你像个女里女气的女孩子那样想问题的话，她也不是真的。他们把她看作精神上的祖先，因为他们知道原住民的模样，因为他们在某种程度上模仿这个国家原住民的生活，仅仅靠垃圾食品为生。如今他们用她填补空缺。

奇怪的、无法解释的天气让你心里一点儿也不痛快，而他们对带着鬼魂天鹅的奥布利维亚的感觉就是如此。鬼魂天鹅夜里在天空飞翔的时候，似乎在云层里繁殖。他们说，她是他们见过的第一个原住民神灵。据他们所知，许多年前有人对这个城市进行了彻底清理，“围捕”了所有原住民，关押到北方。从那以后，仅有她一个人回来。

狗继续狂吠。此刻，奥布利维亚已经和翩翩起舞的蝴蝶一起在下层丛林里走远了，留下流浪儿和狗沿着人行道彼此追逐。孩子的吼声和狗的嚎叫不绝于耳。那些该死的狗，若不是用链子拴得死死的，根本无法控制。追鬼魂时，狗比任何时候都更疯狂。它们被天鹅和蝙蝠的气味快弄疯了。奥布利维亚对这些噪音不理不睬，继续往前走。很快，聚集在人行道上的另外几群孩子和狗之间的呐喊声就消失得无影无踪。

“嗨！胆小鬼们，出什么事了？我们早就来这里了，最先到的。”

“早就来了？不就早十分钟！”

占住自己的地盘是有规则的，即使你只是个胆小鬼也得按章办事。谁都有可能是在哄骗一群好孩子。

“嘿！你们等等。”

“别！让那个黑仙女走吧。她是我们的。不是你们的。要是你乐意，我们会为她而战。”

“那好，来吧……”

蝙蝠之河流过人行道，没有注意那里正发生的“战争”，继续朝黑漆漆的公共场地中心飞去。这群蝙蝠来自城市的郊区，它们头天黄昏时分从那里飞过，寻找结满成熟果实的无花果树的果园。在它们栖息的树下，奥布利维亚继续慢慢地通过下层丛林中的地道向前走。这条地道是以前狐狸为了追逐上了年纪的兔子王而用爪子刨出来的。她走过几块被天鹅踩踏过的绿地，最后到达一块昆虫滋生的沼泽湖周围的绿地。那是天鹅群落聚集的地方。真实情况是什么谁知道呢？在这些绿地上，天鹅梳理着自己的羽毛，渐渐进入梦乡，长长的颈项弯成S形靠在背上。正是在这里，生命显得那么干净，空气给她的心平添了平和之感。

她没有理会在树架上呼呼大睡的蝙蝠，而是侧耳倾听天鹅激动不安、打着呼哨的谈话。它们摇晃着脖子往前跳跃，发出嘶嘶的声音，然后安静下来。这时，树梢上突然蝉声大作。这宛如警报的蝉鸣在废弃的下层丛林和杂乱无章的树顶蔓延开来。蓝色、黄色和黑色的蝴蝶飞到半空。天鹅匆匆忙忙、跌跌撞撞，展开颤动的翅膀，扇动上升的雾气起飞，犹如暴风骤雨，突然全都飞走了。

“港长”懒散到了极点，他待在“人民宫”公寓迟迟不睡，身穿发臭的旧汗衫和短裤——反正也不关别人的事情。突然，一条新闻出现在电视上，他看见有人行刺。

那些负责电视节目的人应该想想他们在对一个老人做什么。可怜的老人浑身颤抖。他一直半梦半醒，梦见里戈莱托，有一搭没一搭地看ABC的一个歌剧节目。当他看到刺杀的镜头时，马上感觉到胃里翻江倒海。很快，电视上只剩下关于刺杀的新闻，重播了足有一千遍。这就是事实。沃伦·芬奇在这座城市的大街上中了枪，生命垂危。

老“港长”头晕目眩，脸色铁青，没有表情。像世界上其他人一样——他仿佛着了魔，被迫一连数个小时反反复复看新媒体电视重播沃伦·芬奇的生平。

他觉得看见了那个女孩——沃伦·芬奇的妻子。瞥见一个女人挺像她，跟着救护车奔跑。救护车上搭载着这个世界上最重要的政治生命，却看不出他有什么重量。他认出了那几个保镖，正是那些鬼精灵，他们挡在镜头前，目的是挡住人们的视线，不让他们看清沃伦·芬奇的样子。如今似乎一切都已过去，全都失去了，整个世界都怅然若失。但是不管怎样，怅惘之中，发生了一件异乎寻常的事情——一股能量充满了整个公寓。

这可能吗？沃伦终于回来探亲了……公寓充满生机。仿佛有一种无形的能量在疯狂地转动——呈水平方向，从一面墙撞到另一面墙。而且每次经过，冷空气从“港长”的脸上吹过，他被打中无数次。

一定是沃伦·芬奇。他躺在担架上，生命垂危，不能看手表了，也不能用手机接电话了，但是他回到这所公寓，像一个情急之中的疯子，翻箱倒柜，就像找不到他最喜欢的那双袜子。噢！他所到之处，乱作一团。因为很明显，他不能久待。他的声音也怪怪的，像是拴在绳子末端的一个大球，滚到“港长”和在楼下跟猫纠缠在一起的马基内的耳朵里：“她在哪里？”

于是，“港长”突然崩溃了。他觉得非常孤独，尽管身边有那位严肃的电视记者试图成为他的朋友，亲密地谈论着躺在担架上、被沾满鲜血的床单盖着的沃伦·芬奇的一生。救护车上的人手忙脚乱地为他打点滴、使用抢救设备、发动汽车送芬奇去医院。与此同时，这位记者试图对他们进行采访。至于沃伦·芬奇是死是活，这位老人再也没有心情去了解。他马上收拾行李，把所有的衣服（并不多）装进一个包里。还找到猴子几件不乏异国风情的衣服，最后扫视了公寓一眼，穿过不断涌出的喷泉和落在长满青苔的雕像上的雾，飞快地离开。他从马基内身边走过。马基内抱着大声嚎叫的猫在大庭广众之下嚎哭。他全神贯注地看电视，压根儿就没有注意到前门砰的一声关上，也没听见“港长”大叫：“那位忧伤的妻子去哪儿了？”

天鹅都已飞向天空，它们拍打翅膀的声音加速了女孩子的心跳。嗖嗖！嗖嗖！那声音在回荡，而她只是感觉到了那种熟悉的“幽闭恐怖”，觉得自己被关在一个狭小的空间里。在那里，她只能看到锁眼那么大的一小块地方，觉得自己又被投进那棵古老的桉树的根里去了。那是她曾经目睹的景象，一大片天鹅黑压压的，在飞翔中组成一只大鸟的形状。

这个世界正在分崩离析，女孩子的心怦怦直跳，就像被关起来的小动物在寻找一条能最快逃走的捷径。那条新闻不胫而走，在大街上稠密的人群中迅速传播开来。对！这座城市本身带着巨大的悲痛在大声呼喊，召唤她，请求她，或者如果你愿意这样说的话，威胁她，试图把她拉进它的各种麻烦之中。“啊啊啊啊！啊啊啊！不！她正向另外一边张望。她真的那样做吗？老天可怜可怜吧，她的丈夫就要死了。别走啊。她在逃跑。快来！回来吧，你这个名人。这个名人。停下！”城里的人为了让大名鼎鼎的沃伦·芬奇活下来，哭出了一百万桶眼泪。但是！但是，这位“总统”的妻子却不为所动。她在干什么呢？她在哪里呢？这个不知道从哪里冒出来的“娃娃亲”妻子！她的名字的确太容易让人忘记，太像外国人——这才是问题的核心：谁会记住这样一个虚假、可笑的名字呢？“你在哪里呢，你这个人？”

全城有成千上万的人在呼唤她，她却几乎没有听见。实际上，告诉她继续往前跑的主要是被唤起的记忆，让她逃离那些痛苦的声音。那声音洒落在沼泽地的芦苇上，试图抓住她；那声音从有几分特殊之美的野花上滚过，折断了树枝。树上挂着的几十只果蝠重重地砸在地上。

这时，空中飞翔的天鹅能够看见她。她绕着植物园沼泽般的湖跑，然后穿过兔子王的悬钩子隧道。她看见灰色的兔子在前面跑，便跟着它从狐狸挖出的小道大步流星地跑着。她一直向天上看——试着跟上她的天鹅。它们在她头顶上的云中飞翔。为了不至于跟丢，她必须待在它们的影子里。她仿佛是奔跑在别人的梦里。在那个梦里，一个像沃伦·芬奇的人在喊“让我飞到月亮上去”。她也看见了那三个鬼精灵。他们像巨人一般站在云彩之上，一边聊天，一边吃力地驾驭疯狂逃离这座城市的天鹅。“听着！你听不见吗？她在许愿。她想和天鹅一起飞，这样它们就不会把她落下。”

每逢这样的时刻，天鹅不会给出答案。大鸟们在天空中努力飞翔。从相反方向刮来了一阵强风，天鹅张开翅膀与之搏斗。风像龙卷风那样转圈儿，把所到之处的一切都带往市中心，包括那些快步穿过大街的人们。他们想要看看来访的“政府首脑”——沃伦·芬奇。天鹅的翅膀变成船帆，被一阵阵狂风吹得倒退，朝着吵吵闹闹的大街移动。成千上万的人置身于风暴之中，在那里大声抗议。沃伦·芬奇刚才就是在那里遇刺的。

她是否为梦想的其他东西奔跑已经无关紧要。什么都改变不了逆风而跑的事实。因为她回到了沃伦·芬奇待过的地方。在他身边，她有一种很奇怪的感觉，觉得重新回到很久以前她刚到这座城市那天他离开公寓的那一刻。她仍然感觉到他的控制力，即使他在她的腿上平躺着。她在他的重压下，动弹不得，但她的思维不受控制地转换，挣扎是徒劳的。她发现自己在沃伦身边代替了那位“电视妻子”，不由得打起寒颤。尽管在她的心里，她还在穿过悬钩子荆棘丛追赶兔子王。她孤立无援、暴露在大庭广众之下，认出了向她涌来的街头流浪儿的脸，听到警察和救护车向这座城市驶来，警笛声越来越近。她心里充满恐惧，生怕他们怀疑是她杀害了他。究竟发生了什么事情，她不记得，也不知道。她只是在追逐兔子王吗？到处都是警察用扬声器喊话的声音。那声音打破了现实和梦想，她的注意力集中在一架低空盘旋的直升机上。直升机的螺旋桨在旋转。天鹅绕着她飞。

那种叫天天不应、呼地地不灵的痛苦从她身体里咆哮而过。一泄而空之后，却又变得无关紧要，就像铺天盖地的洪水从干旱的平原和呼天抢地的人群中倾泻而过之后，留下的只有超现实的漠然。此时人群已经聚集到数十万之众，还有人蜂拥而至。警察拼命维持秩序，让一辆救护车强行通过。她陷于哭喊声的包围之中，无法离开，退回到沃伦的软弱之中。没有机会逃避，除了仰面朝天看天鹅的时候。风突然停歇，天鹅在狭窄的街道上空调整飞行。他此刻就要走了。

救护车门飞快地关上，悲痛欲绝的人们挤得水泄不通，封住了去路。一片混乱，谁都控制不了局面。安保人员成功地设了一个路障，把他抬到楼顶上空来回盘旋的一架直升机上。直升机向医院飞去，女孩——妻子被留了下来。人群突破路障，试图向她表达悲痛之情。她被人们伸出来的手的汪洋大海包围。一个又一个陌生人满脸泪痕，和她握手、拥抱。之后从她身边走过，把她让给下一个悲痛的人。然后是下一个，直至她完全迷失、淹没在茫茫人海之中。她被这种悲痛的“潮汐”推着穿过大街，被哭喊着祈祷的人们挤得动弹不得。那些人下定决心，非要向她表示感谢不可。为了那个曾经看护全球所有人安全的人。他们知道那个人的名字叫沃伦·芬奇。

漫长的一天过去了，夜晚悄悄来临。这时向她伸出手来的有猴群、街头流浪儿，还有“港长”、卫队、警察、鬼精灵保镖们——陌生人引领着她，把她带进了夜色之中。

全城播放着一首又一首寄托哀思的乡村歌曲和西部歌曲，连“风暴之母”也加入哀悼的行列。洪水泛滥，大街上林林总总的物品随着洪流缓缓漂动，其中有一条中国龙。就在昨天，这个神秘的生灵舞动着，穿过这座陌生而没有灵魂的城市的大街小巷，欢迎新“总统”。当时它还吹奏美妙的竹笛，让人回忆起荒无人烟的故乡。噢！它的节日已经成为过眼云烟。遭受同样命运的是鼓、锣、苏格兰高地风笛、大型管乐队、爵士乐和福音合唱队。还有打着响板的三齿稃舞者。紧随其后的是天鹅。它们翩翩起舞，把翅膀张得大大的。这些人都曾欢迎这位“全人类的总统”，把他当作活着的神。此时此刻他们可能都已经入睡了。

遇刺“总统”的失踪妻子奥布利维亚从这条龙张开的大嘴中探出头，四处张望，仍然不知道她是否杀死了沃伦·芬奇。然后她跳出来，跳进鬼魂雾里。鬼魂雾躺在整座城市上，让自己古老的身体得到休息。夜里又刮起场飓风。潮水涌入，许多街道洪水泛滥。龙摇摇摆摆，在黑暗中毫不费力地移动着。它身上的鳞片是用镜子做的，色彩斑驳，金色的龙须随着龙身往前漂。她一把将它抓住。

起得这么早的只有那只猴子。它住在主街大道上的大教堂里，倾听故土的静寂，相信那是属于这座城市唯一的“声音”。砂岩做成的大教堂顶上有一座尖塔，上面长出一棵无花果树。猴子高高地坐在树上。它开始晨祷，对着远方的猴神以及它所居住的教堂的神祷告。祷告没完没了，最终它无法集中精力，不知道自己为什么祷告，甚至没法相信会有哪个神和别的神一样爱它。孤独的雾神从这座城市经过。它开始透过雾神的身体往下看，怀旧之情油然而生，希望鸣禽在黎明时分合唱。可是鸣禽早就没有了，猴子不得不提醒自己，有些老习惯十分顽固。这个满身白毛的生灵唱了一首饱含欣喜和敬畏之情的赞美诗。诗的内容是它也像众神一样变得隐形。还有，它真的觉得自己像个魔法师，能够消失，然后再回到现实生活中来。这一切究竟是怎样发生的甚至连它自己也不知道。

“那不是里戈莱托吗？”一群家八哥从教堂的中殿里飞出来，叽叽喳喳地说。“那个来自亚洲的神猴。”猴子不理会鸟儿的啁啾，尤其是八哥、乌鸦和家八哥。它认为，那些喜欢叽叽喳喳的鸟儿配不上它。它宁愿把自己想象成一个俯视生活、颇有绅士风度的老猴子，就像它此刻俯视雾神一样。但是，这次不同。它看见那条中国龙沿着街道漂过来，有一个女孩子倚在它身旁。她瘦骨嶙峋，看样子冻得够呛。

从那么高的距离看下去，它弄不清楚这是不是它要找的那女孩。里戈莱托的眼神比以前差远了。它清楚地记得，年轻时，它的视力非常好，整天为游客表演。它会一把抓起一个剥了皮的柑橘，准确无误地塞到嘴里。它能在棍子顶端表演翻跟斗，一连翻无数个。干这活儿，眼神都得好。它常常回想起这些了不起的壮举。但是在这个所谓充满机会的国度里，它的野性被夺走。在环绕整个亚洲表演杂技时，它兴许还能挣来 0.00005 元，如今却什么也挣不着。它觉得如今连炫耀这种杂技的心思都没有了。这个国家仿佛有一个大魔鬼掏空了它的身体，把发自内心的快乐都掏走了。此刻它不经意地往下看雾神，目光一闪，认出那个女孩儿就是她。

里戈莱托以"自由落体"的方式从藏身之处跳将下来。它觉得自己的身体似乎灌了铅，转瞬之间，沿大教堂的墙壁爬下来，一半游泳、一半奔跑，穿过风暴带来的洪水，抓住龙的金须自救。它跟着龙费力地来到奥布利维亚身后，把脑袋伸到她肩膀那边，看她的脸，好确定那就是她。瞧呀，看呀！它尖叫着。那是被"港长"监护的女孩。

这让猴子很生气。它跳到奥布利维亚面前，用类似狗刨的姿势在水中扑腾，像一块木板在水里漂来漂去，化险为夷。它用母语对着她的脸尖叫，问她在干什么，用澳大利亚英语说就是："你疯了！你他妈的想什么呢？你不知道你在干什么吗？难道你脑袋里缺根弦吗？"它操各种语言大声叫喊，把肺都要喊破了，吞了不少水，却徒劳无益。被咽下的语言。道德的语言。和平与和谐的语言。宗教的语言。愤怒的语言。法律的语言。文化的语言。政治的语言。充满激情的语言。猴子的语言。在这个没有灵魂的国度，语言的翅膀不会再耀武扬威地飞翔了。如果说猴子希望奥布利维亚回到龙的身体里，认为她在那里更安全的话，她压根儿就没有注意到他在说什么。

相反，奥布利维亚的目光越过猴子，直直地向前看，似乎它从来都不存在。她的注意力集中在大街两旁浓雾笼罩的玻璃建筑物上，目不转睛地看着展翅飞翔的一大片天鹅。它们鼻孔里冒出来的热气形成一团深色的雾，用力扇动着翅膀往前飞。因为它们拉着套在龙身上的绳子，拉着龙往前走。她听见水里传出什么声音——似乎某人从最终的栖身之地一路赶来。那是沃伦·芬奇的声音，他一边往龙背上跳，一边打趣。龙充满崇高的希望和信心，几乎跟黎明时分驾驶着阿波罗神马车的疣鼻天鹅拉着太阳穿过天空时一样有力。“你想逃跑吗？”

然后他走了。没准儿那实际上只不过是猴子里戈莱托在抱怨。它摇晃着身体，重新来到她身后，牢牢抓住几根龙须之后，用脚踢她。因为她给它带来这么多麻烦。它踢了无数次，尽最大努力把她踢进龙的嘴里。但是，这只不喜欢住在澳大利亚的、隐形的、受压迫的、彻头彻尾的外国猴子用脚踢过来的时候，却没有人感觉到。最终，受挫的猴子坐在龙头上生闷气，一边用它巨大的牙齿不安地嚼着泡泡糖。

它四顾这座荒芜的、破败不堪的城市，萦绕在脑海里的只有一个低俗的广告。飞来飞去的家八哥发现有一个听众，开始对它唱一首老掉牙的政府宣传曲。那首歌宣传慷慨的家庭补助。它们经过训练，都会唱那首歌，好换些花生吃——毫无价值的物质刺激。猴子不需要政府。他把扁平的脸扭向这边，又扭向那边，看着空中，根本不吃它们那一套。家八哥会惊动安保人员的，它更在乎的是这个。

洪水泛滥的城市被搜了个底朝天，寻找那位女孩——妻子。这个消息里戈莱托早就知道，因为它用微型手机接到一个电话。电话铃响了一整夜，直到他接电话才停下来。是“港长”打来的，他冲着它的耳朵大声喊道，沃伦·芬奇遇刺之后，全世界的人都沉浸在悲痛之中，现在只能寄希望于这个女孩子了。

“你听我说！”“港长”在电话那头嘀嘀咕咕，猴子听得很不情愿，“她是他的妻子，他们当然想找到她。他们觉得，传奇人物死了，她是他唯一的活着的亲人。他们觉得，他一马当先带领全世界走向和平，哪怕实际上他没有做到。他是唯一自称为原住民英雄、身穿西装一路走到权力巅峰的人。我以前不是跟你说过吗，让人们看见你体体面面穿着西装是件极为重要的事情。因为它表明，在澳大利亚，哪怕是一个原住民，也有机会被憎恨原住民的平民百姓选上做澳大利亚的首脑。这自然是一件非常好的事情，哪怕发生在这个剥夺你一切的国家。而如今，某个杂种傻瓜跑到这里，出于嫉妒和种族主义谋杀了他。不要叹息——当然得找到她，即使你我知道她以前和他并不亲近，而且她不可能拯救他们，但是她仍然属于这些人，因为她名义上仍然是‘第一夫人’。”

换了任何一只别的小猴子，都会喋喋不休地赘述发生在它的世界里的那些更糟糕的事情。但是里戈莱托没有这么浅薄。它坐在中国龙上，脸红彤彤的，如同钢铁一般。它在严肃地考虑问题，觉得“港长”交给它的这个任务是发生在它头上的最糟糕的一件事情。作为一只宠物猴，这是它碰到的最大的难题。它知道，要是没有“港长”，它可以像人而不是猴子那样插手此事，成为女孩子的监护人。尽管对它而言，要想成为别人的监护人并非易事。它也讨厌经过训练担负起这个责任。没有做到这一点的希望。它不是“港长”的宠物猴，做梦也别想。

就在这时，负罪感逼迫里戈莱托忘记自己本该是一个宠物，它应该表现出自己的野性。没有人指望一个野生动物会照顾人。应该相反才对。猴子替人操心，这有什么不同凡响之处吗？坐在一条气势恢宏但是已经被毁坏的巨龙身上，沿着洪水泛滥的大街漂流，它的脑海里不再考虑这样的现实。它心之向往的美妙远在几万公里之外。在那里，脖子修长的天鹅和燕子一起在泥泞的水稻田里找虫子吃；在那里，人们喜欢听竹笛吹出来的动人悦耳的梅花小调。它一直想着这个念头。泡泡糖粘在牙齿上，发出轻微的响声。透过泡泡糖，它哼哼唧唧地唱。它自己“改版”的梅花小调和樱花小曲藏在脑海里，笛子的乐感一点都没有丧失。

这些只是猴子的幻觉，它的脑海已经被足够多的麻烦占据。现在又被“港长”之流硬塞给它的那些荒诞不经的想法弄得苦不堪言。“你这个可怜的、苍老的好猴子。”它有一千个猴子的烦恼。“哒——哒——哒，啦——啦——啦！”此刻，坐在龙背上，最让它揪心的是，它的里戈莱托上衣已经透湿。它会在它毛茸茸的身体上缩水并且把它扼死吗？一只坐在龙背上的猴子，在“改变水平面气候变化的大风暴”袭来的日子里，在洪水泛滥的大街上漂流，也没有什么好担心的。它把自己抱得紧紧的。里戈莱托曾经在全世界的海岸城市的街道上见过洪水泛滥。这真的非常自然，就像看见洪水在威尼斯、孟加拉或者巴基斯坦的小巷里泛滥一样。

“港长”你在哪里？你得回来。里戈莱托对全球变暖的了解只是停留在学术层面上，没有实践经验。它继续提高警惕，奥布利维亚继续被龙拖着从水上漂过。她心里明白，很快就会有人发现她。此刻，全世界发生了一件重要的事情，她是其中的一个组成部分。对于这个女孩——沃伦·芬奇的妻子来说，别无他路。要是能活下去……

旅行途中的展览

葬礼办得棒极了。大家都说，葬礼真不赖。头一次听到那么精彩的演讲，那么好听的老歌："岁月流逝，我仍会记忆犹新，蓝色的眼睛在雨中哭泣……有朝一日我们在那边相遇，我们将再次携手漫步。"① 那家伙最棒，那个老汉克·威廉斯②。还有诸如此类的其他人。但是之后形势急转直下。

沃伦·芬奇的尸体停放在这个国家最大的教堂里，庄严肃穆。前来哀悼的人络绎不绝。各路人马都来表示敬意，包括本市的哀悼者。他们每天都来报到。全都是无家可归的人。穷人、流浪者从大街小巷涌来，与海外高官、其他国家的政府首脑争夺空间——不少国家与澳大利亚的外交关系十分脆弱。地球上的权贵要求满足他们的愿望，举行他们自己的宗教仪式。难怪这个国家支离破碎。尽管如此，全国上下齐心协力，在当前的形势下，表现出敬意，显得精诚团结。接着，其他重要人物鱼贯而入。全世界的音乐家想要一起为世界和平而共同演奏。世界上最受欢迎的职业演员纷纷前来哀悼，珠光宝气，十分炫目。他们来向最重要

① 美国歌手、作曲家、诗人威利·纳尔逊（1933— ）创作的歌曲《雨中哭泣的蓝眼睛》。

② 汉克·威廉斯（1923—1953）：美国著名乡村音乐歌手。

的演员本人致敬。这个人与他们所有人熟识。金·比利[1]甚至为这座城市召唤来连天巨浪，条条大街泛滥成灾，水一直漫到大教堂的台阶上。

对这位受人爱戴的人的纪念活动从未停歇。哀悼、最后的致意天天举行。乡村和西部音乐、赞美诗和难得一见的外国音乐也不绝于耳。实际上，哀悼经久不衰会带来什么样的后果呢？谁都没有考虑。当然，没有人对过分的哀伤提出质疑，也没有想过哀悼沃伦·芬奇是否会结束。直到有一天，团团烟雾升起，乡村的野花和橡胶树叶聚集在一起，原住民政府的几十位长老随之而来，歌唱他的世界。他们说，他们用烟熏他的灵魂，好让他回到自己的传统家园。他的灵魂不再待在这个地方了。当他们——他的族人——想把棺材从大教堂搬走的时候，天好像真的要塌下来了。

来自四面八方的哀悼者一片混乱。直到一个、两个、三个，后面还有更多的官员纷纷发话，告诉来自这个国度某个遥远丛林的、名字不但闻所未闻而且念也念不出来的厚颜无耻的人们：沃伦·芬奇作为一个个体，他的重要性远远超出了文化考量，“而且，哼！祝您平安，兄弟！平安地离去吧。让我们就这样了结此事吧”。然而他们的话无法打破僵局！僵局！来自丛林的人对任何人的话都充耳不闻。他们不离开棺材，挤到正在演出的合唱队之间，用树叶烧出更大的烟。烟雾之中，谁都能看见，哀悼者在他们身后排成了长龙。情急之下，人们很生气。

原住民想谈论文化。不行！大家只想听教堂合唱队的歌声。

① 金·比利（King Billy，1949—2019）：澳大利亚著名喜剧演员。

现在，对这样的捣乱，大家都变得强硬起来。原住民被告知，如果他们承认自己是澳大利亚人，就不该这样无礼，赶紧离开！现在轮到他们表示哀悼了。每个人在棺材旁边站的时间都一样，难道连这一点也不理解吗？往前走！“为什么？”原住民长老问，“他的灵魂已经走了。回到北边的故乡去了。”但是，他们的解释根本不管用。即使沃伦·芬奇躺在棺材里死了，仍然是“国家元首”，直到有人来接替他。“那可能吗？是的。”他还会继续给他的政府出谋划策，就像活着的时候那样。而且即使他死了，他也会一直是人类历史上出现过的最受人爱戴的世界领袖之一。对于这一点，谁能有不同意见呢？谁能代替他呢？

他的原住民族人争啊争，坚持说，把他的尸体带回家是他们的权利。似乎他的尸体和一个亲戚的普普通通的尸体没有什么两样，应该好好安葬。越是这样——他们越是被当成自私的人。至于哪里应该是他的安息之地，就变得越发充满争议，造成全国上下一片嘘声。有人说沃伦·芬奇并不是真的死了。他们宁愿觉得，他像睡美人那样，只不过是睡着了而已。

噢！草长出来了。而原住民在棺材旁边建起了永久性的野营地。

最终，人们一片愕然，感到厌恶，提出一连串关于这些原住民身份认定的问题。问题得到普遍关注——他们以为自己是谁呀！他们为什么出现在这里？谁给了他们权利，让他们未经允许就跑到这个国家最重要的大教堂里做原住民的事情，让所有的东西都沾染了他们的悲哀呢？他们真的是原住民吗？他们真的属于沃伦·芬奇祖先的土地吗？人类学家、律师和其他专家，比方说考古学家、社会学家和历史学家都被叫来检查这些人的宗谱。在夜的死寂之中，议会紧急立法，说沃伦·芬奇和每一个澳大利亚人都有血缘关系，把他将埋葬在哪里的决定权赋予政府。

哈！哈！哈！笑声接连不断。因为太可笑了，想想就觉得不可能。沃伦·芬奇会被埋葬在某个荒郊野外、大众不能及的地方吗？那个地方只有一小撮原住民才能找到，去念他们自己杜撰的祈祷词。而国家层面的祈祷词经由立法写在了《沃伦·芬奇祈祷书》上。你相信原住民会遵循原住民律法吗？警察依照《紧急法律规则》，可以干涉所有原住民的生活。他们把丛林人扔出大教堂。沃伦·芬奇的族人无话可说。他们在这个蔑视原住民存在的城市里无处栖身，只好打道回府。

沃伦·芬奇的尸体继续留在大教堂，笼罩在熊熊燃烧的炭火的烟幕下——那是乳香没药的香气，也是这个令人心碎的城市不断高涨的情感的黏合剂。棺材用最好的黑檫木制作而成，精雕细刻，出自一位大师之手，一百五十年前就做好了。他把这口华丽的棺材献给国家，用于安葬一位澳大利亚伟人。现在正好派上了用场。棺材四周点着蜡烛，装饰着新鲜的玫瑰花束。这些玫瑰源源不断地送到大教堂。都是富人们送的。他们有足够的钱派人不断送来玫瑰花。谁知道这些玫瑰生长在哪里的高原呢？玫瑰花堆成山，绵延不绝，一直“蔓延”到大街上，绊倒了前来吊唁的人。

没有埋葬尸体的计划。这是因为，那些为这位重量级世界领袖举行极其罕见的葬礼的人们，似乎没有哪一个觉得有此必要。做出最后的决定并不容易。鲜花簇拥之下的大教堂里，悲伤的吊唁者排着看不到头的长队在棺材前鱼贯而行。时间就这样一天天过去，人们似乎很容易忘记，尸体应该送到公墓埋葬。大教堂外面，大街上堆满新鲜的和正在腐烂的玫瑰，完全没有办法通行，而每一天，另一拨哀悼者又会高举“永别了，沃伦”字样的颂词涌上街头。颂词写在纸上或者纸板上，用棍子高高挑起。

而前来瞻仰沃伦·芬奇的棺材的吊唁者越来越多。他们熙熙攘攘，摩肩接踵，最终到达这个国家这座最大的教堂。国王和王后、公爵和公爵夫人以及其他外国要人花费自己国家大量的财富，用尽了若干桶飞机燃料，飞越茫茫大海，来到这座大教堂。机场往来航班越来越密集，旅游业因此而繁荣兴旺，政府欢迎来自世界各地的游客前来吊唁。至于那些远道而来的客人，只要能排上队，就心满意足了。他们跟着队伍缓缓地来到棺材前。

过了更长一段时间，这个城市即将崩溃的基础设施越发变得一团糟。到处是垃圾，供电不足，下水道堵塞，污水横流。每一个外国政要都想在大教堂外面唯一的旗杆上升他们的国旗、举行他们的宗教仪式，或者清空大教堂里其他国家的人，哪怕是澳大利亚人，举行一个他们自己国家的人参加的大型高雅文化仪式。

无论表达了什么样的敬意，其他人都听不懂他们的语言，也没有人在乎。因为这令沃伦·芬奇神秘遇刺一事显得更加愚蠢。即使在世界上最小的、饱受战火之苦的最穷的国家，这种事都能避免。从那以后，澳大利亚在国际事务中的重要性远不如从前了。

每一个缺乏哀思的人的行为都显得贪婪有加。他们在这座城市里游游荡荡，对祭拜活动三心二意，同时讨价还价，寻找机会移民到这个国家，好把它从这种无政府状态中拯救出来。有些人还作为移民或者寻求庇护的人在这里安家落户。他们想成为当地人中的一员，压根儿就不想回家。他们的飞机留在机场，停机坪挤得水泄不通。还就此提出一些不无卖弄之嫌的问题：何为哀悼者的职责？谁也不清楚，因为从来没有人非得思考这样的问题。在本市、本州或者本国从未有过。

无处不在的敬意似乎表明，沃伦·芬奇死后，为他做任何事情都不过分，女孩—妻子首肯这些行动证明了这个事实。政府的人把她的行踪视为最高机密。然而，她只不过是在“人民宫”里无所事事，被锁起来无法出门。“红头发”一家人进驻公寓，作为沃伦·芬奇的直系家属接管了执行遗嘱的工作。没多久，女孩子居然逃到植物园里去了，马基内为自己找各种借口推脱责任，一副可怜兮兮、后悔莫及的样子，却没人理睬。大红告诉他，把自己的事情管好就行了，关掉所有喷泉不许再喷水，不准再放迪安·马丁的音乐，还要把他的猫弄走。“而且要立即行动。”

负责遗孀安全的人每天都走过静悄悄的楼，把她带到大教堂。这位女孩—妻子，名义上的第一夫人——也许是总统的刺客——成了商量丧事活动安排的对象，她将要与前来吊唁的人握手。无论来表示哀悼的政要用自己的母语说什么，她都要冲他们点头。“我在找天鹅，他们要走了。”她常常对那些人说，像平时一样无声地做着口形，并且用双手比划着。

她拉着他们的西装或者礼服袖子，外交大使及其随员迷惑不解。但是他们常常顺从她，跟她一起盯着大教堂的中殿周围看，再沿着椽子往上看。天花板上有天顶画，画中的天使长着天鹅翅膀。“这些是笼中的天鹅。”法国外交官对他的随从宣布，模仿他们的老诗人波德莱尔的口气。于是他们交头接耳，“而这只天鹅，在谴责上帝”。“港长”和猴子里戈莱托常常坐在大教堂后面的长椅上出神。簇拥在棺材周围的人活力四射，他们沉浸其中，对那位法国人吟诵的诗句十分着迷：“一只天鹅逃出笼子：当它的双脚/带着鱼一样的脚掌踏在坚硬的人行道上，/拖着白色的翅膀走在石砌的街上，/在干涸的沟里渴望清水……”

“但是，我们来了，”全国上下仍然在为失去无可替代的沃伦·芬奇而奔走相告，并且问道，“这是我们能够做到的最好的事情吗？”大家都觉得他是这个星球上最好的原住民。唯一可以用自己的声音表达意见的人。他变成了这个时代唯一代表原住民发声的人。只有他的话澳大利亚人会听，他们还在报纸上报道他的消息。只要他演讲，都会上电台、电视台。至于其他原住民，无论说什么，别人都充耳不闻，这一点确定无疑。也许是音调的问题？或者问题在于他所传递的信息能不能让人听见？或者是出于这样一个事实：除了他之外，所有原住民的声音中都没有足够的“福音派”的特点，来宣布他们是自己种族的罪人，就像沃伦·芬奇代表他们做的那样？无论因为什么，这个沉浸在悲伤中的国家被亢奋的诅咒所吞噬。原住民声音已经死去，它却仍然响彻全世界。你如何描述这种以哀伤致敬的方式呢？把哀悼想象成艺术吧，需要达到的首先是完美。毋庸置疑，沃伦·芬奇一生追求尽善尽美，对国人产生了影响。他们如今用完美的哀悼来效仿他的一生，他们在沉思：“国丧能有多么完美？”

整整一个月就这样稀里糊涂地过去了。这当儿，人们一直在不断努力，往尸体上涂药水防止腐烂。又过了一个月，继续降半旗致哀。最终，那些语不惊人死不休的著名的新闻评论员取得了支配权。那是一个很重要的日子，人们就是否应该让一具未下葬的尸体停放在公共建筑里的问题进行了自由辩论。演播室里，唇枪舌战中不停注入偏执，通过这种方法控制了公众的意见。通讯网络抓住了全国民众的心，集结了各种痛哭流涕的声音，呼吁倾听他们的意见，得到关注："难道沃伦·芬奇还不够好，不能得到送他最后一程的荣誉吗？难道一个原住民不够好，不值得得到公正的对待吗？澳大利亚给其他公民的尊敬就不能给他吗？"

作为对自己提出的这些问题的回应，工人罢工，市民抗议，大街上发生暴动。依法在政府公地上居住的人放火焚烧了他们从前居住的废弃的建筑物。在流浪汉赖以生存的小巷里，悲伤找到了宣泄的方式。夜幕之下，人们摧毁了与它独特的生活方式相似的一切。流浪汉把他们的"身家"付之一炬，把板条箱搭成的小屋的木板扔进火堆。哀伤逐步升级，大街上到处都是巡逻放哨的哀悼者，生怕有人趁火打劫。一个口号在大街上口口相传："沃伦·芬奇没有死。"起义的人要求现政府下台。抗议的声浪滚滚。这座城市的人们仿佛认为，在被毁坏的公共财产中，在小汽车和公共汽车建成的路障下，在被调来对付示威者的一排排战士的队伍里，能够找到沃伦·芬奇。

他们只是这个时代的普通人。如今沃伦·芬奇加入了这个行列。他们为失踪的人祈祷——那些被警察从大街上抓走的人，那些在小巷尽头被戴着头套的暴徒活活打死的人，或者那些半夜三更在一个偏僻的码头被开枪打死倒在地上的人。这些人都消失得无影无踪。总而言之，满怀希望活着很正常。希望心爱的人回到小巷、回到到处都是破房子的贫民窟。希望穿过漫无计划扩展的郊区时能碰上好运气。在那里，命运脆弱得像风中摇摆的蛛丝。

幽灵之行

新鲜食物和沃伦·芬奇的尸体一道上路了。政府要员充满激情地描绘他们的精诚团结，他们的痴迷于想象，尽管他们自己的想象力非常有限。噢！美学就是一切。他们通过了最后的决定，要尽快除掉大教堂的“棺材崇拜”，并且以这种方式平息骚乱。这件事情必须做，坦率地讲，他们对闹事者束手无策，只能以此做个了断。于是，他们站在大教堂周围，像一个团结一心的“智囊团”一样，争论棺材应该怎样处理。他们大喊大叫，让对方闭嘴，最终达成共识。大教堂的主教完全不顾街上的骚乱，走上街头，把绝大部分时间花在劝说用石头砸玻璃窗的青年人身上，单枪匹马试图安抚每一个人，让他们平静下来。“你们的所作所为主都看着呢，你们相信吗？”人们只是回敬他：“一边儿去！”

无法让这座城市归于平静不是主教的错。于是，他反剪双手，溜达着回到庄严肃穆的大教堂。接下来，他飞快地瞥了一眼这幢他熟悉得不能再熟悉的、几十年来充满宁静祥和的建筑。在穿过玫瑰花走到棺材前的人群中瞥见了公务员们的身影。他正色问道：“你们怎么到这里来啦？”最高级别的公务员，主管，把神父拉到一边，用公务员语言的抽象逻辑给他讲“缩小差距”的道理。主教知道，这是经济学上有关食物配给的语言。但是，教会说的缩小差距另有一番含义。是为了创造或者抓住罪人。他无法调和这两种“语言”。神与教会是一体的。但是，他并不觉得已经山穷水尽。他能够猜度出，政府另有办法，在人们急匆匆的谈话之中，他听出一个整合计划，即被称为“高速公路梦幻规则”的玩意儿。啊！那都是高谈阔论，普通人根本无法理解。是那些大人物一拍脑袋做出的决定。

主教问：“你们打算拿这个怎么办？”他打了个手势，指出事态的严重性。他的话加速了解决这个问题的进程。官员们对他表示赞赏，说他自己就得出了正确的结论。“死人的权利，圣座①。最后一程的荣耀。人们要看到棺材。这正是全国人民一直呼吁的事情。眼下有什么比尊重澳大利亚人的声音更重要的呢？这样做就能向那些外国人证明，这座城市还在我们的掌控之中，而且确定无疑。那时候，这些家伙就会坐上他们的飞机，飞上天回家去。”

沃伦·芬奇会被送上最后的旅程，向国人道别。而这件事的美妙之处在于，可以给政府足够的时间做出最后的决定——把棺材埋葬在哪里。“最后一程”的荣耀需要多长时间都可以，哪怕是永远，只要有这种必要的话。

这件事自然需要先征求遗孀的意见。有人用最简单的语言向她解释了这个决定，说得天花乱坠，把她迷住了。其中显然很迷人的一条就是坐在一辆华丽的灵车里在公路上飞驰。她立即表示同意。这样一来，就应该立即把棺材从大教堂里搬走。好的。她更感兴趣的是那些天使天鹅，它们在天花板的壁画上飞，被天堂的丝带束缚住，不能飞走。她听见天使们的呼吸，它们温暖的气息落在她仰起来的脸上。而她想知道，天使们能否“带着棺材飞

① 圣座：对罗马教皇或者高级宗教界人士的尊称。

回家”。

大教堂外面的街道上，闹事者在篝火冒出的烟、紧贴地面的雾和催泪瓦斯的雾气笼罩之下酣睡。一辆巨大的马克卡车[1]开了过来。也许闹事是一件让人精疲力竭的工作，也许这座城市的天使们一直摇着守夜者的摇篮，让他们安睡，当大卡车像狐狸一样鬼鬼祟祟地缓缓开进来的时候，没有一个人从薄雾中醒来，抬起头看看发生了什么事情，更没有人站起身大喊，“光天化日之下有人抢劫啦！”连金·比利都睡着了。

巨大的卡车慢慢地穿过道路两旁像长蛇一般绵延的路障。三米高的路障是夜幕降临之前设立的。当时，防暴警察把人们从路上拖走，拉到警戒线那边之后，一队队戴着防毒面具的战士来到这里。他们荷枪实弹，驻扎在道路两旁。

棺材很快被推进与马克卡车驾驶室相连的拖车冰箱里。拖车的车厢上写着“购买新鲜食物的人”。如今它被刷上蓝色、红色和白色的油漆，仿佛覆盖着国旗。拖车上装满了东西，准备凌晨三点一刻上路。“很快，”司机透过防毒面具对陪他上路的、正在酣睡的遗孀大声说，“等我们离开这个鬼地方之后，他很快就到别的什么地方去了。”这是他对她说的第一句也是最后一句话。他更感兴趣的是路况和时间安排。他通常独自旅行，此刻，谁在他的卡车里，或者他们地位多么显赫，对他来说都无关紧要。他还是一个人干自己的活儿。这个手握方向盘、变得越来越大的“巨人”

① 马克卡车：美国制造的重型卡车。

似乎永远不睡觉。他鼻梁上盖着白色遮光纸，上面架着黑色太阳镜。透过太阳镜，直盯盯地看着前方。他头戴一顶和原住民国旗颜色一致的带帽檐的帽子。帽子低低地扣在眉毛的位置，阻挡倾泻在车窗上的阳光，也保持他的隐私，不让别人窥视。

驾驶室里拥挤不堪，简直能导致幽闭恐惧症。司机把他在这个世界上拥有的全部衣服都塞在一个包里，他收藏的全部念珠都挂在后视镜上，好运符更挂得到处都是。除此而外，他还不得不和安保人员分享驾驶室。那些家伙都人高马大，一个个挤得汗流浃背。还有刚刚守寡的“第一夫人”。虽然她瘦得像相片儿一样，也得要点地方呀！

连“港长”也不请自到，跟他们一起上路了。他和里戈莱托陌路重逢，桀骜不驯的里戈莱托坐在他怀里生闷气。他们都挤坐在后排座位奥布利维亚旁边的角落里，交头接耳，说从前见过这些安保人员。“港长”说，究竟在哪里见过很难说，但是他认得出他们。女孩觉得鬼精灵装扮成中年人又回到她的生活当中，怀疑她谋杀了亲夫。这些安保人员坐在卡车的驾驶室里，像是最高法院的法官，气咻咻地抱怨不该拖着一口棺材满世界跑。他们说，这个主意真愚蠢。他们的力量在驾驶室里辐射开来，像一股股热浪，也像不受控制的渴望——渴望有一间审判室，把刺杀沃伦·芬奇的凶手查个水落石出。这种渴望一直持续了几千公里，而奥布利维亚一直用这样一个问题折磨自己：难道真的是她杀了自己的丈夫？还有那天，她真的只是在追逐兔子王吗？司机把压在眉毛上的帽子拉得更低。对于他来说，这不切实际。他没有任何渴望。奥布利维亚是否有不在现场的证据他也不在乎。相信她杀死了丈夫是否比相信她当时是在追赶兔子王更容易呢？对于他也无所谓。他开始飙车，用这种方法消除人们的任何冲动，不让他们思索、遐想或者渴望。他踩加速器的脚更加用力，拖车沿着道路飞起来。他们飞啊飞啊，绵延几百公里的橡胶树在身后颤抖，羊群吃草的山坡和布满牛群的草地都纳闷究竟发生了什么。她却在反复考虑，自己到底有没有不在现场的证据。

“公路列车”让沃伦·芬奇的尸体周游全国——沿休姆公路北上，沿斯图亚特公路南下，绕莫纳罗公路巡游——一共有十一条公路。全国两万公里的公路穿过辽阔的大地，把整个国家劈成两半，像是两块巨大的肺叶。

人们不惜在寒冷的夜晚，或者在烈日炎炎的正午跑出来，在大街两旁列队等待，只是为了目睹国家的灵魂从他们身旁呼啸而过。“瞻仰之旅”就是为了满足所有这些人的愿望而进行的。整个事件就是一首演奏中的狂想曲，非常成功。“公路列车”沿公路一路狂奔，乡村和西部音乐不绝于耳。但是，这辆车昼夜兼程，主要是为了保证这家名为“购买新鲜食物的人”的公司不耽误送货时间，按时把货物送到遍布全国各地的超市连锁店，然后再装载并且发送一箱箱来自北部地区或者南部地区农民们生产的水果、蔬菜，如芦笋、芒果、木瓜、香蕉、菠萝、橘子、苹果、马铃薯、草莓和豌豆。

一路上，棺材被抬下来游行、展览，让人们在这个哀悼的节日里瞻仰。他们用手推车把那口黑檫木棺材从拖车里推出来，停放在长满荒草的平地上、香蕉种植园或者盐性灌木平原上。在补锅匠聚集的地方，在无聊的小镇，萧条的城市，路边客栈，或者别的什么地方，有人演讲，语速缓慢，带着北方口音。有人对着扬声器拉小提琴。棺材放在矿区乱糟糟的屋子里的长凳上，或者放在堆放机器、农产品、羊毛的牛棚里，或者放在牧场主家里的餐桌上，桌上铺着最好的亚麻桌布。

行程很紧，沉默不语的司机要开得稍微快一些才能赶上突然冒出来的纪念活动。在尘土飞扬的公路尽头、在人烟稀少的腹地，有影响力的政客们要求临时举行瞻仰“国家灵魂”的仪式。司机没有抱怨。他努力做好本职工作，把棺材从拖车上拉出来，放到教堂、足球场、橄榄球场、小牧场、法庭、全国妇女联合会、童子军的会议室，或者其他当地的名人纪念馆里，再听十几个小人物的演讲。听众只有五六个，举行仪式之后他得承担赶时间的后果。

在“公路列车”里旅行的鬼魂们没有怨天尤人。保安们欣赏着一路的风景，答应满足每人三个愿望，只要他们提出来。旅途没完没了，棺材一次又一次被拉出来。他们算老几，有什么资格满足别人的愿望？何况司机压根儿就没有什么愿望。他只是在不断变老，继续开车。此时的棺材已经不再华丽，上面满是尘土、坑坑洼洼。他把棺材一次又一次推出来，等待仪式结束，然后把表面磨损得不成样子的棺材重新沿着一溜斜坡推上去，送进冰箱。再也没有时间送货了。把“送货”或者“取货”从任务清单上去掉，节省了时间。他把安保人员赶了下去，说他们令他不堪重负。他们和那些许愿的人志趣相投。而许愿的人排的队伍越来越长，为了达到自己的目的，终日坐在一旁。他却无法做到。大冰箱里所有的东西都开始腐烂。司机眼泪汪汪，一天到晚盯着尘土飞扬的路，不住气儿地唱同一首老歌：“啊！双眼盯着路面，双手把着方向盘，我们开心地玩啊玩……”但是，唱歌的时候，他只听到了运输工具的声音：“公路列车”发动机的轰鸣，车轮在一条又一条公路上滚过。演讲一场接着一场，没完没了。可是有关沃伦·芬奇的话，遗孀一句都没有听见。早在旅途开始之前，她就悄然离开了。

天哪，可怜的宝贝儿，这是“幽灵之行”。对任何一个踏上这种奇怪的孤独之旅的人，都会有人警告：你得带上足够的东西来完成旅行。

这就是这里发生的一切。当风擦去冰冷之夜留下的灰尘之后，奥布利维亚从“幽灵之行”壮丽的队伍与行程中消失了。原因何在？这跟孩子们对生活所持的梦想有什么关系吗？正是那些梦想让他们开始“幽灵之行”吗？走吧！去哪儿都行！发生在他们身上的就是这些。难道还会有可以称之为正确的离别方式吗？

就这样，在一个恐慌之夜，她离开了。卷入一个在大气高层旋转了数公里让人头晕眼花的雷暴的漩涡。她只是走开了，压根儿没有想过要到哪里去。死亡，走向死亡，或者活着，都与此无关。其真相是战争对孩子们做了这些。战争中的孩子，像支离破碎的世界中的原住民孩子一样。拼命歌唱的、善良的蟋蟀在哪里？用以藏身的巨大的叶子在哪里？国家的灵柩！啊！巨人们曾经在另一张地狱之图上勾画出一个个圆圈。构成圆圈的线条模糊不清。她只是绕着这些线条走。

她从拖车上的灵柩里走出来，倾听心跳的声音。她听到，衰弱的天鹅、年老的天鹅和非常幼小的天鹅翻滚着从空中落下。还有些天鹅努力张开翅膀，不让自己掉下去。大风刮得它们动弹不得，天鹅冻僵了，一声不吭，悄无声息。

草被霜冻得硬邦邦的，脚踩在上面嘎吱嘎吱地响。在这个地方，她的梦也变得歪歪斜斜。尽管如此，安静下来！不要在意！有人走了过来。黑暗中的影子像是“王者”贝拉·唐娜老大妈和“港长”。“港长”带着猴子。猴子跟在他身后一扭一扭地走着。老妇人和“港长”聊天儿，但她的声音被寒气凝冻。“如今你想找到那个地方，难上加难啊。”你能听见她在继续背诵古老诗歌中的段落，尽管她和“港长”都已经消失，正在远方往前走着。

“女孩—遗孀”为了去找一群天鹅而走开了。在她离开的地方，上午的天空一碧如洗。对她来说，疯狂的“幽灵之行”结束了。而对她的离去，谁又会在乎呢？司机发现她踪影全无的时候，对着四周冰冷的土地上袅袅升起来的薄雾大喊：“你在那儿吗？你在哪儿呢？快回来。”接下来会发生什么事情呢？要是不尊重死者的话，陪他同行的队伍中少了一个人，又有谁会在乎呢？何况，他没有看见过这个人对这场声势浩大的纪念活动有过多大的贡献。有些活动早就安排好了，他得按时赴会。他满脑子都是时间表，写得密密麻麻。他还要考虑冰箱里那个硬邦邦的东西。一旦跑完了澳大利亚全境，还要拖到海外。于是，他把帽子继续往下拉，一直拉到太阳镜上——天哪，他要上路了。橡胶轮胎和沥青路面摩擦着，留下一缕烟。你会觉得他正在让拉撒路[1]起死回生。

她看着拖车离开鬼城的停车场，轰隆轰隆地上了公路。停车场坐落在几棵橡树之间，橡树的根裸露着，看上去像是巨人的手指，还做着祝你好运的手势。“他走了。”她想起沃伦·芬奇，“他还掌握着权力不松手，还在寻找最终的天堂。”可不！还是你听到的关于权力的老一套。人都死了，还要让人们跟在他后面跑。她真的想起了沃伦·芬奇，很长时间以来，这还是第一次。

最后一颗星星消失了，奥布利维亚独自待在这片安静的树林里，只有一只燕八哥在歌唱。日程安排仿佛是正在苏醒的地平线上的一个点。她怀疑他根本没有死。但是，当你独自一人待在这里的时候，谁知道会有什么样的思绪从未开垦的森林地带冒出来呢？她亲眼看见沃伦·芬奇真的在空中变得越来越大，就像来自上帝的礼物。他还活着，他的生命谁也无法摧毁，就像头顶的天空。即使在这样偏远的地方，他还是存在的。一如她在漫漫旅途中有意无意地看着棺材时一样。他总是在那儿，被人安放在棺材里，仿佛是美术馆中的杰作。而且，像伟大的画作一样，他永远不会死。只要人们看着他的尸体，欣赏他卓越的品质，相信对他的宣传，说他代表这个世界上美好的事物，就够了。

哪怕只有最小的风，叶子都会从橡树上纷纷扬扬地落下来。她想到了永恒的脆弱。想象之中，她还能听见沃伦在拖车中的冰箱里用手机打电话。他在那里不停地给司机打电话，抱怨她不见了。此刻，他把手机凑到耳边，压低声音对司机发号施令，厉声

① 拉撒路：《圣经》中经耶稣救治而起死回生的人。

喝问："她到底去哪儿了？"

是的，有一点她是知道的。沃伦·芬奇用蒙太奇手法精心设计的"自我"从未想过要被埋葬。他一再坚持让眼泪汪汪的司机忘掉他称之为"女孩—遗孀"的人。她会照顾好自己的。他有点纳闷，为什么要把她带上呢？他躺在冰箱中的檫木棺材里，冲手机喊道："好吧！上路吧！你做得对，司机。继续走吧，老兄！你没有时间到处瞎转悠。"

而死亡是什么呢？只不过是一件正在继续进行的事情，让他的思想在永久的纪念活动中源源不断地流淌出来。这件事情的真相在于，一个简直可以和"联合国"一决雌雄的人是很难被消灭的。很自然，从今往后，这个来自上帝的礼物得走遍全世界。不是在演戏。死亡不是用来埋葬一个人和与之伴随的历史的借口。不——根本不是在演戏。

在这一带的某个地方，天鹅行动起来了。这是一个星光灿烂的夜晚。所有天鹅都醒过来了。它们伸长脖子，一大群又一大群地从这个僻静的地方进进出出，往来如织。这些天鹅已经预料到要起风了。微风从它们脖子上的羽毛以及红色的喙和腿往北吹。它们悄无声息，测量风速。风速加大，把胸脯上的羽毛吹乱了。它们只是一动不动地待在那里。接下来，只受了惊的天鹅突然从某个地方飞起来。一大群天鹅跟在它身后，腾空而起，发出一阵巨响。在这个寒冷的夜晚，天空被黑天鹅笼罩。奥布利维亚想起那位中国老和尚的诗句。他写的是夜间飞翔的天鹅："一叶扁舟追明月。"她观察着，知道找到了她的天鹅，听见了彼此的心跳。

那脉搏嗡嗡嗡地响着，通过大地传到彼此的心房。就像远处正在举行的仪式中一直响着的敲击木头的声音，把各个时期的神灵、人物和地点都连在一起。它们是来自沼泽地的天鹅，不可能再回去了。她要跟随它们，向北飞，飞在回家的路上。

这个夜晚，她翻过几座生长着茂密桉树的小山，到达冬天浅浅的沼泽。湖水流经的地方茶树丛生，大部分土地永远淹没在水下。天鹅停下来休息，涉水跟上它们还需要好几天。

她并不是唯一躲开那支向远方迁徙的大部队的人。穷苦人家步行，有钱人坐车，比方说大红一家。他们被迫离开那座被毁坏的城市。他们是有护照的人，不像潜在的恐怖主义者，对国家安全并不构成威胁。这支五颜六色的旅行者的队伍通过严格的族裔测试，得到政府的许可，可以自由行走，而且因为按规定纳过税，可以通过公路上无数的安全检查站。

奥布利维亚加入了隐姓埋名者之列，经过非正式的、非法的路口穿过沼泽。有那么多人走过这块土地，她从来都不是孤身一人。他们都在寻找可以涉水而过的路，像她一样迷茫，所有人都你跟着我，我跟着你，试图去别的地方冒险。到处都是穿黑衣服的人，谁都不想过分显眼。他们之中，有一些是先前住在小巷里的人，另一些是曾经把纸板箱铺在地上睡在人行道上的人，或者住在废弃的建筑物里那些无家可归的流浪汉。如今他们成群结队向北走去，在漆黑的夜里挤在沼泽地的小路上，彼此偎依着寻求安全。绝大多数人白发苍苍，甚至连孩子们也是这样。发生在他们身上的故事都差不多，“是蛇。最后一击。”很多人都这样说，刹那间，就把你的头发永远变白。沃伦·芬奇被杀后的那天夜里，疾风暴雨像一面砖墙铺天盖地向那座城市袭来。

带领大家走过沼泽地的“领航员”们一直争论不休。争论的主题是，用什么武器砍出一条通道。是用切面包的刀好还是用砍甘蔗的刀更好？长杆子的粗细是否更合适用斧子砍？但是无论怎样争吵，还得首先决定往哪个方向走。要想通过前面的浅水区，连傻子都知道首先要决定是走左边还是走右边。接下来他们继续高声叫喊：“对！我换成了那把面包刀，真聪明。对！我把那根竹竿弄长了，好样的。”

这些人宣称自己是这片土地的警察。实际上，他们不过是一群环保主义者，由两代人组成。他们是“绿色人士”“野生动物保护者”，为了拯救因皮毛或者羽毛而受到威胁的物种，为了拯救他们最喜欢的稀有树木，耗尽了钱财。他们了解沼泽。他们的家人是随着沼泽地水位日益高涨而长大的。当机会来了，可以挣点钱的时候，谁能责备他们变得像企业家一样大展宏图呢？“人的搬运商”，他们这样称呼自己。听起来不错。当然这不合法，也不属于“左翼”，但是又有什么是合法的或者属于“左翼”的呢？在带领这群隐姓埋名的人穿越沼泽地的时候，他们反反复复说的都是挑战优越感的问题。比方说：“是什么让你们这些来自南部城市的人觉得能代表我们说话？是什么让你们觉得我们不能为自己说话？是什么让你们认为你们比我们更好？或者，你们怎么知道你们比我们更了解这个国家？”

他们带领穷困潦倒的人穿过丘陵地带。然而事实真相是，他们不过是一帮“人口贩子”而已，对公共投资，或者变成有安全意识的人民公仆没有兴趣。他们是否觉得发生在那座城市里的事情会产生影响，这很重要吗？这个地方也有很多蛇。“都是因为气候变化”，他们声称。一切皆有可能，但那不是他们的问题。他们的工作再简单不过了。不要说三道四，洪水在平原上一眼望不到边，让足够的人穿过洪区就行，这个交易暗示：“我们能够让你见识一下有多困难，倘若那就是你想要知道的东西的话。”

这项工作就是这么简单：保证这一路人马不要掉进深深的流水之中：防止任何一个人被水冲走。确实够简单的了。环保主义者和他们的家人在水边过着艰苦的生活，像筑巢的天鹅或者白鹭一样，住在简陋的筏子上，或者十分粗糙的芦苇棚子里。连婴儿都知道如何紧紧抓住潮湿的窝棚，或者母亲的胸膛。他们在白茫茫的水乡度过无数个季节，这样的经历帮助人们记住如何防止被水冲走。尽管如此，在穿越沼泽地之前，很难预料是否有山洪暴发的可能。面对危险，常常要在最后一分钟放弃穿越的计划。难民们冒雨蹲在水边，直到情况稳定，而“领航员”们召开无数次委员会，在会议上做无谓的争执，讨论水面是否平稳，什么时候可以上路。

这些环保主义者都是丛林专家，擅长涉水，还会做很多事情拯救生命。但是，实际上这一切都无关紧要。他们根本不会得到难民们的信任。难民们什么种族的都有，为逃离遭到毁坏的城市而聚集在一起——不分老少都是坚强的战士。他们当中没有人指望得到额外的关照，因为他们是谁，或者来自何方，对于他们都已经无关紧要，至于冒险更是毫无感觉。他们不提任何问题，只是告诉那些“人口贩子”继续干下去：“我们只想往北走，不在乎会发生什么。履行你们的职责即可。做什么都值得。只要告诉我们原住民住在哪里就行。”于是，一连数天，有时候一连几个星期，这些人一排排走在齐膝盖深的水中。黄色的水流滚滚向前，要是预先判断错误的话，水会齐腰深，或者没过孩子们的脖颈。这时候，为了活命，必须扔掉随身携带的物品，不管多么贵重。“领航员”大叫：“快扔，只能这样。不然就会淹死。全都扔掉。”一路上到处都是扔掉的东西：被水淹没的电器、纸板箱装的啤酒、被泥巴弄得面目全非的巨幅画作，还有关于鸟类或者高原地理的书，以及哲学、音乐、莎士比亚十四行诗等非常珍贵的书籍。

通常，幸存下来的“贵重物品”只有动物。很多人都带着看家狗。它们被留下来，要么跟在主人身边游泳，要么被抱在怀里。比方说，几百个流浪街头的孩子在逃亡。大狗跟在男孩子后面，饥饿的小狗藏在他们的上衣里。有的人带着母牛，那种可爱的黑白相间的老母牛。不像坐飞机旅行，也不像乘坐提供饮食的巴士。想都别想。谁也没有食物。没有飞机。更像是“自助旅行”，这就意味着大伙儿常常挨饿，不得不找东西吃。实在没办法的时候，最终还是杀了那头奶牛，尽管从前谁都没有杀过生。很难想到别的什么办法。那是在水里，在狂乱之中杀死的。没有火，生吞活剥。之后，他们便一无所有。话说回来，饥饿对于这些人来说又算得了什么呢？他们对饥饿从来就不陌生。他们乐呵呵地讲述自己的故事。讲述他们一无所有，还活了下来，那语气可谓兴高采烈，相当乐观：“对啊！谁在乎苦日子呢？不就是阴冷潮湿吗，还有雨浇在身上，但这是值得的。”

在离开那座城市之前，那些胆大的、流落街头的家伙去抢鸡鸭。他们完全可以在路上喂饱自己。这些偷鸡贼把矮脚公鸡和下蛋母鸡藏在衣服里头。有的人藏着六只鸭子，把它们放在靠近自己心脏的地方，还偷偷地储存着蛋。

那座城市里的卖艺人饿着肚子唱歌。疲惫不堪的队伍继续往前走，他们就整夜地唱，歌声带来了温暖。与此同时，从远处的山上渗出了更多的水，从岩石里的洞穴流出来，汇入平地上的洪流。这片土地仿佛是一条阴沟，想把那些唱着歌走过来的陌生人淹死。

奥布利维亚低头走着。但是，她也在观察那些老头儿老太太，还有抱着猫的孩子们。他们把猫咪藏在上衣下面，保护它们不受狗的袭击。那些狗四处嗅，任何可以吃的东西都逃不脱它们的鼻子。狗常遭竹竿痛击，然后就升级为与狗主人的争吵。一旦人们因为狗而发难，"领航员"便无法控制队伍，打群架的事时有发生。

只要爆发冲突，这支队伍就得面对现实。他们在水中开会，依据相互之间的关系，分成若干个小组。然而，还是没有可以制约这帮乌合之众的法律。人们想上哪儿就上哪儿，想打谁就打谁，想怎么打就怎么打，结果常常以四散而逃告终。当然，认为能够靠自己的能力走过沼泽地的任何人都要自己承担后果。很多人被迫归队。另外那些人，只能自个儿花钱请人带过去。倘若请来的人擅离职守或者中途死掉，麻烦可就大了。

奥布利维亚和带着鸟笼的几十个人一起向沼泽地深处走去，向前途未卜的未来走去。鸟儿的歌声让他们想起从前的生活。雌山羊。雄山羊。一只绵羊。有人把十来只猫塞在上衣里。奥布利维亚想起马基内。也许他去了什么地方，也许仍然待在城市里。她怀抱一只羽毛初长的天鹅。天鹅不大，但也很重。她把它包裹在带帽兜的防风夹克衫里，紧挨着她那把刀。小天鹅还没有完全发育成熟，她给它取名叫“陌生人”。这只小天鹅就像里尔克诗歌中所写的天鹅一样，为无可挽回的事所困，拒绝了自己的命运。它对游走没有兴趣，也不想同天鹅群一道飞走。一大群天鹅对狗保持机警，与旅行者们保持距离，但是奥布利维亚观察它们。它们在远处的水面上浮游，有时候飞过她的头顶，似乎请她放心，她不会被抛弃。

夜幕降临，蝙蝠排成长队，数以千计飞过头顶，预示四分五裂的旅行者队伍最糟糕的时刻即将到来。他们彻夜呼唤彼此的名字，走散后听不到别人的声音，就永远迷失了方向。很快，队伍从疲乏升级为彻底精疲力竭。很多人觉得没有希望，或者说已经走投无路。他们在茫茫的水面上不辨东西，产生幻觉，冲向远处的海市蜃楼，以为那是原住民的天堂。

那座城市的难民只有少数人终于到达对岸。凶狠的警察包围过来。“领航员”们本来还应该照顾他们，但一上岸便逃之夭夭。不过这些人最终还会遭到逮捕，受到审讯，罪名是走私人口，而不是种族清洗或者大屠杀。因为这两种罪名被人们认为从道义上讲是非澳大利亚的。种族清洗是闻所未闻的反人类的可怕的罪行。在这个叫澳大利亚的国家从来都没有发生过。

天鹅女为小天鹅担心，把它藏在沃伦·芬奇的旧风衣下面，她的衣服里面。这兴许救了她的命。她低着头向前走着，在不断缩小的人群中，设法不让人认出她来。“港长”看上去很害怕，吓坏了的里戈莱托坐在他的大腿上。他总是知道她在哪里，一次又一次溜到她的身边。“出去，”他大声说，“你是‘第一夫人’，不是让人牵着走的小牛。”在日复一日的劳累和饥饿之后，这一群人挣扎着待在一起，很多人倒在路边不能继续前进，没有任何人帮助他们。

有人在窃窃私语，交头接耳。她能感觉到那种出于本能的恐惧又袭上心头。涉水的人们濒临暴动。任何私藏动物的人都会遭到袭击。一帮又一帮土匪尾随着他们，把私藏食物的人一个个揪出来。不愿意交出宠物的人被打了一顿又一顿。狗跑来跑去，伸长鼻子嗅哪里有食物，袭击那些带着动物的人。“港长”来了，浑身湿透，满脸沮丧，踉踉跄跄。“你为什么还不走啊？”他嘲笑奥布利维亚，还加上一句，“我可不待了。”他推她，她来回晃悠，但还是站住了。“你是个傻瓜，”他当着她的面骂她，“走啊。”

奥布利维亚担心那些狗最终会找到小天鹅。那群凶残的狗袭击人的吠叫声不绝于耳。水花四溅，人们大声尖叫，甚至头顶上的天鹅也害怕了。它们飞行的时候放慢速度，因为恐惧而突然失去平衡，滚落下来。奥布利维亚每向前走一步都非常害怕，觉得随时都会出事。如果有人发现她逃跑就太可怕了。她看见过有的人因为不服从渡水纪律被严惩。但是，到了该走的时候，她趁黑天鹅飞过长途跋涉的队伍时，无声无息地消失了。天鹅像一片云，遮住了月光照耀的水面。她对身后那个行将崩溃的世界里的各种声音充耳不闻，继续在天鹅云下走着。天鹅在水面上慢慢浮游，扇动翅膀发出巨大的声音，在水中引起一阵骚动，为她的出走打了掩护。她一次都没有回头，绝不往后看。

洪水泛滥的森林一片汪洋。只有一个人住在那里，那是一个中国老隐士。他居住的小岛用木棒堆成，看起来像一个巨大的天鹅之巢。他须发皆白，上面粘着柴草。像平常一样，唱着那首一九六〇年代的老歌《梦想与希望》，想捉条鱼。像他通常所做的那样，用对达斯蒂·斯普林菲尔德[①]的声音的回忆把天空涂上一层金色。他完全被那位歌手迷住了，很久以前，他第一次在梦中看见她唱那首歌，结果呢？他从中国跑到了这儿。

鱼还没有上钩。晨雾中，天鹅从水面上低飞而过，振动翅膀的声音离他的耳朵非常近。他能听到达斯蒂·斯普林菲尔德的灵魂在唱《梦想与希望》。她的歌声从天鹅用力张开翅膀生出的清风中传来，而她的号手在它们的叫声中奏乐，鼓声在它们的心跳中隆隆作响。这是和他的偶像一起生活的另外一个令人吃惊的日子——“所有铃铛都在响”[②]，太快乐了！但是接下来，他看见远方的浓雾中有什么东西在晃动。他以为见到了鬼魂。这些鬼魂穿过云雾向他走来，在水上摇摇晃晃。于是他在那里等着，继续唱《梦想与希望》。想要控制并且让各种烦恼消退为时已晚，因为它们都在他的胃里翻腾跳跃。看清楚只不过是一个老人背着一只猴子时，他觉得自己运气很好。但是紧接着，他又看见一个女孩，就是那位名义上的“第一夫人”。她还带着一只小天鹅。噢！这时

① 达斯蒂·斯普林菲尔德（1939—1999）：英国流行乐坛常青树。

② 《所有铃铛都在响》是澳大利亚女歌手、作曲家蕾恩卡·克莉帕克（1978— ）的一首单曲，在澳大利亚家喻户晓。

他觉得自己简直太不走运，都没法形容了。

他对着那几个陌生人喊："这是你们进入另一片土地的必经之路。"但是他们只是继续往前走。鬼魂之风把他们吹向他指的方向。等他意识到他们不会停下来和他交谈时，他冲着他们身后大声叫喊，告诉他们，他暗恋达斯蒂·斯普林菲尔德。水面之上，他会永远记住她的声音。不过他相信他们是鬼魂，他目送他们走远，直至他们消失在遥远的地平线。

后来他钓到一条中等大小的鱼。平时，他钓给自己吃的一般都是小鱼儿。他相信生平第一次见到的这些鬼魂给他带来了好运。于是，他把好运气朝他们的路上送去一点，希望这些朝沙漠走去的鬼魂能够顺利到达目的地，希望"港长"在漫漫长路上找到一头骆驼骑上——"向他们表示，你关心他们，唱着他们想要唱的歌曲……"得救之后，"港长"对浑身湿透的、可怜兮兮的里戈莱托说，那位中国老人唱给已经升天的那位女歌手的歌一定给大家带来了好运气。他们这个团队还蹚水朝前走。乌云密布，倾盆大雨像一条充满野性的河流在风中飞。个头挺大的小天鹅拒绝游泳，奥布利维亚只好把它塞回到上衣里去。她能够感觉到它的心和她的心一起跳动。她继续向前走着，似乎灾难中没有什么不同寻常的东西。噢！猴子了解雨季，它紧紧地搂着"港长"的脖子。唱歌有益健康，它哼着韦伯的单簧管五重奏，作品34，降到B调，时而高音，时而低音，时而加速，时而放缓——尽管实际上它早就唱混了。风雨交加，狠狠地向他们背上抽打过来，他们朝中国人指引的方向一路狂奔。可是刚到那儿，他们又被抛出水面，跌跌撞撞，来到一只骆驼旁边。骆驼又大又肥，有两个脚趾，陷在泥泞里。

“你瞧瞧。”骑在骆驼上的原住民谈吐不俗——他理当如此——热情欢迎这几个陌生人来到他的土地。骑骆驼的人长途旅行时往往带着一个会说话的同伴，因为骆驼不会说话。他问：“你愿意背上带猴子的那个人和他那只湿透了的宠物吗？或者应该让老骆驼做这件事情？”他的宠物蝉装在笼子里，笼子上面盖着帆布。蝉在帆布下面吱吱呀呀地唱了支歌。它没有直接回答这个愚蠢的问题，要是你能够阐释它的旋律的话，或许能听出点名堂。可是，对于没有经过训练、听不懂昆虫语言的普通耳朵来说，那旋律没有什么变化，更听不出有什么含义。

“港长”备受折磨，羸弱不堪，但是他仍然保护着女孩子。他很坦然地问骑骆驼的人：“老兄您是哪一位，是卡斯帕还是梅尔基奥，或者巴尔萨扎[①]？还有，这是通往天堂的门还是什么？”也许骑骆驼的人看上去并不像三个哲人中的一个。

他穿着厚厚的绿色棉衬衫和红裤子——衣服上粘着丛林里红棕色的东西，肩膀上披着一张很大的兽皮做的斗篷，为他遮风挡雨。他的帽子也是兽皮做的，上面插着老鹰羽毛，但是已经被雨水浇湿。雨沿着他的脸、黑色的胡须和挂在衬衫外面的项链往下流，项链是用种子做成的。

骑骆驼的人说他既不是哲人，也没有生活在天堂里。他自我介绍说人们常常叫他“半条命”，至于为什么，他没有多加解释。“我来自黑人的土地。你们站的地方正好属于我的国家。没有别人

① 基督教中的三位哲人。

跟在你们后面吧?”奥布利维亚盯着他看，觉得他一定是个疯子。这时，他让骆驼卧倒，迅速从骆驼背上滑下来。他先向“港长”伸出手。“老人家您上来骑吧。现在您用不着再步行了。”他说，“女孩子，你带着那只天鹅也上去吧。”他把兽皮斗篷扔到他们身上，递上他的小水瓶，还从挂在腰间的袋子里取出一大块金合欢籽做的硬面包送到他们面前。不得不在二十一世纪的泥泞中坐下来，骆驼很不开心。它晃动着缰绳，吐着唾沫，打着响鼻，向四周转动着长长的脖子。因为皮毛上粘了泥巴而用力嗅，表示不满，但是“半条命”只轻轻地说了句话，骆驼就悄悄地站起身来。

“我们沿着祖先开辟出来的路走。看看谁来啦。”他告诉他的土地。接下来在雨中赶路，一路无话。“半条命”需要带着他的蝉兄弟一起唱故乡的歌，唱给亲人们听，也唱给骆驼听。骆驼继续稳步向前，似乎非常享受祖宗的音乐。

“鬼魂之路”的旅途艰辛而漫长。周围没有路。你可以花四十个日夜穿过沙漠，不论是水草茂盛的时期还是干旱季节。或者花一个月的时间，天天都是礼拜天，别的什么都吃不上，专门吃夜间火上烤的野兔或者英国兔子，都差不多。

“不过，跟我的族人一起还是需要格外小心，要不然他们会把你吓坏。怎样才能跟他们相处一天而不至于送命，我的理论是，吸气的时间要短。这样，如果他们试图吓死你，你就不会上不来气。”“半条命”就是这样介绍他的族人的，“你不会喜欢这样的人，除非跟他们有亲戚关系。”

“这个地方真的很神圣。”“半条命”说。他的亲属的营地已经遥遥在望。他们住在混凝土块造的建筑物的废墟中，以及一半埋在红色沙漠土壤里的锈蚀的车身里。周围长着三齿稃、滨藜、本地的草本植物，偶尔还能看见光秃秃的番茄和叶子掉光的野香蕉，小实桉树。这里一棵那里一棵——没有什么可以用来建造门窗的材料。荆棘丛生，看上去像茂密的草坪。还有被打蔫儿了的猪耳朵草和宛如嫩枝的酸性土壤植物，上面常常有大头蚂蚁爬过。远处只有盐水洼延伸到地平线。

“这个地方是律法的发祥地。我们常常回来。我们族人的灵魂住在这里。鬼魂住在废弃的轿车里。有一些住在破旧的房子里。由本国上届政府中的大人物建造的。他们自私自利，没有人再给他们投票后，就抛弃了那个假惺惺的玩意儿。那项目也就玩完了。不！你不会费事为那种人投票的。他们就像上演一场该死的肥皂剧。好吧！现在是幕间休息时间了。在下一出错误的戏剧上演之前，最好欣赏它。下一个时代会有另一拨悲剧作家、悲剧演员大发议论，再次来我们这里闲逛，用另一个百年的毁灭拖我们的后腿，让我们倒退。长者把我们都带到这里，目的是让我们听来自家乡的族人的律法，告诉我们发生在他们身上的刺激的故事。告诉我们他们做了些什么。哦！那些故事中有一些当然很悲伤。但是也有好故事。你能看见孩子们在月光下跳舞，伴着摇滚乐翩翩起舞，开怀大笑。日子就是那样。让你想大喊大叫。记忆中的事物来寻找你。过些天我们继续迁徙。下次没准儿是宫殿。”

抱怨生活怎么变成这个样子有什么意义呢？要是你祖祖辈辈

生活的地方剩下的只有尾矿大坝和严重污染的池塘，而这个地方看上去像是骆驼的坟墓，你会怎么样呢？“尽管如此，也没有必要到处抱怨，因为你脑子里空空荡荡，除了贫瘠的家乡和丛林驴之外，什么也没有。”“半条命”说，“我们就是这样看待生活的。环顾四周，无论上哪儿，那些驴子都跟着我们。”地面看起来像在蠕动，但那并非奇迹。是一场灾难。这些都是被诅咒的人。他们在世间的同伴不过是一群长毛鼠——长着长毛的老鼠，奇丑无比——蠕动的蝗虫，亚洲飞蝗，在困境中云集的飞蚁。

奥布利维亚看着地面崎岖不平的营地，没有发现什么特别吓人之处。如果那是你想象中被老鼠和昆虫无情袭击的游牧民族的样子，此刻，他们看上去和她自己也没有两样，都是一副饱经风霜的样子。他们全都生活在营地周围成千上万的野骆驼和野毛驴之中，眼睛都被沙子弄坏了，“半条命”解释道，这些动物一辈子都跟在他们后面。

“我们是原住民牧人，我们的血统来自世界各地。”他补充道，心不在焉地列举他能够记得起的世界上所有大洲的名字，“阿拉伯的、非洲的、亚洲的、印度的、欧洲各地的、纯粹的太平洋岛屿居民——还有哪里我没有提到吗？噢！还有那个！管它什么地方呢！有的地方我压根儿就没听说过！没关系——我们有这些地方的血统，就在我的血液里。我的身体里充满来自全世界的灵魂，各种各样的，对他们我一无所知。不！老兄！尽管我们不以他们的食物为生。这里到处都是食物——要是我们能够从这些野生动物的嘴里抢过来的话。这些野生动物到处乱跑、不断繁殖，像一群又一群的老鼠、苍蝇，还有各种各样的昆虫。不管怎么说，我们还是拥有这些血统。这就是为什么我们在努力铲除所有这些杂种野兔和英国兔子的原因。我们要尽量在故乡的土地上减少这样的一个种群，靠的是吃掉它们！不吃掉这些家伙，它们的灵魂就不会离开。当然啦，那是另外一个原住民国的暴动事件，但是我们有什么办法呢！律法？什么都不是！我们如今是早已落伍的人，因为他们执行阻碍发展的政策，历史改变了每一个人。泄漏的放射性物质。很久以来的废物政治。那时候，这里大概是个疯人院。把他们弄下去，谁都高兴。我们幸存下来完全是因为天性使然。这下子明白了吧？要是明白了，欢迎你们到这儿来。如果没有弄明白，我想在这个偏僻的地方，你别无选择，只能慢慢理解我们为什么能够幸存下来。”

谁都能看到，这里像一个巨大的、嗡嗡作响的蜂房，原住民部落的人们从来没有停止劳作。他们被驱赶，像营地滋生的成千上万只苍蝇一样。而且你可以为一件事情打赌：这些人和一个世纪或者更久以前的澳大利亚政府的政客和政策制定者们可以达成一致。这里的人曾经很顽固。他们会对这些骑在骆驼上的人微笑，并且说终于成功了。这里每一个人似乎都非常执着，想在一个澳大利亚制造出来的地狱里成为经济上独立的人，书写自己如何成功的故事。有些人一天到晚，不管碰到谁，都和他们讨论野生动物泛滥成灾的问题，或者就此与人发生争论。谁在照顾谷仓猫头鹰呢？骆驼被关住了，还是没有被关住？有没有喂水、喂料？哪头骆驼能使用，哪头还不行？为什么这头骆驼比另外一头更值钱，或者更值得信赖。简而言之，他们都担心驯化动物涉及的方方面面的问题。一旦它们被引进到这个地方，第一个大问题就是担心它们是否进食。

女人和孩子基本上都穿着兽皮衣服，看上去比猴子更像动物。他们在雨中没完没了地追赶驴子，或者把它们摔倒在地，仿佛它们是湿漉漉的、嘎吱作响的海绵。或者毫无同情之心地鞭打它们，把它们赶出营地。而里戈莱托藏在一张铁床下，老老实实待着，尽量不碍事。为什么这些驴子跟在这些人周围，不离左右呢？对于“港长”来说这是一个难解之谜。他大叫着：“为什么不能对小婴儿耶稣骑过的驴子顺从一点呢？”可是没用。他遭人呵斥，人们让他闭上臭嘴。“港长”想知道，怎么能这样对老人说话。这是什么传统啊？结果，他不停地与女人们争论，她们曾经一直照顾他，而如今也把他当作驴子看待。

营地里，野兔和英国兔子以及其他任何一种野生动物的尸骸都被扔在木料堆上，随处可见。是否有足够的人离开营地之前能吃掉所有这些食物，很难说。还有皮毛，有些刚晒干，有些已经做成各种衣服——就像“半条命”穿的披风、戴的帽子。还有鞋、鞍子和绳索。夜里和白天没有两样，因为根本没人睡觉。他们聚在一起唱歌、打猎或者整理东西，准备离开营地。为什么要把时间浪费在睡觉上呢？夜深了，雨不停地下，所有身强力壮的男女骑着骆驼出发去打猎，每个人都带着一只猫头鹰做他们的夜间猎手，几个小时之后才回来。骆驼背上拴着一百五十只或更多的野兔和英国兔子。这项规模宏大、需要加班加点完成的打野味的工作总是单调地重复，没有什么两样，一成不变，没完没了。

“至少我们已经到了某个地方，现在不得不做的就是继续往前走，仅此而已。”“港长”对衰弱不堪的女孩解释说。尽管他能看出，这个瘦骨嶙峋的小东西根本没有听他说话。他觉得她快死了。他承认对他而言，为了保护她，付出的代价太大了。他对着这个地方的神灵唱长长的歌。那些歌从这个地方一直传到她的家乡。除此之外，爱莫能助。她生活在自己的世界里，和那只小天鹅在一起。它如今已经长成了大天鹅。骆驼出没的营地噪音太大，给她造成许多困难。要想在所有思绪被遗忘之前，把它们聚拢到一起实在不易。沃伦·芬奇遇刺那天究竟发生了什么？她几乎记不起来了。那些事情仿佛是从梦中回忆起来的，在她脑海里一闪而过，马上就忘记了。她在那座城市里的生活似乎融汇到一条河流中去了。那是一条遗忘之河，河中流淌着发生在如此遥远的地方的事情，流淌着似乎不可能或者太可怕而且不相干事情的各种记忆。于是，奥布利维亚和天鹅坐在这个不断变化的世界属于他们自己的角落里，躲在一边不让勤劳的人及其动物踩踏。骆驼族人在追求他们自己的事业，按照他们自己混乱的秩序行事，忘记把她或者任何一个局外人纳入其中。

一群又一群孩子整天过来摸这只天鹅，给它扔些吃的。有硬面包屑，也有草籽。草籽还粘在桔梗上，是专门为天鹅采集的。奥布利维亚把头扭到一边。他们有问不完的问题：她为什么照顾天鹅？她来自何方？她独自一人坐着，究竟干什么呢？“你是不是脑子有毛病？”她被这些小家伙弄得一腔怒火，发出嘘声让小家伙们走开。她还举起棍子，向他们戳过去。结果只是招来更多的、一群又一群的孩子坐到她前面消磨时光。他们模仿她的每一个动作，学她瞪大眼睛看他们的样子，还开玩笑地往她头上扔石子儿。奥布利维亚举起棍子向他们乱戳时，他们咯咯咯地笑着，直到父母喊他们赶快回家做家务，才磨磨蹭蹭走开，留下她一个人为人生做出自己的决定。一切取决于她。完完全全取决于她。每个人都是自由的，属于什么地方、需要做什么，都有自己的想法。但是说到底，只有两种选择：生或者死。自己选择吧。他们知道这个女孩儿的心离他们非常远，估计她是在怀念故乡。

"半条命"不管什么时候从这里走过，都能瞥见地上蜷缩着一团东西。看到她仍然待在那里，心想也许应该弄清楚她究竟出了什么事——她的精神状态到底如何。他心想，她是在哭。可是因为什么而哭呢？她是为沃伦·芬奇而哭泣吗？"半条命"从收音机里得知，那位受人爱戴的"第一夫人"——如今被人尊称为国家的心脏——加入了穿越这片土地的非法旅行者的队伍。他估计可能就是她。但是他守口如瓶。心想，这种事没必要说破。他还想，自己当年没准儿也能娶个老婆。但是他太忙了，有许多工作要做。当年，他们都是这样。没有时间闲逛，没有精力谈论人生、婚姻，养家糊口。这是件憾事。现在，他们在这里哀悼；明天，又会在别处哀悼。不！他不想要孩子。要是有孩子，他是否不得不用生命保护他们待在故乡，以免政府把他们从自己手里抢走？

她不是双手抱膝，把头埋在胳膊下面的上衣里，而是仰面朝天，眺望天空。天空变得越来越清澈。她似乎就是要在那儿，找出一条路，一条隐隐约约出现，很快又再次消失的路。只有天鹅到达的时候，才变得清晰可见。她渴望离开，继续旅行，不想动身太晚。她越来越不耐烦，身体也越发虚弱。像变戏法一样变出一条回到沼泽地的路是件难事。她被种种想法困扰着，筋疲力尽，几乎什么都不吃，只能把自己想象成朝她飞来的天鹅中的一只。

与此同时，她的脑海里隐隐约约传来各种声音，不断提醒她，要是想和天鹅在夏天来临之前就到达沼泽地的话，必须马上出发，否则都会死在路上。“你要像所有别的女人一样，死在这个偏远的地方吗？”

她想到了死。把通往死亡的旅途形象化。心想，这就是沃伦曾经做好的抛弃她的打算——就像其他男人一样，把让他们失望的妻子抛弃在丛林中，留下她们在那里死去，尸骨靠着某个地方的一棵树，灵魂永远向家乡挥手作别。此刻，她心想，贝拉·唐娜的故事肯定是关于最后一只天鹅的。它回到沼泽地，嘴里含着一根她的尸骨，把她带回家。果真如此的话，由它去吧。她会死掉，那会是她辉煌的、古老的爱情故事的结局，是关于沃伦·芬奇遇刺身亡之后所发生的事情的一则寓言——他的“娃娃亲”妻子心都碎了，远走他乡，最终死在沙漠里。哦，那位失踪的“第一夫人”！那个谜。她的尸体没有找到。她会像拉赛特暗礁[①]。为了找到她，探险者会在那一带艰苦跋涉，最终把自己累死。她将成为澳大利亚公民社会堡垒的一个传奇。人们对原住民的人类学研究颇有兴趣，只要它能满足一个阴暗的理论就行。那种理论所属的学科把原住民男人的道德规范描绘得既危险又粗暴。他们会检测她的尸骨，想弄明白她到底是一个未成年的新娘，还只是一个小女孩。然后，在沃伦·芬奇死后指控他乱伦、色情和强奸幼童。这些尸骨是否属于一个旧时代的女人，或者一个被同化的女

① 拉赛特暗礁：澳大利亚传说故事。拉赛特暗礁是一座谁也不清楚具体位置的藏有大量黄金的暗礁。

人？也许属于某个骨头被树液浸透了的人。可实际上只是在树里沉睡了很长时间——就像那个叫瑞普·凡·温克尔的家伙——一个从来没有真正成熟，从来没有完全长大的女孩子的尸骨。是啊！谁能分辨得出来呢？难以想象。她为什么不向沃伦·芬奇说明谁是最伟大的人？是的，想到死亡很容易。你会把躺在草中死去说成是报复、还债，还是一种自身的行为？

她等待天鹅到来，变得更不耐烦，更加恐惧，越发觉得依赖它们引导自己安全通过这个地方的律法的重要性。要是它们还活着，朝这个偏远的骆驼族人的营地飞来，俯瞰这一片广袤的土地，这个营地就是一个小小的斑点。她想起没有向导送她走上通往故乡的路，不得不一个人穿过茫茫无际的沙海，不寒而栗。

“港长”和骆驼族人一起离开的时候，他是第一个你可以因为他的疏忽而责备的人。他是一个鬼魂，过分关注闪电般旅行的魅力。他太守旧，对新世界彻底失望。他想用神的速度到达目的地。他怎么愿意与骆驼和驴子一起没完没了地在路上走？谁知道需要多少天、多少个月或者多少年啊？做美梦的宝贝！他的目的地是什么地方呢？几千公里之外——想想天堂吧。天堂不是路上的水坑。将死的骆驼和老牧民在太阳下面走了整整一天之后觉得好多了，可以在那里停下来休息。他的灵魂安息之地是他自己选择的地方。那是被赋予“繁荣”和“永恒”这样好名字的天使看护的猴子之乡。他的安息之地不会是随便哪个寸草不生的、被政治上的愚蠢扼杀的荒原。

不管怎样，你只需看一眼小里戈莱托就知道它被骤雨浇湿有多么可怜。它太紧张、太恐惧，怕被四处奔跑、撒欢儿、浑身湿透的骆驼踩踏，不敢从铁架床下的藏身之地出来。小猴子一动不动地坐着，双手紧紧地握在一起，看上去像块石头。它把它的“财产”紧紧抱在胸前。什么“财产”？故事？担心万一骆驼或者驴子会吃掉他的故事？

是啊！“港长”只能梦想着摆脱三齿稃灌木林，逃脱这个封闭的、导致幽闭恐惧症的地方。他紧紧抱着那只希望在白色玛瑙宫殿的阳台上过上流社会生活的猴子。在泰姬陵，里戈莱托会温文尔雅地穿越时空，与路过的游客握手，嘴唇往后咧，露着牙讲一个好听的故事。这个逃跑之梦值……几百万！“你能想象吗？里戈莱托？”几百万人递给它花生、香蕉、石榴、橘子和一整车苹果，为了听小猴子声嘶力竭地讲一个最好听的故事。那是关于和“港长”在一起生活的一千零一个地狱之夜。“要是住在宫殿里我们就永远不会挨饿，会吗，里戈莱托？”但是要到达那里，他们得在旅途中活下来，那是“半条命”所描绘的和骆驼一起穿过许多国家的旅行，有船把他们送到外国的市场。似乎是一个不错的计划。

湿地湖天鹅

这片土地多么神圣多么美丽啊，天鹅飞过一座又一座山丘，视线所及范围之内，是连绵起伏的滨藜、低矮的草木、海桐花、鸸鹋灌木丛和正在开花的树丛。

很久以前，它们从那座城市废弃的老植物园起飞，天鹅不分老幼，都预料到了旅途的艰难——从南方海滨到北方沼泽要跨越几千公里。

一路上，丛林大火如一堵堵墙拦住去路。草原也着火了，浓烟翻滚，直入天际。天鹅飞上一千米高空，穿过浓烟之上刮过的风，怀揣对家的憧憬。大火的热气飞越群山，呼啸而过。天鹅飞过每一公里都要拍打着翅膀，慢慢滑翔穿过灰烬。灰烬在天空飞舞，仍然闪着火星，让人眼花缭乱，之后落在下面的大地上。天鹅的力量锐减，呼吸着浓烟弥漫的滚烫的空气，翅膀被烤焦，焦煳味慢慢进入它们的肺。在恐惧的包围之下，天鹅吹着口哨相互召唤，眼睁睁看着同伴垂直向下跌落数千米，落到火海之中死去。大火考验它们的意志，它们拍打翅膀的频率变慢，几乎是无意识地、本能地保持飞行状态。

就这样，幸存下来的瘦骨嶙峋的天鹅发现它们朝洪水泛滥的平原降落，那里水流停滞，到处都是郁郁葱葱的青绿色的水草和海藻。死树桩提醒人们，这里曾经是一片森林。之后，它们继续前进，飞过不同的季节和变化的天气，飞越艰难跋涉的难民队伍，飞越洪水泛滥地区以及极其干燥地区的栅栏柱。仿佛是老祖宗拉着天鹅穿越天空，经过漫无边际的平原神、铁矿石平地神、黏土层神、盐湖神和漂流物神之手，把它们一站一站向前传递，送往一个神圣的集合地——白板之地——世界上所有的风最终都在那里聚齐，卷在一起举行古老的仪式，而就在那里，奥布利维亚在骆驼营地日益干涸的水洼中等待着，等待得到净化，好进入另一片土地。

她向天鹅吹口哨；她试着用笛子吹一支天鹅之曲，乐曲绕着众山舞蹈。那是老贝拉·唐娜用天鹅骨做成的笛子。她挂在脖子上，就像老妇人死之前那样。笛子是用疣鼻天鹅的翅膀骨头做的，曾经在贝拉·唐娜海外的家里传了数代人。很可能有一千年了。一路上，只有奥布利维亚背着的小天鹅曾经用喙玩弄过这块骨头，除此之外，这些日子里，女孩一直把这块小小的翅膀骨当成项链，挂在衣服外面或者背上——那是船屋留给她的唯一的财产。她知道，天鹅都懂得，那支笛子吹出的声音是神圣的。“这样的东西你不能用来取乐。”风穿过萋萋白草和红宝石滨藜瑟瑟作响，她的音乐在风中回荡。在昆虫滋生的沼泽湖上，天鹅降落到海芋百合之中休息。

奇迹就是很有意思的事物。“港长”每天环顾四周寻找他的奇迹，却只看到风餐露宿的现实生活。牧人在雨中喝茶。他们周围，骆驼带着一群臭甲虫四处走动，而女人和孩子们则向驴子扔石头。他们说，驴子把这个地方变得充满野性。他说，要是他们觉得这就是“繁荣”和“永恒”的话，那么他最喜欢的、叫做“繁荣”和“永恒”的天使一定是发疯了。但是，要是你没有任何盼头的话，生活是什么呢？也许天使们忘记用头等舱机票带来奇迹。倘若那样，他和里戈莱托就可以飞到天堂般的大理石宫殿里去。也许天使们太懒散，在投递“奇迹”时把人们提出的“欣欣向荣”的请求扔错了地方。他责怪历史让他生出这些混乱的、令人沮丧的想法。

歌声袅袅，天鹅回到沼泽受到欢迎，一待数天。这当儿，雨没有停过。它们在水上起舞，涟漪层层。夜里，它们在水面上奔跑的时候，极力张开翅膀、举起来、落下去，仿佛在以锻炼翅膀的形式跳舞。实际上是以这样的方式彼此交流。女孩子在一旁观看，知道现在她必须像它们那样阅读这片土地，好跟着它们回家。接下来，天鹅再次飞起来，在这片沼泽地之上雨雾蒙蒙的天空跳舞，然后飞回来，掠过水面降落。

天鹅的仪式持续进行，它们聚在一起，黑压压的一片，绕着圈游来游去。芦苇和水百合被踩踏。天鹅停顿一下，然后凫出水面，展开雪白的翅尖，拍打着，拍得快一些，再快一些。翅膀和尾巴扑腾着，天鹅在水面上转圈，同时把头钻到水下，带蹼的掌踢起水花，接着节奏被打破，一大群天鹅四散开来，重新组合。

天鹅用一侧翅膀拍打着水。改变方向的时候，拍打另外一个翅膀。音乐的调子也改变。它们几乎做好了飞行的准备。奥布利维亚跟着它们进入水中。天鹅看着她，仿佛她是一只刚刚孵出来的小天鹅。天鹅把头没入水中寻找杂草，一个小时接着一个小时过去了，它们向她滑翔过来，鸣叫着，把找到的杂草扔给她，直到看见她被漂浮的杂草托举起来。夜里，她躺在草中，而绝大多数天鹅继续完成它们的仪式。但是，经常有天鹅到她身边休息，脖子卷曲，放在背上睡觉，雨滴落到羽毛上，头依偎在翅膀下面。

夜里，凛冽的风不知道从何而降，气温降至零度，地面结冰。风像精灵一样，沿着地面奔跑，天鹅终于飞离了布满树叶的水面。

这是一个不眠之夜，天鹅准备离开。它们鸣叫着，成千上万的翅膀拍打着，与风搏击，在高空慢慢地飞，看着下面的大地在眼面伸展。它们在天空盘旋，宛若一片黑云，迅速下降，在奥布利维亚头顶上盘旋，推着她前进。

吉卜赛天鹅再次离开，但是以她跟它们一起走为前提。现在，穿过一股大风，不再在风中盘旋，但也不可能再回头。奥布利维亚心想，她在天上，在飞翔，但是记不得一路是怎么走过来的。她和天鹅都被困在一张鬼魂之网的风中，被这块土地的精灵们拉着往前走。一缕缕长发在天鹅中飞，把它们联系在一起，而长发也俘获了她，让她也飞起来，穿越这片土地。

破晓时分，风停了。天鹅和女孩到了另外一块碧水涟涟的沼泽地。那里长着水百合和草。草上爬满了蚂蚁，空中一百万只苍蝇和蛾飞来飞去。周围只有稀稀拉拉的几棵小头桉树。树上栖息着许多鸟儿，向天鹅高声呼喊："欢迎来到我们的世界。"精灵对女孩子喊："吃水百合吧。"天鹅会在这块土地休息，也会为这块土地起舞。落满霜花的夜晚会随之而来，古老的"风族人"与之相伴。天鹅再次离开，起飞，盘旋，带着女孩一起走。之后，风会领头，吹着它们前进。

接下来风变暖，消失在满是尘土的大气之中，大地在静寂之中变得宁静而孤独。你知道，神灵已经离开了天空。不再下雨，大地变得干燥。每一个生命都离开迁徙动物看似永远没有尽头的旅途，就像贝拉·唐娜记得的那些鹿群一样，竭尽全力跨越广袤的沙漠和孤独的冻土地带，向沼泽消失的地方进军。

如今，一切都分享着干旱的灵魂，就像皮包骨头的天鹅一样，它们仍然在努力飞行，最终剩下的只有空空的羽毛袋子从天空坠落。绝大多数不再飞行。奥布利维亚心想，她可以把天鹅们叫走，让它们继续飞行。她的思绪中满是故事。她站在雾气中，背诵诗人赞美天鹅之美的诗句——雪莱、波德莱尔、聂鲁达、希尼——但是他们的诗在她所站立的地方的静寂之中停留，她回想起了麦考利的天鹅为了离开海岸而飞翔……“不再朝着它的欲望飞去。”

密密的丛林里、杂乱的三齿稃间到处都是掉队的天鹅。有的被挂在电线上，有的散落在干涸的水洼和内陆湖边。要是你在那里，你会看见它们比比皆是。但是天鹅群的主体挣扎着前行，继续在夜间飞翔。

天气越来越热，天鹅努力扇动翅膀，直到完全迷失方向。漫漫长途，它们不再信心十足，而且互相失去联络，向不同方向飞去，寻找正在干涸的最后几个水洼。它们站在烈日炙烤的土地上，对着无法触及的天空发出嘘声。那一刻终于降临——再也没有声音从它们张开的喙里发出。羽毛折断、长长的脖颈儿有气无力地垂到地上，扑打翅膀等待灵魂飞翔……

尾声：天鹅之乡

家八哥叽叽喳喳，全都来到这里，来到这个古老的沼泽地。天鹅魂翩翩起舞，奏响“黄尘之歌”。它们绕着干涸的沼泽走来走去，带蹼的掌在地上重重地踩，踩出尘雾，而过去的一切，点点滴滴都在烤干的泥土里展现出来。

一群家八哥在垃圾中觅食，把没用的乱七八糟的东西翻得到处都是。带刺的梨树已经长大，所有锈蚀的垃圾四散在干涸的沼泽里，只有家八哥居住在那里。

远远地，你能听见鸟儿对着草咒骂，用的是这一带传统语言中返祖的字眼儿。地球上活着的人中，没有人使用那种语言。把静寂变得喧嚣的同时，这些长着黄色小喙的小语言学家唱着关于营救、挽救万物的歌曲，重新调整声音，响亮地说着谁也听不懂的话。所有这些古老的语音将精挑细选出来的东西展示在人们眼前，宛如机器运行和摇晃发出的声音。在这样的心情下——噢！你得听听，这些预知未来的生灵在创造关于全球变暖和这片土地的气候改变的新的国际语言的雏形。真的，好好听听它们在唱什么吧。

有朝一日，古老的语言中所有流传下来的部分将是被保存在家八哥头脑中的那些玩意儿。它们倾听每一个声音。至于这个时代的英语，它们记住的将是，为了击败这个地区的谎言，你会听到的最常用的字眼儿。只有像“不是真的”这种简短的话。

奥布利维亚坐在船上，那只名叫“陌生人”的老天鹅在她怀里打盹。透过中午发红的阴霾，她盯着遭受蹂躏的、一度是沼泽的地表看。死了很久的树有时候发出吱吱吱的响声。过一会儿，只听见满身灰尘的名义上的“第一夫人”对着干旱说话。

因为干旱，她的话在北部开阔的天地间回荡。她对此并不吃惊。它怎么能不回答她呢？它是常常住在同一所房子里的“近亲”。他们彼此回应：“听着，‘艰难’呀！没心肝的冷酷无情的东西！幸亏我回来的时候已经无话可说。”

在这片干旱的土地上生活了两三千年之后，干旱女人的鬼魂目睹了许多代人的生死。当那些美丽的天鹅有一天出现在天空，然后悄无声息地消失时，它们打碎了水百合和杂草覆盖的潟湖的宁静。它们在几条海岸线之间飞翔。海岸线那边有烂掉的树桩、平坦的草原或者蜿蜒流过这片土地的庄严的河流。接着它们朝鸟儿飞行的方向继续前进。

在漫长的、搜寻天鹅的过程中，人们的注意力慢慢转移到干旱留下的闷燃的灰烬和被干燥炙烤的土地。而整个大地看上去像是被鹤嘴锄翻过又被铁铲打平。天鹅被找到时，“干旱”在呼啸的风中打转。与此同时，在飞速前进的气流之上，火把烟吹过大地，回到沼泽。

奥布利维亚大声说，在风沙中心举行的晚会已经结束，并且告诉“干旱”，说她真的烦透了它。

“重操旧业吧。我把最后一只黑天鹅还给你，并且告诉你事实真相。到哪里都背着它，我受够了。你来照顾这只天鹅吧，”她命令道，“它的名字叫‘陌生人’。它觉得自己不属于干旱之乡。看你能不能从这个老家伙这儿弄出更多的天鹅。”

干旱女人像来自远方惩罚人的老大妈一样烤焦了天地，还尖声叫喊：“不要让天鹅掉下去。”

那条废弃的战舰依然停泊在干燥的黏土之上。一阵旋风在船体的门里旋转，吹到奥布利维亚的脸上，抚摸这位“第一夫人”怀里的黑天鹅。奥布利维亚常常感觉到那只老手伸出指头干活的情形，此刻它们正在检查她抱在胸前的天鹅。

天鹅后背、胸前、脖子上的羽毛都被弄皱。那样子说明情况不太好，事儿办得不漂亮，这些地方没有得到很好的照顾。船里盘旋着正在沉思的动荡，炊具被撞击得叮当作响。那噪音持续不断地给人造成恶劣的印象。而下面响起另一种声音，是刺耳的歌声。歌词让她隐隐约约觉得很熟悉，奇怪的曲调突然响起，又戛然而止。在她被抛弃的旧家里，有一样更重的东西被摔到门上。

那声音让人毛骨悚然，说出了奥布利维亚早已想到的关于老废物的话：“只为了一样东西就老老实实呆在那里！羽毛被风破坏、被云磨损、被火烧焦，如此等等——不能行走。”干旱女人居然告诉她，你得背着这只天鹅。奥布利维亚心想，自己一直被某种依附于她的东西欺负。对于她来说，这个负担如今太沉重了。她对天鹅厉声说道：“作为一只幸存下来的天鹅，这是一个大问题——活得比你的寿命长，太喜欢吃污水塘中的食物，不像别人那样躺下来死掉！”

老天鹅领袖继续把头往后甩，一直甩过翅膀，长长的脖子像蛇一样停歇在黑色的、羽毛丰满的身体上。它的眼睛像陌生人一样细细打量周围的地形，试图找到一条捷径，赶快出去。这只巨大的鸟儿离开鸟群之后再也无法恢复原来的模样。它觉得独自一人无法忍受，从未停止寻找其他的天鹅。它属于老班卓·帕特森[①]笔下关于黑天鹅的诗歌里的生灵，永远在努力寻找翅膀拍击的声音，“在队尾飞行、落在后面的同伴”的声音。老天鹅红色的喙敲打了两下，随着时间流逝——时间总是在流逝——再次敲打三下，或者也许是两下。天鹅脑子里构建着一个奇怪的方程式。在它对生活曾经是什么样子的描述中，它的喙连续敲打，把期待归来的天鹅夸张到更大的数字。

奥布利维亚觉得它在等待相当于一千年的天鹅，一个巨大的群体，一个能够战胜所有逆境的群体。但是她的眼神告诉它放弃。“如今它们都死了，完蛋了，没有一只会回来。”这样的话让天鹅悲伤。它一阵昏厥，脖子耷拉到地上。看到天鹅这个样子，女孩子讨厌在她脑海里说话的那个恶毒的东西。那东西告诉她，她和她的伙伴天鹅，都因为在大地上奔腾的黄尘之浪中晕船而受阻。老天鹅不得不进行斗争，重新赢得控制权，让沙尘安顿下来，让雨回来。可是现在它老了。女孩告诉它：“要是我能够像你一样在空中高高飞翔，而不是在沙尘暴中翻滚的话，我就要让它下雨。”

“但是，天哪，我怎么知道？”它的战斗精神不足为信。它对拯救世界没有兴趣。挑战一切。怎样才能千万次告诉天鹅，湖没有了！得把跳动的心搂得更紧，防止翅膀穿过沙尘时，像在水面

① 班卓·帕特森（1864—1941）：澳大利亚丛林诗人、记者、作家。

上漂浮时那样展开，轻轻地道出真情：“比门钉还要牢固！比火星还要干燥！你没有看见那外边都是尘土吗？”

她的脑海犹如人迹罕至之地，除了早已消失的故事，一无所有。

人们说，自从沃伦最终被埋葬在他的故乡，埋在很久以前他第一次看到天鹅的那条河边，这个“来自上帝的礼物”常常从坟墓中出来。有传言说：“他想要送给‘娃娃亲’妻子一个礼物。噢！是的！他仍然有干掉政客们的权力。这就是为什么这个国家再也没有天才政治家的原因。的确如此。”

带他回来的完全是宿命。要是那天，那辆拖车的车轴没有碰巧在他的家乡断掉的话，他的尸体此刻仍然在这个星球某个地方游走。发了疯的司机停下来，把沉重的檫木棺材最后一次拉到那块热浪蒸腾的土地，告诉沃伦·芬奇：“我要把你埋在这里，你这个狗娘养的，完事之后，我就要回家了。”

这个故事可能和几个世纪前背着天鹅长途跋涉的一个重要人物的故事相同，也可能与几个世纪后有人背着天鹅回到它的故乡的故事类似。这些暂且不表，还是让我们谈谈爱的行动。在这个地方，满载着草和叶子碎屑的白旋风，又卷起一棵干透了的巨大的桉树的灰烬；在这个地方，来自烧遍丛林之地的大火的天鹅，在烟云中飞翔，喙上叼着一根小小的、滑溜溜的骨头。

为数不多的“心碎之家”的人曾经说，*mungkuji* 离开此地去了卡拉之乡。沃伦·芬奇让人毁掉这个地方之后，它还经常回来看沼泽。他们看见过那个女孩——名义上的“第一夫人”，奥布利维亚·埃塞尔，她像一个十多岁的女孩，总是那个样子。噢！他们说，她很有规律地在干涸的老沼泽周围走。半夜三更，一团鬼火掠过沼泽的时候，他们还见过她，听到她在尖叫：“你的故乡在大声呼唤你。”他们说，那声音仿佛是大地上的一只蛾子，轻声叹息，或者仿佛是丛林祖先抓住一棵死树上落下来的枯枝时发出的私语。尽管什么都听不清楚，只是一种倾听的感觉。但不难理解，那是生活在这个灵魂破碎的地方任何人都会发出的声音。从看见古老的家园四散，到天国降临。他们生活在军队拥有一切的地方。祖宗留下的每一寸土地、被埋葬的歌曲、故事、感情以及他们发出的每一个声音，大声说出的每一个字，都为军队所有。

关于那个鬼魂之乡，有一个故事真的很棒。有一个爱情故事真的好极了。故事的主人公是一个女孩。她脑海里有一座可爱的粉色牧场，牧场上有一幢房子。房子里住着一个“病毒恋人”。这就让这个世界对她而言看起来太大、太让人神经过敏。它把她和族人的关系变得紧张，让她无法与人交往。但是，他们说她还是一如既往地爱着天鹅。可怜的老天鹅的孩子。有时你能看见天鹅，但是不在这一带。这里太热太干燥。“我们现在正坐在热浪当中。”那真的只是沙山之乡。像沙漠一样！也许彩虹蛇会把飓风和漏斗沙山带到这个地方。也许天鹅会回来。谁知道什么样的疯狂会最终呼唤它们回来？

图字:09-2022-0222 号

图书在版编目(CIP)数据

天鹅书/(澳)亚历克西斯·赖特(Alexis Wright)著;李尧,李平译.—上海:上海译文出版社,2023.7

书名原文:Swan Book

ISBN 978-7-5327-9219-1

Ⅰ.①天… Ⅱ.①亚… ②李… ③李… Ⅲ.①长篇小说-澳大利亚-现代 Ⅳ.①I611.45

中国国家版本馆 CIP 数据核字(2023)第 087997 号

天鹅书
[澳]亚历克西斯·赖特 著 李尧 李平 译
特约策划/彭伦 郭歌 责任编辑/徐珏 封面设计/李佳

上海译文出版社有限公司出版、发行
网址:www.yiwen.com.cn
201101 上海市闵行区号景路 159 弄 B 座
上海市崇明县裕安印刷厂印刷

开本 889×1194 1/32 印张 11.5 插页 2 字数 212,000
2023 年 8 月第 1 版 2023 年 8 月第 1 次印刷
印数:0,001—4,000 册

ISBN 978-7-5327-9219-1/I·5738
定价:79.00 元